KB197380

결혼 무효

vol.1

이서한
장편소설

ROCOCO

결혼 무효 1

2025년 2월 4일 초판 1쇄 인쇄
2025년 2월 12일 초판 1쇄 발행

지은이 이서한
발행인 김관영

기획 편집 김유니
마케팅 지원 장민정

발행처 (주)로크미디어
출판등록 2003년 3월 24일
주소 서울특별시 마포구 마포대로 45 일진빌딩 6층
편집 문의 (02)6365-5170 **구입 문의** (02)3273-5134
홈페이지 rokmedia.com
E-mail romance@rokmedia.com

ⓒ 이서한, 2025

값 10,000원

ISBN 979-11-408-2514-1 04810 (1권)
ISBN 979-11-408-2513-4 04810 (세트)

결혼 무효

vol.1

이서한
장편소설

ROCODO

CONTENTS

프롤로그

차 회장의 저택은 거대한 규모 때문인지 들어설 때마다 서늘함이 느껴졌다.

최적의 온도와 습도로 관리되는 초호화 저택에서 냉기를 느끼는 것도 우스운 일이라고 생각하며 유정은 안으로 들어갔다.

"어서 와요."

가족 모임 때마다 보는 나주댁이 그녀를 맞았다.

유정은 감색 코트 차림이었다. 새까만 머리칼이 어깨 아래까지 차분히 내려와 있었고, 옅은 화장을 한 얼굴은 이목구비가 뚜렷해 예쁘장했다. 검은색 눈썹과 머리칼이 무척 잘 어울리는 환한 피부와 짙은 눈망울이 매력적인 외모였다.

"안녕하세요."

유정이 인사하자 나주댁이 안쪽으로 이끌었다.

"다들 와 계세요."

화려한 샹들리에가 달린 식탁 앞에 사람들이 앉아 있었다. 차 회장의 두 손자 내외가 함께 있는 모습을 본 유정이 고개를 숙였다.

"다들 잘 지내셨어요."

"왔어? 오늘도 혼자 왔나 봐?"

큰 손자인 차범훈의 아내 박미란이 미소 지으며 말했다. 언뜻 보기엔 온화한 미소였지만 그 안에 담긴 건 날카로운 칼날이었다. 그 칼날을 미소로 마주하며 유정이 대답했다.

"네. 희건 씨가 많이 바빠서요."

"차 상무가 많이 바쁘긴 하지. 잘나가는 남편 둬서 얼마나 좋아요?"

둘째 손자 차이태의 아내 김지연이 웃으며 미란을 바라봤다.

서로 시선을 교환하는 그녀들의 눈에 유정에 대한 멸시와 비아냥이 담겨 있다는 걸 유정은 모르지 않았다.

"다 온 게야?"

차평일 회장이 나오는 소리에 다들 시선이 그에게 향했다.

여든을 바라보는 나이에도 재계 서열 1, 2위를 다투는 그의 뛰어난 경영 능력은 여전히 흔들림 없었다. 까칠한 성정이 드러나는 마르고 신경질적인 외모의 차 회장이 나타나자 유정이 정중히 고개를 숙였다.

"안녕하셨어요."

"……."

차 회장은 결혼한 지 2년이 넘었는데도 평평하기만 한 유정의 배를 불만스러운 시선으로 쳐다봤다. 짧게 시선을 꽂은 그가 곧 몸을 돌렸다.

"식사하자."

"네. 할아버님."

살갑게 대답한 손자며느리들이 그의 뒤를 따라 식탁에 둘러앉았다. 유정도 조용히 걸어가 가장 끝자리에 코트를 걸고 앉았다.

거대한 식탁엔 이미 요리가 푸짐하게 준비되어 있었다. 상석에 앉은 차 회장이 먼저 수저를 든 뒤 다른 사람들도 차례로 식사를 시작했다.

교양 있는 말투로 조곤조곤하게 말하던 미란이 차 회장을 향해 웃어 보였다.

"아, 할아버님 이번에 출시된 신형 가전들 실적 많이 오른 거 보셨어요?"

"그래?"

"전에 없는 매출이라고 업계에서 칭찬이 자자해요. 여보, 그렇죠?"

미란이 옆에 앉은 범훈에게 눈치를 주며 쳐다봤다. 범훈이 그제야 입을 열었다.

"제 입으로 말하긴 그렇지만 사실 그런 말을 요즘 자주 듣고 있습니다."

"이 사람이 이렇게 자기 칭찬에 인색하다니까요."

미란이 고상하게 제 입을 가리며 웃는데 맞은편에 앉아 있던 지연이 마주 웃으며 말했다.

"어머나, 대단하네요. 말이 나와서 말인데 저희 이태 씨도 요즘 새로 지은 아파트 브랜드 있잖아요. 그게 아주 난리래요."

지연이 아무렇지도 않게 대화의 주도권을 빼앗았다. 순간 미란의 눈초리가 보이지 않게 날카로워졌다.

"……."

지연은 그 얼굴을 뻔히 보면서도 환한 웃음을 머금고 말했다.

"형님도 들으셨죠? 강남에서 돈다발 싸 들고 와도 없어서 못 들어간다잖아요."

지연의 옆에서 이태도 거들고 나섰다.

"사기만 하면 로또 아파트라고 소문이 자자하다니까요."

"입지가 워낙 좋으니 말이죠."

주거니 받거니, 차 회장 앞에서 칭찬을 늘어놓는 말에 미란은 싸늘한 미소를 유지한 채 물컵을 입으로 가져갔다. 그녀 옆에 앉아 있는 범훈도 못마땅한 심기를 은연중에 드러내고 있었지만 둘째 부부의 말은 멈추지 않았다.

별말 없이 듣고 있던 차 회장이 식사를 끝내고 수저를 내려놨다.

"둘 다 따라와라."

"네."

차 회장이 자리에서 일어서자 범훈과 이태가 조금 긴장한 얼굴로 따라 일어섰다.

그들이 서재로 향하고 세 여자들만 자리에 남게 됐다.

회장이 사라지고 나자 곧바로 젓가락을 내려놓은 미란이 얼굴에 가면처럼 걸어 뒀던 미소를 싹 지웠다. 억지로 먹기 힘들었다는 티를 미간을 찌푸리는 걸로 드러낸 그녀가 나주댁을 향해 말했다.

"저희 커피 좀 줘요. 늘 먹던 걸로."

"네."

나주댁이 몸을 돌리자 미란이 미간을 여전히 좁힌 채 한숨을 내쉬었다.

『유령처럼 앉아 있는 애를 왜 매번 모임 때마다 부르시는지 모르겠네.』

미란이 느닷없이 불어로 하는 말에 지연도 냅킨으로 우아하게 입술을 닦으며 똑같이 불어로 대답했다.

『남편도 얼마나 무시하면 이런 자리에 늘 혼자 보내겠어요. 여기서 어떤 취급당할지 뻔히 알 텐데.』

미란과 지연은 마치 다른 이야기를 하듯 유정에게 시선을 두고 있지 않았다. 하지만 그녀들 대화의 주인공은 묵묵히 식사를 하고 있는 유정이었다.

『애초에 저런 애와 결혼시킨 회장님 속내를 알 수가 없어. 이 집안이 보통 집안도 아닌데 대체 무슨 생각으로…….』

『그래도 뻔뻔하게 자리 차지하고선 우리가 무슨 말을 하든 태연히 앉아 있는 거 봐요. 보통 애는 아니라니까.』

지연이 미간을 찌푸리며 고개를 젓는데 식사를 마친 유정이 조용히 젓가락을 내려놨다. 그 소리에 그녀들의 시선이 유정에게 향했다.

"하."

유정이 밥공기를 싹 비워 낸 것을 보고 미란과 지연은 헛웃음을 흘렸다.

아무튼 독해.

어이없다는 듯 중얼거리는 말은 불어가 아니었지만 유정은 표정 변화가 없었다.

그때 나주댁이 이탈리아에서 공수한 커피를 내려서 미란과 지연 앞에 놓았다.

"유정 씨도 커피 줄까요?"

유정이 식사를 마친 것을 확인한 나주댁이 물었다. 유정이 그녀를 향해 옅게 미소 지었다.

"전 괜찮아요."

"아…… 그래요."

나주댁의 눈빛에 측은함이 엿보였다. 유정은 그 눈을 보며 생각했다. 이 집에서 자신의 위치는 여기라고. 사용인들도 불쌍하게 여길 정도로 사람 취급을 받지 못하는.

유정을 짧게 일별한 나주댁이 고개를 돌려 식탁을 치우기 시작했다.

"도와 드릴까요?"

유정이 일어서며 거들려는데 나주댁이 얼른 손을 내저었다.

"괜찮아요. 앉아 있어요."

"돕겠다는데 그냥 두지 그래요?"

"그러게요. 일 도와주면 좋잖아요. 보기도 좋고."

미란과 지연이 자기들끼리 우아하게 커피를 마시며 던지는 말에 나주댁이 난처한 표정을 지었다.

나주댁의 시선이 유정과 짧게 닿았다. 유정은 별다른 표정이 없었다.

나주댁은 그녀도 엄연히 이 집안의 손주 며느리인데 마치 부리는 사람 취급을 하는 미란과 지연 때문에 난감하기 짝이 없었다. 곤란한 얼굴로 세 여자를 쳐다보던 나주댁이 입을 열었다.

"그래도……."

그때 그 공간으로 낮은 목소리가 불쑥 끼어들었다.

"저 왔습니다."

차희건의 등장에 사람들의 시선이 일제히 그에게 향했다.

블랙 슈트 위에 품위 있는 밸머칸 코트를 걸친 희건은 차 회장처럼 존재감이 보통이 아닌 남자였다. 일반 사람들과 다른 존재로 느껴질 정도로 수려한 얼굴과 큰 키를 가진 데다 서늘한 눈빛과 분위기가 순식간에 이 공간 안의 여자들을 긴장시켰다.

"아, 왔어요?"

지연이 웃으며 인사하는데 마침 차 회장과 두 손자도 서재에서 나와 다가왔다.

"차희건."

그들을 본 희건이 표정 변화 없이 고개를 숙였다.

"늦었습니다."

"다 끝나고서야 나타나는 거냐?"

이태가 안경을 추켜올리며 불만스러운 어조로 말했다. 희건이 그를 무감히 마주 봤다.

"일이 많았습니다."

"너만 일하는 사람 같네. 우리도 다 없는 시간에 맞춰서 온 건데."

"……."

이태의 이죽거리는 말을 건조한 표정으로 넘긴 희건이 시선을 돌려 유정을 쳐다봤다. 그 시선에 유정은 익숙하게 의자에 걸쳐 둔 코트를 들어 올렸다.

"오자마자 가는 게야?"

차 회장이 칼칼한 목소리로 희건에게 말했다.

"내일 워싱턴 출장이라 인사만 드리러 온 겁니다. 그럼 가 보겠습니다."

차 회장에게 인사한 희건이 곧장 몸을 돌려 걸어갔다. 그의 뒤에 서 있던 유정도 조용히 인사하고 희건을 따라갔다.

유정은 챙기지도 않고 희건이 현관 쪽으로 향하자 뒤에서 유정만 들리게 속닥이는 목소리가 들려왔다.

"자기 부인인데 말 한 마디 안 하고 먼저 나가는 거 봐요."

"어지간히 싫은 모양이네."

일부러 들으란 듯 하는 말에도 유정은 아무 반응 없이 저택을 나섰다. 밖으로 나오자 운전 비서가 대기하고 있는 차에 희건이 올라타 있었다.

"……."

고급 승용차를 잠시 보고 있던 유정이 뒷좌석 문을 열고 들어가 희건 옆에 앉았다. 문을 닫고 벨트를 매자 바로 차가 출발했다.

집으로 향하는 차 안에는 불편한 공기가 감돌았다. 유정은 옆에 앉아 있는 희건을 힐긋 쳐다봤다. 그는 반대쪽 창밖을 응시하고 있었다. 그 모습을 보던 유정도 자신 쪽의 창밖으로 시선을 던졌다.

'……똑같네.'

특별함을 기대한 건 아니었지만 여느 때와 전혀 다르지 않은 그의 행동에 유정의 얼굴에 착잡함이 어렸다.

하지만 이것도 오늘로 끝.

2년을 서먹하게 보낸 남편과도 오늘로써 끝이다.

그동안 유정은 상당히 버티기 힘든 나날을 감당해야 했다. 그러나 오늘이 마지막 날이라 생각하니 그나마 홀가분한 마음이었다.

한결 편해진 얼굴로 창밖을 보는 유정의 시야에 익숙한 저택이 나타났다. 그녀가 2년 동안 산 집이지만 앞으론 다신 볼 일 없는 거대한 저택을 한동안 눈에 담았다.

'언젠간 이곳을 별다른 감정 없이 떠올릴 날도 오겠지.'

지나고 나면 모든 건 추억이 된다던가. 이곳도, 그리고 차희건이라는 남자도 그렇게 될 거였다. 시간이 많이 흐르고 난 뒤엔.

희건과 함께 저택으로 들어온 유정은 문득 차 회장의 저택에 들어설 때와 비슷하다는 느낌을 받았다. 미술관을 옮겨 놓은 듯 공간 미가 뛰어난 드넓은 공간은 차가운 냉기가 감돌았다.

'비슷한 사람들이라서일까. 같은 핏줄이니.'

그래서 사는 곳도 비슷한 분위기인 거겠지. 유정은 차 회장과 희건의 서늘한 이미지를 떠올리며 앞서 걸어가는 그의 넓은 등을 바라봤다. 넓고 반듯한 어깨에선 보이지 않는 냉기가 흐르는 것 같았다. 저 끔찍한 냉기를 견디는 일도 오늘이 마지막이다.

그녀의 공간은 2층이었다. 그러나 유정은 계단에 오르지 않고 그를 불렀다.

"차희건 씨."

뒤도 보지 않고 자신의 방을 향해 걸어가던 그가 우뚝 걸음을 멈추었다. 희건이 그녀 쪽으로 몸을 돌리자 수려한 이목구비와 냉기를 담은 눈이 보였다.

그 얼굴을 올려다보며 유정이 한 걸음 앞으로 다가갔다.

들고 있던 가방에서 서류를 꺼낸 그녀가 그에게 내밀었다.

"이혼 서류예요."

"……."

유정이 내민 서류를 희건이 무감하게 응시했다. 이혼 서류라고 말했고 눈으로 보고 있음에도 그의 시선엔 어떠한 감정도 느껴지지 않았다. 차갑고 건조하기만 한 눈동자가 종이를 보고 있을 뿐이었다.

저 시선에 이젠 상처받지 않기로 했으면서.

유정은 마지막 날까지 그게 쉽지 않다는 걸 깨닫고 조용히 씁쓸함을 삼켰다.

"그동안 고마웠어요."

이 남자는 아무리 계약 종료일이라 해도 의례적인 인사말조차 먼저 하지 않으리라는 걸 알기 때문에 유정이 먼저 인사하기로 했다. 어쨌든 2년간 함께 살았던 남편이었으니까.

"앞으로도 하는 일 잘되길 바랄게요."

이미 그는 한국 제일의 기업, 진한그룹의 상무로 너무나 잘나가고 있는 남자였다. 자신의 덕담 따위가 무슨 의미가 있을까 싶긴 하지만 마지막은 좋은 이미지를 남기고 싶다는 생각에 한 말이었다.

"……."

희건은 그런 그녀를 조금 이상한 눈으로 보고 있었다.

뭘까, 저 눈빛은.

그 시선을 오히려 유정이 의아하게 마주 봤다. 특별히 감정이 담기진 않았지만 평소와는 다른 눈빛이 그녀를 직시하고 있었다. 말없이 내려다보던 그가 입을 열었다.

"마지막 인사입니까?"

"네. 계약 종료일이니까요."

담백하게 말하는 그녀에게 희건의 시선이 내려앉았다. 언제나 속을 알 수 없는 남자였지만 오늘은 더욱 시선의 의미를 알 수 없었다. 희건이 말없이 보고 있자 유정은 속으로 작게 한숨을 내쉬었다.

'그래도 마지막 인사쯤은 해 주길 바랐는데.'

그것조차 차희건에겐 무리한 기대였을까. 어쩌면 뭔가 변화를 보이길 바란 자신의 기대가 조금 전 그의 눈빛을 다르게 착각하게 했던 건지도 몰랐다. 그저 평소와 똑같은 냉담함 속에서 조금이라도 다른 감정을 찾아보고자 하는 욕심 때문에.

그런 생각에 더 씁쓸해졌지만 익숙하게 표정을 숨긴 유정이 말을 이었다.

"오늘로 계약은 끝났으니 저는 이 집에서 나가겠어요. 이건 희건 씨가 사인해서 제출해 주고, 제 짐은……."

"못 나갈 텐데."

낮게 들려온 목소리에 유정이 말을 멈췄다.

"네?"

느리게 깜빡거리는 눈이 그에게 향했다. 희건은 표정 없이 그녀를 보며 말했다.

"오늘 밤부터 새로운 계약이 시작될 예정이라 말입니다."

새 계약……?

유정의 투명한 갈색 눈동자가 작게 흔들렸다. 그 눈을 똑바로 응시하며 희건이 말했다.

"내 제안을 당신 집에서 이미 받아 버렸거든요."

"우리 집이요?"

유정의 눈이 커졌다. 지금 이 남자가 무슨 말을 하는 건지 머릿속에서 제대로 이해되지 않아 혼란스러웠다. 그녀의 머릿속이 당황으로 어그러지는 중에도 희건은 반듯한 얼굴로 유정을 내려다보며 고저 없이 말했다.

"이번 계약은 차평일 회장이 아닌 내가 주도한 계약이니 이제 본가와는 관련이 없습니다."

"잠깐, 잠깐만요. 나는 처음 듣는 소리예요."

유정이 당혹에 젖은 목소리를 냈다.

"대체 무슨 말을 하는 거예요?"

희건이 그녀의 얼굴을 가만히 내려다봤다.

"잠시 기다려요."

유정에게 짧게 말한 희건이 자신의 방 쪽으로 향했다. 방으로 들어가는 그를 보며 유정의 머릿속이 복잡해졌다.

새로운 계약이라고?

게다가 그 계약을 이미 우리 집에서 받아들였다니 이게 대체…….

오늘로 모든 게 끝나는 날이었다. 이혼 서류를 주고, 맡은 바 역할을 다 했으니 그는 별말 없이 이 계약을 끝내면 될 일이었다. 분명 그렇게 될 거라고 생각했다. 그런데 저 남자는 대체 무슨 말을 하는 거지?

방에서 나온 희건의 손에는 서류가 들려 있었다.

"확인해 보시죠."

"……."

유정이 이혼 서류를 든 채 다른 손으로 그가 내민 서류를 받아들었다. 내용을 확인하는 그녀의 눈이 점점 커졌다.

이, 이게 뭐야?

유정의 부모 이름으로 거액의 새로운 계약이 체결되어 있었다. 게다가 이번 계약은 종료일도 없었다. 눈을 부릅뜨고 계약서를 몇 번이나 다시 읽어 내려가던 유정이 시선을 들어 올렸다.

"대체 왜…… 이런 계약을 한 거예요?"

유정의 눈은 당혹으로 흔들리고 있었다. 믿기지 않는 사실에 목이 메었다. 얼굴이 새하얗게 질린 유정이 살짝 잠긴 목소리로 말했다.

"차희건 씨도 나처럼 오늘을 기다리고 있었잖아요. 계약이 끝나기만을 기다린 사람이 왜……."

"대단한 착각을 했군요. 성유정 씨."

"네?"

희건의 서늘한 목소리에 유정이 멈칫해선 되물었다. 눈앞에 그의 얼굴이 보였다. 서늘하고, 오만하기 짝이 없는 평소의 얼굴이.

"내가 오늘을 기다린 건 사실입니다."

……뭐지?

아니었다. 지금 그의 얼굴은 평소와 달랐다. 냉기로만 점철되었던 그 얼굴과 지금 분위기는 뭔가……. 유정이 저도 모르게 숨을 삼켰다.

저벅.

희건이 그녀 앞으로 한 걸음 다가왔다.

"하지만 당신을 놔주기 위해 기다린 건 아닙니다. 오히려 그 반대인데."

평소와 다른 그의 모습에 유정의 심장이 불안하게 뛰기 시작했다.

"무슨 말이에요? 내가 이해할 수 있게 말해 줘요."

"이 계약이 끝나야 성유정이 온전히 내 것이 되니까."

"!"

낮게 깔리는 목소리에 유정의 입술이 저도 모르게 벌어졌다.

지금 뭐라고……?

유정의 눈이 이리저리 흔들리자 그가 그녀 쪽으로 한 걸음 더 움직였다. 거리를 좁힌 희건의 눈이 어둡게 타올랐다.

"난 아주 오래 참았다는 뜻입니다. 성유정 당신을 갖기 위해."

처음 보는 차희건의 욕망 어린 눈동자에 놀란 유정이 흠칫거리며 뒷걸음질 쳤다.

"무슨, 무슨 말을 하는 건지 모르겠어요. 더 다가오지 말아요."

거리를 벌린 유정은 혼란스러운 눈빛으로 그를 경계하듯 쳐다봤다.

한 걸음 더 다가오려던 그가 그 자리에 우뚝 멈춰 섰다.

"……."

항상 유지했던 거리. 딱 그만큼 떨어진 거리에서 희건이 그녀를 보고 있었다. 간격이 평소만큼 유지되자 유정이 작게 숨을 내뱉었다.

하아.

그 순간, 희건이 성큼 다가오며 커다란 손으로 그녀의 허리를 끌어당겼다.

"!"

급작스럽게 끌려간 그녀의 손에 들려 있던 계약서와 이혼 서류가 바닥으로 떨어졌다.

"차, 차희건 씨?"

희건에게 붙잡힌 유정이 놀란 목소리를 냈다. 그의 조각 같은 얼굴이 지나치게 가까운 위치에 있었다.

"말했을 텐데. 이건 내 계약이라고."

유정의 시선을 포박한 그의 눈동자가 강렬하게 타올랐다. 늘 냉정하기만 했던 차희건의 뜨거운 눈동자에 유정의 작은 입술이 벌어졌다.

이게, 차희건이라고? 말도 안 돼. 이건 차희건이 아니야.

유정이 당황으로 흔들리는 눈으로 보는데 그가 고개를 숙이며 거리를 더 좁혔다.

"더 이상 참을 생각 없어."

"……!"

낮게 으르는 목소리에 유정이 숨도 쉬지 못하고 희건을 쳐다봤다. 두 사람의 거리가 자칫 입술이 닿을 정도로 가까워졌다. 눈앞에서 이글거리는 눈동자가 불꽃을 품은 듯 뜨거웠다. 유정의 턱이 가늘게 떨려 왔다.

그때 그가 그녀를 놔줬다.

"아……."

유정이 주춤거리며 섰다. 한 걸음 뒤로 물러선 희건은 평소처럼 냉정한 목소리로 말했다.

"많이 놀란 것 같으니 오늘까진 참아야겠군요."

표정도 목소리도 평소 같았지만, 눈동자에서 이글거리는 불길은 달랐다.

"새로운 계약에 적응해야 할 겁니다. 성유정 씨."

서늘하게 말한 그가 몸을 돌렸다.

그대로 방으로 들어가는 희건의 뒷모습을 유정이 믿든 힘든 눈으로 쳐다보고 있었다.

'이게 대체 무슨…… 일이지?'

방금 겪은 일이, 눈앞에서 본 차희건의 눈빛이, 분명 제 귀로 들은 차희건의 말이 모두 현실 같지가 않았다.

모든 게 끝났다고 생각한 순간 처음부터 다시 시작해야 한다니…….

움직이지도 못하고 못 박힌 듯 그대로 서 있는 그녀의 발치엔 그들의 새로운 계약서가 떨어져 있었다.

01

2년 전.

대학 4학년생이었던 유정은 동기와 함께 교내 벤치 앞에 서 있
었다.

그녀는 화장기 없는 맨얼굴에 윤기 도는 새까만 머리칼을 하나
로 묶고 있었다. 도서관에서 공부하다 잠깐 나와 달라는 연락을 받
고 나온 거라 니트 위에 패딩 조끼만 대충 걸치고 나온 참이었다.

'생각보다 쌀쌀하네.'

유정이 입술 바깥으로 뿜어 나오는 하얀 입김을 바라보며 생각
했다. 평소 말이 많은 동기는 오늘따라 그녀를 불러 놓고 한참을
뜸을 들였다.

"할 말 있다며."

기다리던 유정이 묻는 말에 머뭇거리던 동기가 결심한 듯 입을
열었다.

"나 유정이 너 오래 좋아했어. 나와 만나 보면 어때?"

"······."

살짝 긴장한 듯한 동기의 얼굴을 유정이 잠시 바라봤다.

솔직히 예상했던 일이긴 했다. 처음 겪는 일은 아니었으니까. 다만 그러지 않길 바랐을 뿐. 이런 일이 생길 때마다 그 뒤에 생기는 불편함을 유정은 이미 여러 번 겪어 왔다.

"미안하지만 난 누구와 사귈 생각 없어."

담담히 흘러나오는 말에 동기의 눈동자에 실망감이 어렸다.

"아예 생각이 없는 거야?"

"응. 미안해."

익숙하게 사과하는 그녀의 얼굴에선 조금의 여지도 찾을 수가 없었다. 그 사실에 동기는 허탈함을 숨기지 못했다.

"그럴 거라 생각하긴 했는데······그래도 막상 들으니까 좀 충격이다."

과에서 꽤나 인기 있는 그로선 납득이 되지 않는다는 말투였다. 하지만 유정이 상대가 누구든 항상 고백을 거절한다는 걸 알고 있어 한편으론 예상한 듯 보였다. 씁쓸한 듯 입매를 당긴 그가 다시 물었다.

"조금 더 생각해 봐 줄 수 있어?"

"소용없을 거야. 미안."

짧게 대답한 유정이 먼저 몸을 돌렸다.

눈에 띄는 예쁜 외모 때문에 거절은 익숙한 일이었다. 조금도 마음에 없는 상대와 일부러 만나 줄 만큼 연애를 하고 싶은 마음도 없었다. 지금은 자격증 시험을 위한 공부가 더 중요했다. 졸업반인 지금 제대로 스펙을 쌓아 두지 않으면 원하는 곳에 취직은커녕 서류 전형조차 통과하지 못할 테니까.

지이잉.

다시 도서관으로 향하던 유정의 손에서 휴대폰 진동이 울렸다.

모친인 혜숙의 전화임을 확인한 유정의 걸음이 느려졌다. 의아하게 휴대폰을 보던 그녀가 곧 전화를 받았다.

"네."

- 유정이 너 지금 어디니?

혜숙의 목소리는 어딘가 들떠 보였다. 평소와 다른 그녀의 목소리에 유정이 휴대폰을 고쳐 잡으며 말했다.

"도서관요."

- 일단 지금 집으로 올래?

"지금요?"

유정이 눈을 깜빡이는데 혜숙의 상기된 목소리에 조급함이 따라붙었다.

- 그래. 지금 당장 택시 타고 와. 알았지?

"알았어요."

무슨 일이기에 그러지? 우선 대답하고 전화를 끊은 유정은 이상함을 느꼈다. 평소의 혜숙과 너무도 달랐기 때문이다.

'급한 일인 것 같으니 일단 가자.'

유정은 도서관의 자리로 돌아가 가방을 챙겨 나왔다.

"다녀왔습니다."

집으로 돌아온 유정은 문득 현관 앞에 놓인 낯선 남성 구두 두 켤레를 쳐다봤다.

'손님이 계신가?'

왜일까. 처음 보는 고가의 남성 구두에서 왠지 모를 불길한 기분이 들었다. 말로는 설명할 수 없지만 분명 그런 기분이 엄습했다. 광택이 도는 남성 구두를 유정이 응시하고 있는데 잰걸음으로 나온 혜숙이 그녀를 반겼다.

"유정이 왔구나."

환한 웃음이 담긴 혜숙의 얼굴을 유정이 바라봤다. 평소 늘 기운이 없는 혜숙이었기에 이런 들뜬 모습을 보는 건 낯설었다. 최근 부친의 사업이 크게 휘청이면서 몇 달간 눈에 띄게 가라앉은 모습만 봐 왔기 때문에 더욱 낯선 기분이었다.

"무슨 일로 오라고 한 거예요?"

유정이 묻는데 혜숙이 얼른 뒤를 보며 누군가에게 살갑게 말했다.

"회장님, 기다리셨죠? 우리 유정이 왔네요."

회장님?

집에서 처음 듣는 호칭에 유정이 거실 안쪽을 바라봤다. 그때 혜숙의 뒤에서 정장 차림의 노인이 나타났다.

'차평일 회장님이잖아?'

유정은 순간 놀랐다. 진한그룹의 차평일 회장은 이 나라 최대 재벌 중 한 명이었다. 예전 그녀의 할아버지가 살아 계실 때 몇 번 뵈었던 적이 있었지만, 할아버지가 돌아가시고 아버지가 사업을 물려받은 뒤로는 한 번도 뵌 적이 없었다. 이미 10년도 더 전에 봤던 재벌 총수가 자신의 집에 와 있는 상황이 유정은 무척 낯설게 느껴졌다.

차 회장이 유정을 주시하며 다가왔다.

꼬장꼬장해 보이는 외모와 범상치 않은 예리한 눈빛에 유정은 순간 긴장했다.

"안녕하세요."

유정이 긴장을 숨기며 차 회장에게 단정히 고개를 숙여 인사했다.

"많이 컸구나."

회장의 날카로운 시선이 천천히 유정을 훑었다. 그 시선에 유정은 자신이 마치 마트 진열대 위 생선이 된 기분이었다.

유정이 드러나지 않게 숨을 꿀꺽 삼키는데 혜숙이 유정에게 말했다.

"차 회장님이 널 예전에 몇 번 본 적 있다 하시는데, 유정이 너도 기억하니?"

"네. 기억해요."

유정의 대답에 혜숙이 말간 웃음을 지으며 차 회장을 바라봤다.

"역시 기억한다네요. 얘가 머리가 좋아서 기억할 줄 알았어요."

평소보다 목소리 톤이 올라가 있는 혜숙이 입꼬리를 한껏 올린 채 말을 이었다.

"그래서인지 우리 유정이 성적도 무척 좋아요. 제 딸이지만 참 인내심도 많고요."

유정은 혜숙을 잠시 바라봤다. 혜숙이 그녀를 타인에게 이렇게 열심히 칭찬하는 일은 처음 있는 일이었다. 조금 전 현관에서 처음 보는 구두를 봤을 때와 같은 불안감이 혜숙의 처음 보는 모습 앞에서도 느껴졌다.

그때 유정의 뒤에서 현관문이 요란스럽게 벌컥 열렸다.

"차 회장님!"

급히 들어온 유정의 부친, 성동한이 차 회장을 보더니 머리가 땅에 닿을 듯 허리를 굽혔다.

"죄송합니다! 너무 갑작스러워서 제가 조금 늦었습니다."

머리를 조아리는 동한을 짧게 쳐다본 차 회장이 시선을 돌리며 말했다.

"괜찮네. 볼일은 다 끝났으니까."

"버, 벌써 말입니까?"

동한이 걱정 어린 눈빛으로 유정을 쳐다봤다. 혜숙의 시선도 동시에 유정에게 향했다.

'왜 날 보는 거지?'

저에게 향해 있는 동한과 혜숙의 불안한 눈을 유정이 이상하게 쳐다봤다. 동한이 침을 삼키고 차 회장에게 말했다.

"혹시 마음에 안 드시는……."

"오늘은 어떻게 컸나 실물을 확인하고 싶었을 뿐이니까."

흠칫. 차 회장의 피까지 얼어붙을 것 같은 차가운 눈에 유정의 작은 어깨가 움츠러들었다.

유정을 위아래로 유심히 훑어보며 차 회장이 말을 이었다.

"일은 절차대로 진행할 거니 걱정 안 해도 될 거네."

"아…… 그렇습니까."

동한과 혜숙의 얼굴에 순식간에 안도감이 퍼져 나갔다.

차 회장이 먼저 현관으로 향하자 그의 비서실장이 빠르게 뒤따르며 그들에게 말했다.

"그럼 연락드리겠습니다."

"아, 네. 감사합니다."

"감사합니다. 회장님!"

인사도 없이 나가는 차 회장의 뒷모습에 대고 부부는 몇 번이나 허리를 숙여 인사했다. 유정은 이 상황이 도무지 이해가 되지 않았

28

다. 뭐가 감사하다는 걸까? 자신에게 닿았던 기분 나쁜 차 회장의 눈빛을 떠올리다가 애써 불길한 예감을 떨치며 물었다.

"저분은 왜 오신 거예요?"

현관 밖까지 나가 인사하던 혜숙이 미소를 띤 얼굴로 유정을 바라봤다.

"살다 보니 이렇게 좋은 날도 오는구나. 요즘 계속 한숨만 나왔는데……."

벅차오르는 기쁨을 감추지 못하고 눈이 붉어진 혜숙이 손등으로 눈물을 찍어 냈다. 그때 동한이 현관으로 들어오면서 큰 소리로 말했다.

"유정아. 너 재벌가에 시집가게 생겼다."

"네?"

유정의 눈이 커졌다. 불길한 예감의 정체를 깨닫자 온몸에 찬물을 뒤집어쓴 것처럼 정신이 번쩍 들었다.

"남들은 꿈도 못 꾸는 재벌가에서 널 선택한 거야! 기쁘지 않니?"

상기된 얼굴의 동한에게 유정이 다급하게 말했다.

"결혼이라뇨? 제가 누구와 결혼한단 말인데요."

혜숙이 눈물이 번진 눈으로 유정을 보며 유정의 두 손을 붙들었다. 제 손을 쥔 혜숙의 손에 단단하게 힘이 들어가자 유정이 흠칫거렸다. 본능처럼 혜숙의 손을 뿌리치는데 혜숙이 눈물에 번들거리는 눈을 하고서 말했다.

"차 회장님께서 예전에 널 좋게 봤다며 회장님 손자분과 혼사를 진행하고 싶다 하셨어."

"……손자요?"

유정의 얼굴이 하얗게 질렸다. 차 회장의 손자라면 아직 결혼하지 않은 남자가 두 명 있었다. 차이태와 차희건. 순서로 따지자면 형인 차이태일 거였다. 종종 언론에 등장하는 차이태를 떠올린 유정은 말문이 턱 막혔다.

연애도 해 본 적이 없는데 결혼이라니? 게다가 차이태는 유정이 사립학교 다닐 당시 약을 한다는 소문이 은연중 교내에 퍼졌을 정도로 문란한 사람이었다.

"농담이죠? 장난…… 맞죠?"

부모님이 이런 장난을 칠 사람이 아님에도 유정은 실낱같은 희망을 붙들려는 사람처럼 떨리는 목소리로 말했다.

동한이 버럭 화를 냈다.

"이런 꿈같은 기적이 일어났는데 농담이냐니? 차 회장님 덕분에 우리 회사가 안 망하게 됐는데!"

눈을 부릅뜨고 소리치는 동한을 보자 유정은 오히려 현실감이 생겼다.

……그래. 이런 사람들이지. 내 부모는.

유정은 순식간에 머릿속이 냉정해졌다. 차가운 시선으로 동한을 쳐다보며 물었다.

"그럼 회사 때문에 절 결혼시키려는 거예요?"

"말을 왜 그렇게 해? 회사 망하면 너도 끝이고 우리도 끝이야! 다 죽자는 거야, 지금?!"

동한의 얼굴이 시뻘겋게 달아올라 있었다.

"……."

유정이 표정을 굳히고 말없이 쳐다보자 인상을 썼던 동한이 잔기침을 했다.

"험, 험. 그러니까, 나쁘게만 생각할 이유가 어디 있느냔 말이야."

이 계약에는 반드시 유정이 필요하다는 걸 동한은 누구보다 잘 알고 있었다. 표정을 바꾼 그가 유정을 달래듯 말하기 시작했다.

"정 싫으면 2년만 살고 나오면 돼. 유정이 네가 2년만 참아 주면 우리 가족 전부 살아나는 거야. 이렇게 좋은 조건이 어디 있겠어?"

유정은 여전히 말이 없었다. 인형처럼 냉소적으로 보고 있는 그녀의 어깨를 다정하게 잡으며 동한이 다시 말했다.

"유정이 너 재벌가에 시집가고 싶어 하는 여자들이 이 바닥에 얼마나 되는지 모르지? 넌 정말 운이 좋은 거라니까?"

옆에 있던 혜숙도 거들기 시작했다.

"그래. 유정아. 나쁘게만 생각하지 말고……."

"그래서 아버지 회사 살리는 조건으로 저를 재벌 집에 파신 거네요."

유정의 싸늘한 말에 혜숙과 동한의 눈이 한껏 커졌다.

"무, 무슨 말을 그렇게……."

당황한 혜숙의 옆에서 동한이 버럭 고함쳤다.

"성유정! 말을 그딴 식으로 할래? 내가 널 그렇게 키웠어?!"

목에 핏대를 세운 동한의 얼굴이 시뻘게져 있었다. 이 결혼이라는 조건에 얼마나 큰 액수가 걸려 있는지 그의 얼굴만으로 가늠이 되고도 남았다. 유정은 속에서 쓴물이 올라오는 걸 익숙하게 삼켰다.

"유정아, 그게 아니라."

혜숙이 다급하게 유정의 손을 다시 잡았다. 그녀는 아까의 밝았던 표정과 전혀 다른 어두워진 얼굴로 처연하게 입을 열었다.

"우리 생각만 해서 미안해. 네 입장에선 정말 얼마나 말도 안 되는 일이니……."

혜숙의 눈에 방금과는 다른 의미의 눈물이 그렁그렁 맺혔다.

'또, 저 눈.'

유정은 그 눈을 보고 싶지 않다고 소리치고 싶은 것을 가까스로 목 안으로 삼켜 냈다. 혜숙은 울먹이는 목소리로 말을 이었다.

"네가 하고 싶지 않으면 하지 않아도 돼. 평생 너에게 제대로 해 준 것도 하나 없어 미안함뿐인데 어떻게 이런 일까지 시키겠어……. 그저 우리가 감내하면 될 일이니 너는 아무 걱정 하지 말고 하고 싶은 공부 계속해."

"그게 무슨 말이야? 그럼 우리 회사는 어쩌라고!"

동한이 눈썹을 치켜 올리며 성난 얼굴로 혜숙을 노려봤다. 혜숙이 마치 연극이라도 하듯 인위적으로 한숨을 길게 내쉬었다.

"어쩌겠어요. 집이 어떻게 되든 유정이가 싫다는데……."

혜숙은 붉어진 눈으로 유정을 한 번 바라보고는 다시 바닥으로 시선을 떨궜다. 진득하게 저에게 닿아 있던 시선이 일부러 느리게 떨어지는 것을 유정은 말없이 보고 있었다.

"하아, 박복하기도 하지. 내가 전생에 무슨 죄를 지어선."

혜숙이 땅이 꺼져라 다시 한숨을 내쉬었다. 그러고는 눈을 굴려 다시 유정을 바라봤다. 그 모습은 마치 유정에게 자신이 원하는 대답을 어서 말하라고 재촉하는 것 같았다.

"……."

유정은 혜숙의 기대에 응하지 않은 채 그 자리에 그대로 서 있었다.

그 모습을 보고 있던 동한이 답답하다는 듯 소리쳤다.

"유정이 넌 네 엄마가 이렇게 말하는데도 너 하고 싶은 일만 하고 살겠다는 거냐?!"

"놔둬요. 유정이 잘못이 아니잖아요. 다 내 탓이지. 내 팔자가 이런 걸 왜 애 탓을 해요."

지긋지긋한 팔자타령. 더는 참기 힘들었다. 이 연극 같은 두 사람의 대화도, 혜숙의 눈물 가득한 눈도, 그 와중에 저에게 닿을 때마다 번들거리는 눈동자도. 유정이 주먹을 꽉 쥐고는 몸을 돌렸다.

"성유정!"

동한의 사나운 목소리가 유정의 뒤통수에 박혀 들었다.

"이번 주부터 결혼 준비 들어갈 거니까 학교 끝나면 바로 와! 주말은 싹 비우고! 알았어?"

동한의 목소리를 들으며 유정은 자기 방으로 들어왔다.

탁.

문을 닫고 선 유정은 허공을 응시했다.

눈물도 나오지 않다니. 이 말도 안 되는 현실에서 울지도 않는 자신이 어이없을 정도였다. 아직 대학도 졸업하지 못했는데 결혼이라니. 졸업하면 곧바로 원하던 회사에 취직해서 집에서도 독립할 생각이었는데 결혼?

"게다가 그 문란하다던 남자와?"

허탈하게 내뱉은 유정이 쓴웃음을 흘렸다.

자신을 생선 고르듯 보던 차 회장 눈의 의미를 깨닫자 기분이 더없이 처참해졌다. 부모님에 대한 기대는 애초에 없었지만 회사를 살리겠다고 딸을 팔아치우는 일에 이렇게 서슴없을 줄은 몰랐다.

혜숙은 늘 자신의 나약함을 방패삼아 유정을 그녀의 뜻대로 움직이게 만들고는 했다. 겉으로는 위하는 척하지만, 단 한 번도 혜숙이 유정을 진심으로 위한 적이 없음을 유정 자신이 누구보다 잘 알았다.

'도망칠 수 있을까?'

유정은 현실적으로 머리를 굴려 봤다. 독립을 위해 모아 둔 돈도 있으니 당장 다른 나라로 도망치면…….

하지만 생각은 거기서 끝났다. 차 회장을 그런 식으로 거슬렀다간 제 부모가 어떻게 될지 장담할 수 없었다. 부모는 그녀를 이렇게 돈에 쉽게 팔았는데, 그런 부모가 어떻게 되든 상관하지 않을 정도로 유정은 모질지 못했다.

"……하, 뭐 이따위야."

헛웃음을 흘리던 유정이 제 입술을 질끈 깨물었다. 혜숙이나 동한이 진정으로 딸을 위한다면 이런 결혼 같은 건 절대 시도도 하지 않았을 거라는 사실이 유정의 심장을 후벼 팠다.

'차라리 못돼 처먹기라도 하지.'

돈에 팔아 넘겨진 비참한 심정인데도 그런 부모를 버리지 못하는 자신에게 화가 났다. 지긋지긋해하면서 도망도 치지 못하는 자신이 그들과 똑같은 한심한 사람처럼 생각되었다.

"이게 마지막이야."

유정이 낮게 뇌까리듯 내뱉었다. 그녀의 얼굴엔 자포자기한 감정이 떠올라 있었다. 하지만 다른 면으로는 어떤 결심도 서 있었다. 이렇게까지 한 부모에게 더는 기대할 것이 없었다.

그리도 소원이라면 그깟 2년쯤 참을 수 있었다. 단, 이 결혼을 마지막으로 저 사람들과는 인연을 끊을 거였다. 이번에는 반드시,

기필코 그렇게 할 거였다.

여기까지가 자신이 할 수 있는 최선이고 그 뒤는 절대 뒤돌아보지 않을 거였다. 더는 자신의 삶을 이용하기만 바라는 부모로 인해 휘둘리고 싶지 않았다.

가라앉은 얼굴로 유정이 길게 숨을 내쉬었다.

※ ※ ※

유정은 인형처럼 입혀진 채 상견례 장소에 앉아 있었다. 격식 있는 한식당 별채에 나란히 앉은 동한과 혜숙은 조금 긴장한 듯 상기된 얼굴로 창밖을 내다보고 있었다.

"회장님이 좀 늦으시네."

목이 타는지 몇 잔째 찬물을 들이켠 동한이 조용히 앉아 있는 유정을 쳐다봤다.

"물어보는 말에 예의 있게 대답해. 웃는 얼굴로, 알았어?"

"……."

대답 없는 유정을 동한이 마뜩잖게 보고 있는데 창밖에 차 회장과 그의 비서실장이 들어오는 게 보였다.

"왔네, 왔어."

동한이 급히 일어서자 혜숙도 얼른 따라 일어섰다. 동한의 시선이 유정에게 홱 닿았다.

"유정이 너 안 일어나고 뭐 해?"

그의 채근에 유정도 조용히 몸을 일으켰다.

"아이고, 회장님!"

안으로 들어서는 차 회장을 반기며 동한이 살갑게 다가갔다.

"오랜만입니다. 그동안 별고 없으셨습니까?"

만면에 웃음을 띤 동한의 얼굴은 누가 봐도 비굴해 보였다. 그걸 모르지 않는 차 회장은 동한에게 시선을 내리깔았다.

"그래, 자네들은 어떤가."

차 회장이 비서실장을 뒤에 세워 두고 말했다. 왕이라도 만난 것처럼 과도하게 고개를 조아리던 동한이 얼른 대답했다.

"하하. 덕분에 잘 지냈습니다."

유정이 가만히 동한을 보고 있었다. 명백히 바라는 것이 있는 자가 그걸 줄 수 있는 자 앞에서 얼마나 굴욕적인 태도를 취할 수 있는지 그의 아비가 보여 주고 있었다.

그가 자신과 피를 나눈 혈육이라는 것에 유정은 이 순간 강한 환멸을 느꼈다. 전혀 불쌍하게 느껴지지도 않았다. 동한이 사업을 말아먹은 이유는 사업 능력도 없으면서 성실함까지 갖추지 못한, 거기에 누가 치켜세워 주면 거들먹거리느라 되도 않는 거금을 길바닥에 뿌리듯 써 대는 동한의 성정 때문임을 유정도 알고 있었기 때문이다.

그때 차 회장의 시선이 뒤에 가만히 서 있는 유정에게 닿았다.

"인사해야지."

동한이 소리 낮춰 채근하자 유정이 차 회장에게 고개를 숙였다.

"안녕하세요."

인사하고 다시 고개를 든 유정의 시야에 회장의 뒤로 들어오는 남자가 보였다. 그를 본 유정이 멈칫했다.

'차희건?'

키가 무척 큰 남자는 차이태가 아닌 그의 동생 차희건이었다.

'왜 차희건이 들어오는 거지?'

유정은 순간 당황했다. 당연히 상대는 나이가 더 많은 차이태일 거라고 생각했는데 동생인 차희건이었다니. 유정은 차희건을 알고 있었다. 그를 보는 것도 차 회장처럼 10년도 더 전의 일이지만. 그 때도 차희건은 귀공자 같은 서늘하고 고고한 이미지였다.

지금 성인이 된 그를 보니 여전히 잘생긴 얼굴에 남자다운 원숙미가 더해져 있었다.

조각 미남이라 불릴 만큼 수려한 얼굴을 유정이 놀란 눈으로 보고 있는데 희건의 서늘한 시선이 꽂혔다.

"!"

그 시선에 유정은 얼른 고개를 내렸다. 저 차가운 눈빛이 저를 쳐다보는 제 시선을 기분 나빠 하는 듯 보였다.

'날 못 알아보나?'

그때도 친밀한 사이는 아니어서 그럴 수도 있을 거였다. 유정이 난처하게 발치를 응시하고 있는데 혜숙의 밝은 목소리가 들렸다.

"우리 차희건 상무님은 사진보다 실물이 훨씬 잘생기셨네요."

"정말 장성하셨습니다."

"감사합니다."

유정은 시선을 내린 채 희건의 중저음 목소리가 생각보다 무게감 있다는 생각을 했다. 예전과 외모가 달라졌듯 목소리의 울림도 더 깊어진 것 같았다. 완전한 성인 남성의 목소리라 왠지 기분이 묘했다.

"우선 앉지."

"네. 회장님."

차 회장의 말에 모두 착석했다. 유정도 제 자리에 앉았다. 그녀의 맞은편에는 희건이 앉아 있었다.

"예전에 아버지 살아 계실 때 몇 번 뵌 적은 있었지만 이런 식으로 차 회장님과 인연이 이어지게 될 줄은 몰랐는데 정말 신기합니다."

동한이 감탄하듯 하는 말에 혜숙도 얌전한 미소를 지으며 말을 보탰다.

"살아 계셨다면 얼마나 기뻐하셨을까요. 시아버님께서 차 회장님에 대한 말씀 많이 하셨거든요. 정말 위대하신 분이라고."

유정이 혜숙의 말을 들으며 희건을 바라봤다. 사람들의 대화에도 그는 거의 말이 없었다. 묻는 말에 짧게 대답만 하는 정도였다. 유정은 자신을 쳐다도 보지 않는 희건의 서늘한 얼굴을 보고 알았다.

'차희건도 원해서 하는 결혼이 아니구나.'

저만 그런 줄 알았는데, 상대도 같은 입장일 줄은 몰랐다.

그때 동한의 목소리가 들렸다.

"차 상무님 요즘 많이 바쁘시죠? 지금 맡고 계신 자동차 사업이 워낙 성과가 좋다고 들었습니다. 밤낮없이 일하신다던데 대단하십니다."

"과찬이십니다."

이번에도 단답형으로 대답하는 희건에게 동한이 웃으며 말했다.

"그동안 제대로 쉴 시간도 없으셨을 텐데 결혼하고 나면 한동안 쉬실 수 있겠네요."

희건의 시선이 동한에게 향했다.

"무슨 뜻입니까?"

희건이 날카로운 시선을 꽂은 채 묻는 말에 동한이 잠시 당황한 듯 머뭇거렸다.

"아…… 그거야, 신혼이기도 하고 아이도 만들고 하려면……."

아이라는 말에 유정의 표정이 굳었다. 아이라는 조건은 없는 걸로 알고 있는데 지금 동한이 차 회장의 눈치를 보는 것을 보니 상황이 짐작이 갔다.

마찬가지로 희건도 눈치챈 듯 불쾌한 어조로 말했다.

"아마 그럴 일은 없을 겁니다. 저는 어떤 상황에서도 일을 우선시하는 사람이라, 양해 바랍니다."

"아……하하. 하긴, 많이 바쁘시긴 하니까요. 우리 유정이도 이해하겠죠."

동한이 난처한 상황을 모면하려 자신을 핑계 대자 유정의 얼굴이 더 굳었다. 마치 희건 앞에서 제가 이 계약으로 아이를 갖길 원하는 속물적인 사람이 된 것 같았다.

차 회장이 느긋하게 차를 마시며 칼칼한 목소리로 말했다.

"가정을 꾸리는데 일만 우선시하면 되나. 그런 남자가 나가서 무슨 일을 할 수 있다고."

"맞아요. 가정적인 남자가 무슨 일이든 잘할 수 있는 거죠."

혜숙이 거드는 소리에 난처한 기색을 보이던 동한도 얼른 웃어 보였다.

"아하하, 회장님 말씀이 맞습니다."

차 회장이 찻잔을 내려놓으며 뒤에 앉아 있는 비서실장을 힐긋 쳐다봤다.

"그만 가 봐야겠군."

"아, 네. 회장님."

차 회장이 갈 채비를 하자 다들 얼른 자리를 정리했다. 차 회장이 일어서는 것과 동시에 대기하고 있던 비서실장이 걸려 있던 회장의 코트를 빼서 걸쳐 줬다. 그가 찻잔을 내려놓기 전에 짧게 시선을 줬을 때부터 준비하고 있던 것처럼 빠른 처사였다. 차 회장이 코트를 입으며 고개를 돌렸다.

"연락하겠네."

걸음을 옮기며 고개만 짧게 돌려 하는 말에도 동한과 혜숙은 깊이 고개를 숙였다.

"네. 기다리겠습니다."

"다음에 뵐게요. 회장님."

혜숙이 나긋한 목소리로 말할 때 먼저 방을 나서는 차 회장 뒤에 서 있던 희건도 인사했다.

"그럼 다시 뵙겠습니다."

"앞으로 자주 봬요. 상무님."

혜숙의 말에 가볍게 묵례하고 돌아선 희건이 찬바람을 풍기며 방을 나갔다. 그가 시야에서 사라지자 동한이 성마르게 타이를 흔들며 말했다.

"어휴, 이런 자리에서 저렇게 까칠하게 굴 건 또 뭐야? 결혼하면 애 낳는 게 뭐 이상한 말이라고. 소문처럼 생긴 건 번드르르한데 성격은 괴팍하네."

"……."

대답 없이 서 있는 유정의 눈치를 살핀 혜숙이 동한의 옆구리를 얼른 찔렀다. 혜숙이 조용히 하라는 듯 제 입술 앞에서 손가락을 세우자 동한이 유정을 힐긋 쳐다봤다.

"너도 막상 보니 생각이 달라지지 않았어? 차희건 상무 저쪽 세계에서 신랑감 1위야. 외모가 저렇게 잘났으니 재벌가 여자들이 줄을 쫙 섰어."

유정은 이번에도 대답하지 않았다. 그럼에도 동한은 제 할 말만
이어 갔다.

"저 남자 차지하고 싶으면 결혼하자마자 빨리 애부터 가져야 할
거다. 안 그럼 2년 뒤에 그 집에서 곧바로 쫓겨날 거니까."

애가 계약 조건에 있다는 걸 숨기지도 않는 동한이 방을 나서려
했다. 그때 뒤에서 유정이 말했다.

"이상하네요."

"뭐?"

우뚝 멈춰 선 동한이 다시 유정에게 시선을 돌렸다. 눈썹을 찌푸
린 그를 유정이 똑바로 바라봤다.

"아버지 말대로 재벌가 여자들이 줄을 섰다는 남자가 왜 저와
결혼하려는 건지, 이상하지 않아요?"

이런 식의 결혼을 하려는 남자는 차이태가 분명할 거라 생각했
지만 차희건이라면 말이 다르다. 동한의 말대로 저런 외모에 능력
까지 가진 차희건이 왜 저를 계약 결혼 상대로 택한 건지 모를 일
이었다.

유정이 쳐다보는 시선에 동한이 인상을 찌푸렸다.

"이상하고 말고 그게 뭐가 중요해? 차 회장님도 다 생각이 있으
시겠지."

동한의 사업이 몇 년 전부터 힘들어지더니 최근엔 손을 쓸 수
없을 지경까지 갔다. 그 상황에서 차 회장이 동한에게 회사를 살려
줄 동아줄 같은 제안을 했다.

'자네 딸 말이네. 성유정이었나? 지금 스물세 살이겠군.'

'맞습니다. 그런데 그건 왜⋯⋯.'

'내 손자와 혼사를 진행해 보면 어떻겠나?'

'차 회장님 손자분이시라면⋯⋯ 아직 결혼하지 않은 차이태 부사장 말씀이십니까?'

'이태 말고, 희건이 말이네.'

'차희건 상무요?'

'그래. 어떤가? 생각이 있다면 지금 자네 어려운 상황을 내가 해결해 줄 용의가 있는데.'

'저, 정말입니까?'

자금난을 해결할 방법이 완전히 사라진 상황에서 눈이 번쩍 뜨이는 제안이었다. 그 제안을 받기에 급급해서 이유 같은 건 생각해 본 적도 없었다. 왜 차이태가 아닌 차희건인 건지 그딴 게 중요한 게 아니었다. 우선 당장 회사를 살리고 봐야 공장 부도를 막을 수 있었다.

동한이 인상을 쓴 채 몸을 돌리며 유정에게 말했다.

"어쨌든 내 말 명심해. 하루라도 빨리 애를 가져야 네 신세도 피는 거다."

"제 신세라뇨?"

유정이 싸늘하게 물었다.

입구로 향하던 동한이 다시 그녀를 돌아봤다.

"생각을 해 봐라. 세상이 다 알 만한 남자와 결혼한 다음에 소박맞은 여자를 누가 데려가겠어?"

"⋯⋯."

동한이 당연하다는 듯 말하고 성큼 방을 빠져나갔다.

뒤에 선 유정은 피가 식는 것 같았다. 자신의 부모가 탐욕으로 그득한 사람들이라는 건 알고 있었다. 동한도, 혜숙도 뭐든 만족하지 못하는 사람이었다.

어릴 때부터 그런 부모에게 질려 빨리 대학을 졸업하고 취직해서 집을 나오는 게 목표였다. 그랬는데 동한은 딸인 자신의 인생이 망가지는 걸 뻔히 알면서도 멋대로 팔아 치우듯 결혼 계약을 하고, 그 계약에 따른 대가는 일절 자신이 챙기겠단 심보였다. 방금 그 말로 속내를 확실히 알 수가 있었다.

유정은 목에서 쓴물이 올라오는 것을 미간을 모으고 삼켜 냈다. 내려뜨린 주먹에 힘이 들어가고 새하얀 손등에 푸른 힘줄이 도드라졌다.

동한의 짜증스러운 목소리가 들렸다.

"빨리 나오지 않고 뭐 해?"

유정이 고개를 들었다. 주먹을 움켜 쥔 채 발갛게 충혈된 눈으로 동한을 노려봤다.

"이게 마지막이에요."

"뭐?"

동한의 한쪽 눈썹이 추켜 올라갔다. 혜숙도 무슨 말인가 들으려는 듯 그의 뒤에서 고개를 내밀었다. 유정은 들끓는 감정을 삭여 내며 싸늘하게 말했다.

"이 결혼으로 두 분은 돈을 받고 딸을 파신 거예요. 그러니 앞으로 딸은 없다고 생각하세요. 2년 뒤엔 저도 부모님 생각하지 않고 저를 위해 살 거니까."

"어머, 너 그게 무슨……."

놀란 듯 눈을 크게 뜨는 혜숙을 동한이 저지했다. 못마땅한 표정으로 유정을 쳐다본 그가 어깨를 으쓱였다.

"뭐, 네 생각이 그렇다면 어쩔 수 없지."

한숨을 크게 내쉰 동한이 피곤한 얼굴로 말을 이었다.

"2년만 이 결혼을 무사히 유지한다면 우리도 너한테 더 바라지 않을게."

유정이 표정을 바꾸지 않고 그를 응시했다.

"약속하신 거죠?"

"그렇다니까. 나도 그렇게까지 양심 없는 사람 아니다. 그러니 너도 말 나오지 않게 잘해. 알았어?"

할 수 없다는 듯 말한 동한이 복도를 걸어가기 시작했다. 불안한 얼굴로 두 사람을 번갈아 보던 혜숙이 얼른 그를 따라 붙었다.

"당신 정말 그럴 거예요?"

소리 죽여 걱정스레 묻는 혜숙을 동한이 힐긋 쳐다봤다. 시선을 옮겨 이제 막 방에서 나오는 유정을 확인한 그가 입술 끝을 말아 올렸다.

"유정이 재도 재벌가 생활 해 보면 원래 생활로 돌아오고 싶겠어? 그냥 그 집에서 쭉 살게 될 텐데 우리를 모른 척할 수 없겠지."

동한의 얼굴에 비열한 웃음이 맺혔다.

"아. 하긴, 그렇겠네요."

그제야 혜숙의 얼굴에 안도가 퍼져 나갔다. 표정을 풀던 그녀가 생각났다는 듯 다시 소리 낮춰 물었다.

"그런데 차희건 상무 말이에요. 반응이 좀 그렇지 않아요?"

동한이 의아한 얼굴로 혜숙을 내려다봤다.

"뭘?"

"아니 아무리 차 회장님 뜻으로 결혼하는 거라지만 아까 그 말

44

도 좀 걸리고……."

혜숙이 어물거렸다. 희건이 사람들 앞에서 불쾌함을 내비친 것이 은근히 마음에 걸렸기 때문이었다. 동한이 대수롭지 않다는 듯 웃으며 말했다.

"차희건 상무 소문이 칼이야, 칼. 눈빛으로 누구 하나 썰어도 이상하지 않다고 붙은 별명이니 알 만하지 않아? 게다가 회장님과 사이가 어떻다는 건 당신도 알잖아."

"그건 그렇지만……."

차희건이 차 회장과 냉담한 관계라는 건 혜숙도 알고 있는 거였다. 그래서 그런 걸까? 그녀가 느끼기에 차희건의 태도는 다소 예의 없이 보일 정도였다. 그가 이 결혼을 좋게 생각하고 있다고는 도저히 생각할 수 없을 정도로.

혜숙의 얼굴에서 그녀의 고민이 보였는지 동한이 걱정 말라는 듯 말했다.

"정말 싫다면 이 제안 받아들였겠어? 젊고 예쁜 여자 마다할 남자 어디 있다고. 아마 첫날밤부터 본색 드러내고 달려들 게 뻔해."

비릿한 미소를 짓는 동한을 보고 혜숙도 안도한 듯 입술 끝을 끌어 올렸다. 사실 유정의 외모는 제 딸이라 생각되지 않을 정도로 누가 봐도 예쁘니까 차 회장이 그런 제안을 했을 거였다. 유정으로선 그리 예쁘게 태어나게 해 준 부모에게 이 정도는 해 주는 게 당연했다. 아름답게 태어났으니 세상 살기가 얼마나 쉽겠느냐 말이다. 제 딸 안쓰럽게 여기자고 굳이 어려운 길을 갈 필요도 없었다.

유정이 하나만 희생하면 되는 건데.

동한의 사업이 기울어지며 자주 가던 명품 매장 VIP 자리를 빼앗길까 노심초사했던 혜숙의 눈이 은근히 빛났다.

"그럼 다행이네요."

"당신은 쓸데없는 걱정 좀 하지 말라고."

앞서 걸으며 콧노래 부르듯 말하는 동한의 뒤에서 혜숙이 고개를 힐긋 돌렸다. 멀리서 따라오는 유정을 쳐다본 그녀의 입가에도 즐거운 미소가 어렸다.

※ ※ ※

그 뒤로 결혼식 당일까지 유정은 차희건을 본 적이 없었다. 모든 절차는 초호화 수준으로 진행됐지만 혜숙과 둘이 다녀서인지 정말로 결혼한다는 실감은 들지 않았다.

그런데 막상 웨딩드레스를 입고 신부 대기실에 앉아 있으니 비로소 실감이 났다.

유정은 국내 웨딩드레스 중 최고가일 거라며 플래너가 찬사를 늘어놓던 화려한 웨딩드레스를 입고 대기실에 앉아 있었다. 원래 뛰어난 미인이었지만 결혼 준비 기간 동안 고가의 관리를 받은 유정은 한 폭의 그림처럼 아름다웠다.

유리로 된 신부 대기실에 앉아 있는 유정은 아무 표정이 없었다. 마치 신부를 전시하는 듯한 공간에 인형처럼 앉아 있는 유정을 수많은 사람들이 지나가며 쳐다보았다. 그중에는 재벌가 딸들로 보이는 여자들도 상당수 있었다. 그녀들이 유정을 보는 눈초리는 곱지 않았다.

"차희건이 왜 저런 삼류 기업의 딸과……."

"한때 기술력으로 알아줬다지만 지금은 다 망해 가는 회사잖아, 거기."

"창업자 죽고 아들이 이어받으면서 다 말아먹었지. 차 회장 노망난 거 아니야? 차 회장이 밀어붙였다며."

"차희건도 그래. 온갖 선 자리를 다 거절하더니 차 회장 말이라고 이렇게 곧장 결혼한다는 게 말이 돼?"

"반반하게 생겼잖아. 저 얼굴로 꼬셨나 보지."

"반반해? 저게?"

"보기엔 그렇잖아."

"어차피 다 뜯어 고쳤을걸?"

팔짱을 끼고 표독스럽게 쳐다보는 여자들의 대화 소리는 유정에게 들리지 않았지만 대강 내용은 짐작이 됐다.

'들리지 않아서 차라리 다행인가.'

유정은 그렇게 생각하며 조용히 앉아만 있었다. 저쪽에선 동한과 혜숙이 사람들에게 인사를 하는 모습이 보였다. 유정이 잠시 그쪽으로 시선을 뒀다. 곱게 한복을 차려입은 혜숙은 환한 얼굴로 웃고 있었다.

그들에게 조카 부부가 다가왔다.

"삼촌, 이게 무슨 일이래요? 진짜 진한그룹과 사돈 되는 거예요?"

조카인 인영이 호화로운 결혼식장을 보며 눈을 크게 뜨고 호들갑스럽게 말했다.

"그럼 없는 말 하겠어?"

동한은 우쭐거리는 표정을 숨기지 않았다.

"세상에, 실은 오늘까지도 안 믿겼는데……. 여기 오니까 진짜 실감 나네요. 저 사람들 다 경제지에서 보던 사람들이잖아요."

주변을 힐긋거리던 인영이 상기된 얼굴로 웃었다.

"오늘 저희 축의금 많이 했으니까 앞으로 잘 부탁드려요."

애교 있게 말하는 인영에게 혜숙이 마주 웃었다.

"몇 달 전에 돈 좀 해 달랄 땐 싹 무시하더니, 축의금을 왜 그리 많이 했대요?"

"어, 어머! 숙모도 참. 그땐 저희도 힘들어서 그랬죠. 일부러 그랬겠어요?"

혜숙의 웃음 속에 날이 선 말에 인영의 얼굴에 당황이 어렸다. 옆에 있던 인영의 남편 정식이 어색하게 웃으며 끼어들었다.

"이미 지난 일인데 예전 일은 잊고 잘 부탁드립니다."

"생각해 볼게요."

혜숙은 우아하게 말하고 시선을 돌렸다. 속으로 통쾌하기 이를 데 없었다. 몇 달 전 동한의 사업이 손을 쓸 수 없을 지경이 되어 여기저기 돈을 빌리려 했지만 아무도 도와주지 않았다. 그들을 일부러 다 초대했다. 눈앞에서 비굴한 웃음을 지으며 자신들에게 친한 척하는 사람들을 은근히 짓밟는 일을 지금 혜숙도, 동한도 즐기고 있었다.

재계에서 꽤 유명한 반가운 손님을 본 혜숙이 환하게 웃으며 다가갔다.

"어머나, 서 회장님 오셨네요. 잘 지내셨죠?"

비서를 대동한 서 회장에게 동한과 혜숙이 가 버리자 찬밥 신세가 된 인영 부부는 뒤로 밀려났다. 정식이 머리를 긁적이며 중얼거렸다.

"거봐. 그때 좀 도와주자니깐."

혜숙을 노려보고 있던 인영이 그를 확 쳐다봤다.

"지금 당신 나 원망하는 거야? 당신도 그때 사업할 능력도 없으면서 돈까지 빌리려고 한다고 있는 대로 짜증 냈으면서!"

인영이 표독스럽게 눈을 흘기자 정식이 말을 어물거렸다.

"짜증 낸 건 아니고……."

인영의 앙칼진 시선이 다시 혜숙에게 향했다.

"어쨌든 숙모도 진짜 웃기네. 돈 빌려 달라고 할 땐 그렇게 불쌍한 척하더니. 방금 말하는 거 들었지?"

입꼬리를 비틀며 말한 인영이 싸늘하게 혜숙을 쳐다봤다. 정식의 시선도 그녀를 따랐다.

평소에 그들이 친하게 지내지 못하던 재벌가 사람들을 맞고 있는 동한과 혜숙은 평소와 웃음소리부터 달랐다. 기분이 좋은 걸 숨기지 못하는 얼굴에다가 입이 귀에 걸려 있었다.

"원래 사람이 상황이 바뀌면 태도 먼저 바뀐다고 하잖아. 지금 눈에 뭐가 보이겠어?"

"저 기세등등한 게 얼마나 가나 보자고."

인영이 눈을 가늘게 뜨고 혜숙을 보며 이죽거렸다.

그때 그들 쪽으로 다가오는 한 남자에게 사람들의 시선이 쏠렸다. 턱시도 차림의 훤칠한 남자는 차희건이었다. 안 그래도 압도적인 분위기의 남자가 완벽하게 차려입고 머리까지 우아하게 스타일링 하니 여기저기서 탄성이 나올 정도였다.

"차 상무!"

희건의 주변으로 사람들이 모여들었다.

"축하하네. 영 결혼 안 할 것처럼 굴더니 드디어 하는군."

"앞으로 회사에서 더 인정받겠어. 혼자인 게 유일한 흠이었는데 이제 안정적으로 가정을 꾸리게 되었으니 말이야."

"감사합니다."

사람들의 축하에 가볍게 고개를 숙여 보인 희건이 신부 대기실 쪽으로 시선을 돌렸다.

그와 눈이 마주치자 유정이 고개를 살짝 기울였다. 짧게 그녀를 본 희건이 사람들에게 시선을 옮겼다.

"그럼 실례하겠습니다."

그들에게 인사한 희건이 유정 쪽으로 걸어갔다.

그걸 본 유정은 살짝 긴장한 표정을 지었다. 그녀도 조금 전 희건을 보고 있었다. 걸어 다니는 조각 미남이 시선을 끌지 않을 리도 없고, 그의 남들보다 큰 키 때문에 거리가 있어도 눈에 잘 들어왔다.

신부 대기실로 들어온 희건이 유정에게 곧장 다가왔다.

희건이 앞에 서자 유정은 앉은 채로 시선만 그에게 향했다. 이 정도로 가까이에서 보는 건 상견례 이후로 처음 있는 일이었다. 그녀가 알고 있던 과거보다 남자다워진 미남 앞에서 유정은 새삼 긴장이 됐다.

"오랜만입니다."

"안녕하세요."

유정은 결혼식 당일 신랑 신부의 인사가 묘하다는 생각이 들었다.

"……"

희건은 마찬가지의 생각을 하고 있는 건지, 아니면 전혀 다른 생각을 하고 있는 건지 감이 잡히지 않았다. 그저 속을 알 수 없는 얼굴로 그녀를 내려다볼 뿐이었다. 그 시선에 긴장이 되어 유정이 조용히 숨을 들이켰다.

그가 용건은 끝났다는 듯 한 걸음 물러섰다.

"잠시 후 뵙겠습니다."

"아, 네."

다시 유정이 고개 숙이는 사이 그가 멀어졌다.

휴우. 유정은 조용히 숨을 내쉬며 어깨의 긴장을 풀었다. 사람들의 시선이나 다른 어떤 것도 긴장되지 않았는데 희건의 시선엔 긴장이 됐다.

'오랜만에 봐서 그렇겠지.'

원래 불편한 사람이긴 하니까. 이렇게 동요하는 자신의 반응이 마음에 들지 않아 유정은 미간을 살짝 모았다. 심란해진 기분을 지그시 누르고 있는데 플래너가 다가왔다.

"신부님. 이제 식장으로 이동할게요."

"네."

유정이 자리에서 일어서자 직원들이 드레스 자락을 정돈했다.

플래너를 따라 따로 마련된 입구로 걸어가니 동한이 서 있는 것이 보였다. 상기된 표정의 동한 너머로 대형 웨딩홀에 가득 찬 하객들이 보였다. 재벌들과 사회 각층의 주요 인사들이 참석해 있는 곳이라 분위기도 사뭇 엄격했다. 유정은 저 사람들이 자신의 결혼식을 보러 온 거라는 실감이 들지 않았다.

'여기서 도망치면 어떻게 될까?'

그런 생각이 머릿속으로 떠오르는데 뒤에서 커다란 남자가 불쑥 나타났다.

"지금 입장하면 됩니까?"

중저음의 목소리가 그가 희건임을 알게 했다.

저도 모르게 숨을 삼킨 유정이 고개를 들었다. 희건은 플래너의 설명을 듣고 있었다. 유정은 수려한 그의 옆모습을 조용히 올려다봤다.

'예전에 봤던 그 이미지가 남아 있긴 하네.'

자세히 보니 과거의 얼굴도 조금 보였다. 지금이 훨씬 성인 남성의 얼굴이었지만 당시에도 그는 빼어난 미남이었으니 그 바탕이 어딜 가진 않았다. 어린 나이에도 타고난 귀티를 지닌 특유의 범접하기 힘든 분위기도 마찬가지였다.

유정이 중학생이던 희건의 모습을 속으로 가만히 떠올리고 있는데 식장 내에 음악이 바뀌었다. 그 음악과 함께 희건이 버진로드 위를 걸어가기 시작했다.

짝짝짝-

그가 등장하자 사람들의 박수 소리가 크게 울려 퍼졌다.

훤칠한 키와 탄탄하면서도 날렵한 체형의 희건이 망설임 없이 걸어 나갔다. 어두운 홀 안에서 조명을 받아서 그런지 마치 버진로드가 아닌 런웨이를 걷는 모델 같았다.

유정은 뒤에서 그를 응시했다. 희건을 처음 본 사람들이 그의 외모에 술렁이는 게 느껴졌다. 끝에 다다른 그가 몸을 돌려 이쪽을 바라봤다.

"이제 신부님과 아버님 함께 입장하시면 됩니다."

……아, 내 차례지.

플래너가 하는 설명에 희건만 쳐다보고 있던 유정이 정신을 차리고 동한과 함께 걸음을 옮겼다.

화려한 꽃으로 장식된 버진로드 위를 걸어가는 동안 희건의 시선이 느껴졌다. 그 시선에 유정은 고개를 살짝 숙였다. 태연한 척 보이고 싶어서 입가에 힘을 주고 드레스 자락만 보고 걸어가니 마침내 그가 있는 곳에 다다랐다.

"잘 부탁하네."

동한이 유정의 손을 희건의 손 위로 넘겨주며 말했다.

희건의 커다란 손 위에 제 손을 올리는 감촉에 유정은 잠시 멈칫했지만 표정에 드러내지 않고 그를 올려다봤다.

"……."

서늘한 눈과 마주친 짧은 순간, 유정은 차희건과 결혼한다는 실감이 들었다.

이 남자가 앞으로 2년간 부부로서 자신과 함께 살게 될 남자라는 실감이 비로소 든 거였다.

수많은 사람들이 지켜보는 가운데 길고 긴 결혼식이 끝났다.

베이지 색상의 차분한 원피스로 갈아입은 유정은 희건과 같은 차를 타고 그의 집으로 향했다. 나란히 앉고도 침묵이 감도는 차 안에서 유정은 창밖을 보며 불편함을 지그시 눌렀다. 결혼식 내내 대부분의 시간을 옆에 있었지만 차희건이라는 남자는 여전히 불편했다. 개인적인 대화는 한 번도 하지 않았고 저를 쳐다보는 그의 시선 역시 냉랭하기만 했다.

'아마 나도 그랬겠지.'

바짝 긴장한 걸 숨기려 일부러 더 뾰족한 눈을 하고 있었으니 이 남자도 불쾌했을 거였다. 원치 않는 결혼인 건 피차 마찬가지일 테니까.

여긴가?

보안장치가 견고한 입구를 지나 차가 정원으로 들어서고 있었다. 드넓은 정원 너머 대저택이 보였다. 생각보다 훨씬 거대한 규모에 유정은 숨을 죽였다. 웬만한 야외 수영장보다 클 것 같은 수영장을 갖출 정도로 넓은 정원과 그 끝에 우뚝 서 있는 2층 구조의 저택은 눈으로 보기에도 압도가 될 만큼 웅장했다.

대형 수영장을 지나 저택 입구 앞에서 차가 멈췄다.

"고생 많으셨습니다. 상무님."

운전 비서의 인사를 받으며 희건이 먼저 차에서 내렸다. 유정도 조심스럽게 내린 뒤 희건은 한 발 앞서 저택 입구로 걸어갔다.

유정이 그를 따라 저택 안으로 들어섰다. 미술관처럼 호화로운 구조와 세련된 인테리어가 시선을 잡았다.

'이런 집이 진짜 있구나……'

유정은 눈을 굴리지 않기 위해 애썼지만 저도 모르게 집 안 여기저기를 둘러보게 되었다. 아버지 사업 때문에 종종 이런 대저택의 가든파티에 초대된 적은 있었지만 실내까지 들어온 건 처음이었다.

유정이 놀라움을 누르며 눈으로만 내부를 살피고 있는데 앞서 걸어가던 희건이 우뚝 걸음을 멈췄다. 그가 그녀 쪽으로 돌아서자 유정도 멈춰 섰다.

희건이 건조한 시선으로 그녀를 보며 말했다.

"제가 일정이 맞지 않아 신혼여행은 생략해야 할 것 같은데 괜찮으십니까?"

"네. 괜찮아요."

유정이 대답했다. 차희건과 같은 집에 살게 된 것도 난감하긴 하지만 둘만의 여행은 더 어색할 거 같아서 차라리 다행이었다. 그녀의 대답에 희건은 별다른 표정 변화 없이 이어 말했다.

"앞으로 2층을 이용하면 됩니다. 그럼 피곤할 텐데 쉬어요."

마치 여행 온 사람에게 키를 내주는 호텔 직원처럼 말한 그가 다시 몸을 돌렸다.

복도 저편으로 사라져 버리는 그를 잠시 보고 있던 유정이 옆에 있는 계단을 쳐다봤다.

'2층을 이용하라고?'

1층과 2층을 나눠서 사용하려는 걸까? 유정은 계단 위를 쳐다보다가 조심스럽게 그 위로 올라갔다. 2층으로 들어서니 복도로 길게 이어진 공간이 나타났다. 양옆으로 늘어선 문 중에 열린 문이 보였다.

'혹시 여긴가?'

유정이 그곳으로 다가갔다. 깔끔한 화이트와 골드 톤으로 꾸며진 방이 보였다. 맞구나. 한눈에 봐도 이 방이 앞으로 자신이 이용할 방으로 보였다. 여기만 문이 열려 있는 이유도 그렇게 생각할 수밖에 없었다.

스위트룸처럼 넓은 구조의 낯선 방으로 들어온 유정은 커다란 침대 위에 앉았다. 혼자만의 공간으로 들어오게 되니 안심이 되어 입술 밖으로 한숨이 흘러나왔다.

"하아."

어깨를 들썩이며 크게 숨을 내쉰 유정이 가느다란 목을 스트레칭 하듯 천천히 한 바퀴 돌렸다. 급작스럽게 피로가 몰려들었다. 계약 결혼이라도 자신이 신부인 결혼식이었다. 그 부담감으로 잠도 거의 못 잔 데다 하루 종일 바짝 신경을 곤두세우고 있었더니 몹시 피곤했다. 정신없이 치러진 결혼식의 긴장이 이제야 풀리며 피로가 몰려드는 것 같았다.

'그런데……'

유정이 방금 전의 희건을 떠올렸다. 예상과는 조금 다른 그의 태도에 의아함이 있었다. 누가 봐도 결혼식을 올린 상대를 대하는 태도는 아니었으니까.

'원하지 않은 결혼이라 그런 걸까?'

결혼했다고 곧장 첫날밤을 치르자며 달려드는 남자를 생각하면 무섭지만, 이렇게 방치하는 경우도 이상했다. 게다가 완벽히 생활 영역이 구분되어 있는 걸 보니 기분이 더 묘해졌다.

똑똑.

"실례합니다."

노크 소리와 함께 여자 목소리가 들렸다. 유정이 멈칫거리며 고개를 들었다.

열린 문 앞에 중년 여성이 서서 그녀를 바라보고 있었다. 깔끔한 흰색 셔츠에 검은색 바지를 입은 그녀는 금색 사각 프레임의 안경을 착용하고 있었다. 여자가 유정에게 말했다.

"이 집의 전반적인 일을 총괄하고 있는 한정인 실장입니다."

한 실장이 자신을 소개하자 유정이 침대 위에서 몸을 일으켰다.

"안녕하세요."

단정하게 선 유정이 한 실장을 바라봤다. 한 실장은 사무적인 미소를 띠고서 유정에게 말했다.

"상무님께서 앞으로 사모님이 이 집에서 지내시는 데 불편함이 없도록 잘 보필하라고 하셨습니다. 필요한 것이 있으시면 언제든 저에게 말씀해 주시면 됩니다."

아, 집사 같은 사람이구나.

유정이 그렇게 생각하며 보고 있는데 한 실장이 손목시계를 확인하며 말했다.

"결혼식 내내 거의 못 드셨다고 들었습니다. 식사 준비 중이니

30분 뒤에 모시러 오겠습니다."

"네. 실장님."

입맛이 전혀 없었지만 차희건이 원한다면 따라야 했다. 그것이 자신의 일이고 계약의 조건이었으니까. 유정이 대답한 뒤 한 실장이 유정에게 방 내부 구조를 설명하기 시작했다. 설명을 마친 한 실장이 몸을 돌리며 말했다.

"그럼 30분 후에 뵙겠습니다."

한 실장이 열린 문 바깥으로 빠져나갔다. 그 뒷모습을 보며 가만히 서 있던 유정은 문이 닫힌 뒤 곧장 배스룸 쪽으로 걸어갔다.

무거운 신부 화장도 지우고 따뜻한 물에 샤워도 하고 싶었다. 30분이라는 시간이 짧긴 했지만 간단하게는 할 수 있을 거였다. 대리석 바닥의 넓은 배스룸은 둥근 욕조 앞이 통창으로 된 구조였다. 바깥에서 훤히 보일 것 같아 당황스러울 정도였는데 창밖엔 넓은 정원과 하늘만 보였다. 지대가 높아서 다행히 다른 집에서 보일 염려는 없어 보였다.

배스룸에 커다란 거울이 달린 파우더룸이 함께 있어 유정은 그곳에 앉아 화장을 지우고 샤워까지 마치고 나왔다.

샤워가운을 걸친 채 드레스룸으로 걸어간 유정이 놀란 표정을 지었다.

'이게 다 뭐야……?'

이렇게 큰 드레스룸도 처음 보는데 사각 벽면을 가득 채울 만큼 진열된 옷과 가방, 구두가 입을 떡 벌어지게 했다. 드레스룸 가운데에 위치한 유리로 된 진열장엔 목걸이과 귀걸이 등 화려한 보석이 즐비했다.

"마음에 드십니까?"

"!"

갑자기 뒤에서 들린 목소리에 유정이 흠칫 놀라 몸을 돌렸다. 입구에 한 실장이 서 있었다.

"아, 한 실장님이셨군요."

소리도 없이 나타나 놀랐던 유정이 긴장했던 어깨를 늘어뜨리며 작게 말했다. 한 실장은 드레스룸 안을 쳐다보며 말했다.

"사모님의 나이와 취향을 고려해 제가 특별히 고른 것들입니다. 부디 마음에 드셨으면 좋겠군요."

유정이 눈을 깜빡였다.

"실장님이 고르신 거라고요?"

한 실장이 고개를 끄덕였다.

"네. 상무님은 바쁘시기 때문에 제가 했습니다. 편한 옷으로 갈아입으시고 나오시면 다이닝룸으로 안내하겠습니다."

한 실장이 나간 뒤 문이 닫혔다. 혼자 남은 공간에서 유정은 고가의 옷들을 다시 쳐다봤다.

"……."

물론 차희건이 골랐을 리는 없다는 게 현실적이었다. 결혼 자체도 마음에 들어 하지 않는데 신부 될 여자의 옷과 보석들까지 직접 챙길 리는 없을 테니까. 그럼에도 왜 한 실장이 했다는 사실에 잠시 당황한 기분이 들었을까. 누가 봐도 그녀의 일이 맞을 텐데도.

옷들을 잠시 보던 그녀는 무릎 아래 기장의 원피스를 골라 들었다. 라인이 과하지 않아서 무난해 보였다.

옷을 갈아입은 유정이 드레스룸에서 나왔다. 대기하고 있던 한 실장이 앞장섰다. 자연스럽게 앞서 안내하는 한 실장을 따라 계단으로 향하며 유정은 다시 긴장되기 시작했다.

'차희건도 나와 있겠지? 첫날밤……인데.'

갑자기 심장이 뛰어 댔다. 계약 결혼이라도 결혼인 이상 각오는 했지만 막상 그 시간이 다가오니 초조해졌다. 아니, 공간도 나눈 마당에 그저 결혼식 당일이니 식사만 하자는 것일지도 모른다. 하지만 만약 그게 아니라면?

머릿속에서 온갖 상상들이 날뛰었다. 그 상상들이 낯 뜨거워 심장박동이 가파르게 빨라졌다. 유정은 제 입술을 지그시 깨물었다. 결혼한 뒤 지금이 가장 긴장된 순간 같다는 생각이 들었다.

유정이 긴장을 누르며 1층 다이닝룸으로 내려가니 커다란 식탁 위에 1인분의 요리가 차려져 있었다.

"앉으세요."

자리에 권하는 한 실장을 유정이 바라봤다.

"차희건 씨는요?"

"상무님께선 일이 남아 회사에 가셨습니다."

한 실장은 차분한 얼굴로 대답했다. 마치 당연하다는 듯.

"회사에요?"

그가 이 집에서 나갔다는 사실도 인지하지 못했던 유정이 저도 모르게 되물었다. 한 실장이 표정 없이 그녀를 보다가 안경테를 추켜올렸다.

"무척 바쁘신 분입니다. 요즘 특히 바쁜 기간이라 결혼식 일정에도 겨우 참석하신 거니 사모님께서 양해 바랍니다."

"……그럴게요."

대답한 유정이 자리에 앉았다.

긴장할 필요 없던 거였네. 그런 생각이 들자 온몸의 힘이 툭 풀리는 것 같았다. 대체 어쩌자고 방금 전까지 낯 뜨거운 상상을 한 거지? 상대는 그럴 마음도 없는데 혼자만 동요해서 이리저리 흔들렸다는 사실이 민망해서 유정이 드러나지 않게 입술을 깨물었다.

그녀가 앉자 한 실장이 기다란 은 주전자로 컵에 물을 따라 줬다. 그러고는 뒤로 물러나 섰다.

자신이 먹는 걸 보고 있을 생각인 듯 한 실장은 비켜 주지 않고 그 자리에 가만히 서 있었다. 그것도 그녀의 역할인 것 같았다. 불편함을 느꼈지만 내색하지 않은 유정이 숟가락을 들었다. 원형 접시에 담긴 수프를 떠먹는데 자신을 관찰하는 눈이 느껴졌다. 한 실장의 시선과는 또 달랐다.

뭐지?

시선을 들자 다이닝룸 바깥에서 사용인 두 명이 그녀를 보고 있었다. 시선이 마주친 순간 그녀들은 얼른 고개를 돌리고 그곳을 지나쳐 갔다. 그 모습을 본 유정이 다시 접시로 시선을 내렸다.

……구경거린가.

정상적인 결혼이 아니니 그럴 수도 있겠다고 생각했다. 그게 아니라면 결혼식 당일부터 혼자 밥 먹는 신부가 신기했거나.

유정은 말없이 다시 식사하기 시작했다. 그녀로서는 솔직히 이 집에 차희건이 없어서 편한 마음이긴 했다. 그가 없다는 말에 내심 안도했으니까. 이 식탁에 그와 단둘이 앉아 있다는 생각만으로도 불편함에 가슴이 답답해져 왔다.

아마 차희건도 같은 생각이라 말없이 회사로 간 거겠지. 앞으로도 이렇게 이 집에서 철저히 영역을 나눠 쓰며 없는 존재로 치부해 준다면 다행이려나. 파스타를 돌돌 말아 입으로 넣으며 유정은 그런 생각을 했다.

"……."

한 실장은 조용히 식사하고 있는 유정을 예리한 시선으로 응시하고 있었다.

식사가 끝나고 난 뒤 한 실장은 그녀를 다시 2층으로 안내했다. 방으로 가는 길에 한 실장이 2층 구조를 설명했다.

"이 안쪽은 서재와 피트니스 룸이 있습니다. 원하시면 필라테스 강사나 헬스 트레이너를 섭외해 드릴 테니 말씀해 주세요."

"네."

"서재의 발코니와 이어진 데크를 따라가면 작은 야외 정원이 조성되어 있습니다."

설명에 대답만 하던 유정이 문득 걸음을 멈췄다.

"발코니 밖에요?"

한 실장이 그녀를 마주 보며 대답했다.

"네. 오늘은 늦었으니 내일 낮에 확인해 보세요. 데크 공간에는 벽난로와 어닝도 설치되어 있어서 휴식을 취하기에 나쁘지 않을 겁니다."

한 실장의 반짝이는 금빛 안경테를 보고 있던 유정이 잠시 고민하다 말했다.

"혹시 지금 볼 수 있을까요?"

한 실장이 그녀를 짧게 쳐다보다 몸을 돌렸다.

"잠시만 기다려 주세요."

복도를 걸어가는 한 실장의 뒷모습을 시선으로 좇던 유정이 서재가 있는 쪽으로 시선을 옮겼다. 2층에만 지내면 답답할 것 같았는데 창문 외에 하늘이 보이는 곳이 있다면 좀 나을 것 같았다.

한 실장이 두꺼운 카디건을 가져와 유정에게 내밀었다.

"밤공기가 쌀쌀하니 이걸 걸치세요."

"감사합니다."

카디건을 챙겨 주러 간 건 줄 몰랐던 유정이 인사하며 받아 들었다. 상냥한 배려라기보단 그녀를 감기에 걸리게 하지 않는 것도 한 실장의 역할인 것 같았다. 의무적 미소는 짓고 있지만 다정함이 전혀 섞이지 않은 눈빛을 봐도 알 수 있었다.

유정은 상관없다고 생각하며 원피스 위에 카디건을 걸쳤다. 이 집에서 자신의 편이 없어도 나쁠 건 없었다. 실제 자신의 집에도 자신의 편이 없는데 이 집에 있다는 것도 이상하지 않은가.

유정이 한 실장을 따라 서재로 들어갔다. 생각보다 큰 규모의 서재를 지나 발코니로 나서자 아치형 어닝이 설치된 넓은 정원 데크가 나왔다. 어닝에 설치된 은은한 조명과 운치 있는 펠렛 벽난로가 밤에도 무드 있는 분위기를 연출하고 있었다. 유정은 안락한 소파를 지나 유리로 막힌 난간으로 걸어갔다.

하아. 크게 숨을 내쉬니 찬 공기가 폐 속으로 스며들며 답답함을 조금 가시게 했다. 저택 너머 멀리 내려다보이는 야경도 시야를 시원하게 만들었다.

'그래도 첫날 이 집에서 마음에 드는 장소를 발견해서 다행이야.'

유정이 그렇게 생각하며 문득 아래로 시선을 내렸다.

'어?'

저택 입구에 차량이 서 있다는 걸 이제 발견한 그녀의 눈이 조금 커졌다.

차 앞에 서 있는 희건이 그녀를 올려다보고 있었다.

"!"

슈트 위에 코트를 걸친 그와 눈이 마주치자 놀란 유정이 얼른 몸을 돌렸다. 그녀의 얼굴에 당황이 떠올라 있었다. 방금 봤을까? 눈 마주쳤다고 도망치면 어떡해? 그런데 언제 온 거지?

유정이 빠른 걸음으로 발코니 입구로 향했다. 뒤에 서 있던 한 실장이 물었다.

"방으로 가실 겁니까?"

"네."

조급함을 숨기고 대답한 유정이 앞장서서 서재를 지나 그녀의 방으로 들어왔다.

"오늘 피곤하셨을 텐데 푹 쉬시기 바랍니다."

단정히 인사한 한 실장이 문을 닫고 나갔다. 문이 닫힌 뒤 유정의 눈에 초조함이 드러났다.

'방금 돌아온 건가?'

차량이 들어오는 모습은 보지 못했으니 아무래도 이제 막 돌아온 모양이었다. 유정의 미간이 슬며시 좁혀 들었다.

'왜 이리 심장이 뛰어.'

불규칙하게 뛰기 시작한 심장 소리가 불쾌하게 귓속을 울려 댔다. 자신을 기억하지 못하는 남자지만 어쨌든 오늘 결혼식을 올렸고, 첫날밤이었다. 그리고 회사에 갔던 차희건이 집으로 돌아왔다. 그 사실을 곱씹을수록 심장박동은 점점 빨라졌다.

'혹시 첫날밤을 치르러 돌아온 건…… 아니겠지?'

유정이 침을 꿀꺽 삼켰다.

'정말 싫다면 이 제안 받아들였겠어? 젊고 예쁜 여자 마다할 남자 어디 있다고. 아마 첫날밤부터 본색 드러내고 달려들 게 뻔해.'

멀리서 들리던 동한의 말이 머릿속에 떠올랐다. 유정이 황급히 고개를 저었다.

"왜 지금 그 말이 떠올라."

유정이 하얀 이마를 찌푸리며 도톰한 제 입술을 지그시 물었다. 시선을 들자 벽시계가 눈에 들어왔다. 밤 10시가 넘은 시간이었다.

똑똑.

"!"

노크 소리에 유정의 눈이 커다래졌다. 노크 소리와 함께 심장이 쿵, 하고 아래로 떨어지는 것만 같았다. 온몸에 피가 통하지 않는 느낌이었다. 손끝까지 긴장으로 저릿거렸다.

"누, 누구세요?"

유정이 침을 삼키고 묻는 말에 문 너머 상대편이 대답해 왔다.

"한 실장입니다."

차희건이 아니었구나. 긴장을 풀고 유정이 대답했다.

"······들어오세요."

한 실장이 문을 열고 들어왔다. 그녀의 손에 들린 금색 조명을 본 유정이 의아한 표정을 지었다. 한 실장이 침대 옆 테이블에 그걸 올려놓으며 말했다.

"어두운 걸 싫어하신다고 하셔서."

유정이 구슬처럼 투명한 눈을 깜빡였다.

"어떻게 아셨어요?"

"······."

한 실장이 대답 없이 몸을 돌렸다.

"그럼 쉬세요."

질문에 답을 주지 않은 그녀가 문을 닫고 나갔다. 문을 쳐다보고 있던 유정은 우아한 디자인의 금빛 조명으로 시선을 옮겼다. 잠시 보고 있다가 스위치를 켜 보니 은은한 빛이 적당한 밝기로 불투명한 유리를 통해 새어 나왔다.

빛이 온도가 있다면 따스할 것 같은 빛이었다. 차희건을 닮아 전혀 춥지 않은데도 어딘가 냉기가 느껴지는 듯한 이 저택에 유일하게 따스한 느낌을 주는 빛.

'어떻게 알았을까. 혹시 내 뒷조사라도 한 걸까?'

한 실장은 어딘가 미스터리 한 분위기가 있었다. 체형에 지나치게 딱 맞게 사 둔 옷들도 뭔가 불편한 느낌을 주었다. 저에 대해 어디까지 조사한 건진 모르겠지만 약점까지 다 알고 있을 것 같아 불쾌한 생각도 들었다.

"그 남자는 오지 않을 모양이니까 안심하고 자자."

유정은 혼잣말처럼 말하고 테이블 조명만 남기고 불을 끈 뒤 지친 몸을 침대 위에 눕혔다. 하루 종일 긴장으로 날이 서 있던 몸이 폭신한 이불 안으로 들어와서야 조금 누그러지는 것 같았다.

눈을 감으니 아래층에 있는 남자가 떠올랐다. 같은 집에 있으면서 결혼 첫날밤에 코빼기도 비치지 않는 남자 차희건이.

'그를 처음 봤던 게…… 언제더라.'

쏟아지는 잠 속에서 유정은 문득 예전 기억이 떠올랐다. 초등학생 시절 할아버지인 성구식 회장의 손을 잡고 재벌가 파티에 초대되어서 갔던 날이었다.

"회장님 초대해 주셔서 영광입니다."

호화로운 가든파티장에서 성구식이 파티의 주인공에게 다가가 인사했다. 그를 본 차평일 회장은 특유의 날렵한 눈매로 웃음을 지었다.

"영광까지랄 거 있습니까. 요즘 여기저기서 성 회장님 찾는 곳이 많다 들었는데요."

"과찬이십니다. 불러 주셔서 감사할 따름이죠."

허허롭게 웃는 구식을 보던 차 회장의 시선이 아래의 유정에게 향했다.

그 시선을 알아챈 구식이 유정의 작은 머리를 다정하게 쓰다듬으며 말했다.

"제 손녀입니다. 부모가 해외 나가 있어서 제가 돌보는 중이라 같이 왔습니다. 유정아, 인사해야지?"

"안녕하세요. 성유정입니다."

웃으며 인사하는 유정을 차 회장이 눈을 가늘게 뜨고 바라봤다. 머리를 하나로 땋은 작은 소녀는 새하얀 피부에 눈이 커다란 인형 같은 외모를 지닌 아이였다. 아이의 인사를 묘한 눈초리로 보던 차 회장이 입술을 휘어 올리곤 구식에게 말했다.

"방긋대는 게 귀엽군요. 나는 손주들이 다 사내아이들이라 그런지 살가운 놈이 없어서 말입니다."

"그 나이 땐 다 그렇지 않습니까."

"역시 딸이 귀여운 맛이 있죠. 이렇게 할아버지를 따라다니기도 하고. 그놈들은 저기 어디서 또래들과 어울리고 있을 테지요."

멀리를 힐긋 쳐다보는 차 회장의 시선을 구식이 따라 봤다. 아이들 무리가 가든파티장 한쪽에 몰려 있는 것이 보였다. 구식이 유정을 향해 고개를 숙여 그쪽을 가리켰다.

"유정이 너도 저쪽에 아이들 노는 데서 놀고 있으렴."

그쪽을 잠시 쳐다본 유정이 고개를 저었다.

"싫어요. 할아버지 옆에 있을래."

완강히 말하는 유정에게 구식이 너털웃음을 지어 보였다.

"인석아. 할애빈 일하러 온 거야. 어디 멀리 가진 말고 저쪽에서 놀고 있어. 알았지?"

유정은 마음에 들지 않는다는 표정이었지만 곧 수긍한 듯 고개를 끄덕였다.

"알겠어요. 할아버지는 일해야 하니까."

"그래. 이해해 주니 고맙구나."

구식이 다시 유정의 머리를 커다란 손으로 쓰다듬어 줬다.

차 회장에게 고개를 숙인 유정이 몸을 돌려 아이들이 있는 곳으로 향했다. 분수가 있는 곳에 10대로 보이는 낯선 아이들이 여러 명 앉아 있었다.

유정이 그곳으로 다가가니 대화를 나누던 아이들이 말을 멈추고 이쪽을 쳐다봤다. 그중 한 남자아이가 물었다.

"넌 처음 보는데 누구야?"

"나? 난 성유정."

유정이 대답하자 남자아이가 눈살을 찌푸렸다.

"이름 말하면 어떻게 아냐? 너네 회사가 어딘데."

"우리 회사? 울 할아버지 회사 이름 말하는 거야? 호영기업인데."

유정이 눈을 깜빡이며 말하니 아이들이 서로 시선을 교환했다.

"너 알아?"

"몰라? 처음 듣는데. 검색해 볼게."

스마트폰을 들고 검색해 본 아이 하나가 크게 소리쳤다.

"뭐야? 중소기업 수준인데?"

"진짜?"

다들 검색한 화면 주위로 몰려들더니 헛웃음을 흘렸다.

"저런 애가 여길 어떻게 온 거야?"

자신을 무시하는 말에 유정은 기분이 나빠져 인상을 썼다.

"중소기업이 뭐 어때서?"

"쟤 뭐래?"

아이들이 유정의 말에 깔깔거리며 웃음을 터뜨렸다. 그중 여자
애 하나가 입술을 비틀고 말했다.

"웃긴다. 이래서 급 낮은 애들은 무식하단 엄마 말이 맞다니까."

"무식하면 용감하단 말도 맞고."

여자애들 남자애들 할 거 없이 유정을 보며 키득거렸다.

'뭐 이런 애들이 다 있어?'

유정은 기분이 완전히 나빠져 그곳에 더 있고 싶지 않아졌다. 차
라리 혼자 있는 게 낫겠다는 생각에 입을 꾹 다물고 아이들을 노려
보던 유정이 몸을 돌리려 했다.

그때 아이들보다 한 톤 낮은 남자애 목소리가 불쑥 들렸다.

"조용히 좀 하지."

그 말에 갑자기 다들 웃음을 뚝 그쳤다. 유정이 이상함을 느끼고
목소리가 들린 쪽을 쳐다봤다. 분수대에서 가장 먼 자리에 있던 남
자애가 들고 있던 책을 내리고 이쪽을 보고 있었다.

"책 읽고 있잖아."

화를 내는 말투가 아닌데도 남자애의 말 한마디에 아이들이 바
짝 긴장하는 것이 느껴졌다.

"미안, 희건아. 시끄러웠지?"

가장 크게 웃고 있던 여자애 한 명이 얼른 그 남자애 곁으로 가서 팔랑거리며 앉았다. 아까 유정에게 급이 낮니 어쩌니 하던 여자애였다. 아이들은 더는 유정에게 관심이 없다는 듯 희건의 눈치만 살피고 있었다.

그 모습을 보던 유정은 천천히 몸을 돌렸다.

그곳을 빠져나온 뒤 유정은 그 주변을 빙글빙글 돌며 시간을 보냈다. 다시 그 아이들이 있는 곳으로는 가고 싶지 않아 분수대 옆은 가지 않고 주변만 서성거리는데 구식의 목소리가 들렸다.

"유정아."

익숙한 목소리에 유정이 얼굴을 반짝 들었다.

"할아버지!"

유정이 환하게 웃으며 얼른 구식에게 달려갔다.

"일 다 끝나셨어요?"

"그래. 왜 혼자 있어? 아이들이랑 놀라니까."

구식이 아이들이 있는 쪽을 쳐다보려 하자 유정이 얼른 웃어 보였다.

"아! 방금까지 놀았는데 슬슬 돌아갈 시간이 된 거 같아서 인사하고 나오던 참이에요."

"그랬어?"

구식이 다정하게 유정의 손을 잡았다. 그대로 유정의 걸음에 맞춰 천천히 걸어가기 시작했다. 커다란 손의 온기에 유정은 낯선 공간에서 그제야 안심이 되는 기분이었다.

"저 애들도 유정이가 앞으로 다닐 학교에 다닐 테니 친하게 지내는 게 좋을 거다."

안도의 미소를 짓던 유정은 구식의 말에 걸음을 멈추고 올려다봤다.

"같은 학교요?"

"그래. 이번에 유정이 네가 전학 갈 사립학교 말이다. 이렇게 인사해 두면 친구 사귀기도 더 수월할 게야."

유정은 원래 다니던 학교가 있었지만 얼마 전 이사로 인해 전학하게 되어 있었다. 구식의 사업이 날로 번창하게 되며 소위 돈 좀 있는 사람들이 산다는 동네로 이사하게 된 것이다. 그 동네는 재벌가의 저택들도 있어서 초등학교부터 고등학교까지 에스컬레이터로 이어지는 값비싼 사립학교가 있었다. 유정도 그 학교로 전학 가게 된 거였다.

그런데 그 학교에 저런 애들이 다니고 있을 거라고 생각하니 기분이 우울해졌다.

"아…… 그렇겠네요. 정말."

유정은 속으로 좌절했지만 구식을 걱정시키고 싶지 않은 마음에 얼른 웃어 보였다.

방긋 웃는 유정을 구식이 온화하게 내려다보고 있었다.

그 뒤 얼마 지나지 않아 구식의 말대로 유정은 새로 전학한 사립학교에서 그 아이들을 만나게 되었다.

"어?"

유정을 본 남자아이들 몇 명이 알은체를 하자 유정은 반갑지 않은 얼굴이라 무시하려 했다. 하지만 뒤에서 조롱 섞인 목소리가 그녀의 다리를 붙잡았다.

"야, 하급. 너도 이 학교 다녔어?"

하급? 불쾌한 말에 유정이 휙 돌아봤다.

"내 이름은 성유정이야. 왜 그렇게 불러?"

유정이 눈에 힘을 주고 쳐다보니 남자애 하나가 건들거리며 다가왔다. 그 뒤로 다른 애들도 뒤따라오는 게 보였다.

"이름은 사람한테나 부르는 거지. 하급은 그냥 하급이고."

"뭐라고?"

어이없는 말에 유정이 눈살을 찌푸리는데 남자애들이 그녀 주위를 에워싸며 말했다.

"여기선 원래 돈 없으면 사람 취급 못 받아."

"하급 주제에 왜 이 학교에 들어와서 물을 흐리냐고."

"……."

유정이 자신 앞을 가로막은 남자애들을 지나치려 했다. 하지만 그들이 곧장 다시 벽처럼 에워쌌다.

"뭐 하는 거야? 비켜."

유정의 말은 아랑곳하지도 않은 남자애들이 웃으며 말했다.

"야, 좋은 생각났다. 요즘 심심했는데 얘 장난감 삼아서 노는 건 어때?"

"그거 좋은 생각인……."

눈을 빛내며 시시덕거리던 남자애들이 순간 멈칫했다.

남자애가 말을 하다 말자 유정은 이상함을 느끼고 그 애의 시선을 따라갔다. 뒤에 키가 큰 남자애가 서 있는 게 보였다.

'그때 책 보던 애잖아?'

유정이 귀공자처럼 생긴 남자애를 기억해 내는 사이, 그녀를 둘러쌌던 남자애들이 당황스러운 목소리로 그를 불렀다.

"차, 차희건."

"……."

희건은 대꾸 없이 그들을 보고만 있었다. 그가 뭐라 말한 것도 아닌데 남자애들은 서로 슬쩍 눈치를 보더니 유정의 앞을 비켜 줬다.

"야, 벌써 들어갈 시간 됐다."

"벌써 그렇게 됐어? 차희건, 너도 들어가지?"

남자애들이 희건에게 친밀하게 말을 걸며 다가갔다.

희건은 유정을 힐긋 보고는 남자애들과 함께 그 자리를 떠났다.

유정은 멀어지는 남자애들 중 키가 껑충 큰 차희건을 쳐다봤다. 저 차희건이라는 애가 의도한 것인지는 모르겠지만 어쨌든 도움을 받은 거라는 생각에 유정은 멀어지는 그의 뒷모습을 한참 보고 있었다.

희건과 처음 만났던 무렵을 떠올린 유정은 이불 속에서 천천히 눈을 떴다.

'그 사람과 결혼하게 될 줄은 상상도 못 했는데.'

그때 자신에게 누군가 넌 언젠가 저 남자와 결혼하게 될 거라 말해 줬다면 말도 안 되는 소리라고 생각했겠지?

'그래. 분명 말도 안 되는 소리라고……'

유정은 그렇게 생각하며 피곤한 눈을 다시 천천히 감았다. 더 기억을 떠올려 보려 해도 피할 수 없는 수마가 그녀를 덮쳐 오고 있었다.

02

다음 날 일찍 일어난 유정이 샤워를 마치고 나오자 한 실장이 방으로 들어와 말했다.

"집에만 계시면 무료하실 텐데 오늘 백화점에서 쇼핑이라도 하시겠어요?"

덜 마른 머리칼을 수건으로 두드리던 유정이 그녀에게 물었다.

"차희건 씨는요?"

"상무님은 일찍 출근하셨습니다."

"아, ……그래요?"

당연하게 출근했다는 말에 유정은 잠시 당황했다. 결혼한 당일이야 그렇다 쳐도 오늘은 아침에 인사라도 하겠지 싶어 준비 중이었는데 이미 출근했다니.

'정말 같은 집에서 살면서 마주치지 않고 지낼 생각인 건가?'

유정이 그런 생각을 하고 있는데 한 실장이 블랙 카드를 내밀었다.

"이걸로 편하게 쇼핑하고 오세요. 지내시기에 부족함 없이 해 드리라는 상무님의 말씀이 있으셨거든요."

카드를 잠시 내려다보던 유정이 고개를 들고 말했다.

"괜찮아요. 오늘은 집에 있을 거라, 필요한 일이 있을 때 말할게 요."

"……"

유정의 말간 얼굴을 묘한 표정으로 쳐다보던 한 실장이 카드를 테이블 위에 내려놨다.

"상무님이 전하신 것이라 제가 가지고 있을 순 없으니 여기 놔 둘게요. 아침 식사 편하게 드실 수 있도록 방으로 올려다 드리겠습 니다."

"감사합니다."

유정이 대답하자 한 실장이 방을 나갔다. 문이 닫힌 뒤 유정은 젖은 머리칼을 매만지며 테이블 위 카드를 바라봤다.

'나 알아서 살란 뜻이겠지.'

어젯밤에도, 오늘도 얼굴은 비치지도 않으면서 카드만 건네준 걸 보면 그런 의도로 보였다. 같은 집에서만 지낼 뿐 사생활에 전 혀 간섭하지 않겠다면 차라리 다행인 것도 같았다.

'그런데 정말 그렇게 해도 되는 걸까?'

계약에 대해선 어떤 구체적인 사항도 유정은 아는 바가 없었다. 결혼식을 했으니 겉으로 보이는 퍼포먼스가 중요한 것 같기도 했 다. 그래서 그렇게나 거창한 결혼식을 한 것일지도.

그래서 그가 준 카드나 쓰고, 차희건은 신경 쓰지 말고 편하게 지내라는 뜻인가?

유정이 카드를 보며 생각에 잠겨 있는데 과거의 희건이 떠올랐다. 자신을 괴롭히려는 아이들 뒤에서 그가 쳐다보고 있던.

그 일 이후로 그런 일은 없었다.

그 남자애들도 마주치면 그냥 지나쳐 갈 뿐 그때처럼 무시하는 발언을 하지도 않았다.

딱히 도와주려는 의도는 아니었더라도, 차희건 때문이겠지.

오래 다닌 건 아니었지만 그 사립학교를 다니는 동안 조용히 지낼 수 있었던 건 그 덕분이라는 생각이 들었다.

'이 결혼은 그때 일과 무관하다지만 그래도 조금쯤은, 계약 부부로서의 역할을 해야 하지 않을까?'

갈등 어린 표정을 짓던 유정이 시계를 바라봤다. 그러고는 마음을 정한 듯 드라이기를 잡고 덜 마른 머리칼을 말리기 시작했다.

그날 밤. 집으로 들어오던 희건은 유정이 1층에 있는 것을 보고 걸음을 늦췄다.

심플한 디자인의 원피스를 입은 유정은 조금 머뭇거리는 움직임으로 희건 앞에 다가갔다.

인사해야 하는데.

살가운 인사말이 입에서 나오지 않아 주저하고 있는 유정을 희건이 눈을 가늘이고 쳐다봤다.

"무슨 일입니까."

희건이 먼저 용건을 물었다. 슈트 차림의 훤칠한 남자는 다정한 기색 없이 그녀를 응시하고만 있었다.

유정은 작게 숨을 들이켜고 그를 마주 보며 말했다.

"결혼했는데 아직 같이 식사도 한번 못 한 것 같아서 기다렸어요."

"······."

유정은 긴장을 숨기며 희건의 눈치를 살폈다. 냉기를 품은 무표정한 얼굴이 도저히 속을 읽을 수가 없었다. 그 얼굴을 보니 유정은 침이 바짝 말라 입꼬리가 어색하게 올라가는 게 느껴졌다.

"할 수 있는 요리가 적어서 가짓수는 얼마 되진 않지만 괜찮다면 같이 저녁······."

"미안하지만."

유정의 말이 끝나기도 전에 희건의 낮고 차가운 음성이 내려앉았다.

"식사하고 왔습니다."

조금의 틈도 주지 않으려는 냉랭함에 유정은 잠시 멈칫했다. 친절히 대해 줄 거라 기대했던 건 아니었지만 생각보다 더 차가운 태도에 그만 당황이 됐다.

"아······ 그렇겠죠. 시간이 늦었으니."

유정이 황망히 머리칼을 귀 뒤로 넘기는데 희건의 목소리가 다시 내려왔다.

"집에서 식사하는 일은 거의 없으니 앞으로는 이렇게 일부러 기다릴 필요 없습니다."

서늘하게 말한 희건이 유정을 지나쳐 걸어갔다.

"······."

그의 방으로 향하는 뒷모습을 유정이 가만히 쳐다봤다.

그때 한 실장이 유정에게 다가왔다.

"이해해 주세요. 상무님이 워낙 바쁘셔서 그래요."

"······네. 바쁜 건 알아요."

유정이 작게 대답했다. 결혼식 준비 내내 희건을 대신해서 왔던 그의 비서에게서 들었던 말도 같은 말이었다.

희건은 늘 바쁘다고.

한 실장이 다이닝룸 쪽으로 시선을 돌리며 유정에게 물었다.

"저건 정리할까요?"

"아뇨. 놔두세요."

대답한 유정이 다이닝룸으로 걸어갔다. 거대한 식탁에 차려진 2인분의 요리를 잠시 쳐다보던 유정이 자신의 자리에 앉았다.

'이왕 차린 건데 아깝게.'

유정은 그렇게 생각하며 담담한 얼굴로 조금 식은 밥을 먹기 시작했다.

희건이 먹겠다고 하면 밥과 국은 새로 담을 생각이었다. 나름대로 자신 있는 요리만 했기에 맛도 나쁘지 않을 거였다. 하지만 입안으로 밀어 넣으면서도 맛은 전혀 느껴지지 않았다.

희건이 거절한 건 이 한 번의 식사가 아닌, 부부로서 가까워지려는 노력 그 자체라는 걸 느끼자 자존심이 상했다.

'예전 기억 때문에 괜한 짓을 했어.'

까끌하게 느껴지는 밥알을 삼키며 유정이 생각했다. 처음 본 사람이었다면 자신이 이런 노력을 했을 것 같진 않았다. 계약 결혼이라는 사실 자체가 받아들이기 힘든 일이니.

사실, 과거에 그를 동경하던 마음이 있었다. 희건은 자신을 기억조차 못 하겠지만, 그 시절 자신은 분명 다른 사람들보다는 조금 더 특별하게 그를 기억하고 있었다.

할아버지 손을 잡고 갔던 그 저택 가든파티에서 그를 처음 본 이후로 계속.

유정은 자신이 차린 음식을 그에 대한 과거의 미련이라 생각하며 꾸역꾸역 입안으로 밀어 넣었다. 모든 미련과 기대를 목 안으로 삼켜 내듯이.

※ ※ ※

서재에서 공부하고 있던 유정에게 한 실장이 다가왔다.

"오늘 저녁 본가에서 가족 모임이 있으니 준비해 주셔야 합니다."

"오늘이요?"

유정이 고개를 들어 한 실장을 바라봤다. 한 실장은 그녀가 보고 있던 인터넷 강의를 힐긋 쳐다보고는 말했다.

"네. 6시까지 준비 마쳐 주셔야 합니다."

"알겠어요."

급작스러운 말이었지만 유정은 고개를 끄덕였다. 결혼 뒤 아직 차 회장의 집에 간 적이 없었다.

"이 집에서 각자 생활하고 있다는 건 회장님께서 모르셔야 합니다. 어떤 뜻인지 아시죠?"

한 실장이 당부하듯 하는 말에 유정은 그 의도를 알아차렸다.

평범한 부부처럼 굴라는 뜻이구나.

"네."

유정이 담담히 대답했다. 계약에 대해 아는 건 차 회장밖에 없을 거였다. 결혼식에서 봤던 사람들은 전부 모르는 눈치였으니.

"준비 마치시면 상무님이 오실 겁니다. 시간 맞춰 내려오세요."

용건을 마친 한 실장이 서재를 나갔다. 그녀가 나간 뒤 유정은 멈춰 놨던 인터넷 강의로 다시 시선을 돌렸다.

"······."

화면 속에서 강의가 다시 시작됐지만 머릿속에 내용이 들어오지 않았다.

'그날 이후로 처음 보는 건가.'

희건은 출장을 간 건지 한동안 보이지 않았다. 어쩌면 그때 일이 거슬러서 아예 집에 들어오지 않은 것일지도 몰랐다.

또 밥 먹자고 불러내기라도 할 까 봐.

'······불편해.'

유정의 미간이 슬쩍 모아졌다. 차 회장을 만나는 것보다 희건을 만나는 게 더 불편하게 느껴졌다.

한숨을 내쉰 유정이 노트북을 끄고 방으로 건너갔다.

샤워를 마친 뒤 투명한 피부 위에 옅게 화장을 하고 우아한 라인의 투피스를 입었다. 드레스룸에 걸려 있는 코트 중 차분한 네이비 색상 코트를 걸치고 1층으로 내려갔다.

'아.'

유정은 계단을 내려오다 먼저 와 있는 희건을 보고 걸음을 멈췄다.

말끔한 슈트 차림의 그는 소파 위에 긴 다리를 꼬고 앉은 채 업무용 태블릿피시를 보고 있었다. 볼 때마다 쉽게 접근할 수 없는 분위기가 감도는 남자였다. 절로 숨을 멈추게 만드는.

높은 콧날의 조각 같은 옆모습을 조용히 보던 유정이 계단을 마저 내려왔다. 그녀가 근처로 다가오자 인기척을 느낀 희건이 고개를 들었다.

유정을 본 그가 태블릿피시를 끄고 일어섰다.

"가죠."

"……."

인사도 없이 곧장 일어서서 몸을 돌리는 희건의 뒤에 선 유정이 씁쓸한 표정으로 그를 따랐다. 기대는 이미 삼켜 냈다고 생각했는데 사람인 이상 서운한 감정은 어쩔 수가 없었다.

'이런 상황에 익숙해져야 돼.'

착잡함을 누른 유정이 희건을 따라 저택을 나와 차에 올라탔다.

희건은 차 안에서도 태블릿피시에만 시선을 두고 있었다. 그녀에게 한 마디 말도 없이 보고서만 확인하고 있는 희건 옆에서 유정은 없는 사람처럼 조용히 있었다.

"……."

숨 쉬는 것조차 불편해 유정은 무릎 위에 올린 핸드백을 쥔 손에 지그시 힘을 줬다. 차 안에 깔린 냉랭한 공기에 숨이 막힐 것만 같았다.

'앞으로 2년간 이런 순간을 얼마나 많이 겪어야 할까.'

생각만 해도 가슴을 무겁게 짓누르는 듯한 압박감이 느껴졌다. 깊이 들이켠 숨을 천천히 내뱉는데 육중한 철문이 열리고 거대한 저택 부지로 차가 들어가고 있었다.

'아, 여긴…….'

유정은 희건을 처음 만난 가든파티가 열렸던 저택이 이곳이라는 걸 알았다. 어릴 때 봤을 때도 으리으리했던 기억인데 지금 봐도 여전히 압도당할 만큼 광활한 부지의 대저택이었다.

한참을 정원을 가로지르고 나서야 저택의 입구 앞에 차가 도착했다.

"도착했습니다. 상무님."

운전 비서의 말에 그제야 태블릿피시에서 시선을 들어 올린 희건이 차에서 내렸다.

유정이 그를 뒤따라 내리자 희건은 벌써 현관으로 향하는 돌계단을 오르고 있었다.

유정은 잠시 선 채로 훤칠한 남자의 뒷모습을 쳐다봤다. 그녀가 서 있는 사이 희건은 뒤도 돌아보지 않고 돌계단을 올랐다. 멀어지는 뒷모습을 말없이 보던 유정이 입을 열었다.

"차희건 씨."

그녀의 말에 희건이 돌아봤다. 유정이 뒤따라오고 있을 거라 생각한 건지 희건은 바로 뒤를 봤다가 멀찍이 있는 그녀에게 시선을 줬다.

그의 시선이 자신에게 닿자 유정이 말했다.

"걸음을 좀 늦춰 줬으면 하는데요."

"……."

희건은 대답 없이 그 자리에 멈춰 선 채 그녀를 바라봤다.

기다려 주겠다는 의미인 걸로 보였다.

유정은 작게 한숨을 내쉬고 희건이 있는 곳까지 돌계단을 밟아 올라갔다.

말없이 서 있던 희건은 유정이 그 앞에 다다르자 그제야 몸을 돌려 다시 걷기 시작했다. 아까보다 걸음이 느려졌을 뿐, 여전히 뒤를 볼 생각은 없어 보이는 희건의 뒤를 유정은 묵묵히 따랐다.

처음 오는 사람은 누구나 위축될 정도로 웅장한 현관으로 유정과 희건이 들어섰다.

'싸늘하네.'

순간 거대한 공간에서 서늘한 냉기가 느껴져 유정은 작게 어깨를 떨었다.

"아유, 작은 도련님 오셨네요. 어서 와요."

문을 열어 준 나주댁이 반기며 인사했다.

"안녕하세요."

유정이 먼저 고개 숙여 인사하자 옆에서 희건이 나주댁에게 말했다.

"잘 지내셨습니까."

유정은 잠시 희건을 올려다봤다. 그녀에게 하는 것보다 온기가 느껴지는 말투였다. 게다가 자신에겐 인사도 하지 않았던 희건이었다.

유정은 다시 시선을 내렸다. 기대하지도, 상처받지도 않기로 다짐했으면서도 자꾸 실망감이 저를 괴롭히고 있었다.

"안에 다들 있으니 어서 들어가 봐요."

희건과 인사를 나눈 나주댁이 안쪽을 가리키자 그가 앞장섰다.

유정은 한 발 뒤에서 희건을 따라 사람들이 모여 있는 거실로 향했다.

"어머나, 차 상무님 오셨네요."

차 회장과 대화 중이던 미란이 먼저 그를 알아보고 목소리 톤을 올렸다.

그녀의 말에 고급 가죽소파에 둘러앉아 있던 사람들의 시선이 일제히 희건에게 향했다. 차 회장을 중심으로 첫째 손자인 범훈과 미란 부부, 그리고 이태와 그의 애인인 지연이 둘러앉아 있었다.

희건을 본 범훈이 먼저 핀잔주듯 말했다.

"결혼식 한 지가 언젠데 이제야 얼굴을 보이냐?"

"그래. 우리에게 정식으로 소개시켜 줘야지. 원래 결혼식 전에 자리 만들었어야 하는 거 아니야?"

이태도 말을 보태자 희건이 표정 변화 없이 대답했다.

"바빴습니다."

짧게 말한 희건이 옆에 서 있는 유정을 내려다봤다. 그러고는 다시 사람들에게 시선을 옮겼다.

"제 아내, 성유정입니다."

"……."

유정은 순간 저를 아내라고 소개하는 희건의 말이 무척 낯설게 느껴졌다.

"안녕하세요."

유정이 묘한 느낌을 지우며 고개를 숙여 인사했다.

그 모습을 본 미란이 웃으며 말했다.

"결혼식 때 인사는 하긴 했죠. 우리 차 상무님 연애한다는 말을 들어 본 적이 없어서 언제 결혼하나 했는데, 역시 남자는 미인에 약하단 말이 맞나 보네요."

"그러게요. 이렇게 예쁜 분과 결혼하셔서 너무 좋으시겠어요."

지연도 웃음 섞인 목소리로 거드는데 차 회장이 자리에서 일어섰다.

"인사는 그쯤하고 너희는 따라와라. 식사 준비되면 부르고."

"네. 할아버지."

범훈과 이태가 먼저 차 회장을 따르고 희건도 그 뒤를 따라갔다.

그들이 차 회장의 서재로 사라지고 나자 미란과 지연이 얼굴에서 웃음기를 싹 거뒀다.

『정말 웃기지도 않아. 호영이라니.』

미란이 씹어 내뱉듯 불어로 말하자 지연이 우아한 자세로 찻잔을 들며 응수했다.

『수준도 정도껏 떨어져야죠. 이윤아가 있는데 왜 이런 말도 안 되는 결혼을 시킨 건지.』

『그러니까. 이윤아가 얼마나 차희건이랑 결혼하고 싶어 하는데. 주변에서 다 알잖아. 좋겠네. 얼굴 반반한 거 하나로 세상 참 쉽게 살아.』

『저런 싸구려가 뭐가 부러워요? 엄연히 우리랑 급이 다른데.』

그들의 시선은 유정에게 향해 있지 않았지만 말투와 표정에 경멸을 숨기지 않고 있었다.

『저런 애랑 지분 놓고 경쟁하는 것도 자존심 상하지 않아요?』

『그쪽으론 다행이겠지. 집안이 그 모양인데 뭘 할 수 있겠어.』

『아아, 그건 그러네요.』

지연이 입가를 비틀며 웃었다.

면전에서 깎아내리는 말이 이어지는 동안 유정은 미동도 없이 앉아 있었다.

그때 나주댁이 다가오며 말했다.

"식사 준비 다 됐는데 다들 서재에 계세요?"

"아, 제가 갈게요."

미란이 얼른 일어나 서재로 향했다. 미란이 남자들을 부르러 가자 지연은 잠시도 유정과 단둘이 있기 싫다는 듯 벌떡 일어났다.

지연이 표정에 불쾌감을 드러낸 채 다이닝룸으로 걸어가자 유정 혼자 자리에 남았다.

그녀 뒤에서 난처한 표정으로 보고 있던 나주댁이 유정에게 말했다.

"유정 씨도 식사하게 이쪽으로 오세요."

"네."

유정은 천천히 일어나 다이닝룸으로 향했다.

그사이 차 회장과 아들들도 미란과 함께 거대한 식탁으로 모였다.

끼익.

희건이 의자를 빼고 유정 옆에 앉자 유정이 그의 단정한 옆얼굴을 잠시 쳐다봤다.

그때 미란이 살갑게 웃으며 유정에게 말했다.

"맛있게 먹어요. 작은동서."

유정이 그 말에 고개를 들고 미란을 쳐다봤다. 조금 전까지 불어로 그녀를 면전에서 무시하던 여자라고는 믿을 수 없을 만큼 다정한 미소였다.

미란 옆에 앉은 범훈이 안경을 추켜올리며 말했다.

"그새 사이가 좋아졌나 본데?"

"원래 여자들끼린 금방 친해지잖아요."

"맞아요."

지연이 옆에서 거들고는 싸늘한 웃음을 지은 채 유정을 바라봤다.

"……잘 먹겠습니다."

유정은 그녀들의 미소로 가장된 표독스런 시선을 받아 내며 조용히 젓가락을 들었다.

그 뒤로 유정은 이해할 수 없는 사업에 관한 이야기가 오가는 사이 식사가 끝났다. 다들 차 회장에게 사업적 어필을 하는 동안에도 묵묵히 식사만 하던 희건이 자리에서 일어섰다.

"먼저 가 보겠습니다."

차 회장의 삐딱한 눈초리가 그에게 박혔다.

"제일 늦게 와 놓고 제일 먼저 가는 거냐?"

"다음에 또 오겠습니다."

희건이 차 회장의 못마땅한 얼굴을 향해 고개를 숙이고 옆의 유정에게 말했다.

"가죠."

"네."

유정이 겉옷을 챙겨 일어서는데 미란의 목소리가 들렸다.

"앞으로 자주 봐요. 작은동서."

고개를 든 유정의 시선에 미란의 생긋 웃는 모습이 보였다. 그녀의 얼굴을 잠시 보다가 유정도 인사했다.

"다음에 뵐게요."

유정이 몸을 돌리자 걸음이 빠른 희건은 벌써 저만큼 앞서 가 있었다. 거대한 저택을 숨이 찰 정도로 빨리 걸어 그를 뒤따라온 유정은 숨을 가다듬으며 손으로 명치 부근을 지그시 눌렀다.

······후우.

저녁에 먹은 게 다 체한 것 같아.

인상을 살짝 찡그린 유정이 자신을 챙기지 않고 현관으로 걸어가는 희건의 뒷모습을 바라봤다.

오늘 차희건이 나에게 한 말은 '가죠'밖에 없구나.

웅장한 저택을 나서는 유정의 얼굴에 씁쓸한 체념이 어렸다.

※ ※ ※

탁.

희건이 내민 새로운 계약서를 보며 과거의 기억에 잠겨 있던 유정이 그것을 테이블 위로 내려놨다.

'오늘 밤부터 새로운 계약이 시작될 예정이라 말입니다.'

"하, 그랬던 남자가 대체 무슨……."

희건의 말을 떠올린 유정이 어이없다는 얼굴로 쓴웃음을 흘렸다. 그와의 결혼 생활은 처음부터 끝까지 그런 식이었다. 유정에게 남은 건 체념과 상처뿐이었다.

그런데 그 결혼 생활을 계속해야 한다고?

"대체 왜? 무슨 이유로?"

유정이 이해가 되지 않는다는 얼굴로 방문을 잠시 쳐다봤다.

'또 아까처럼 몰아세우면…….'

당장 묻고 싶지만 한편으로는 아까의 희건의 태도가 평소와 너무나 달라 망설여졌다. 입술을 잘근거리던 유정이 한숨을 내쉬며 침대 위에 주저앉았다. 머릿속이 엉망이었다. 차희건도 이해할 수 없고 이 계약서도 이해할 수가 없었다.

"할아버지만 살아 계셨더라면……."

유정의 커다란 두 눈이 어둡게 가라앉았다.

만약 구식이 살아 있었다면 이런 말도 안 되는 결혼을 하게 될 일은 없었을 거였다. 회사가 빚더미에 올라앉을 일도 없었을 거고, 인형 같은 2년을 보낸 뒤에 또다시 족쇄 같은 계약서를 받는 일도 없었겠지.

"지금 그런 탓을 하면 뭘 해."

자조적으로 내뱉은 유정이 가느다란 손을 들어 파리한 제 얼굴을 쓸었다.

2년의 결혼 생활로 이 모든 게 끝나리라 여겼던 오늘, 끝의 기약도 없는 새로운 족쇄가 채워진 자신의 상황이 아직 믿기지 않았다.

세상에서 유일하게 그녀를 위해 줬던 구식은 이제 없다. 그녀를 이 계약에 밀어 넣은 혜숙과 동한만이 있을 뿐이다.

'피곤해.'

유정은 지끈거리는 머리를 누르며 침대 위에 쓰러지듯 누웠다.

오늘의 충격이 너무도 커서 지끈거리는 두통이 일 정도였다. 억지로 눈을 감은 유정은 잠을 청했다.

잠에서 깨고 나면 이 모든 일이 그저 꿈이었길 바라며.

※ ※ ※

다음 날 아침 유정은 외출 준비를 하고 1층으로 향했다.

복도를 지나 계단으로 내려서는데 한 실장과 마주쳤다.

"희건 씨에게 할 말이 있는데 방에 있나요?"

유정이 단도직입적으로 묻자 한 실장이 안경을 추켜올렸다.

"상무님은 오늘부터 워싱턴 출장이라 새벽에 출발하셨습니다."

아, 출장이랬지.

유정이 살짝 미간을 좁혔다가 다시 한 실장에게 말했다.

"그럼 박 기사님 좀 불러 주시겠어요?"

"어디 가실 생각이십니까?"

유정은 좀처럼 외출하는 일이 없기 때문에 한 실장이 의아하게 물었다.

"부모님 집에 갈 일이 있어서요."

"……"

유정의 말에 한 실장의 눈매가 미세하게 예리해졌다.

"대기시킬 테니 소파에 앉아 계세요."

"네."

대답한 유정이 계단을 내려가 소파로 향했다.

유정이 본가에 찾아온 건 결혼 뒤 처음이었다. 그사이 형식적으로 밖에서 만날 일은 몇 번 있었지만 일체 연락을 끊듯 살고 있었다.

그새 집은 완전히 바뀌어 있었다. 집을 본 유정은 헛웃음이 나왔다.

'대체 얼마나 넓힌 거야?'

새로 증축을 해서 기존 건물보다 두 배는 커진 건물을 노려보던 유정이 대문 앞에서 벨을 눌렀다.

- 유정이니? 갑자기 무슨 일이야?

혜숙의 놀란 목소리가 스피커에서 들렸다.

"할 얘기 있어서 왔어요."

- 아, 그래? 잠깐만.

당황한 듯한 혜숙이 문을 열어 줬다. 견고한 대문이 열리자 유정이 안으로 들어갔다.

"연락도 없이, 깜짝 놀랐네. 전화라도 하고 오지."

현관문을 열어 준 혜숙은 집에서도 고가의 드레스 차림이었다.

혜숙을 마지막으로 본 게 벌써 몇 달 전이었다. 그새 관리를 더 많이 받는지 혜숙의 얼굴이 전체적으로 미묘하게 달라져 있었다.

한층 젊어진 얼굴의 혜숙을 잠시 보던 유정이 처음 보는 집 안으로 시선을 돌렸다.

"전에 왔을 때도 증축 공사한 거 아니었어요? 또⋯⋯."

'어?'

순간 유정의 눈이 커졌다. 화려하기 짝이 없는 저택인데 온갖 가구와 가전제품에 차압 딱지가 붙어 있었다.

"저게 다 뭐예요?"

유정이 굳은 얼굴로 혜숙을 쳐다봤다. 혜숙은 난처한 기색으로 웃으며 말했다.

"아, 신경 쓰지 마. 이제 다 해결됐어."

유정의 눈빛이 날카로워졌다.

"날 그 집에 다시 팔아넘기는 조건으로 해결하신 거예요?"

혜숙의 눈이 둥글게 커졌다.

"팔아넘기다니, 너 무슨 말을 그렇게……."

"맞잖아요. 왜 내 의사는 묻지도 않고 그 남자와 또 계약한 거예요?"

유정이 정색하고 혜숙을 응시했다. 그러자 혜숙은 한숨을 포옥 내쉬고는 어쩔 수 없다는 듯 말했다.

"네 남편이 하는 말인데 우리가 무슨 힘이 있어서 거절하니."

처연한 혜숙의 표정에 유정의 눈이 더욱 차갑게 물들었다.

"거짓말하지 마세요."

"거짓말이 아니라……."

"내 남편이라뇨. 멀쩡한 부부 관계가 계약으로 이뤄져요? 저 차압 딱지들도 그렇고 그 집에서 2년 전에 받은 거액은 벌써 다 날린 거죠? 그래서 그걸 해결할 돈이 필요했던 거 아니에요?"

혜숙의 눈이 크게 흔들렸다.

"아, 아니야. 유정아."

"아니라고요? 호영이 사돈 믿고 말도 안 되는 투자 다 끌고 들어온다는 소문이 제 귀에도 들어올 정도였는데."

"뭐? 그건……."

유정이 정확히 짚어 내자 혜숙이 이리저리 눈을 굴리다 결국 고개를 떨궜다. 제 가느다란 손가락을 매만지며 불쌍한 표정을 짓고 있는 혜숙을 보니 유정은 속에서 쓴물이 올라왔다. 처연한 표정과 다르게 혜숙이 매만지는 손가락엔 번쩍거리는 큼직한 알이 박힌 반지가 여러 개나 끼워져 있었다.

"2년만이라고 했잖아요. 그 뒤는 놔준다고. 그런데 왜 부모님 멋대로……."

"유정아."

난감한 얼굴로 서 있던 혜숙이 고개를 들었다. 그러고는 그녀 특유의 연약한 눈으로 유정을 바라봤다.

"난 널 생각해서 결정한 거야. 너도 그 집에서 살아 봐서 알겠지만 우리 같은 사람들이 그런 계약이 아니었다면 어떻게 그런 호화로운 생활을 하겠어?"

"호화로운 생활……이요?"

유정이 기가 차서 되물었다.

"네가 아직 어려서 모르겠지만 엄마가 진한그룹 눈치를 얼마나 보는지 아니?"

잔뜩 불쌍한 눈을 한 혜숙이 한숨을 포옥 내쉬었다.

"나도 이제야 눈칫밥에서 해방이다 했는데 네 남편이 찾아와서 너랑 더 살게 해 달라는데 어떻게 거절하겠어."

"……."

"너의 그 호화로운 생활 이어가게 해 주려고 엄마가 얼마나 많이 희생하고 사는지 아니? 다 널 생각해서 참고 사는 건데 너한테 이런 말까지 듣고……."

울먹이는 혜숙을 보던 유정이 싸늘하게 입을 열었다.

"억지로 한 거치곤 목걸이고 반지고, 너무 과하지 않아요?"

"뭐? 아, 이건……."

혜숙이 자신의 목에 찬 묵직한 진주 목걸이를 당황한 듯 더듬거렸다.

그런 혜숙을 냉담하게 보던 유정이 몸을 돌렸다.

"유, 유정아. 오해하지 마. 이건 너 때문에 나가게 된 재벌가 모임에서 무시당하지 않으려고 어쩔 수 없이……."

"내가 약속한 계약은 어제로 끝났어요. 약속대로 다신 날 찾지 마세요."

유정이 돌아보지 않고 하는 말에 혜숙의 얼굴에 경악이 어렸다.

"안 돼……! 그건, 그건 안 돼. 유정아."

혜숙이 얼른 유정을 막아섰다. 눈물이 싹 멎은 그녀의 얼굴에 조금 전과 다른 절박함이 담겼다.

"저, 저 차압 딱지들 안 보이니? 너 없으면 우린 어떻게 하라고."

"다 날 위한 거라면서요."

유정이 냉소 어린 목소리로 말하자 혜숙이 언성을 높였다.

"그래! 다 널 위해서 하다가 이렇게 된 거잖아! 넌 어쩌면 애가 이리 이기적이니?"

"내가 이기적이라고요?"

유정이 기가 차다는 듯 혜숙을 쳐다봤다. 지금 무슨 대화를 하고 있는지 스스로도 어이가 없었다. 내가 이기적이라니. 지금껏 참고 살고 살아온 내가?

혜숙이 고개를 절레절레 젓고는 그 자리에 털썩 주저앉았다.

"그래…… 너 하고 싶은 대로 해. 부모 인생 이렇게 망치고 너 살고 싶은 대로만 살겠다고 하는데 어쩌겠어. 부모가 죽든 살든 상관없다는데."

"하."

유정이 혜숙을 기가 찬 표정으로 내려다봤다. 부모가 죽든 말든 상관없다면 2년 전에 모은 돈으로 도망쳤어도 될 일이었다. 저를 돈에 팔아넘긴 부모를 위해 도망도 치지 못했는데 엄마라는 사람이 또 자신 탓을 하고 있었다.

"내 팔자가 이런데 어쩌겠어…… 아이고, 박복하기도 하지."

또 저 소리!

유정은 혜숙의 지긋지긋한 팔자타령에 눈을 질끈 감았다.

혜숙은 마치 자식에게 버림받은 사람처럼 유정을 원망에 차서 바라봤다.

"어디로 사라지든 마음대로 하렴. 내 장례식장에서나 다시 보겠지…… 넌 엄마가 죽어도 아무렇지도 않을 테니까."

흐느끼며 눈물을 찍어 내는 혜숙의 말을 유정은 더 들어 줄 수가 없었다. 몸을 돌려 그대로 현관을 나서 밖으로 나오는데 심장이 짓눌린 것처럼 답답했다.

지이잉. 지이이잉.

입술을 꽉 깨물고 대문으로 향하던 유정이 휴대폰 진동 소리에 멈춰 섰다.

"후우."

가슴에 꽉 찬 답답함을 뱉어 내듯 숨을 길게 내쉬며 코트 주머니에서 휴대폰을 빼내던 그녀가 움직임을 멈췄다.

차희건?

평소 전화도 안 하는 사람이 무슨 일로……?

울리는 휴대폰을 잠시 보고만 있던 유정이 긴장된 표정으로 전화를 받았다.

"네."

- 통화 가능합니까?

중저음의 목소리가 들리자 유정은 신경이 더 바짝 곤두섰다.

"무슨 일이세요?"

긴장을 숨기며 묻자 그가 말했다.

- 오늘 아침에 일찍 나오게 돼서 인사를 못 했습니다. 그래서 전화한 겁니다.

"네?"

유정의 눈썹이 좁혀 들었다.

'인사를 못 하다니…… 혹시 어제가 계약 종료가 맞았던 건가?'

유정이 희망을 품고 휴대폰을 고쳐잡았다.

"그럼……."

- 아마 일주일 뒤에나 돌아가게 될 겁니다.

아, 출장 얘기였어?

유정의 눈에 실망이 차올랐다. 어깨에 힘을 탁 푸는데 희건의 목소리가 이어졌다.

- 어제 한 말, 기억하고 있습니까?

긴장이 풀리던 유정의 어깨가 다시 경직됐다.

'난 아주 오래 참았다는 뜻입니다. 성유정 당신을 갖기 위해.'

왜 하필 그 말이 떠올라.

유정이 난감한 표정으로 침을 삼키는데 희건이 낮게 말했다.

- 잊으면 안 됩니다. 내가 돌아갔을 때는 그 전과 많은 게 달라질 테니까.

유정이 숨을 들이켰다.

'뭐가 어떻게 달라진다는 거지?'

궁금하면서도 알기가 두려웠다.

"……."

유정이 아무 말 못 하고 있는 사이 그녀의 대답을 기다리던 희건이 말했다.

- 그럼 일주일 뒤에 보죠.

"아……."

유정이 뭐라 말하기도 전에 전화가 끊겼다.

'어쩌지?'

유정이 난처한 표정으로 휴대폰을 바라봤다. 그러고는 으리으리하게 증축된 제 부모의 집을 돌아봤다.

……하아.

차압 딱지가 덕지덕지 붙은 집 안과 울고 있는 혜숙을 떠올리자 그녀의 입술에서 막막한 한숨이 새어 나왔다.

그 시간, 희건은 공항의 VVIP용 라운지에 앉아 있었다.

블랙 셔츠 위에 넓은 어깨가 드러나는 슬림핏의 재킷을 걸친 그는 훤칠한 체격과 수려한 얼굴로 멀리서도 시선을 끌었다.

"……."

생각에 잠긴 채 휴대폰을 응시하고 있는 그의 뒤에서 누군가가 그를 불렀다.

"차희건."

밝은 목소리로 그를 부른 여자는 세련된 단발머리에 고가의 명품 슈트 차림으로 키도 크고 늘씬했다.

그녀도 스타일 좋은 미인에 속했지만 사실 차희건의 우월한 외모에 비할 바는 못 됐다.

'훗.'

윤아는 자신이 희건을 부른 순간부터 이 공간에 있던 여자들의 시선이 부러움을 담고 자신에게 향한 것을 잘 알고 있었다. 차희건의 친구이자 업무 파트너로서 그녀가 독점하고 있는 즐거움이었다.

입술 끝을 끌어 올린 윤아가 희건에게 다가갔다.

"꼭 전화할 데가 있다더니 어디에 한 거야? 최 상무님?"

환한 미소를 머금은 윤아가 자연스럽게 옆에 앉으며 물었다. 그녀를 힐긋 쳐다본 희건은 다시 휴대폰으로 시선을 돌리고 말했다.

"내 아내."

희건의 말에 윤아가 멈칫했다. 순간 경직했던 그녀는 언제 그랬냐는 듯 금방 웃으며 말했다.

"아아, 유정 씨? 언제부터 출장 갈 때 집에 전화했다고? 무슨 일 있어?"

"……."

초조한 의도를 숨긴 채 자연스럽게 묻는 말에 희건은 대답 없이 창밖을 쳐다봤다.

'뭐지?'

윤아의 눈초리가 예리해졌다. 그동안 희건이 그의 아내인 성유정에게 개인적인 전화를 하는 건 한 번도 못 봤다.

더욱이 성유정을 '내 아내'라고 표현했던 적도 없었다. 지금이 처음이었다.

　'뭔가 분위기가 달라진 것 같은데……?'

　윤아가 미간을 좁히고 그녀의 말은 무시한 채 창밖을 보고 있는 희건을 유심히 쳐다봤다.

　비행기가 오고 가는 창밖에 시선을 던진 그의 눈에 평소와 다른 나른한 열기가 느껴지고 있었다.

　기분 탓……이겠지?

　생각에 잠긴 희건을 보는 윤아의 얼굴에 불안함이 어렸다.

※ ※ ※

　집으로 돌아가던 유정은 차창 밖을 보다가 박 기사에게 말했다.

　"기사님. 여기 세워 주세요."

　그녀의 말에 박 기사가 룸미러로 뒷자리를 쳐다봤다.

　"무슨 일로……."

　의아스럽게 묻는 박 기사에게 유정이 미소 지었다.

　"오랜만에 나온 거라 카페에서 차 한 잔 마시고 들어가려고요."

　"그럼 주차장에서 대기하겠습니다."

　"집이 먼 것도 아니고, 차 마시고 천천히 걸어갈 테니 먼저 들어가세요."

　"알겠습니다."

　대답한 박 기사가 카페 앞 갓길에 차를 세웠다.

　끼익.

　유정을 내려 주고 차가 떠났다.

97

그 자리에 서서 멀어지는 차를 잠시 보던 그녀가 이내 몸을 돌렸다. 그러고는 카페로 걸어갔다.

"맛있게 드세요."

카페에서 주문한 커피를 받아 든 유정이 창가 자리로 앉았다.

날이 많이 풀리고 있어서 햇빛이 상당히 좋은 날이었다. 유정은 커피는 마실 생각도 없이 환한 햇살이 쏟아지는 거리를 투명한 눈동자로 조용히 응시했다.

'너의 그 호화로운 생활 이어가게 해 주려고 엄마가 얼마나 많이 희생하고 사는지 아니? 다 널 생각해서 참고 사는 건데 너한테 이런 말까지 듣고……'

혜숙의 말을 떠올린 유정의 얼굴이 굳었다.

널 위해서, 다 널 위해서…… 이건 전부 널 위해서야. 유정아.

'거짓말!'

유정이 눈을 질끈 감았다. 말이 올가미라면 널 위해서라는 말만큼 끔찍한 올가미도 없을 것 같았다. 도망가지도 못하게 숨통을 옴켜쥔 올가미가 전부 날 위해서라니. 단 한 번도 날 위한 적 없으면서…….

유정의 속눈썹이 파르르 떨렸다.

널 위한다는 혜숙의 말은, 단 한 번도 진실인 적이 없었다.

유정에게 끔찍한 기억을 안겨 줬던 그 때도.

"……"

천천히 눈을 뜬 유정이 어두운 얼굴로 테이블 위를 응시했다.

커피 잔에 담긴 커피가 서서히 식어 가고 있었다.

※ ※ ※

저택 입구 앞에 차가 세워진 뒤 희건이 뒷문을 열고 나왔다.

"수고 많으셨습니다. 상무님. 쉬십시오."

희건은 운전 비서의 인사를 받으며 저택 현관으로 들어섰다.

현관 앞에 마중 나와 있던 한 실장이 그에게 고개를 숙였다.

"어서 오십시오. 식사는……."

"아내는 방에 있습니까?"

희건이 곧장 물어 오는 말에 한 실장이 멈칫했다가 대답했다.

"네. 방에 계십니다."

한 실장이 말하자마자 희건은 그녀를 지나쳐 2층으로 향하는 계단으로 걸어갔다.

"……."

한 실장은 계단을 오르는 희건의 뒷모습을 조용히 쳐다보고 있었다.

2층으로 올라온 희건은 유정의 방문 앞에서 멈춰 섰다.

똑똑.

노크한 그가 잠시 기다렸지만 안에선 대답이 없었다.

'없는 건가?'

눈을 가늘인 희건이 방문을 열었다.

그의 생각과 달리 유정은 의자에 앉아 있었다.

희건을 표정 없이 바라본 유정이 말없이 고개를 돌렸다. 그 모습을 본 희건이 그녀에게 다가갔다.

손을 뻗어 유정의 턱을 천천히 잡아 자신 쪽으로 돌린 희건이

99

그녀와 시선을 맞췄다.

"남편이 출장에서 돌아왔는데 인사도 안 하는 겁니까?"

"……"

유정은 그를 똑바로 올려다봤다.

냉기가 가득한 그녀의 눈에 희건의 미간이 좁혀들었다.

그때 유정이 그의 손에서 얼굴을 빼며 의자에서 일어섰다. 몸을 돌려 안쪽의 드레스룸으로 걸어가는 그녀를 희건이 주시했다.

드레스룸 안으로 들어간 유정이 문을 닫았다.

탁.

희건이 한쪽 눈썹을 치켜올리고 드레스룸으로 걸어가 문손잡이를 잡았다.

덜컥, 덜컥.

문이 안에서 잠겨 있는 것을 확인한 희건이 손잡이에서 시선을 들어 올렸다.

"성유정. 뭐 하는 거지?"

낮은 목소리에도 안에서는 대답이 없었다.

"……"

침묵이 흐르는 문을 보던 희건이 말했다.

"내가 이 문을 열 수 없을 거라 생각하는 건가?"

"마음대로 해요. 단, 그 순간부터 당신을 경멸할 테니까."

문에 등을 대고 서 있던 유정이 말했다.

이 집 안에서 도망칠 곳이 없다는 건 그녀도 알고 있었다. 이 집에서 도망칠 수도 없다는 것도.

하지만 자신의 의사와는 상관없이 이어진 계약은 그녀 입장에선 부당했다.

그의 말대로 잠근 문이야 열면 그만이라지만, 아무것도 하지 않고 순순히 계약에 따를 수는 없었다.

"......"

이번엔 희건이 말이 없었다.

지금 자신의 말과 행동이 그의 기분을 거스르는 거라는 걸 알기에 유정은 문 너머에 신경을 곤두세우고 집중했다.

'......간 건가?'

조용해진 공간에 유정이 조심스럽게 문손잡이를 잡으려는데 희건의 목소리가 들렸다.

"아직 마음의 준비가 안 된 것 같군요."

"!"

유정이 손잡이를 잡은 채 움직임을 멈췄다.

"오늘은 당신 뜻대로 하고 내일 아침 1층으로 내려와요. 아침 식사 같이 할 거니까."

말을 마친 듯 그가 멀어지는 발소리가 들렸다.

"......"

한참을 손잡이를 잡은 채 서 있던 유정이 문을 열었다. 방 안에는 아무도 없었다.

'나갔구나.'

유정이 숨을 내쉬며 드레스룸에서 나왔다. 침대로 다가가 앉은 유정이 방문 쪽을 바라봤다.

오늘은 이렇게 피해 갔지만······.

언제까지 피할 수 있을까. 게다가 아침 식사를 같이 하자니? 대체 왜?

지금껏 한 번도 없던 일을 자연스럽게 말하는 그 남자의 심리를 도저히 이해할 수가 없었다.

혼란스러운 얼굴로 문을 응시하던 유정의 얼굴이 어두워졌다.

다음 날 아침.

거대한 식탁에 혼자 앉아 있는 희건을 한 실장이 난처한 얼굴로 쳐다봤다.

그는 벌써 30분째 유정을 기다리는 중이었다.

"아직 안 일어나신 모양인데 제가 올라가 보겠습니다."

한 실장이 몸을 돌리며 말하는데 희건의 목소리가 따라붙었다.

"기다리죠."

"아…… 네."

한 실장이 다시 돌아섰다. 초조한 눈으로 입구를 힐긋거렸지만 유정은 나타날 생각을 하지 않았다.

"……"

희건은 말없이 앉아 맞은편에 세팅해 놓은 유정의 자리만 응시하고 있었다.

똑똑.

2시간 뒤 희건이 유정의 방문을 노크했다. 여전히 아무 대답이 없는 것을 확인한 그가 문을 열었다.

방 안에는 아무도 없었다.

눈을 가늘인 그가 안으로 들어와 드레스룸과 배스룸과 파우더 룸까지 전부 살펴봤지만 그녀가 없는 것을 확인했을 뿐이었다.

희건의 매끈한 미간에 균열이 일었다. 곧장 방을 나선 그가 2층을 돌아다니며 유정을 찾기 시작했다.

저벅, 저벅.

빠른 걸음으로 복도를 걷던 희건이 우뚝 걸음을 멈췄다. 서재 안에 유정이 있었다.

유정은 책상 앞에 앉아 태연히 공부를 하고 있었다. 희건은 미간을 좁힌 채 그 모습을 바라봤다.

……하.

어이없는 웃음을 흘린 희건의 얼굴이 순간 굳었다. 그가 곧장 서재로 들어갔다.

탁!

희건이 두 손으로 책상 위를 소리 나게 짚자 유정이 시선을 들어 올렸다.

그녀의 눈에 당황은 비치지 않았다. 예상한 일인 듯 담담했다.

그 눈을 본 희건의 얼굴이 서늘해졌다.

"날 화나게 해서 당신에게 좋을 게 있습니까?"

불쾌한 심기가 드러나는 낮은 목소리가 그의 입술에서 흘러나왔다.

"……."

유정이 그를 똑바로 올려다봤다.

탁.

이번엔 유정이 노트북을 소리 나게 덮고 일어섰다. 그대로 그를 지나치려는데 희건이 그녀를 잡았다.

강한 손아귀에 팔이 잡히자 유정이 차갑게 그를 쏘아봤다.

그 시선을 희건이 강렬하게 쳐다보며 말했다.

"내 말이 안 들립니까."

"놔요."

유정이 팔을 빼내려 힘을 주며 말하자 희건이 더 단단히 움켜쥐고 을렀다.

"이유를 말하기 전까진 놔줄 생각 없습니다."

"······."

유정이 희건을 노려봤다. 두 사람의 시선이 강렬하게 허공에서 부딪쳤다. 보이지 않는 팽팽한 긴장이 흐르는데 유정이 시선을 피하지 않고 입을 열었다.

"이 계약에 내 의사가 조금이라도 있어요?"

그녀의 말에 희건이 눈을 가늘였다.

'이런 말을 한다고 뭐가 달라진다고.'

유정은 어차피 달라질 것도 없다는 생각에 착잡함을 느끼면서도 말을 이었다.

"아무리 계약이라 해도 이건 너무 불공정하잖아요. 다 정해 놓고 난 따르기만 하라는 거 아니에요. 물론 우리 집에서 당신에게 거액을 받고 벌인 일이라지만 내 입장에선······."

"내가 어떻게 해 주면 됩니까."

"······네?"

유정이 말을 멈추고 희건을 올려다봤다. 그는 그녀의 팔을 잡은 채 굳은 얼굴로 응시하고 있었다.

"내가 뭘 해야 하냐는 겁니다. 원하는 걸 말해요."

유정이 희건의 의도를 파악하려 하며 경계하는 시선으로 그를 쳐다봤다.

"말하면요?"

희건이 눈썹을 찌푸리고 깊이 숨을 들이켰다.

"······되도록 반영할 테니까. 단, 계약 하에서."

그가 진지한 눈빛으로 그녀를 응시했다. 그 시선에 유정의 눈이 작게 흔들렸다.

지금 이 남자 말은…….

"내가 원하는 걸 계약 조항에 추가해 준다는 거예요?"

"맞습니다."

희건이 낮게 대답했다.

"……."

유정이 커진 눈을 깜빡였다. 진심인지 다른 꿍꿍이가 있는 건지 그의 표정을 살폈지만 수려한 얼굴은 도저히 무슨 생각인지 가늠할 수가 없었다. 무척 진지한 얼굴이라 장난을 하는 것 같지도 않았다.

유정이 잠시 고민하다 입을 열었다.

"……그럼 우리 집에서 당신에게 빌린 돈을 다 갚게 된다면 이 계약을 무효화시켜 줘요."

희건의 한쪽 눈썹이 치켜 올라갔다.

"그게 가능할 거라 생각하는 겁니까?"

그의 질문에 유정이 빠르게 말했다.

"불가능하면 당신한테 유리한 거 아닌가요? 어쨌든 이건 노예 계약이 아니잖아요. 적어도 끝은 명시해 줘야죠."

희건이 그녀를 내려다보다가 대답했다.

"그렇게 하죠."

그의 대답에도 유정은 미심쩍은 시선을 거두지 않고 물었다.

"진짜예요?"

"난 거짓말은 하지 않습니다."

"……."

희건이 그런 사람이란 건 유정도 잘 알고 있었다.

다만 이렇게 쉽게 무효화 조항을 넣어 주다니? 하긴 그의 말대로 실현 불가능한 조항이긴 했다. 일반인이라면 평생을 벌어도 못 갚을 엄청난 금액일 테니까. 다만 그가 지금 정말로 자신의 말을 들어주려는 건지 확인해 보려 한 말이었을 뿐이었다.

희건이 그녀와 시선을 맞춘 채 말했다.

"원하는 게 또 있습니까?"

"그리고……."

유정이 침을 삼켰다. 갑자기 마음이 급해졌다. 미리 생각해 둔 게 아니라 뭘 말해야 할지 당장 떠올려야 했다. 지금 이 기회가 아니면 계약을 바꿀 수 있는 기회가 사라질 것 같다는 마음에 더 조급해졌다.

적어도 이 계약이 노예처럼 느껴지지 않을 조건 중에서 불가능할지라도 계약의 끝은 갖췄다. 그렇다면 남은 건…… 유정이 입을 열었다.

"만약 당신이 외도한다면, 그때도 이 계약은 무효예요. 그 두 개면 돼요."

"온통 무효화 조항들뿐이군."

희건이 굵은 눈썹을 찌푸리자 유정은 순간 긴장했다.

'다 취소한다고 하면 어쩌지?'

그렇게 생각하고 있는데 희건이 그녀를 보며 말을 이었다.

"좋습니다, 추가하도록 하죠. 대신, 나 역시 조건이 있습니다."

조건이라는 말에 유정이 긴장을 풀지 않고 그를 올려다봤다.

"말해요."

유정이 조바심을 드러내지 않으려 노력하며 눈에 힘을 줬다. 희건이 천천히 고개를 기울여 그녀와의 거리를 좁혔다.

……꿀꺽.

깎아 놓은 듯 잘생긴 얼굴이 가까워지자 유정은 침을 삼켰다. 긴장과는 다른 열기가 뺨에 맺히는 느낌이 내심 거북했다.

희건이 가까운 곳에서 시선을 맞춘 채 말했다.

"당신도 결혼 생활에 충실할 것."

그의 눈빛이 진지하게 빛나며 그녀를 응시했다. 새삼 매혹적인 눈매에 유정은 심장이 반응했다.

……아.

예상치 못한 자신의 심장의 반응에 유정이 슬쩍 시선을 피하며 대답했다.

"……알았어요."

"외도도 안 됩니다."

유정이 황당하다는 듯 눈을 크게 떴다.

"당연하잖아요. 난 그런 거 안 해요."

말도 안 된다는 표정으로 유정이 보고 있는데 곧 희건의 말이 이어졌다.

"그리고, 오늘 밤부터 부부일 것."

아…….

그의 말에 유정이 숨을 삼켰다.

가까이서 내려다보던 희건의 입술 끝이 휘어 올라갔다.

"무슨 뜻인지 이해한 얼굴이군요."

"……."

가까이에서 내려다보는 그의 얼굴에 처음 보는 색기가 일렁였다. 차희건과 색기라니, 도저히 어울릴 것 같지 않은데도 기묘할 정도로 잘 어울렸다. 권태로운 듯 보이면서도 나른한 남자의 얼굴과 그 눈동자에 담긴 열기는 분명 색스러웠다. 유정의 뺨에 맺힌 열기가 더 강해졌다.

"대답은?"

유정이 입술을 달싹이다가 작게 말했다.

"알았어요."

어차피 이 계약에서 벗어날 수 없다면 이게 최선일 테니까. 적어도 할 수 있는 최선의 조건으로 계약을 바꿨고 차희건은 그걸 해 줬다. 그리고 잠자리는 계약 결혼 처음부터 각오하고 있던 일이기도 했다. 그때부터 2년이 늦춰졌다고 생각하면 아예 나쁜 것도 아닐 테니까.

유정이 복잡한 머릿속으로 생각하며 바로 앞에서 내리박히는 시선을 겨우 마주 보고 있었다. 잠시 그녀를 내려다보고 있던 희건이 그제야 잡고 있던 팔을 놔줬다.

"출장 건으로 회사에 다녀와야 하니까, 저녁에 보죠."

"……네."

희건이 먼저 몸을 돌렸다.

입구로 향하는 그의 뒷모습을 유정이 쳐다보고 있었다. 그런데 걸어가던 희건이 우뚝 멈춰 섰다.

갑자기 멈춰 선 그를 유정이 의아하게 바라봤다.

희건이 돌아보지 않은 채 말했다.

"저녁 식사는 같이합시다. 이번엔 바람맞히지 말고."

"……."

유정이 대답을 못 하는 사이 희건이 다시 걸음을 옮겼다. 그가 서재를 나서자 유정은 제 심장이 빠르게 뛰고 있다는 걸 깨달았다.

하…….

유정이 가슴 부근에 손을 대고 깊이 숨을 내쉬었다.

'2년 만의 첫날밤이라니.'

유정의 표정이 복잡해졌다. 2년 전과 비슷하면서도 상황이 전혀 달라진 것 같았다.

차희건이 달라졌으니까.

'어쩌지?'

유정이 난감하게 입술을 깨물었다. 이게 최선이라는 생각에 그의 말에 응했지만 막상 현실감이 들기 시작하자 자신이 감당할 수 있을지 알 수 없어졌다. 다시 얼굴에 열기가 도는 걸 느낀 유정이 손등을 제 뺨에 가져다 댔다. 손등으로 미열이 느껴지자 유정의 눈썹이 모아졌다.

'맘에 안 들어.'

제 심장소리도, 뺨에 물든 열기도 마음에 들지 않았다.

이마를 찌푸린 유정이 고개를 흔들었다. 2년을 겪었으면서도 뭐 다를 게 있다고.

한층 냉정을 되찾은 눈으로 유정이 생각에 잠겼다.

'그런데 차희건은 왜 다시 계약한 걸까?'

다시 계약서를 내민 그날 그가 한 말은 그동안의 태도와 너무 달랐다. 혹시 계약을 다시 해야 할 다른 이유가 그에게 있는 걸까?

머리를 굴려 봤지만 마땅한 해답은 떠오르지 않았다. 2년을 같이 살았는데도 그에 대해 아는 것이 하나도 없었다. 하긴 완전한 타인처럼 살았으니.

머릿속이 복잡해지자 유정이 한숨을 내쉬었다.

"차차 알게 되겠지."

차희건의 목적을.

작게 중얼거린 유정이 가라앉은 눈으로 창밖을 응시했다.

저녁이 되자 한 실장이 유정의 방으로 올라왔다.

"상무님 오셨습니다."

"내려갈게요."

한 실장은 유정이 몸을 일으키는 모습을 확인하고는 문을 닫았다.

1층으로 내려온 유정은 다이닝룸으로 향하다 걸음을 멈췄다.

화려한 크리스털 샹들리에 아래 놓인 커다란 직사각형 테이블 위에는 엔티크한 금빛 촛대가 서 있었다. 그리고 2인의 식사를 위한 여러 개의 포크와 나이프가 세팅되어 있었다.

수제 케이크와 우아한 핑크빛이 감도는 샴페인까지 준비되어 있는 것도 놀라운데 그 자리에 앉아 있는 이가 차희건이라니, 그것이 가장 의외였다.

그는 회사에 갈 때 입는 슈트가 아닌, 멜란지 컬러의 핏 좋은 셔츠와 짙은 네이비 컬러의 바지를 입고 있었다.

'좀…… 차려입었어야 됐나?'

유정의 얼굴에 난감한 기색이 어렸다.

집에서 하는 식사라 평소 입던 편한 티셔츠와 청바지를 입은 채 내려왔는데 격식을 갖춘 희건의 옷차림을 보고 난처해졌다. 지금이라도 올라가서 갈아입어야 하나 생각하는데 희건의 시선이 입구 밖의 그녀에게 향했다.

"!"

눈이 마주친 유정은 내심 놀랐지만 표정에서 갈등을 지우고 자연스럽게 안으로 들어갔다.

"이렇게 거창하게 할 거 있어요?"

유정이 마련된 자신의 자리에 앉으며 샴페인과 케이크에 시선을 두고 말했다.

"오늘이 첫날이니까."

희건의 말에 유정이 그에게 시선을 올렸다.

"네?"

그가 그녀에게 가만히 시선을 뒀다.

"처음부터 다시 시작하는 거니 오늘이 우리 결혼 첫날이란 말입니다. 이게 우리 두 사람의 첫 식사 자리고."

목소리는 평소의 무감한 톤이었지만 내용은 달랐다.

"……."

유정은 대꾸 없이 자신의 접시 위로 시선을 옮겼다.

쪼르르-

희건이 두 개의 둥근 잔에 샴페인을 채우고 자신의 잔을 먼저 들어 올렸다.

"건배하죠."

시선을 맞추고 하는 말에 유정도 조용히 제 잔을 들었다. 챙. 두 개의 잔이 부딪치고 유정이 잔을 제 입술로 가져갔다. 달콤한 샴페인을 삼켜 낸 유정은 문득 희건이 저를 보고 있는 걸 알았다.

그와 눈이 마주치자 유정은 묘한 기분이었다.

'차희건이 저런 눈을 한 남자였나……?'

늘 냉정하고 차가운 눈빛을 했던 남자가 마치 사랑하는 여자와 결혼한 것처럼 진한 눈동자로 저를 보고 있었다.

'저 눈이 연기일까?'

그의 속내를 알 수가 없어 유정은 혼란스러웠다. 머릿속이 복잡해지던 그녀가 표정을 차갑게 굳혔다.

'연기겠지. 그럼 설마 지금까지 2년간 연기한 거겠어?'

어떤 목적이 있는지는 모르겠지만 차희건은 지금 저에게 연기를 하고 있었다. 그가 놓은 덫에 빠지는 순간 끝이라는 생각으로 유정이 제 마음을 다잡았다.

그때 샴페인을 마신 희건이 잔을 내려놓으며 말했다.

"식사하죠."

"네."

유정은 혼란을 숨기고 에피타이저로 놓인 차가운 바닐라 수프를 작은 스푼으로 한 입 떠먹었다. 아보카도를 곁들인 명란 파스타와 스테이크까지 코스가 이어지는 동안 희건은 별말이 없었다.

유정도 아무 말 없이 잠자코 식사만 했다. 시선을 들지 않고 있다 보니 그의 손만 보였다. 될 수 있으면 희건 쪽은 쳐다보지 않으려 하고 있는데 문득 이상함을 느꼈다.

'어?'

완벽한 테이블 매너를 보이고 있는 희건의 손이 좀 이상했다. 유심히 보니 손바닥 아래 쪽에 피멍 자국이 보였다.

'저건 뭐지?'

힐긋거리던 유정은 그 시선을 들킬까 봐 다시 제 접시를 쳐다봤다.

'흉터 같은 건가……?'

그렇게 보이긴 했지만 의아함은 남았다. 희건 같은 재벌이라면 저런 흉터 없애는 건 일도 아닐 거 같았으니까.

유정이 머릿속으론 그런 생각을 하며 디저트로 나온 무화과 샤베트만 먹고 있었다. 샤베트에만 시선을 둔 유정의 귀에 희건의 목소리가 다시 들렸다.

"오늘 밤부터는 내 침실에서 함께 잘 겁니다."

그 말에 움직임을 멈춘 유정이 그를 바라봤다.

희건은 디저트에는 손도 대지 않은 채 유정을 보고 있었다.

'언제부터 보고 있던 거지?'

제 접시만 보고 있었기에 그의 시선이 언제부터 이쪽을 향하고 있었는지 알지 못했다.

"알고 있어요."

유정이 조용히 대답하는데 희건의 말이 곧바로 이어졌다.

"다음 주부터는 특별한 일이 없는 한 7시까진 들어올 겁니다."

"……?"

유정이 의아한 시선으로 그를 바라봤다. 갑자기 퇴근 시간은 왜 말하는 건지 모른다는 듯 그녀가 보고 있자 희건이 똑바로 시선을 맞춘 채 입을 열었다.

"그때까지 당신은 내 방에 와 있어야 한다고."

유정의 눈이 살짝 커졌다.

"매일이요?"

"매일."

즉각 대답하는 말에 유정이 작게 입을 벌렸다가 다물었다.

"알았어요."

그녀의 얼굴이 어두워지는 것을 본 희건이 샴페인 잔을 매만졌다. 잔을 들어 한 모금 마신 그가 말했다.

"마음에 들지 않아도 어쩔 수 없습니다. 우린 부부니까."

"……네."

유정이 가라앉은 목소리로 대답했다. 어느 정도 각오는 했지만 매일 밤을 같은 침실에서 보내야 하는 줄은 몰랐다.

희건이 잔을 테이블 위로 내려놨다.

탁.

"식사 끝났으면 샴페인은 내 방으로 가서 마시죠."

그가 자리에서 먼저 일어서고 그 모습을 본 유정도 별말 없이 따라 일어섰다.

"내 방에 샴페인 세팅 부탁해요."

"네. 상무님."

희건이 지시하자 디저트를 나르고 대기하고 있던 사용인이 곧장 대답했다.

유정은 조용히 희건을 따라 다이닝룸을 나서 그의 방으로 향했다.

"들어와요."

먼저 문을 연 희건이 뒤에 서 있는 유정에게 말했다. 유정은 방문을 열어 주고 있는 희건의 옆을 지나 조심스럽게 안으로 들어갔다.

'여긴 처음 들어오는데……'

넓고 세련된 공간 안으로 들어오자 희건 특유의 남성적인 향이 방 전체에 감돌고 있었다. 침실과 드레스룸을 포함한 몇 개의 공간으로 나뉜 이곳은 철저한 차희건의 영역이었다. 유정은 그가 이곳으로 들어가는 모습만 몇 번 봤을 뿐 이 방은 한 번도 본 적이 없었다.

유정이 저도 모르게 눈을 굴려 둘러보는데 뒤에서 노크 소리가 들렸다.

"실례합니다."

사용인이 이동식 트레이에 샴페인과 몇 가지 핑거푸드를 가져왔다.

"어디에 세팅할까요?"

"침실 안 테이블에 해 주겠습니까."

"알겠습니다."

사용인이 그의 침실 쪽으로 트레이를 밀고 갔다.

희건이 말한 침실이라는 단어에 유정은 괜히 긴장되기 시작했다.

"그럼 나가 보겠습니다."

사용인이 재빨리 제 할 일을 마치고 방을 나갔다.

두 사람만 남자 유정은 심장박동이 빨라졌다. 긴장을 숨기려 방에 걸린 미술 작품에 시선을 두고 있는데 희건이 다가왔다.

"그건 그만 보고 침실로 가죠."

아…….

희건이 유정의 손을 잡고는 걸어가기 시작했다. 제 손을 잡은 커다란 손을 유정이 눈을 깜빡이며 내려다봤다.

결혼식 때 잡아 본 이후 처음 느끼는 희건의 단단한 손아귀 감촉에 심장이 더 빨리 뛰기 시작했다.

고급 호텔처럼 꾸며 놓은 침실의 한쪽은 통유리로 되어 있었다. 프라이버시를 위해 정원 쪽이 아닌 저택 뒤에 펼쳐진 숲이 보이는 구조였다. 넓은 전면창 앞에는 테이블과 의자가 있었다.

희건이 그 앞에서 그녀의 손을 놔주더니 의자를 빼 줬다.

"앉아요."

뜻밖의 배려에 유정이 잠시 멍하니 희건을 바라봤다.

'아.'

희건이 의문 어린 시선과 눈이 마주치자 유정은 정신을 차리고 의자에 앉았다. 유정이 테이블 위 예쁜 색상의 핑거푸드가 담긴 접시를 쳐다보고 있는 사이 그가 샴페인을 따랐다.

샴페인을 따른 뒤 잔을 들어 올리는 희건의 손에 아까 그 흉터가 언뜻 보였다.

'내가 상관할 바 아니야.'

유정은 자꾸 그의 손으로 향하는 제 시선을 억지로 거둬들였다. 그게 어떤 일로 생긴 흉터든 자신이 관심 가질 일이 아니었다. 차희건과 자신은 서로를 살뜰히 챙겨 주는 진짜 부부가 아니니까.

문득 희건을 보니 그가 또 조용히 저를 바라보고 있었다.

"⋯⋯."

유정은 입안이 바짝 마르는 기분이었다.

희건은 고개를 비스듬히 기울인 채 유정을 바라보고 있었다. 숨길 생각도 없다는 듯 대놓고 응시하는 시선에 유정은 괜히 샴페인만 더 마시게 되는 것 같았다.

'왜 말없이 쳐다보기만 하는 거지?'

유정은 초조함을 숨기며 잔을 만지작거렸다. 똑같이 마주 보기엔 지금 상황도 상황이지만 희건이 낯설었다. 2년을 살아도 거의 마주칠 일 없던 남자를 정면에서 마주 보는 건 불편한 일이었다. 거기다 가까이 있으니 새삼 잘생긴 남자라고 느끼는 것도 불편함 중에 하나였다.

시선 둘 데가 없어 핑거푸드를 응시하고 있는데 희건이 입을 열었다.

"처음 결혼하라는 말을 들었을 때는."

116

혼잣말처럼 흘러나온 낮은 음성에 유정이 고개를 들었다.

희건이 여전히 그녀에게 시선을 향한 채 말을 이었다.

"……그 상대를 이 방에 들이게 될 거라고는 생각하지 못했는데 말입니다."

유정이 생각에 잠긴 듯한 그의 짙은 눈동자를 보다가 말했다.

"그랬는데 왜 생각이 바뀐 거예요?"

"당신이 내 생각을 바꿨습니다."

유정의 눈이 둥그레졌다.

"내가요? 무슨……."

끼익.

희건이 자리에서 일어나 유정에게 다가왔다.

테이블이라는 안전장치를 넘어 바로 앞까지 온 그가 유정을 일으켜 끌어당겼다.

"!"

순식간에 가까이에서 시선이 부딪치자 유정이 숨을 삼켰다.

흔들리는 그녀의 눈을 똑바로 응시하며 희건이 말했다.

"지난 2년간 내가 얼마나 참았는지 압니까?"

그의 말에 유정의 뺨이 확 붉어졌다. 성적인 의미를 내포한 말임을 그녀도 모르지 않았다.

"이젠 더 못 참을 것 같고."

희건의 탁해진 목소리에 유정이 황급히 시선을 피하며 말했다.

"나, 남자의 본능에 대한 거라면 굳이 내가 아니어도 되잖아요."

"아니."

희건이 유정의 얼굴을 잡아 부드럽게 자신 쪽으로 돌렸다.

"나는 성유정 당신이어야 되는데."

……뭐라고?

타오르는 그의 눈동자에 유정의 심장이 정신없이 뛰고 있었다.

그가 왜 이런 말을 하는지도 유정은 알 수가 없었다.

'이것도 다, 연기일까? 모르겠어.'

희건의 이글거리는 눈동자로 인해 복잡해진 머릿속은 냉정한 생각을 이어 가지 못하고 있었다.

유정이 입가에 힘을 주고 그를 올려다봤다. 희건이 고개를 비스듬히 기울이며 그녀에게 더 가까이 다가갔다.

"무슨 말인지 모르겠습니까?"

"난 잘 모르겠…….."

희건의 입술이 닿을 듯 가까워지자 유정이 말을 멈췄다. 숨결이 느껴질 정도로 거리가 좁혀져 있었다. 순간 그의 눈동자가 위험할 정도로 어두워졌다.

"모르겠다면, 지금부터 알게 해 주죠."

가라앉은 목소리를 내뱉은 희건이 순식간에 유정의 입술을 삼켰다. 유정의 작고 도톰한 입술을 가볍게 빨아 낸 그가 혀로 입술 사이를 부드럽게 갈랐다. 물컹한 혀가 입안으로 들어오는 감각에 유정이 어찌할 바 몰라 숨을 들이켰다. 그 움직임에 그녀의 촉촉한 혀를 휘어 감은 힘이 점차 강해지기 시작했다.

"아."

유정의 머리가 뒤로 기울자 희건이 그녀의 허리를 더 단단히 끌어당겼다. 숨이 막힐 정도로 거친 키스가 이어지자 유정은 머릿속이 핑 도는 것처럼 어지러워졌다.

……하아!

희건이 입술을 떼어 낸 순간 유정이 막힌 숨을 터뜨렸다.

당황한 얼굴로 숨을 몰아쉬는 유정을 희건이 내려다봤다. 그의 얼굴은 평소처럼 서늘해 보였지만 그녀의 젖은 입술에 향한 눈동자는 짐승처럼 번들거렸다.

"이래도 모르겠습니까?"

"네, 네?"

희건이 붉어진 유정의 얼굴을 잡고 탁하게 잠긴 목소리로 말했다.

"키스 같은 거 해 본 적 없는데도 당신이 날 멈추지 못하게 몰아세우잖아."

희건이 유정을 그대로 안아 올렸다.

"앗……!"

갑자기 들어 올리는 강한 팔의 힘에 유정이 저도 모르게 희건의 목을 안았다.

아차.

얼떨결에 그를 껴안은 모양새가 되어 버려 유정이 얼른 팔을 떼어 내려 했다. 그런데 그 전에 먼저 침대로 걸어간 희건이 그녀를 내려놨다.

출렁!

푹신한 침대 위에 눕힌 유정의 몸 위에 올라탄 희건이 두 팔로 그녀를 가뒀다.

그의 시선이 유정의 입술에 꽂혔다.

"젖었군요."

엄지로 도톰한 입술을 쓸며 하는 그의 말이 유정은 왠지 무척 야하게 들렸다.

두근, 두근.

심장이…….

유정이 저를 내려다보는 희건의 눈을 피하며 초조하게 눈을 굴렸다.

이런 자세가 되니 오늘이 첫날밤이라는 실감이 들었다.

제 입술을 매만지는 희건의 손끝에서도 열기가 느껴지는 것 같았다.

"항상 궁금했습니다."

희건이 유정의 입술에 시선을 박고 낮게 말했다.

"이 입술을 삼키면 어떤 느낌일지."

궁금했다고?

유정은 혼란스러웠다. 그 냉담한 태도 어디에 그런 감정이 있었다는 걸까. 2년간 그리도 무심한 남자였는데…….

이 말을 믿으면 안 돼.

유정이 혼란을 누르며 올려다보는데 희건이 넓은 어깨를 기울이며 고개를 가까이 숙였다.

방금 매만지던 아랫입술을 그가 살짝 깨물었다.

"읏……."

야릇한 통증이 느껴지자 유정이 신음을 흘렸다.

"당신이 어떤 반응일지."

희건의 입술이 천천히 옆으로 움직여 유정의 연약한 귀를 머금었다.

"가, 간지러워요……."

예민한 귀에 더운 숨결과 축축한 혀가 와닿는 순간 유정의 등허리가 흠칫거렸다.

그녀의 미약하게 터져 나온 목소리가 귀를 자극하자 희건이 미간을 일그러뜨렸다.

"하, 이 목소리가 상상이 아니라 현실이라는 게 더 참을 수 없게 만드네."

낮은 한숨이 섞인 그의 목소리가 잔뜩 잠겨 있었다.

희건이 귓불을 놔주고 상체를 세웠다. 발갛게 달아오른 유정의 얼굴을 내려다본 그가 시선을 더 아래로 내렸다.

"앗……."

커다란 손으로 그녀의 티셔츠 밑단을 들춰 올리자 유정의 눈이 커다래졌다.

"자, 잠깐만요."

"못 참는다고 했을 텐데."

희건이 유정의 티셔츠를 위로 끌어 올렸다. 브래지어에 감싸인 새하얀 젖가슴이 시야에 들어오자 희건의 눈이 어둡게 일렁였다. 낮은 한숨인지 욕설인지가 그의 잇새로 짓눌린 듯 새어 나오더니 그의 숨이 거칠어지는 게 느껴졌다.

'어떡해.'

희건이 머리가 아래로 향하는 것을 본 유정이 두 손으로 제 얼굴을 가렸다.

그 움직임에 희건이 멈칫하더니 고개를 들어 올렸다. 그런 다음 유정의 손목을 지그시 잡아 얼굴에서 떼어 내 시선을 맞추게 했다. 발갛게 불거진 얼굴로 유정이 시선을 피하려 했다.

"성유정."

희건이 이름을 부르자 부끄러움으로 피하려던 유정의 눈동자가 다시 그에게 향했다.

그가 진지하게 그녀를 보며 말했다.

"나는 당신을 억지로 범하려는 게 아니야."

"……."

"그러니 가리지 말고 날 봐."

타오르는 눈으로 유정을 똑바로 보며 희건이 말했다.

"멈추라면 멈출 테니까."

멈춘다고?

의외의 말에 유정이 눈을 깜빡였다. 입술을 달싹이던 그녀가 말했다.

"못 참는다고…… 했잖아요."

"그렇다 해도 당신이 정말 싫다고 하면 안 해."

그 말이 진심인지 정확히 알 수는 없었지만 유정은 두려움이 조금 나아지는 기분이었다.

"멈추길 바라나?"

희건이 진지한 눈빛으로 물어왔다. 그 눈은 진심으로 보였다. 그 눈에 담긴 뜨거움은 숨길 수 없는 욕망이라는 걸 알면서도 그의 말을 진심이라고 믿게 하는.

유정이 작게 숨을 들이켜고 말했다.

"……아뇨."

오늘부터 부부가 되기로 했으니까. 유정이 마음을 가다듬고 희건을 바라봤다. 그녀의 표정을 확인한 그가 잡고 있던 손을 놔줬다.

"그렇게 날 보고 있어."

낮게 말한 희건이 다시 고개를 숙였다.

제 가슴 위로 내려앉는 남자의 얼굴을 보자 유정의 목에 힘이 들어갔다.

"아……."

열기로 휩싸인 입술이 말캉한 살을 베어 삼키는 순간 유정의 입술이 벌어졌다. 희건은 새하얀 살결을 물듯이 삼켰다가 커다란 손으로 브래지어를 끌어 내리며 더 안쪽 살을 빨기 시작했다.

어, 어쩌지?

남자와의 스킨십은 한 적도 없는데 유정의 눈앞에 보이는 장면과 맨살에 느껴지는 감각은 너무나 자극적이었다. 창피함으로 눈을 질끈 감고 싶은 충동과 처음 느끼는 낯선 자극에 유정은 점점 더 기분이 이상해졌다.

희건의 입술이 움직일수록 기분이 더 야릇해지는데 동그랗게 솟은 선홍색 정점이 축축한 입술에 휩쓸려 들어갔다.

"흐읏!"

순간 유정의 입술에서 신음이 터져 나왔다.

"!"

제가 낸 소리에 놀란 유정의 눈이 당황으로 커졌다. 입술을 손으로 막을 시간도 없이 희건이 툭 불거진 유두를 강하게 빨아 올렸다.

"아, 아읏……!"

참을 수 없는 쾌감이 그의 입술 안에서 터져 나왔다. 희건이 선홍색 유두를 혀로 감쌌다가 집요하게 빨아올릴수록 유정의 입술에서 새어 나오는 신음이 커지고 있었다.

말도 안 돼. 이게…… 내가 내는 소리야?

유정이 입술을 깨물고 시트를 움켜쥔 손에 힘을 주는데 희건이 고개를 들었다.

숨을 몰아쉬던 유정이 그와 시선을 마주쳤다.

아…….

이글거리는 희건의 눈동자에 유정이 조금 전과는 다른 의미로 당황했다.

그의 얼굴은 지독히도 관능적이어서 보는 것만으로도 숨도 멎게 할 것만 같았다. 늘 금욕적으로 보이던 입술이 타액으로 질척하게 젖어 있는 모습도 자극적이었다.

"앞으로 매일."

달칵.

탁하게 흘러나오는 목소리와 함께 희건의 커다란 손이 유정의 청바지 버클을 풀었다.

"당신은 날 받아들여야 할 겁니다."

그가 흥분 어린 낮게 잠긴 음성으로 말하며 유정을 똑바로 바라봤다.

"나에게 익숙해지고 나에게만 반응하도록 만들 거니까."

두근, 두근!

강렬한 시선에 유정의 심장이 터질 것 같았다. 그새 그녀의 청바지를 벗겨 낸 희건이 다시 천천히 고개를 숙였다.

"이 목소리로 나만 원한다고 헐떡이게 만들 거니까."

소유욕으로 꽉 잠긴 음성을 내뱉은 희건이 팬티만 남은 하체 위로 날렵한 턱을 내렸다. 유정의 시야에 높은 콧날이 제 다리 사이로 내려오는 것이 보이자 창피함과 기대감이 동시에 온몸을 휘감았다.

"잠깐, 만요. 거긴……아흣!"

얇은 팬티 위를 축축한 입술이 삼켰다. 도톰한 속살을 팬티와 함께 빨아들이자 유정은 견딜 수 없는 쾌감에 시트 위를 다시 움켜쥐었다.

"아, 아, 잠깐, 잠깐만⋯⋯."

습한 숨결이 젖은 팬티 위로 느껴졌다가 팬티가 찰싹 달라붙어 있는 속살 모양을 따라 혀가 길게 훑고 지나갔다. 다시 입술로 삼켜 전체를 빨아들이기 시작하자 유정은 도저히 제 몸 같지 않게 느껴질 정도로 온몸이 뜨겁게 달아올랐다.

너무 뜨거워⋯⋯!

처음 느끼는 육체적 쾌감이 머릿속까지 녹일 것만 같았다. 정신없이 터져 나오는 신음을 의식할 수도 없을 정도로 희건은 그녀를 흥분으로 몰아세웠다. 유정의 엉덩이가 저도 모르게 위아래로 흔들거리고 있었다.

"읏, 아, 앗, 아아⋯⋯!"

높아지는 신음에 희건이 입술을 떼어 냈다.

순간 임박했던 절정에서 풀려나 버리자 유정의 흐릿해진 눈이 당황한 듯 희건을 바라봤다. 그녀의 온통 장밋빛으로 물든 얼굴과 쾌감으로 붉어진 눈과 벌어진 채 숨을 가쁘게 헐떡이는 입술을 노려보며 희건이 말했다.

"고작 팬티 위로 해 주는 걸로 가려고 합니까?"

"아⋯⋯."

적나라한 말에 유정이 부끄러운 듯 뺨을 훅 붉히는데 희건의 말이 다시 들렸다.

"내 입술로 갈 거면 제대로 가야지."

찌지직-!

무슨⋯⋯!

희건이 우악스러운 손아귀 힘으로 젖은 팬티를 찢어 버렸다. 놀란 유정의 눈이 커지는 순간 그녀가 흘린 체액으로 흠뻑 젖어 있는 곳에 다시 그의 머리가 내려갔다.

"흐웃……!"

맨살을 삼키는 남자의 입술에 유정의 머릿속이 텅 비었다. 소름이 돋을 정도로 강한 쾌감에 하얀 팔뚝에 닭살이 돋았다. 강하게 삼켜지는 순간 유정이 길게 신음을 터뜨리며 절정에 올랐지만 희건은 지금껏 참아 온 욕심을 채우듯 짐승처럼 그녀의 속살을 빨아 댔다.

"그, 그만, 요, 더는, 더는……."

날카로운 절정 이후에도 잔뜩 팽창된 클리토리스를 거칠게 빨아 대는 자극에 유정이 눈물 젖은 눈으로 고개를 저어 댔다. 하지만 그녀의 말과는 달리 다시 한껏 부풀어 오른 음핵을 희건이 혀로 굴렸다가 빨아들이는 움직임에 맞춰 엉덩이가 음란하게 흔들리고 있었다.

말도 안 돼. 이건 내 몸이…….

인정하고 싶지 않았지만 멈추지 않고 몰아치는 자극에 맞춰 그녀의 허리와 엉덩이는 야한 물결을 그리며 출렁거렸다. 희건이 들려 올라간 유정의 엉덩이를 핏대 솟은 손으로 움켜잡고 속살 전체를 크게 집어 삼켰다.

"아아, 아……!"

두 번째 절정이 쏟아지자 유정의 눈이 완전히 쾌락으로 흐려졌다.

"이번엔 제대로 갔네."

만족스럽게 상체를 세운 희건이 가늘게 몸을 떨고 있는 유정을 내려다봤다. 그녀의 흐린 시야에 그가 자신의 흐트러진 몸을 내려다보는 것이 보였다.

시선이 닿는 곳마다 뜨거워.

믿기 힘든 쾌락을 두 번 연달아 겪어서인지 희건의 강렬한 시선이 닿는 곳마다 쾌감이 일 듯 달아올랐다.

그가 제 머리 위로 셔츠를 벗어 냈다. 처음 보는 근육질 남자의 몸에 유정은 흥분된 상태에서도 눈이 커졌다. 몸이 좋다고는 알고 있었지만 이 정도까진…….

거친 숨결에 오르내리는 넓은 가슴이 들썩이고 있고 일말의 군살도 없는 근육으로만 이루어져 있는 복근은 단단하게 수축되어 있었다. 남자의 몸은 잘 모르지만 지금껏 영화나 드라마에서 봤던 어떤 남자의 몸보다도 관능적이었다.

희건이 바지 버클을 풀자마자 그 안에서 튕기듯 나온 거대한 형상은 유정을 더 놀라게 했다. 드로어즈가 위로 한껏 들쳐 올라가 있어 벗겨 내기도 힘들 정도였다.

희건이 콘돔을 집으며 유정에게 말했다.

"그렇게 보면 더 흥분하는데. 감당할 수 있겠어?"

"아……."

놀란 유정이 그제야 고개를 돌렸다.

핏대가 솟은 페니스에 얇은 고무를 씌운 희건이 유정의 몸 위를 타고 올랐다. 그녀를 커다란 몸으로 가둔 그가 유정의 브래지어를 가슴 아래까지 완전히 끌어 내렸다. 그 반동으로 탱글하게 솟아오른 젖가슴을 희건이 남자다운 손으로 거머쥐었다.

"흣."

단단한 손아귀에 쓸린 유두에서 터져 나온 쾌감에 유정이 다시 헐떡거렸다. 그 얼굴에 시선을 박은 희건이 말했다.

"이 눈이 마음에 들어. ……아주."

이글거리는 눈동자로 시선을 박고 말한 희건이 주무르던 젖가슴을 놔주고 그녀의 다리를 넓게 벌리며 그 사이에 자리를 잡았다. 꺼덕이는 페니스를 움켜잡고 이미 흠뻑 흘린 애액으로 부드러워져 있는 입구로 가져갔다. 촉촉한 점막이 닿자마자 둥근 귀두를 삼킬 듯 촘촘하게 달라붙었다.

그 쾌감에 미간을 일그러뜨리며 신음을 흘린 희건의 팔뚝에 핏대가 불끈 솟았다.

"성유정."

탁하게 잠긴 음성으로 부른 희건이 턱을 단단히 굳히고 그녀를 노려봤다. 유정도 희건을 마주 봤다. 달아오른 숨결이 서로의 입술에서 새어 나오고 있었다.

움직임을 멈추고 있는 순간에도 맞닿은 피부가 빨아들이듯 그의 선액이 뚝뚝 떨어지는 귀두를 자극하고 있어 희건의 관자놀이가 꿈틀거렸다.

"네 남편은 나야."

으르듯 낮게 말한 희건이 유정의 흥건한 속살 안으로 빳빳하게 발기한 페니스를 단번에 밀어 넣었다.

"아홋……!"

완전히 젖어 있음에도 감당하기 힘들 정도로 거대한 근육 덩어리가 그녀의 내부를 한껏 벌리며 치밀어 올랐다. 연달아 깊이 박혀들며 안쪽까지 치민 남성이 빠른 속도로 짓쳐들기 시작했다.

"아, 아, 아웃! 아!"

유정의 젖가슴이 빠르게 출렁거리며 원을 그렸다. 처음에 버겁게 들이칠 땐 이마에 땀이 맺혔다가, 숨도 쉬지 못할 만큼 강하게 들이치는 힘이 강해질수록 알 수 없는 쾌감이 고통과 함께 그녀를 흔들어 댔다.

정신없이 신음을 쏟아 내는 유정을 내려다보며 희건은 조절하려 해도 되지 않는 것을 느꼈다. 이렇게 될 줄은 알고 있었지만 생각보다 더 강한 자극에 더 미쳐 날뛰지 않으려 참아 내는 것만이 고작이었다.

희건이 인상을 찡그리고 상체를 내려 유정을 단단히 껴안았다. 유정도 그의 넓은 등을 저도 모르게 안았다. 땀에 젖은 살결이 빈틈없이 맞물린 뒤 더 습하게 질척거리는 구멍 안으로 터질듯 빳빳한 페니스를 격렬하게 쑤셔 넣었다.

감당할 수 없었는지 그를 안은 유정의 팔에 힘이 들어가더니 신음이 급격하게 치솟았다. 그럼에도 희건은 멈추지 않았다. 땀과 체액이 서로의 몸에 비벼지고 튀며 시트까지 흠뻑 적시고 있었다.

"아아아……!"

견디지 못한 유정은 까마득한 절정에 휩쓸렸다.

그를 받아들인 채 강하게 수축하는 내부를 느끼며 희건은 더 강하게 그녀의 내부를 짓찧어 댔다. 퍽퍽거리며 들이치는 힘에 유정이 자지러지듯 몸을 비틀어 댔다.

"아, 안, 안 돼, 멈춰요, 제발 멈……!"

지금까지와는 다른 교성이 유정의 입술에서 터져 나왔다. 동시에 그의 등에 손톱이 깊이 박혀 들었다.

가느다랗게 몸을 떠는 유정의 안에 그도 자신의 욕망을 깊숙이 분출했다.

하, 하아.

정리되지 않은 숨결이 침대 위에서 한참 동안 어지럽게 흘러나왔다.

내 몸 같지 않아…….

제 몸이 제 몸 같지 않은 상태가 된 것 같아 유정이 몸을 바르작 거리는데 희건이 몸을 일으켰다. 열감이 남은 시야에 남자의 길게 뻗은 근육질 뒷모습이 보였다. 조도가 낮은 공간에서도 명확하게 구분이 가는 광배근 라인을 보고 있던 유정은 그가 새 콘돔으로 갈아 끼우는 중이라는 걸 깨닫고 멈칫했다.

"지금……."

놀란 그녀의 목소리에 돌아본 희건이 말했다.

"힘듭니까?"

분명 조금 전 끝났음에도 처음처럼 거대해져 있는 페니스를 눈으로 확인한 유정의 입술이 벌어졌다.

"히, 힘들다기보다……."

이내 붉어진 얼굴로 당황하며 고개를 숙이는 그녀에게 희건이 다가왔다.

그가 유정의 턱을 잡아 올려 자신과 시선을 맞췄다.

"그럼, 나와 더 하기 싫습니까?"

대답을 바라는 눈이 어두운 불꽃처럼 타오르고 있었다. 그 눈을 보니 유정은 자신의 다리 사이가 다시 축축하게 젖는 것이 느껴져 난처한 표정으로 대답했다.

"아니에요. ……해요."

차희건과의 관계가 싫지 않다는 사실이 유정은 이해할 수 없었다. 하지만 지금 이 남자에게 자신이 흥분했다는 건 숨길 수가 없었다.

그녀의 대답에 희건이 입술 끝을 말아 올렸다. 그러고는 유정의 얼굴을 잡은 채 고개를 숙였다.

"잘 생각했습니다."

억지로 하는 건 원하지 않거든.

혼잣말 같은 소리를 내뱉은 희건의 입술이 유정의 입술을 삼켰다.

03

욕망의 밤이 지난 뒤 유정은 잠에서 깼다.

'여긴……?'

유정이 천천히 눈을 깜빡였다. 혼탁한 잠의 기운이 물러나며 현실감이 되살아나고 지금 희건의 품에 안겨 있다는 걸 인지했다.

아!

순간 유정의 얼굴이 확 붉어졌다. 남자의 품에 안겨서 자고 있었다는 걸 깨달은 동시에 간밤의 일이 머릿속에 펼쳐졌다.

'어쩌지?'

유정은 당황한 눈을 이리저리 굴렸다.

몇 번이나 놔주지 않는 남자에게 안겨 언제 의식을 잃었는지도 기억 나지 않을 정도였다.

'그 냉정한 남자가 침대에선 그렇게…… 뜨겁다니.'

이 남자가 차희건이라는 게 믿기지 않을 정도였다.

'일단 여기서 좀 나가야……'

유정이 그에게 들키지 않고 품에서 빠져나가기 위해 최대한 조심스럽게 몸을 바르작거렸다.

그때 그녀의 허리 위에 걸쳐져 있던 남자다운 팔에 힘이 들어갔다.

"앗……!"

그대로 가까이 끌어당긴 힘에 남자의 몸과 밀착되자 유정의 눈이 커다래졌다.

"!"

희건이 그녀와 옆으로 마주 본 자세에서 당황한 유정을 느른하게 쳐다봤다. 시선이 마주치자 유정은 당황했다.

"도망은 안 됩니다."

"도망……치려는 게 아니라……."

유정이 침을 삼키고 시선을 아래로 내렸다. 그러자 희건이 그녀의 턱을 위로 들어 올렸다.

다시 시선을 맞춘 그가 말했다.

"나에게 익숙해지라고 했을 텐데."

여기에 익숙해지라고?

탄탄한 근육질 몸이 고스란히 느껴질 정도로 맨살이 바짝 붙어 있었다. 햇빛 때문에 밝아진 공간에 희건의 남성적인 상체가 적나라하게 보였다. 거기다 그의 위험한 욕망이 뚜렷이 느껴지자 유정의 얼굴에 난감함이 흘렀다.

……그건 불가능해.

밤과는 또 다른 민망함에 유정이 할 말을 찾지 못하고 난처한 표정만 짓고 있자 희건이 그녀의 얼굴을 가만히 들여다봤다.

"걱정하지 않아도 됩니다."

"네?"

유정이 무슨 뜻인지 몰라 시선을 맞췄다.

'어?'

순간 유정은 잠시 멍한 얼굴이 됐다.

방금 잠에서 깬 남자의 얼굴이 이렇게 완벽할 수 있을까 싶을 정도로 그는 수려함 그 자체였다. 살짝 흐트러진 머리칼과 간밤의 일을 떠올리게 하는 관능 어린 나른함이 어린 눈가가 괜히 심장을 뛰게 만들었다.

'거울도 못 봤는데.'

자다 깬 자신의 얼굴이 엉망일 거라는 게 그제야 생각난 유정이 난감하게 제 입술을 지그시 무는데 희건이 말했다.

"이 작은 몸을 밤새 괴롭혀 놓고 아침부터 힘들게 하진 않을 거니 걱정하지 말란 뜻인데."

"……."

자신의 표정을 잘못 이해한 듯한 말에 뭐라 말하려던 유정이 그냥 입을 다물었다. 어쨌든 이 지나치게 가까운 거리는 빨리 벗어나고 싶었다.

희건이 그녀를 놔주고 상체를 일으키며 말했다.

"밤까진 쉬게 해 주죠. 그게 내 인내심의 최대치일 것 같으니."

그가 일어서자 유정은 밝아진 공간에서 남자의 나신까지는 보기 민망해 시선을 내리깔았다.

새하얀 이불로 몸을 감싸고 유정도 침대에서 앉으려는데 희건의 목소리가 들렸다.

"성유정."

유정이 시선을 들려는데 희건의 손이 먼저 그녀의 고개를 들어 올렸다.

순간 유정의 시야에 희건의 얼굴이 가까워지더니 그가 그녀의 입술을 빨았다.

"으음."

살짝 머금었던 입술을 놔준 희건이 장밋빛으로 물든 유정의 얼굴을 진하게 응시했다.

"그런 표정을 하면 밤까지 놔두려던 내 생각이 바뀔 텐데?"

"아, 안 보면 되잖아요."

얼굴을 더 붉힌 유정이 미간을 찌푸렸다.

"설마."

도망갈 수 없도록 그녀의 얼굴을 단단히 쥔 희건이 낮아진 목소리로 말했다.

"당신을 앞에 두고 억지로 시선 돌리는 건 지난 2년으로 충분해."

"……."

유정의 흔들리는 시선을 붙든 희건이 진지한 얼굴로 말을 덧붙였다.

"이젠 그러지 않을 거니까."

낮게 말한 그가 그녀의 얼굴을 놔줬다.

그가 그대로 조각상 같은 몸을 일으키자 유정이 새빨개진 얼굴로 얼른 시선을 피했다.

"쉬고 있어요. 회사에 다녀와야 하니까."

평소의 말투로 그녀에게 말한 희건이 곧장 배스룸으로 향했다.

그가 멀어진 뒤에도 시선을 돌리지 못하던 유정이 완전히 조용해진 뒤에야 힐긋 쳐다봤다.

다행히 희건은 배스룸으로 사라진 뒤였다.

하아.

긴장된 숨을 길게 내쉰 유정이 어깨 힘을 탁 풀었다. 그러고는 다시 배스룸 입구를 바라봤다.

그러고 보니 희건은 주말에도 늘 어딘가 나가는 모습을 창밖으로 자주 봤었다.

'나와 같은 집에 있는 게 싫어서 매번 나가는 줄 알았는데…… 회사에 갔던 거구나.'

생각에 잠겼던 유정이 표정을 굳혔다.

어쨌든 달라질 건 없었다. 그가 정말 매주 회사에 간 건지도 알 수 없는 거고.

'아…… 그런데 몸이.'

유정의 이마가 살짝 찌푸려졌다. 희건이 시야에서 사라져서 긴장이 좀 풀린 것인지 온몸의 통증이 느껴지기 시작했다. 특히 민망한 허벅지 사이 근육이 욱신거리는 통증에 깊이 숨을 들이켰다.

'너무 아픈데 여기에 어떻게 익숙해지라는 거야?'

모든 남자가 이렇게 밤새 몇 시간씩 하나? 세상에, 그럼 여자들은 대체 어떻게 출근하고 사는 거지?

유정이 인상을 쓴 채 침대 위로 다시 쓰러지듯 누웠다.

"매일이라니, 난 정말 못 할 것 같은데……."

유정이 피곤한 목소리로 작게 웅얼거렸다. 차희건이 아무리 저런 섹시한 몸을 가졌다 해도 그건 정말 불가능한…….

근육통으로 끙끙거리며 생각하던 유정은 그대로 잠이 들어 버렸다.

잠시 후, 샤워를 마친 희건이 샤워가운을 입은 채 덜 마른 머리칼로 나왔다.

수건으로 머리칼의 물기를 닦던 그가 침대 쪽을 보고 움직임을 멈췄다.

"……"

유정을 보고 있던 희건이 침대로 조용히 다가갔다. 침대 끝에 조용히 걸터앉은 그가 잠이 든 유정을 내려다봤다.

유정은 지친 얼굴로 잠들어 있었다. 그녀의 뺨에 맺혔던 장밋빛 열기가 아직 남아 있는 것 같았다.

희건이 조용히 손을 뻗어 그 뺨 위에 살짝 가져다 댔다.

그의 손끝에 보드라움과 따스함이 느껴졌다.

"……"

잠시 그러고 있던 희건이 조용히 손을 떼어 냈다.

그가 생각에 잠긴 눈으로 저를 보고 있다는 것도 모른 채 유정은 새근새근 잠들어 있었다.

※ ※ ※

월요일 아침.

차 회장의 집무실에 희건이 앉아 있었다. 소파 상석엔 차 회장이 앉아 있고, 희건의 맞은편엔 범훈과 이태가 앉아 있었다.

차 회장이 희건을 날카로운 시선으로 쳐다보다가 말했다.

"계속 그 아이와 같이 살 거라고?"

"네."

희건은 표정 변화 없이 대답했다.

그 말을 들은 차 회장의 표정이 험악해졌다.

"애도 못 낳는 여자와 같이 살아서 뭣해? 당장 정리해."

차 회장이 언성을 조금 높여 말했다. 크게 높인 것도 아닌데도 듣는 사람은 누구나 바짝 긴장해서 거절할 생각은 감히 하지 못할 정도로 위압적이었다.

범훈과 이태가 눈치를 보듯 차 회장과 희건을 번갈아 쳐다봤다.

"그래. 희건이 너 할아버님 말씀 들어야지."

이태가 하는 말에 범훈도 거들었다.

"내 생각에도 그렇게 하는 게 맞는 것 같은데. 너 그 여자랑 사이가 좋지도 않잖아."

"……."

범훈과 이태의 말을 무시한 희건이 차 회장을 똑바로 쳐다봤다.

"제 집안일입니다."

희건의 말에 차 회장의 한쪽 눈썹이 확 치켜 올라갔다.

"뭐야?"

노기 어린 음성에도 희건은 물러서지 않고 차 회장을 똑바로 쳐다봤다.

"저희 집 일에 관여하실 명분이 없으실 텐데요."

"……."

차 회장이 눈을 가늘였다. 희건의 방금 전 그 말은 차 회장의 계약이 끝났음을 내포한 말이었다.

"그만 나가 보겠습니다."

일말의 망설임 없이 일어선 희건이 곧장 집무실을 빠져나갔다.

차 회장이 굳은 얼굴로 닫힌 집무실 문을 노려봤다.

"너희도 그만 나가 봐."

차 회장이 불쾌함을 드러내는 표정으로 범훈과 이태에게 말하자 그들이 얼른 일어섰다.

"그럼 가 보겠습니다."

두 사람이 도망치듯 집무실을 빠져나갔다.

탁.

문이 닫히고 나서도 차 회장은 한동안 문 쪽을 응시하고 있었다.

"……정 실장."

차 회장이 문에 시선을 박은 채 부르자 회장의 뒤에 서 있던 정운식 비서실장이 바로 대답했다.

"네. 회장님."

차 회장이 돌아보지 않고 말했다.

"갑자기 왜 저러는지 알아봐."

"알겠습니다."

정 실장이 차 회장의 뜻을 노련하게 파악하고 대답했다.

눈을 가늘게 뜬 차 회장은 생각에 잠긴 얼굴로 테이블 위로 시선을 옮겼다.

"차희건!"

희건이 회장실을 나오는데 높은 톤의 여자 목소리가 그를 불렀다.

그가 고개를 돌리자 윤아가 미소 지으며 다가오고 있었다.

"나도 회장님 방 가는 길인데. 넌 무슨 일로 온 거야? 출장 보고는 내가 하기로 했잖아."

윤아가 희건 앞에 서서 친밀하게 말했다.

그때 그들 옆을 회장실 비서가 인사하며 지나갔다.

"안녕하세요."

"아, 안녕하세요."

윤아는 그 짧은 순간 그녀가 희건을 힐끔거리며 동시에 자신을 부러움의 시선으로 봤다는 걸 알아챘다.

……홋.

윤아는 보이지 않게 입술을 끌어 올렸다.

윤아의 시선이 그녀가 회장실에 들어가는 걸 따라붙는데 희건이 그제야 대답했다.

"개인적인 일이야."

"그래? 아 참, 나 할 말 있었는데."

윤아가 생각난 듯 눈을 빛내며 그를 바라봤다.

"오늘도 야근이지? 나도 야근인데 저녁 같이 먹자. 우리 전에 갔던 거기……."

"오늘부터 정시 퇴근할 거야."

희건이 손목시계를 보며 하는 말에 윤아가 눈을 동그랗게 떴다.

"갑자기? 저녁에 어디 갈 데 생겼어?"

시간을 확인한 희건이 고개를 들어 올려 윤아와 시선을 마주쳤다.

"집으로 갈 건데."

"집에…… 간다고?"

예상치 못한 말인 듯 윤아가 눈을 몇 번 깜빡였다. 그녀의 그런 모습에 희건이 고개를 비스듬히 기울였다.

"집에 간다는 게 이상한 말인가?"

"어? 아, 아니. 이상하단 게 아니라."

당혹스러운 표정을 지었던 윤아가 얼른 웃어 보이며 말을 이었다.

"그냥 갑자기 생활 패턴이 바뀐 거 같아서. 희건이 너 집에 가는 거 싫어하지 않았어?"

윤아가 대수롭지 않은 말투로 물으며 희건의 표정을 예리하게 살폈다. 희건은 윤아에게 늘 보이는 무심한 표정으로 짧게 말했다.

"그런 적 없었는데."

오히려 다른 이유로 화가 났던 적은 있지만.

유정을 머릿속에 떠올린 희건의 얼굴이 미세하게 변했다. 묘한 관능이 어린 그의 눈을 본 윤아는 본능적인 불안을 느꼈다.

'또……?'

얼마 전 출장 때도 희건은 똑같은 얼굴로 그녀에게 알 수 없는 불안을 느끼게 했다.

'설마, 이제 와서…… 아니겠지.'

윤아가 대수롭지 않게 생각하고 넘기려는데 희건이 먼저 몸을 돌렸다.

"그럼."

"아, 그래. 다음에 봐."

웃는 얼굴로 인사한 윤아가 돌아서는 희건의 수려한 옆모습을 주시했다.

그가 멀어지자 윤아는 가슴 위에서 팔짱을 끼었다.

"……불안하게 정말 뭐야?"

윤아가 눈을 가늘였다. 차희건 눈치를 보아 오던 세월이 수십 년이었다. 그동안 쌓은 감이 그녀에게 말하고 있었다.

지금 차희건은 이상하다고. 지금까지와 다르다고.

멀어지는 희건의 뒷모습을 윤아가 불안을 떨치지 못하는 눈으로 주시하고 있었다.

※ ※ ※

유정이 2층 서재의 책상에 앉아 있는데 한 실장이 들어왔다.

"차 한 잔 드릴까요?"

전공서적을 읽고 있던 유정이 고개를 들었다.

"따뜻한 차로 아무거나 부탁해요."

"네. 기다리세요."

고개를 끄덕이며 몸을 돌린 한 실장이 서재를 나갔다.

그녀가 밖에 대기 중이었던 사용인에게 지시하는 모습을 보던 유정이 슬며시 눈썹 사이를 모았다.

'하아, 힘드네. 근육통이 이렇게 심할 줄은……'

평소처럼 행동하려 애쓰고 있었지만 온몸이 두드려 맞은 것처럼 아프고 감기에 걸린 것처럼 묘한 열감이 있었다.

어제 깜빡 잠이 든 이후 다시 눈을 떴을 땐 오후였다.

잠이 들었을 때와 바뀐 햇살 색에 깜짝 놀라 고개를 드는데 슈트 차림의 희건이 서 있는 모습을 발견했다.

자신을 보고 있는 그와 눈이 마주치자 유정이 당황해선 물었다.

'언제 온 거예요?'

'조금 됐습니다.'

'그럼 깨우지 그랬…… 아야.'

이불로 몸을 감싸고 급히 일어서려다가 발을 딛는 순간 느껴지는 찌르르한 통증에 침대를 짚는데 희건이 다가와 부축했다.

허리를 잡은 커다란 손의 감촉에 숨을 삼키고 그를 쳐다봤다.

'그냥 누워 있어요.'

'괜찮아요. ……앉을게요.'

침대 위에 그대로 걸터앉은 채 몸을 감싼 이불 끝을 여미며 흐
트러진 머리칼을 매만졌다.

그때 희건이 트레이를 들고 왔다.

이건?

트레이 위에 갓 구운 빵과 계란 요리 등이 있는 걸 보고 눈을 둥
글게 뜨고 그를 쳐다봤다.

'아직 빈속일 테니 간단히 먹을 만한 걸로 준비해 달라고 했습니
다. 들어요.'

그러고 보니 공복이 오래된 상태였다. 향긋한 빵 냄새에 군침이
돌아 한 조각 집어서 먹으려는데 이불을 잡고 있어서 먹기가 불편
했다.

그걸 본 희건이 가운을 내밀었다.

'아. 고마워요.'

'고마울 일 아닐 텐데.'

'네?'

의아하게 쳐다보는 시선을 무심한 듯 내려다보며 그가 말했다.

'먹고 나면 다시 벗길 예정이라.'

희건의 말을 떠올린 유정의 얼굴이 붉어졌다.

"그런 말을 아무렇지 않게 하는 남자인 줄은 몰랐는데……."

유정이 인상을 찌푸리고 작게 중얼거렸다. 그동안 알고 있던 희건의 이미지와 지금은 너무 달랐다.

'오늘 밤부터 부부일 것.'

그의 그 말을 너무 쉽게 생각했던 걸까? 하지만 다른 방법도 없었다. 계약을 벗어날 순 없으니. 이런저런 생각을 하던 유정이 답답한 한숨을 내쉬었다.

"머리가 너무 복잡해…… 책이나 읽어야겠어."

어차피 오늘 집중은 전혀 되지 않고 있었다.

끼익.

유정은 몸을 일으켜 책장의 책들을 눈으로 훑었다. 공부가 잘 되지 않을 땐 머리를 식힐 겸 책을 읽곤 했다. 이 서재엔 생각보다 다양한 분양의 책들이 많아 다른 분야의 공부도 됐다.

유정은 책을 훑다가 그중에서 꽤 오래된 듯한 책 한 권을 꺼냈다. 페이지를 파라락 넘겨 보던 유정이 멈칫거렸다.

'사진?'

책 사이에 희건의 예전 사진이 끼워져 있었다.

'누구지? ……친구인가?'

고등학생 정도로 보이는 희건에게 같은 교복을 입고 있는 남자가 어깨동무를 하고 있었다.

유정은 신기한 시선으로 사진을 가만히 바라봤다. 희건이 누군가와 친하게 지내는 걸 본 적이 없었는데 사진 속의 이 남자와는 친밀함이 느껴졌다.

같은 학교에 다녔을 때도 무리에서 존재감은 있지만 그는 늘 혼자였다. 특정한 누군가와 어깨동무를 하는 모습은 상상이 되지 않았다.

상대방이 일방적으로 희건의 어깨에 팔을 걸친 사진이긴 하지만 이걸 받아 준 것 자체가 차희건답지 않은…….

"차 가져왔습니다."

"아, 네."

뒤에서 들린 사용인의 목소리에 놀란 유정이 책을 얼른 덮었다.

탁.

표지를 확인한 그녀가 책장에 다시 책을 끼워 넣었다. 빠르게 다른 책을 꺼내 든 유정이 책상 쪽으로 몸을 돌렸다.

저녁이 되자 유정은 희건 방으로 내려갔다.

주말과 똑같이 청바지 차림으로 그의 방으로 들어간 유정은 침실 쪽을 쳐다봤다. 잠시 머뭇거리던 그녀는 방 안 소파 위에 앉았다.

'침실에서 기다리란 뜻은 아니겠지.'

희건 없는 방에 혼자 들어와 있는 것도 긴장되는 일인데 침실은 다가가기가 더 꺼려졌다. 저곳에서 주말 내내 있던 일을 떠올리면 더욱.

민망함에 붉어지는 목덜미를 슬쩍 손으로 매만지는데 방문이 열렸다.

달칵.

그 소리에 유정이 움직임을 멈추고 문을 쳐다봤다.

위압적인 블랙 슈트 차림의 희건이 서 있었다.

"왔……어요?"

유정이 몸을 일으키며 조금 어색하게 인사했다. 희건은 그런 그녀를 보며 방 안으로 들어왔다.

문이 닫히고 두 사람만 남게 되자 유정은 긴장으로 심장이 두근거리기 시작했다.

테이블 위에 브리프케이스를 내려놓은 희건이 손목시계를 풀어 같이 올려놨다.

"씻고 나올 테니 식사부터 하죠."

"그래요."

유정이 대답했다. 곧바로 어제 같은 일이 이어질 줄 알았는데 아니라니 바짝 긴장하고 있던 것이 조금 풀렸다.

찰그락.

메탈시계를 테이블 위에 풀어 놓은 그가 드레스룸과 붙어 있는 배스룸 쪽으로 걸어갔다.

희건의 뒷모습을 보고 있던 유정이 테이블 위로 시선을 옮겼다.

'그러고 보니 항상 이 시계만 차고 있네?'

옷도 구두도 가방도 매일 바뀌다시피 하는 희건인데 이 시계만큼은 지난 2년 내내 그의 손목에 걸려 있었다.

'사연이 있는 시계인가?'

유정이 유심히 쳐다보는데 왠지 어디선가 본 적이 있는 시계 같았다. 2년간 봐 왔던 시계니까 익숙해질 만도 하겠지. 쓸데없는 데 관심 갖지 말자.

유정이 제 궁금증을 스스로 끊어 냈다.

희건에 대한 호기심은 달갑지 않았다. 그게 어떤 것이든.

유정이 시계에서 시선을 옮겨 일부러 다른 생각을 하고 있는데 샤워를 마친 희건이 나왔다.

그 소리에 유정이 돌아보자 그는 깔끔한 셔츠와 바지로 갈아입고 이쪽으로 걸어오고 있었다.

그가 가까이 다가오자 청량한 향이 풍겼다.

"가죠."

"네."

앞장서는 희건을 따라 유정은 다이닝룸으로 향했다.

직선의 견고한 식탁에는 정갈한 한식 요리가 차려져 있었다. 유정은 아직 희건과 마주 앉아 함께 식사하는 게 낯설어서 불편했다. 그래서 조용히 식사만 하는데 그가 말했다.

"이번 주말에 함께 갈 곳이 있습니다."

유정이 젓가락을 든 채 시선을 올렸다.

"어딜요?"

의아한 눈으로 보는 유정을 마주 보며 희건이 말했다.

"주기적으로 있는 재벌3세들의 재계 모임입니다."

"아…… 그렇군요."

고개를 끄덕이며 대답한 유정은 속으로 생각했다.

'이것도 부부의 일이구나.'

그동안은 희건이 이런 모임에 함께 가자고 한 적이 없던 걸로 보아 새로운 계약에 따른 부부의 역할로 생각이 됐다.

"소개해 줄 사람도 몇 있습니다."

소개해 줄 사람?

희건이 단정하게 젓가락질하는 모습을 보던 유정은 아까 서재에서 봤던 사진을 떠올렸다.

'그럼 혹시 그 사람도 나오려나?'

친구를 만들지 않던 희건이 곁에 둔 사람이라면 아직까지 친분이 이어질 확률이 높았다. 유정이 혼자 생각하고 있는데 희건의 목소리가 들렸다.

"앞으로 이런 자리가 자주 있을 겁니다. 지금까진 비서를 대동

했지만, 이젠 대외적인 자리에도 당신과 함께할 거니까."

희건이 그녀를 똑바로 응시하고 있었다. 그와 시선을 맞춘 유정이 눈을 깜빡였다.

'그동안은 비서와 다녔던 거구나.'

그것도 몰랐던 사실이었다. 새로운 사실을 알게 됨과 동시에 왜 지금까진 그런 자리에도 데리고 가지 않다가 이젠 태도를 바꾸게 된 건지 궁금했다.

"그럼…….."

입을 달싹이던 유정이 다시 입을 다물었다. 희건이 그 모습을 보고 말했다.

"하려던 말 해요."

"……아니에요."

유정이 고개를 젓고는 물잔을 들어 입으로 가져갔다.

희건에 대해 궁금하면서도 한편으론 알고 싶지 않았다. 이 남자에 대해 알면 알수록 지난 2년간 그에게 가졌던 자신의 감정이 달라질 수도 있다는 불안이 있었다.

특히 함께 밤을 보낸 뒤 그 생각이 강해졌다.

어쩔 수 없이 계약을 유지하고는 있지만, 차희건이라는 남자를 조금이라도 이해하고 싶지 않았다.

"……."

유정이 상념에 잠겨 식사하는 모습을 희건이 조용히 주시하고 있었다.

"아……!"

유정이 한껏 고개를 들고 몸을 가늘게 떨었다. 그녀의 땀에 젖은 가녀린 상체가 그대로 희건의 몸 위로 툭 떨어졌다.

희건은 거칠게 오르내리는 그의 탄탄한 가슴 위로 쓰러진 유정을 내려다봤다. 그녀는 발그레한 뺨을 대고 의식을 잃듯 잠이 든 것 같았다.

몇 번인가 겪은 패턴에 희건이 길게 숨을 내쉬었다.

후우.

손을 들어 올린 그가 유정의 뺨을 천천히 쓸어내렸다.

"으응."

그녀가 그의 손길을 거부하듯 인상을 살짝 찌푸리며 고개를 돌렸다.

"……."

허공에서 멈춘 희건의 손이 잠시 그대로 있었다.

갈 곳 잃은 손은 한동안 그 자리에 있다가 그의 한숨과 함께 침대 위로 내려졌다.

툭.

희건은 움직임 없이 그대로 있었다.

그의 열기가 식지 않은 눈동자가 잠이 든 유정을 진하게 응시하고 있었다.

04

차락.

유정이 거울을 보며 드롭 귀걸이를 귀에 걸었다.

검은빛에 가까운 짙은 그린 컬러의 차분한 드레스에 긴 머리칼을 한쪽으로 늘어뜨린 스타일이라 조금은 화려한 줄 귀걸이가 포인트가 됐다.

전체적으로 화장도 차분한 톤이었지만 눈가에 옅은 펄이 들어간 섀도를 발라서 빛을 받으면 은은하게 반짝였다. 우아한 광채감이 도는 유정의 피부와 무척 잘 어울렸다.

'상류층 모임이니까 이 정도는 꾸며야겠지.'

유정이 시선을 내리고 생각했다. 평소 그다지 꾸미는 걸 좋아하진 않았지만, 희건의 아내로는 처음 나가는 자리이기 때문에 신경을 써야할 것 같았다.

마지막으로 거울을 다시 확인하고 작은 클러치백을 챙긴 유정이 방을 나섰다.

2층 계단을 내려오는데 1층 소파에 희건이 앉아 있는 모습이 보였다.

그는 세련된 다크올리브 컬러의 슈트 차림이었다. 적당히 격식 있으면서도 출퇴근 때와는 다른 캐주얼함도 보이는 착장이었다.

긴 다리를 꼬고 업무용 태블릿피시를 보고 있는 희건을 유정이 잠시 바라봤다.

"……."

2년간의 기억이 습관처럼 떠올랐다. 그는 늘 저기 앉아 있다가 자신이 내려가면 그녀를 본체만체하며 앞서서 집을 나서곤 했다.

'가죠.' 한 마디만 하고서.

항상 앞서 걷는 희건의 등을 떠올리고 있는데 문득 시선을 든 그와 눈이 마주쳤다.

'아.'

시선이 부딪치자 유정은 재빨리 시선을 피하고 계단을 마저 내려갔다. 희건이 있는 소파 쪽으로 걸어가니 그가 자리에서 일어서서 기다리고 있었다.

유정이 앞에 설 때까지 그녀를 응시하고 있던 희건이 가느다란 허리 위로 손을 올리며 말했다.

"가죠."

유정이 잠시 멈칫했다가 희건이 이끄는 대로 걸음을 움직이기 시작했다.

에스코트하듯 현관을 나선 희건이 차 문을 열어 줬다.

"타요."

"……."

유정이 그를 빤히 올려다봤다. 짧게 시선을 뒀던 그녀가 드레스 자락을 잡고 차에 올라탔다.

그녀 옆으로 희건도 앉은 뒤 문을 닫았다.

"출발하겠습니다."

운전 비서가 말하고 차를 출발시켰다.

정원을 빠져나간 뒤 고급 저택들이 늘어서 있는 골목을 지나 도로로 접어들었다.

유정이 차창에 비친 희건을 힐긋 쳐다봤다. 차 안에서도 늘 태블릿피시에만 시선을 두고 있던 희건이 오늘은 가만히 앉아 있었다.

'……왜 달라진 걸까.'

평소와 분명 달라진 희건의 태도에 목적이 있을 거라 머릿속으로 생각하고 있는데 그가 시선을 돌렸다.

"!"

희건이 이쪽으로 시선을 돌리는 게 차창으로 보이자 유정은 얼른 창밖을 보고 있던 척을 했다.

"성유정 씨."

그가 부르는 말에 유정이 희건에게 고개를 돌렸다.

"네."

"……."

희건은 불러 놓고 말없이 그녀를 보고만 있었다. 제 얼굴을 가만히 응시하는 시선에 유정이 의아함을 느끼는데 그가 입을 열었다.

"이 모임이 화려해 보여도 참석자 중엔 악질적인 이들이 꽤 있습니다."

"……?"

무슨 뜻이지?

유정이 그 말의 의미를 모르겠다는 듯 희건을 쳐다봤다.

153

"그래서요?"

"그곳에선 되도록 혼자 있지 말고 내 옆에 있으란 말입니다."

그의 말에 유정의 표정이 싸늘해졌다.

"내가 그런 자리에서 처신을 잘 하지 못 할 것 같아서 하는 말이에요?"

희건이 단정한 미간을 살짝 좁혔다.

"그런 의미가 아닙니다."

"걱정하지 않아도 돼요. 실수하거나 하는 일 없을 거니까."

유정이 차갑게 말하고는 고개를 돌렸다. 이런 사교계 모임에 처음 데려가는 거니 불안할 수도 있겠지만 대놓고 못 미더워하는 것 같아 자존심이 상했다.

"그런 의미가 아니라고 했을 텐데."

희건이 낮게 말하며 유정의 얼굴을 지그시 잡아 자신 쪽으로 다시 돌렸다.

유정은 순간 놀랐지만 표정을 정돈하고 그를 똑바로 쳐다봤다. 불쾌함을 담은 유정의 눈을 응시하며 그가 말했다.

"당신이 오늘 지나치게 아름답기 때문에 내가 걱정이 된다는 거야."

뭐……?

순간 유정의 눈이 커졌다.

당혹으로 흔들리는 그녀의 눈을 응시하던 희건이 얼굴을 놔줬다. 그가 정면으로 고개를 돌리며 낮게 말했다.

"그러니 내 옆에 있어요. 오늘 밤 내내 어디도 가지 말고."

난처하게 눈을 굴리던 유정이 대답했다.

"……네."

그런 의미였어?

유정은 조금 전 희건이 한 말에 목덜미가 붉어지는 기분이었다. 전혀 예상치 못한 말에 그녀는 가느다란 손가락으로 목 부근을 매만지며 시선을 창밖으로 돌렸다.

'어떤 목적을 가지고 한 말일 수도 있잖아. 이렇게 심장이 뛸 게 뭐 있어?'

그렇게 생각하면서도 심장박동은 커져만 갔다.

'심장은 왜 이리…… 뛰는 건데.'

점점 커지는 박동이 마음에 들지 않는다는 듯 유정이 답답한 표정을 지었다.

고집스럽게 창밖으로 시선을 고정한 유정을 희건이 조용히 응시하고 있었다.

희건이 유정과 함께 호텔 펜트하우스로 들어섰다. 재벌들의 파티룸으로 사용되는 화려한 구조의 펜트하우스에 두 사람이 들어서자 안에 있던 사람들의 시선이 몰렸다.

"차희건이잖아?"

한쪽에 있던 여자들 무리가 희건과 함께 들어온 여자를 흥미로운 시선으로 쳐다봤다.

"웬일로 비서 안 데려오고…… 저 여잔 누구지?"

"그때 결혼식에서 봤던 여자 아니야?"

"와이프?"

날카롭게 되묻은 여자의 눈썹이 치켜 올라가는데 그녀 옆에 있던 윤아가 싸늘한 시선으로 쳐다봤다.

'차희건이 이런 자리에 저 여자를 데려온다고?'

눈을 가늘게 뜬 윤아가 안쪽으로 걸어가는 희건과 유정을 주시했다.

그때 몇몇 남자들이 희건에게 알은체를 해 왔다.

"차 상무 왔어? 오랜만이다?"

희건에게 인사하며 다가오는 남자들을 유정이 빠르게 시선으로 훑었다.

'그 남자는⋯⋯ 아니네.'

희건에게 인사하는 남자들 중엔 그 책에 껴 있던 사진 속 남자는 없었다.

"안녕하세요."

흥미를 잃은 채 인사하는 유정을 그들이 노골적으로 쳐다보며 물었다.

"누구야?"

"내 아내."

희건의 대답에 남자들의 눈이 둥그레졌다.

"어? 정말? 와이프는 이런 데 절대 대동하지 않기로 유명한 녀석이 웬일이야?"

"이제 같이 다니려고."

희건이 대수롭지 않게 하는 말에 그들은 신기하다는 듯 그와 유정을 번갈아 쳐다봤다.

"하긴 이만하면 감춰 두고 안 보여 주고 싶기도 했겠네."

"그러게. 음흉하네. 이 자식."

능글맞은 웃음을 지으며 희건을 툭 치면서도 남자들은 유정에게서 시선을 거두지 않았다.

희건이 유정의 하얀 어깨를 잡았다. 커다란 손의 감촉이 단단하게 어깨를 감싸 쥐자 유정이 그를 바라봤다.

유정을 제 몸에 바짝 붙인 채 몸을 돌리며 희건이 남자들에게 말했다.

"인사는 했으니 다음에 보자."

"이제 봤는데 벌써?"

"나중에."

희건이 유정의 어깨를 감싼 그대로 걸음을 옮겼다.

그를 잠시 올려다본 유정이 멍하니 서 있는 남자들을 향해 조용히 고개를 숙였다.

"인사할 거 없습니다."

희건의 말에 유정이 걸음을 멈추고 다시 그를 쳐다봤다.

"뭐라고요?"

유정이 정색하고 묻는 소리에 그가 유정의 어깨를 놓고 그녀를 마주 봤다. 희건의 얼굴이 서늘해져 있었다.

"여기 당신 저들에게 인사하라고 데려온 자리 아니라고."

낮게 말하는 희건의 목소리는 유정이 처음 듣는 톤이었다.

"그럼 날 왜 데려온 거예요?"

"내 옆에 두려고."

"네?"

유정이 눈썹을 휘어 올렸다. 희건이 차가운 얼굴로 그녀를 내려다보며 말했다.

"그러니 다른 사람 볼 것도 없이 나만 쳐다보고 내 옆에만 있으면 된단 말입니다."

무슨…….

당황한 유정이 숨을 들이켜고 희건의 강렬한 눈을 응시했다.

그때 누군가의 목소리가 들렸다.

"차희건."

밝은 여자 목소리에 두 사람의 시선이 뒤로 향했다. 모델 같은 마르고 긴 몸매가 드러나는 시스 드레스를 입은 윤아가 환한 미소를 지으며 다가왔다.

"너도 온 거야? 어머, 이분은⋯⋯."

호기심 어린 눈을 크게 깜빡거리는 윤아에게 유정이 인사했다.

"안녕하세요."

유정의 인사를 희건이 불쾌하게 내려다봤다. 그 시선을 알면서도 유정은 그를 쳐다보지 않았다.

"성유정 씨 맞죠? 저 결혼식 갔었는데."

"그랬군요. 와 주셔서 감사합니다."

유정이 은은한 미소를 지으며 말했다.

그녀가 생각한 이곳에서의 그녀의 역할은 이런 거였다. 희건의 아내로서의 비즈니스적인 역할을 하는 것. 그런데 그 역할을 꿔다 놓은 보릿자루처럼 만들려는 희건의 말에 따를 순 없었다.

'그러려고 일부러 데려온 건가?'

자신을 골탕 먹이려는 생각이었던가 싶어 유정은 기분이 가라 앉았지만 얼굴엔 아름다운 미소를 걸고 있었다.

"희건이 친군데 당연하죠. 어쨌든 반가워요. 성유정 씨. 전 이윤 아라고 해요."

윤아가 눈을 반짝이며 손을 내밀었다.

시원시원한 말투와 호감을 드러내는 태도에 유정도 대수롭지 않게 손을 내밀어 악수했다.

"저도 반가워요."

패셔너블하게 여러 개의 반지가 끼워진 손을 잡으며 윤아의 얼굴을 보던 유정이 잠시 멈칫거렸다.

'어디서 봤던 사람인가?'

윤아의 얼굴과 이름에서 기시감이 들었다. 결혼식에 왔다고 했으니 그때 본 건가?

유정이 그렇게 생각하고 있는데 윤아가 희건에게 시선을 옮기며 말했다.

"이런 자리 처음일 텐데 불편하지 않게 잘해 드려. 아는 사람도 없는데 얼마나 불편하겠어."

"네가 신경 쓸 일 아니야."

"어휴, 성격은 아무튼."

핀잔주듯 눈살을 찌푸린 윤아가 유정과 다시 시선을 맞췄다.

"잠깐 유정 씨랑 인사하러 온 거라서. 그럼 또 봐요. 유정 씨."

"아, 네."

윤아가 미소를 머금고 여자들이 있는 쪽으로 멀어졌다.

유정이 윤아의 늘씬한 뒷모습을 잠시 바라봤다. 그녀는 밝고 건강한 에너지가 넘치는 사람으로 보였다. 원치 않는 결혼 같은 건 꿈도 꿔보지 않았을.

유정이 조용히 보고 있는데 희건의 목소리가 내려왔다.

"내가 방금 한 말은 뭘로 들은 걸까."

그의 낮은 음성엔 불쾌한 감정이 섞여 있는 듯 보였다. 유정이 시선을 올리지 않고 말했다.

"난 아내로서의 역할에 충실할 뿐이에요. 희건 씨도 그렇게 하세요."

쌀쌀맞은 말에 희건의 눈썹이 꿈틀거리는데 유정이 몸을 돌렸다. 순간 희건이 그녀의 손을 잡았다.

"어딜 가는 겁니까."

유정이 걸음을 멈추고 희건을 쳐다봤다.

"화장실 갈 때도 당신 허락을 받아야 해요?"

유정이 불쾌감을 내비치자 그가 손을 놨다.

그대로 걸음을 옮기는 유정의 뒷모습을 희건이 주시하고 있었다.

유정이 화장실에서 손을 씻고 페이퍼 타올로 물기를 닦으며 거울을 쳐다봤다.

'도무지 알 수가 없어.'

차희건의 속을 알 수 없어 답답했다. 아까는 잠시 그런 생각도 들었지만, 그가 한가하게 자신을 골탕 먹이려 이런 데에 굳이 데려올 사람은 아니었다.

'그럼 왜 데려온 거고 사람들과 인사도 하지 못하게 하는 거야?'

무슨 꿍꿍이인진 물어봐야 알 수 있을 거였다.

'그럴 수 있다면 말이지만.'

유정이 한숨을 쉬며 나가려는데 옆에 손을 씻던 사람이 알은체를 했다.

"어머, 여기서 또 보네요."

유정이 쳐다보니 좀 전에 인사했던 윤아였다.

"아, 네."

입구로 향하려던 유정이 멈춰 섰다. 윤아가 그녀에게 밝게 웃어 보였다.

"혹시 희건이한테 제 얘기 들은 적 있나요? 전 자주 들었는데."

"네?"

"평소에 아내 자랑을 어찌나 하는지 배가 무척 아팠거든요."

유정이 의아한 표정을 지었다.

"희건 씨가요?"

"그럼요. 친해지고 싶을 정도로 어찌나 자랑인지, 그런데 정작 소개시켜 달라고 하면 꽁꽁 숨겨 두고 안 보여 줬거든요."

"아…… 그래요."

유정은 뭐라 말해야 할지 몰라 난처했다. 희건이 밖에서 그런 말을 하고 다닐 사람 같진 않았는데…….

그렇다고 눈앞의 여자가 이런 거짓말을 할 이유도 없어 보였다. 그리고 한편으로는 희건의 친구라는 사람이 왜 이런 말을 하는지도 유정은 알 수 없었다.

유정의 머릿속이 복잡해지는데 윤아가 미소를 지어 보였다.

"어쨌든 오늘 이렇게 만나게 되어서 반가워요. 다음에 기회 되면 같이 식사해요. 내가 맛있는 데 많이 알거든요."

"그래요. 고마워요."

유정은 빈말이라 생각하고 미소 지으며 대수롭지 않게 대답했다.

"그럼."

생긋 웃은 윤아가 먼저 화장실을 나섰다.

입구를 나서던 윤아는 복도 쪽에 희건이 서 있는 모습을 봤다.

이쪽을 쳐다본 희건이 곧장 다가왔다.

"희……."

웃으며 부르려던 윤아가 걸음을 멈췄다. 희건은 그녀를 보고 있지 않았다.

저벅저벅 걸어온 그가 윤아는 보이지도 않는다는 듯 그녀를 지나쳤다.

"희건 씨?"

뒤에서 유정의 놀란 목소리가 들렸다.

윤아가 돌아보자 희건이 유정의 손을 잡고 빠른 걸음으로 그곳을 벗어나고 있었다.

"……."

윤아가 미소를 거두고 싸늘한 얼굴로 두 사람의 뒷모습에 시선을 고정했다.

희건은 유정의 손을 잡은 채로 출입구로 향했다.

"벌써 돌아가는 거예요?"

유정이 의아하게 물었다. 아직 온지 얼마 되지도 않았는데 그냥 돌아가는 게 이상했다.

희건은 대답 없이 그녀를 곧장 엘리베이터에 밀어 넣었다.

유정의 옆에 올라탄 희건이 지하 주차장 버튼을 눌렀다.

탁.

문이 닫히자 그가 정면을 응시하며 낮게 말했다.

"앞으로 이런 자리에 당신과 함께 오는 건 고려해 봐야겠습니다."

냉기 어린 음성에 유정도 표정을 굳혔다.

"내가 당신 말을 안 들어서 그런다는 거예요?"

"그게 아닙니다."

"그럼요?"

정면을 응시하던 희건이 시선을 내렸다.

아…….

짙어진 눈에 유정은 조용히 숨을 들이켰다. 그가 유정의 시선을 포박하고 말했다.

"싫습니다."

"싫다니 뭐가……."

"저 안에서 당신에게 달라붙는 시선이."

뭐……?

순간 유정의 눈이 커졌다. 이 말이 무슨 뜻이지? 안의 사람들이 나를 쳐다보는 게 싫다고? 왜? 설마…….

유정이 놀란 얼굴로 보고 있는데 엘리베이터 문이 열렸다.

"일단 갑시다."

희건이 유정의 손을 잡고 주차장을 나섰다.

유정이 희건에게 잡힌 손을 혼란스럽게 내려다봤다.

집에 와서도 희건은 유정의 손을 놔주지 않았다. 그의 방으로 향하는 입구 계단 앞에서 그녀가 그를 불렀다.

"잠깐만요."

희건이 걸음을 멈추고 돌아봤다. 그와 시선을 마주친 유정이 말했다.

"올라가서 옷 좀 갈아입고 올게요."

"……."

잠시 쳐다본 그가 말없이 그녀를 다시 이끌었다.

"올라갔다 옷 갈아입고 다시 내려오면 되잖아요. 불편하게 계속 이걸 입고 있을 순……."

희건의 손에 이끌려 그의 방 드레스룸으로 들어온 유정이 말을 멈췄다.

이건?

희건의 드레스룸 한쪽에 그녀를 위한 공간이 새로 생겨 있었다. 새 옷들로 채워진 공간을 유정이 놀란 눈으로 보고 있는데 희건이 말했다.

"여기 따로 만들어 뒀으니 앞으로 굳이 올라갈 필요 없습니다."

고가의 옷들이 즐비한 공간을 할 말을 잃은 듯 보고 있던 유정이 입을 열었다.

"위에도 옷 많은데 거기서 가져오면 되지 굳이 새로……."

"다만."

"!"

그의 목소리와 함께 유정이 멈칫거렸다. 잠깐, 지금…….

희건이 그녀의 등 뒤 드레스 지퍼를 내리고 있었다.

지익-

"지금 입을 순 없겠지만."

탁한 음성으로 말한 희건이 유정의 드러난 어깨에 입술을 가져다 댔다.

"내가 벗긴 뒤에 다시 입기를 허락하기 전까진…… 말입니다."

더 낮아진 목소리에 유정이 긴장으로 침을 삼켰다.

등 뒤의 희건이 은밀한 손길로 드레스 안을 파고들었다. 허리를 타고 올라온 손이 브래지어 안으로 들어와 말캉한 살을 거머쥐자 유정의 입술에서 얇은 목소리가 흘러나왔다.

"……흣."

희건의 입술이 흠칫거리는 어깨에서 예민한 목덜미로 올라왔다.

"날 돌게 하려고 이렇게 꾸민 겁니까?"

귓가에서 들리는 욕망 어린 목소리에 유정의 가슴이 크게 부풀었다. 가슴 끝이 바짝 곤두서는 감각에 순간 아찔해져 숨결이 가쁘게 흩어졌다.

"아니면, 누군가에게 잘 보이고 싶었습니까?"

"그건 아니……으웃."

희건이 남자다운 핏대가 솟은 커다란 손으로 말랑한 젖가슴을 꽉 움켜쥐자 유정의 어깨가 추켜 올라갔다. 어깨와 목덜미 사이에 생긴 계곡에 높은 콧날을 묻은 희건이 유정의 드레스 자락을 들춰 올렸다.

"!"

허벅지 위로 들려 올라가는 드레스 자락이 느껴지자 유정의 심장이 빠르게 뛰기 시작했다.

"테이블을 잡아요."

희건이 욕망으로 어둡게 물든 음성으로 말했다. 그 목소리에 여유가 없어 보여 유정은 입 안이 바짝 말랐다.

유정이 떨리는 손으로 유리로 된 장식함 테이블 위를 지탱하듯 잡았다.

"여기선…… 하아."

그녀도 모르게 숨결에 열기가 어려 있었다. 지금부터 희건이 할 일을 생각하니 심장이 더 크게 방망이질 쳤다.

"침대가 아니면 싫습니까?"

희건이 그의 몸을 바짝 붙여 오며 뒤에서 그녀의 귓가에 입술을 바짝 갖다 댔다. 예민한 귀에 열기 어린 숨결이 느껴지자 유정이 테이블을 잡은 손에 힘을 줬다.

"훗, 싫다기……보단 조금…… 민망해서요."

희건의 손이 그녀의 은밀한 허벅지를 타고 올라갔다.

"여긴 우리 둘만 있는 곳이지 않습니까."

"그건 그렇지……만……."

아찔한 곳을 파고드는 희건의 손길에 유정은 머릿속이 어지러웠다. 이미 드레스 자락이 엉덩이 위까지 올라가 있었다.

어쩌지?

유정이 제 입술을 난감하게 잘근거렸다. 그의 시야에 보일 장면을 생각하니 본능적으로 허벅지 사이에 힘이 들어갔다.

희건이 재킷 안주머니 속에 넣어 둔 콘돔을 꺼내며 거칠게 내뱉었다.

"아까 그곳에서부터 난 이러고 싶었는데."

바지 버클을 풀고 흉포하게 치솟은 굵은 페니스에 콘돔을 씌운 희건이 유정의 새하얀 엉덩이를 내려다봤다. 잘록한 허리 아래 통통한 엉덩이를 내려다본 그의 목울대가 크게 꿈틀거렸다.

"이미 젖었는데?"

벌어진 엉덩이 사이에 드러난 팬티가 동그랗게 젖어 있는 부분을 내려다보며 하는 말에 유정의 얼굴이 발갛게 물들었다.

"보, 보지 말……."

바르작거리는 유정의 하늘거리는 팬티를 손가락에 걸어 옆으로 강하게 잡아당긴 그가 꿈틀거리는 근육 덩어리를 촉촉하게 젖은 속살 안으로 거칠게 찔러 넣었다.

"아흣……!"

뒤에서 단번에 깊숙한 곳까지 치받는 힘에 까치발을 한 유정의 종아리에 팽팽하게 힘이 들어갔다. 희건이 깊게 밀어 넣었다가 빼낸 굵은 페니스가 유정의 애액으로 번들거렸다. 환한 방 안에 보이는 그 적나라한 광경에 희건의 움직임이 사나워졌다.

덜컹, 덜컹!

"하읏! 앗! ……아!"

그가 격렬하게 치받을 때마다 유정의 몸이 앞뒤로 크게 흔들리며 테이블이 위태롭게 흔들렸다.

너무, 버거워.

유정이 받은 숨을 뱉으며 테이블을 쥔 손에 힘을 줬다. 겨우 붙잡고 있는데도 좁은 틈을 잔뜩 넓히며 쿵쿵 치받는 남자의 힘에 몸이 튕겨 나갈 것처럼 흔들렸다. 앞으로 확 밀렸다가 제 엉덩이를 잡은 희건의 손아귀 힘에 의해 다시 뒤로 끌어당겨졌다. 그때마다 안쪽에 깊숙이 파고든 남성의 굵게 휘어진 모양대로 질 내부가 엉망으로 찔려 댔다.

"앗, 핫! 아흣, 웃!"

유정의 헐떡거림이 정신없이 쏟아졌다. 이렇게 밝은 곳에서 짐승 같은 자세로 하고 있는데도 매일 밤 희건에게 안겼기 때문인지 수치감보다는 쾌감이 더 강했다.

활짝 벌어진 주름 사이를 강하게 쑤셔 들어갈 때마다 온통 유정의 애액으로 질척하게 젖어 드는 자신의 페니스를 내려다보며 희건이 고개를 젖혔다.

"하……."

쾌감에 젖은 숨을 뱉은 그가 다시 고개를 내려 유정을 내려다봤다. 속도를 줄인 그가 남성적인 몸을 느릿하게 움직이며 말했다.

"당신에게 다른 사람 시선이 닿는 순간마다, 어디든 밀어 넣고 이러고 싶었어."

"이상한, 말 하지 말……흐웃."

축축한 혀가 유정의 귓불을 핥으며 거친 숨결이 귀 안으로 밀려

들었다. 소름 끼치도록 예민해지는 감각에 유정의 다리가 덜덜 떨렸다. 정신 못 차리도록 거칠게 쑤셔 들다가 느릿하게 안쪽을 마찰하듯 문질러 대자 견딜 수 없는 쾌감이 치밀었다.

"으, 으응……."

"미친 소리 같다는 거 알아."

억눌린 목소리를 내뱉은 희건이 테이블 쪽으로 무너지는 유정의 팔을 뒤에서 잡아 상체를 일으켜 세웠다. 순간 그의 빳빳한 페니스가 자궁까지 치밀듯 깊숙이 찔러 들었다.

"하아……! 기, 깊어요."

유정이 다급하게 말했다. 하지만 희건은 그녀의 안에 굵은 작살을 박아 넣듯 페니스를 끼워 넣은 자세로 손을 뻗어 공중에서 출렁이는 젖가슴을 움켜잡았다.

"아아! 자, 잠깐……!"

어쩔 줄 모르는 그녀의 출렁이는 유방을 거머쥔 희건이 종마처럼 격렬하게 쑤셔 들기 시작했다.

"흣, 앗! 아앗! 아!"

"그런데 그거 압니까?"

"하읏! ……앗! 아읏!"

"당신이 날 점점 그렇게 만드는 거."

모, 모르겠…….

정신없이 빨라지는 힘에 유정은 머릿속이 뜨거워서 아무 생각도 할 수가 없었다. 열락으로 흐릿해진 시야에 보이는 드레스룸 옷들이 엉망으로 흔들려 댔다.

덜컹, 덜컹덜컹!

견고한 테이블이 강력한 힘에 부서질 듯 덜컹거리는 속도를 더

해 갔다. 유정의 한껏 휘어진 몸을 자신 쪽으로 바짝 끌어당기며 희건이 그녀의 목덜미에 이를 박았다.

"아웃!"

격렬한 행위 속에 모든 것은 쾌감으로 변해 갔다. 아릿한 통증조차 몸을 더 흥분시킨다는 사실에 유정은 당황했다.

"날 거부하지 마."

목덜미를 물어뜯을 듯 사납게 삼킨 그가 헐떡이는 목소리로 말했다.

"그럴수록 내가 점점 더 미치게 되니까."

"하, 하아!"

완전히 젖어 든 그녀의 몸을 사납게 짓쳐 들며 희건이 유정의 젖가슴을 터뜨릴 듯 꽉 움켜쥐었다. 핏대가 곤두선 손가락 사이로 흥분으로 팽창한 유두가 팽팽하게 곤두선 채 삐져나왔다. 그 상태로 무서운 힘으로 좁은 틈 사이를 격렬하게 헤집어 대기 시작했다.

"이, 이제 더는……!"

절정에 치달은 유정의 눈이 아찔하게 찌푸려졌다.

"당신은 내 아내야. 성유정."

유정이 절정에 다다르는 순간, 놓치지 않겠다는 듯 강한 팔로 움켜쥔 그의 헐떡이는 음성이 유정의 귓속으로 밀려 들어왔다.

지독한 소유욕으로 물든 낮은 목소리가.

※ ※ ※

유정은 따스한 물을 채운 욕조에 누워 눈을 감고 있었다.

"……"

머릿속에 희건의 목소리가 뱅뱅 돌았다.

'날 거부하지 마. 당신은 내 아내야.'

유정의 감은 눈가가 살풋 찌푸려졌다. 그 사람 말대로 매일 밤 방에서 기다리고 있는데 거부라니, 왜 그런 소릴…….

부부 관계를 거듭할수록 희건의 의도대로 그에게 익숙해지고 있는 게 느껴져서 난감한 건 자신인데.

하아. 유정이 한숨을 내쉬며 눈을 떴다.

"맞아. 난감한 건 나야……."

그녀가 욕조 안에서 무릎을 세워 앉고는 작게 내뱉었다.

매일 밤 희건과 같이 보내다 보니 몸이 제 의지와는 다르게 반응할 때가 많았다. 반응하고 싶지 않은데 저절로 반응하게 되어 버려 속으로 당황했던 적도 한두 번이 아니었다. 특히 최근 더 심해지는 것 같아 남모를 고민이 늘고 있던 차였다.

'매일 말고…… 차라리 일주일에 횟수를 정할 걸 그랬나? 모든 부부가 다 매일…… 그러진 않을 텐데.'

무릎을 껴안고 민망한 표정을 짓고 있던 유정이 뭔가 생각난 듯 고개를 들었다.

"아! 다음 주가 그 사람 생일이네?"

희건의 생일은 결혼할 무렵부터 알고 있었다. 혼인 신고서 작성 할 때 그의 정보가 이미 적혀 있었으니까.

외울 생각은 딱히 없었는데…….

그래도 머릿속에 생일 날짜가 저장되어 버려서 결혼 첫해에 선 물을 살지 말지 고민했었다. 냉담한 그의 태도에 결국 사지 않았다. 어차피 기뻐할 것 같지도 않았으니까.

'그런데 지금은 상황이 달라졌으니 사야 할까?'

유정의 얼굴에 고민이 어렸다.

어쨌든 계약은 그때와 바뀌었고 평범한 부부인 척하기로 했으니 사야겠지? 전해 줄 수 있을진 모르겠지만 의례적으로라도 사 둬야 할 거 같았다.

"이왕 마음먹은 거 오늘 바로 가자."

유정은 곧장 욕조에서 나와 준비를 시작했다.

"감사합니다."

유정이 선물 포장이 된 쇼핑백을 받아 들며 인사했다.

'이거면 되겠지.'

쇼핑백을 심란하게 보며 매장을 나서는데 누군가 그녀를 불렀다.

"어? 성유정 씨?"

유정이 쇼핑백에서 고개를 들어 쳐다보자 윤아가 웃으며 다가오고 있었다.

"이런 데서 보네요? 아아, 희건이 생일 선물 사러 온 거예요?"

윤아가 유정의 손에 들린 쇼핑백을 보고 물었다. 그 시선을 따라가던 유정이 미소 띤 얼굴로 대답했다.

"네. 그래요."

"우연이네요. 나도 그런데."

윤아가 자신의 쇼핑백을 들어 보이며 생긋 웃었다.

"뭐, 아무리 내가 심혈을 기울여 골라도 미인 아내가 준 선물이 제일이겠죠. 내가 준 선물은 본 척이나 할까 싶어요."

"그러진 않을 거예요."

윤아가 어깨를 으쓱이며 말하자 유정이 예의를 차려 말했다.

"그럼 다행인데…… 아, 유정 씨. 식사했어요?"

윤아가 갑자기 눈을 빛내며 물어오는 말에 유정이 눈을 깜빡였다.

"점심은 아직인데……."

이제 들어가서 먹을 예정이라고 말하려는 차에 윤아가 밝은 얼굴로 박수를 짝! 쳤다.

"잘됐네요! 나도 시간이 애매해서 아직 못 먹었는데 우리 이 백화점 위에 레스토랑 가서 같이 먹어요."

"네? 저는……."

친하지도 않은 사람과 차도 아니고 식사라니. 불편한 상황이 거북해 유정이 거절하려는데 윤아가 먼저 친밀하게 그녀의 손을 잡아끌었다.

"거절하지 말고. 내가 살 테니 가요."

제 손을 잡고 활기차게 앞장서서 걸어 나가는 윤아를 유정이 잠시 보다가 포기한 얼굴로 따라갔다.

어쩔 수 없지.

희건의 회사 사람이고 친한 사람인데 냉정하게 내칠 수는 없다는 생각이 들었다. 편하지 않은 식사 자리를 이미 오랫동안 겪어 오던 유정에게 이 한 끼가 그리 어려운 일도 아니었다.

백화점 스카이라운지에 위치한 레스토랑은 상당히 고급스러운 분위기였다. 이 백화점에 몇 번 와 봤지만 유정은 이런 곳이 있는 줄은 몰랐다. 아마 VIP 출입 가능 구역에 있어서인 것 같았다.

익숙하게 주문을 마친 윤아가 유정을 보며 생긋 웃었다.

"사실 나 오늘 여기 오고 싶었는데 혼자 먹기 싫어서 포기할까 하고 있었거든요. 유정 씨 덕분에 먹고 싶은 거 먹네요. 고마워요."

친밀감 있는 미소를 짓는 윤아를 유정이 잠시 바라봤다.

"부르면 나올 사람은 많지 않아요? 이윤아 씨 주변에 사람은 많을 것 같던데요."

그날 잠깐 봤던 모습으로도 윤아는 주변에 사람이 끊이질 않을 타입이었다. 서글서글하고 밝은 성격에 자신에게 이렇게 스스럼없이 대하는 모습만 봐도 그랬다.

"아, 물론……."

윤아가 한 바퀴 눈을 굴리고는 어색하게 웃었다.

"부르면 올 사람이야 있지만 회사 얘기나 집안, 지분 얘기에서 벗어날 수 있는 사람은 별로 없거든요."

"그렇군요."

아무리 지인이 많아도 정작 마음 털어놓을 사람은 적을 수도 있는 일이라 유정이 고개를 끄덕였다.

"그럴 바에야 차라리 혼자 먹는 게 낫겠다 싶던 참이었어요. 그러면 여긴 못 왔겠지만요. 어쨌든 같이 와 줘서 고마워요."

"아니에요. 멋진데요. 여기."

유정이 말하자 윤아의 눈이 조금 커졌다.

"유정 씨 여기 처음 와 봤어요?"

"네."

윤아가 인상을 찌푸렸다.

"희건이도 참. 이런 데도 같이 안 오고 뭐 했대요? 자기도 전에 왔을 때 맛있다고 하고선."

"희건 씨가 그랬어요?"

유정이 되묻는 말에 윤아가 아차 싶은 표정을 지었다.

"아, 우리 둘이 온 건 아니고 일 때문에 회사 사람이랑 같이 온 거니까 오해하진 말아요."

윤아가 난처한 웃음을 지었다. 그 모습을 가만히 보던 유정이 담담하게 말했다.

"오해한 건 아니에요. 희건 씨가 뭘 맛있게 먹는 모습을 본 적이 없어서 그게 조금 의외라서요."

"아아."

윤아가 알겠다는 듯 고개를 끄덕였다.

"하긴 워낙 입이 짧지. 어릴 때부터 그랬어요. 사람 습관은 잘 바뀌지 않더라고요."

유정은 윤아가 주문한 스파클링 음료를 마시고 잔을 내려놨다. 그러고는 잠시 잔을 응시하다 물었다.

"희건 씨를 어릴 때부터 알았어요?"

"네. 집안끼리 친해서요."

아, 그랬구나. 그때…….

윤아의 방금 말을 듣고 유정은 윤아를 파티에서 봤을 때 기시감의 정체를 깨달았다.

'조용히 좀 하지. 책 읽고 있잖아.'
'미안. 희건아. 시끄러웠지?'

처음 희건을 봤던 그의 저택 정원파티에서 희건에게 쪼르르 달려가던 곁에 앉던 여자애.

그 뒤로 학교에서도 늘 희건의 주위에 있던 여자애가 바로 윤아였다. 얼굴은 그때와 좀 달라졌지만 기본적인 분위기는 비슷해서 기억이 났다.

윤아가 미세하게 달라지는 유정의 표정을 보지 못한 듯 한숨을 내쉬며 말했다.

"유정 씨가 그것도 모르다니. 희건이가 내 얘기를 얼마나 안 하면. 혹시 부부 사이에 대화가 별로 없어요?"

아무리 친한 친구라도 부부끼리 다른 여자 이야기를 많이 할까? 유정은 순간 그런 생각이 들었지만 대수롭지 않게 대답했다.

"그닥 많은 편은 아니에요."

"……그래요?"

윤아가 호기심 어린 눈으로 유정을 바라봤다가 다시 잔을 들어 입술로 가져갔다.

스트로로 한 모금 마시고 내려놓은 윤아가 생긋 웃었다.

"하긴 희건이가 말수가 많은 사람은 아니죠. 밖에서 과묵한 사람이 집에서 갑자기 수다쟁이가 될 리도 없고."

"그렇겠죠."

유정이 대답하는데 마침 주문한 요리가 서빙 됐다.

"우리 우선 먹을까요?"

"네. 그래요."

윤아가 먼저 포크를 집으며 말하자 유정도 자신 앞에 놓인 포크를 집어 들었다.

식사를 끝내고 엘리베이터로 걸어가며 윤아가 말했다.

"오늘 같이 먹어 줘서 너무 고마워요."

"아니에요. 저도 잘 먹었어요."

유정이 각자 계산하려 했지만 윤아가 부득불 못 하게 해서 얻어 먹은 입장이 되어 버렸다. 예상은 했지만 가격대가 상당히 높은 곳이어서 유정은 불편한 마음이 더했다.

"다음엔 제가 식사 살게요."

유정이 부채를 해결하려는 마음으로 말을 꺼내자 윤아가 눈을 동그랗게 떴다.

"어머, 혹시 제가 사서 그런 거면 마음에 담아 둘 거 없어요. 희건이에게 자주 얻어먹기도 하고."

은근한 뉘앙스를 살짝 드러낸 윤아가 웃으며 말했다. 그걸 알아 채진 못했는지 유정이 별다른 표정 변화 없이 다시 입을 열었다.

"그래도 다음에 제가 살게요. 그게 편하기도 하고."

"아, 그렇게 불편해하라고 한 행동은 아닌데…… 그럼 어쩔 수 없네요."

윤아가 할 수 없다는 듯 가방에서 명함 지갑을 꺼내 자신의 명함을 한 장 빼서 건넸다.

"오늘 저처럼 혼자 밥 먹기 싫은 날 연락해요. 어디까지나 오늘은 내가 권한 거니 부채감이라고 생각하진 말고요."

"그럴게요."

명함을 받아 든 유정이 마침 도착한 엘리베이터에 올라탔다.

"전 전화할 데가 있어서 여기서 인사할게요."

윤아가 생긋 웃으며 말하자 유정이 인사했다.

"네. 그럼."

탁.

엘리베이터 문이 닫히고 유정의 모습이 사라졌다. 그러자 윤아가 얼굴에 걸고 있던 미소를 싹 지웠다.

"어딜 감히 한 엘리베이터에 타려고."

제 주제도 모르고.

싸늘한 표정을 지으며 내뱉은 윤아가 옆에 도착한 엘리베이터에 그대로 올라탔다.

※ ※ ※

희건의 방으로 내려간 유정은 포장된 선물을 만지작거렸다.

"아침에 주려고 했는데."

유정이 고민 어린 시선으로 내려다보며 중얼거렸다.

그의 생일인 오늘 아침에 주려고 어젯밤 방에서 가지고 내려왔는데 아침이 되니 막상 건네기가 망설여졌다. 희건이 출근 준비를 하는 내내 갈등하다가 그가 방을 나서려 할 때야 다급히 불렀다.

'저, 희건 씨.'

'뭡니까?'

희건이 의아하게 보는 눈초리에 입술이 움직이지 않았다.

'……아무것도 아니에요. 잘 다녀와요.'

결국 어색한 인사만 하고서 고개를 돌려 버렸다.

"그랬는데, 오늘 밤은 줄 수 있을까?"

못 주면 어쩔 수 없지.

선물을 노려보던 유정이 일단 어제처럼 서랍에 넣어 버렸다.

사야 할 거 같아서 샀지만 반드시 줄 필요는 없는 거니까.

달칵.

"!"

문이 열리는 소리에 유정이 움찔 놀랐다. 돌아보니 퇴근한 희건이 서 있었다.

"내 방에서 나 기다리는 거 아니었습니까? 왜 그렇게 놀랍니까?"

희건이 눈을 가늘이자 유정이 시선을 내렸다.

"갑자기 문이 열려서요."

선물을 들킬까 봐 그랬다는 걸 숨기기 위해 유정이 저도 모르게 더 냉정한 목소리를 냈다.

그녀를 잠시 보던 희건이 재킷을 벗으며 말했다.

"준비가 다 됐다고 하니 식사부터 하죠."

"네."

의자에 재킷을 걸쳐 두는 희건을 보며 유정이 먼저 방을 나섰다.

식사가 차려져 있는 테이블에 마주 앉은 두 사람은 조용히 식사했다. 유정은 깔끔하게 젓가락질을 하는 희건의 손가락을 힐긋 쳐다봤다. 군더더기 없는 젓가락질을 보던 유정은 가슴이 답답해졌다.

'이 세계에선 그런 사소한 것조차 계급으로 보는 거야. 그러니 유정이 네가 잘못하면 엄마를 욕보이는 거라고. 엄마를 그런 천한 사람으로 만들 거니?'

밥 먹을 때마다 집착적으로 듣던 말이 떠오르자 유정의 손이 허공에서 멈췄다.

그때 희건의 목소리가 들렸다.

"이번 주말에 있는 본가 모임 말입니다."

잠시 멈칫거린 유정이 고개를 들었다.

"네. 알고 있어요."

희건과 차분히 시선을 맞춘 유정이 대답했다. 그녀를 응시하며 희건이 말했다.

"나 혼자 갑니다."

"네?"

유정의 눈이 커졌다. 희건은 식사가 끝난 듯 물 잔을 들어 올리며 말했다.

"앞으론 나만 참석할 거니 가족 모임 일정엔 신경 쓰지 않아도 됩니다."

채앵!

"아."

희건의 말에 유정이 당황스러웠는지 젓가락 하나를 떨어뜨렸다. 그러자 한 실장이 다가와 떨어진 젓가락을 대신 새 젓가락을 놓아 주었다.

"감사합니다."

한 실장에게 말한 유정이 다시 희건을 쳐다봤다.

"하지만 그래도……."

유정이 말하는데 조용히 물잔을 내려놓은 희건이 그녀를 똑바로 바라봤다.

"집안 행사 같은 당신을 불편하게 하는 자리엔 참석할 필요 없다는 겁니다."

"……."

유정이 말없이 그를 보다가 시선을 테이블 위로 옮겼다.

"당신에게 불이익이 갈 텐데요."

유정이 냉정하게 말했다.

차범훈과 차이태, 그리고 차희건이 후계 구도에서 경쟁 중이라는 건 그녀도 익히 아는 사실이었다. 집안 모임마다 웃으면서도 차회장 앞에서 날카롭게 서로를 견제하는 미란과 지연만 봐도 그 치열함을 알 수 있었다.

그런 상황에서 집안 행사에 아내도 참석하지 않는 손자에게 상속 기회를 줄 리가 없었다.

업계에서 가장 능력을 드러내고 있는 건 형들보다 희건일 거였다. 그래서 형들도 은근히 희건을 무시하듯 회장에게 견제하는 발언을 자주 하는 듯 보였다. 차 회장도 그걸 모르진 않을 거였다.

"……."

희건이 아무 말 없이 유정을 보다가 입을 열었다.

"상관없습니다."

그의 담담한 목소리에 테이블 위를 응시하던 유정의 시선이 올라갔다. 희건이 유정과 눈을 마주치고 말했다.

"나에게 아내 이상으로 중요한 건 없습니다."

곧게 응시하는 시선에 유정의 눈이 작게 흔들렸다.

무슨…… 의도지?

이건 계약 결혼인데 지금 희건의 말은 마치 진짜 사랑하는 아내에게 하는 말 같았다.

유정이 혼란과 의심이 섞인 눈으로 희건을 보고 있는데 그가 말했다.

"그 사람들이 당신에게 어떻게 하는지 알고 있습니다."

"……."

"지금까진 알면서도 방관한 것, 사과하겠습니다. 그 계약이 끝나기 전까진 그렇게 할 수밖에 없었지만 당신에겐 상처였을 테니까."

유정이 희건에게서 싸늘하게 시선을 돌렸다.

"이제 와서 사과한다고 뭐가 달라지진 않아요."

차갑게 말한 유정이 자리에서 일어서며 말했다.

"어쨌든 앞으론 모임엔 참석하지 않는 걸로 알고 있을게요."

그대로 다이닝룸을 빠져나가는 유정의 뒷모습을 희건이 말없이 바라봤다. 그의 시선이 테이블 위 유정의 얼마 먹지 않은 흔적에 향했다.

"……."

잠시 보던 희건이 의자에서 일어서서 자신의 방으로 건너왔다.

달칵.

문을 열었을 때 유정의 모습이 보이자, 순간 희건의 얼굴에 보이지 않게 안도감이 퍼져 나갔다.

장식장 근처에 서 있던 유정이 그가 들어오는 걸 보고는 서랍을 열었다.

"이거, 오늘이 가기 전에 줘야 할 거 같아서요."

유정이 내민 작은 선물 상자를 희건이 의문 어린 눈초리로 응시했다.

잠시 말없이 보고 있던 희건이 손을 뻗어 받아 드는데 유정이 일순 멈칫거렸다.

'잠깐, 손바닥의 흉터가…… 없어?'

x

선물을 받아 든 그의 손바닥에 그와 첫날밤을 치르던 날 봤던 흉터가 사라져 있었다.

'뭐지?'

그 흉터를 그 뒤로 한동안 봤던 기억이었다. 최근엔 유심히 보지 않아서 잘 기억나지 않았다. 유정이 흉터를 마지막에 본 게 언제인지 떠올리고 있는데 희건이 묻는 목소리가 들렸다.

"이게 뭡니까?"

아.

유정이 정신을 차리고 대답했다.

"별건 아니지만 오늘 희건 씨 생일이라 준비했어요."

그녀의 말에 희건의 눈이 더 가늘어졌다.

"내 생일이라 준비했단 말입니까?"

"정말 별거 아니에요."

유정이 슬쩍 시선을 피하며 어물거렸다.

"……."

희건이 그런 그녀 얼굴을 가만히 보다가 다시 선물을 내려다봤다. 한참을 가만히 보고만 있는 모습에 유정이 의아함을 느낄 즈음 그가 포장을 벗기기 시작했다.

유정은 희건이 포장을 푸는 모습을 곁눈질하며 그의 손바닥을 다시 살폈다.

'역시 흉터가 없어.'

흉터가 아니었나? 그게 아니라면 자신이 잘못 본 거였을 텐데 몇 번 본 기억은 분명 있었다.

"……시계입니까."

포장을 벗겨 낸 희건이 낮은 목소리로 묻는 말에 유정이 그의 손에서 시선을 올렸다.

"늘 똑같은 시계만 하고 있길래요. 뭔가 사연이 있다면 괜한 참견이겠지만…… 희건 씨는 뭐든 부족함 없이 가지고 있으니까 딱히 생각나는 게 없었어요."

왜 변명하고 있는 거야? 생일 선물 주면서.

유정이 제 태도에 눈살을 살짝 찌푸리는데 희건이 말이 없다는 사실을 깨달았다.

"……"

우뚝 선 채 시계만 쳐다보고 희건을 보니 유정은 왠지 민망해졌다.

"마음에 들지 않으면 안 해도 돼요. 설마 희건 씨가 시계가 그것밖에 없어서 안 할 리는……."

"시계는 많습니다."

희건이 낮게 말하자 유정이 고개를 끄덕였다.

"그렇겠죠. 사실 드레스룸 장식장에서도 봤……."

빠르게 말하던 유정이 멈칫했다.

'어?'

달칵.

곧장 제 시계를 푼 그가 그대로 테이블 위에 내려 두고는 유정이 준 시계를 착용했다. 제 손목 위의 시계를 감상하듯 한번 쳐다본 그가 곧 유정에게 시선을 향했다.

"고마워요. 마음에 듭니다."

"……"

유정이 뭐라 말을 하지 못하고 있는데 희건의 입술이 부드럽게 휘어 올라갔다.

"……아주."

유정의 눈에 당황이 어렸다. 희건은 처음 보는 얼굴을 하고 있었다.

"그럼, 씻고 올게요."

빠르게 말한 유정이 자리를 피하려 몸을 돌려 배스룸으로 향했다.

배스룸 안 직사각형의 넓은 거울이 달린 고급스러운 파우더룸으로 들어온 유정이 미간을 좁혔다.

"샤워는 이미 했잖아."

당황해서 한 말인데 씻고 온다는 말이 마치 부부 관계에 대한 기대를 보이는 말 같아 난감했다.

"저렇게 돈이 많은 남자가 무슨 시계 하나에 저렇게 감동을 해?"

유정이 성마르게 머리칼을 쓸어 올리며 혼잣말처럼 내뱉었다.

"평생 선물도 못 받아 봤나."

그때 만난 이윤아라는 여자가 익숙하게 희건의 선물을 사던 걸 보면 그런 것 같진 않은데…….

"어?"

유정이 거울 앞 수납장 위에 자신의 화장품 세트가 있는 걸 발견하곤 눈을 둥글게 떴다.

"언제 이런 걸? 이것도 한 실장님이 갖다 놓은 건가?"

전부 새 제품이었고 2층에서 자신이 사용하고 있는 것과 똑같은 걸로 보아 한 실장이 진열한 게 맞는 것 같았다.

'그러고 보면 이 드레스룸을 다시 채운 것도 한 실장님이겠지.'

2층도 그랬으니까.

유정이 그런 생각을 하며 보고 있는데 바로 옆 장식장에 시선이 갔다.

그건 원래 이곳에 있던 장식장이었다. 그런데 지금까진 수납장이 있었기 때문에 자세히 본 적은 없었다. 화장품을 놓기 위해 수납장의 위치를 바꾸면서 옆의 장식장이 제대로 보였다.

잠깐, 저건…….

눈에 익은 작은 조명을 보자 유정의 입술이 저절로 벌어졌다.

'저건 그때?'

유정의 머릿속으로 작년 이 저택에서 있던 일이 떠올랐다.

태풍 부는 밤이었다. 그날도 유정은 방 안에서 혼자 책을 읽고 있다가 무섭게 비가 퍼붓는 창 쪽으로 고개를 돌렸다.

'비가 이렇게 오는데 그 남자는 아직 회산가?'

저도 모르게 생각하던 유정이 인상을 찌푸렸다.

'내가 알 게 뭐야. 어차피 차희건이 집에 있든 나가 있든 알 수가 없는데.'

1층과 2층으로 분리된 공간에서 생활하는, 그저 대외적 남편일 뿐이었다. 그런 남자를 태풍 분다고 걱정하는 자신이 한심했다.

유정이 다시 읽던 책으로 시선을 돌리는데 순간 창밖이 번쩍거렸다. 그러더니 대지를 뒤흔드는 듯한 거대한 굉음이 울렸다.

쿠르르르- 콰앙!

"꺅!"

요란한 천둥소리에 유정이 깜짝 놀라 소리쳤다.

"천둥소리가 뭐 이렇게…… 커."

불안한 눈으로 창을 쳐다보는데 다시 번개가 내리쳤다. 그걸 본 유정이 놀란 얼굴로 제 귀를 막았다.

쿠궁!

"……!"

귀를 막고서도 심장이 울릴 정도로 큰 천둥소리가 들리자 유정의 심장이 빠르게 뛰기 시작했다.

쿵, 쿵, 쿵.

심장의 요란한 울림이 마치 천둥소리 같았다. 책을 다시 잡아 든 손에 식은땀이 배어난 것을 본 유정이 책을 내려놨다.

"그만 읽고 자자."

괜히 혼잣말을 크게 내뱉고 책을 든 그녀가 침대에서 일어섰다. 책을 꽂아 두려 테이블로 걸어가는데 창이 환해졌다.

번쩍! 쩌저정!

"아악!"

툭!

온몸이 뒤흔들릴 것 같은 천둥소리에 유정이 책을 놓쳐 바닥으로 떨어뜨렸다. 제 귀를 막고 주저앉는 순간,

팟!

방 안이 온통 암흑이 됐다.

'저, 정전?'

어두워진 방 안에서 유정의 얼굴에 핏기가 가셨다. 주저앉은 자세에서 고개를 드니 창밖에 쏟아지는 비만 어슴푸레하게 보일 뿐 주변은 온통 새까맸다.

그야말로 칠흑 같은 어둠이었다. 그걸 본 유정의 눈이 세차게 흔들렸다.

"괘……괜찮아."

유정이 손을 더듬거리며 천천히 몸을 일으켰다. 태풍이 몰아치는 밖의 빗소리보다 제 심장 소리가 더 크게 들렸다. 머릿속을 온통 울려 대는 그 소리가 한껏 불안해진 심리를 드러냈다.

유정이 주변을 손으로 더듬거리며 문 쪽으로 주춤주춤 걸어갔다.

"밖에 한 실장님이…… 계실 거야. 아니면 분명 누구라도……."

그때 방 안이 섬광처럼 밝아졌다.

콰과광!

"아악!"

유정이 다시 양손으로 귀를 막으며 주저앉았다.

'거기서 나오면 안 돼. 알겠니?'

'나, 나가게 해 주세요. 무서워요.'

'엄마도 마음이 아파. 이러고 싶지 않지만 유정이 네가 말을 안 듣는데 어떡하니?'

'흐윽, 제가, 제가 잘못했어요. 이제 다신 안 그럴…… 어, 엄마, 엄마!'

눈을 질끈 감은 유정의 머릿속으로 몸을 돌리는 혜숙과 닫히는 문이 보였다.

탁.

그리고 완벽한 어둠이 소름이 끼쳐 든 피부 위로 내려앉았다. 불빛 하나 없는 새까만 어둠이.

"성유정 씨."

"!"

유정이 흠칫해서 고개를 들었다. 눈앞에 은은한 주광색 불빛과 함께 희건이 서 있는 것이 보였다.

"차……희건 씨."

유정의 눈물이 번진 눈에 현실감이 돌아왔다.

'이 남자가 집에 있었……나?'

안도와 의아함이 동시에 느껴지는데 희건이 그녀를 내려다보며 말했다.

"좀 전의 벼락으로 이 일대에 정전이 발생한 것 같습니다. 놀랐습니까?"

"조금……이요."

대답하면서도 유정은 다리에 힘이 풀려 일어서지 못하고 있었다.

"잡아요."

희건이 유정에게 손을 내밀었다.

"……."

그가 내민 손을 잠시 보던 유정이 그 손을 잡지 않고 비틀거리며 제힘으로 일어섰다.

그 모습을 보던 희건이 바닥에 떨어진 책을 주워 조명과 함께 테이블 위에 올려놨다.

달칵.

"곧 전기가 들어올 겁니다. 그 전까진 이걸 여기 두고 있어요."

"……네."

유정은 창피함으로 고개를 들지 못하고 시선을 조명에만 두고 있었다.

희건이 몸을 돌리며 말했다.

"그럼 쉬어요."

희건이 멀어진 뒤에도 한참이 지난 뒤에야 유정은 얼굴을 들었다. 방 안엔 아무도 없었다.

"창피하게."

유정이 제 입술을 깨물며 신음처럼 내뱉었다. 어린애 같은 모습을 보였다는 생각에 부끄러움이 밀려들었다. 하아, 어깨를 들썩이며 숨을 토해 낸 그녀가 희건이 두고 간 조명을 바라봤다.

그때 그 조명…….

말린 꽃이 투명한 유리병 안에 들어간 디자인의 조명은 그날 그 조명이 맞았다. 건전지를 사용하는 조명이 있는 줄은 그때 처음 알았다.

그날 희건이 방에서 나간 뒤로 천둥소리는 거짓말처럼 잦아들어 있었다. 방 안을 따스하게 밝히는 빛 때문에 그렇게 느꼈던 걸지도 모르지만.

"그걸 잊고 있었다니. 2년 동안 저 남자와 한 대화 중 가장 긴 대화 같은데…….."

그날 천둥과 정전에 대한 공포 때문에 기억이 또렷하진 않았다.

다음 날 한 실장이 희건이 가져왔던 조명을 다시 가져가고 더 커다란 조명을 유정의 방에 가져다 놓았다.

그것도 건전지를 사용하는 종류였다.

원래 자기 전에 늘 켜 놓는 조명이 침대맡에 있어서 특별히 사용한 적은 없었지만.

그땐 창피한 기억밖에 없어서 희건이 왜 방에 나타났는지도 생각 못 했다.

"……내가 무서워할 걸 알았던 걸까?"

그럴 리가.

유정이 꽃이 담긴 유리병 조명에서 시선을 돌렸다.

'샤워한다고 도망쳐 왔으니 샤워라도 하고 나가야겠지.'

유정은 옷을 벗어 내고 머리칼을 하나로 틀어 올려 단단히 고정했다. 그러고는 샤워실로 들어갔다.

희건은 소파에 앉아 손목의 시계를 가만히 내려다보고 있었다.

"……."

금장 포인트가 있는 블랙 스틸 시계를 응시하던 그가 시선을 들었다. 테이블 위의 메탈 시계를 쳐다본 그가 일어서서 그것을 집어 들었다.

드레스룸으로 걸어간 희건이 장식함 서랍을 열었다.

드르륵.

수십 종류의 명품 시계가 각 칸마다 들어 있었다. 2년 전까지 그가 구매한 것 말고는 누군가에게 선물 받은 건지 기억조차 나지 않는 것들이 대부분이었다.

그중 한 줄을 비워 둔 가장 위 칸에 시계를 넣었다.

달그락.

시계를 넣은 희건이 잠시 그것을 가만히 쳐다봤다.

저 시계를 처음 본 건 2년 전이었다.

탁.

비서실장인 김병재가 테이블 위에 시계를 내려놨다. 희건이 쳐

190

다보자 김 실장이 설명했다.

"예물 중에서 시계만 가져왔습니다. 나머진 한 실장님께 보냈으니 확인만 하시면 됩니다."

"알겠습니다."

희건이 짧게 대답하자 김 실장이 곧 고개를 숙였다.

"……혹시."

몸을 돌리던 김 실장이 희건의 목소리에 다시 정중히 돌아섰다.

"네. 상무님."

희건이 시계를 응시하다가 김 실장에게 시선을 들어 올렸다.

"이 시계, 누가 고른 건지 압니까?"

그의 질문에 김 실장이 바로 대답했다.

"성유정 씨가 카탈로그를 보고 직접 골랐습니다."

"……."

시계를 조용히 응시하던 희건이 말했다.

"알겠습니다. 나가 봐요."

다시 고개를 숙인 김 실장이 집무실을 나갔다. 혼자 남은 희건은 테이블 위의 메탈 시계를 응시했다.

무감했던 그의 눈빛에 묘한 변화가 일렁이고 있었다. 짙은 눈동자로 시계를 응시하는 그의 입가에 부드러운 미소가 맺혔다.

기억에서 깨어난 희건이 장식함에 넣은 시계를 보며 혼잣말처럼 말했다.

"……기억하지 못하는군."

가벼이 웃은 희건이 시계가 들어 있는 서랍을 닫았다. 그대로 돌아서는데 갑자기 불이 꺼졌다.

멈칫, 걸음을 멈춘 희건의 표정이 굳었다.

그가 드레스룸과 이어진 배스룸 쪽을 바라봤다.

저벅, 저벅.

희건이 빠른 걸음으로 어둠을 헤치고 걸어가기 시작했다.

"서, 설마 또 정전이야?"

샤워부스 안에서 샤워를 마치고 막 물을 잠그던 유정은 당황한 얼굴로 주변을 쳐다봤다.

똑, 똑.

물이 떨어지는 소리가 깜깜하고 조용한 공간에 울리고 있었다.

'정전 때의 기억을 떠올렸을 뿐인데 거짓말처럼 정전이 되다니?'

황당했다가 현실감이 들수록 유정의 얼굴이 새파랗게 질렸다. 어두운 공간에 갇혔다는 실감에 목구멍부터 조여 들고 있었다.

"정신 차려. 성유정. 바로 밖에, 그 조명이 있어."

아까 그 조명을 떠올린 유정이 몸을 움직이려 했지만 다리가 바닥에 붙은 듯 꼼짝도 하지 않았다.

"움직여…… 움직여. 뭐 하는 거야? 여기서 나가야지."

유정이 질책하듯 말했지만 공포심이 목부터 턱 끝까지 차올라 목소리가 떨리고 있었다. 그녀의 얼굴이 핏기 하나 없이 창백해졌다.

온몸이 덜덜 떨리기 시작하는데 밖에서 목소리가 들렸다.

"성유정 씨."

아……!

굳어 있던 유정의 몸이 희건의 목소리에 반응해서 고개가 돌려졌다.

주광색 불빛과 함께 희건이 샤워실 안으로 들어서는 게 보였다. 그의 손엔 아까 그 조명이 들려 있었다. 따스한 노란 불빛을 내는.

"괜찮습니까?"

"네. 괜찮, 아요."

유정이 괜찮은 척 대답했다. 하지만 턱과 입술이 덜덜 떨려 치아가 딱딱 부딪히는 소리를 내고 있었다.

희건이 조명을 사이드 거치대에 내려 두고 들고 온 커다란 타월로 유정의 몸을 감쌌다.

"괜찮은 목소리가 아닌데."

걱정이 스머든 낮은 목소리에 유정은 아까와는 다른 방식으로 심장이 뛰고 있는 게 느껴졌다. 거기에 당황한 유정이 타월의 양끝을 손가락으로 여미며 말했다.

"좀, 놀라서요."

유정이 시선을 떨구고 말하자 희건이 손을 뻗었다.

"내 손 잡아요."

"……."

유정이 희건의 손을 잠시 바라봤다. 작년엔 거부했던 손을 응시하던 그녀가 조심스럽게 잡았다.

유정이 손을 잡자 희건의 얼굴에 안도가 어렸다.

"나만 보고 따라오면 됩니다."

희건이 그녀의 손을 힘주어 잡고 다른 손으로 조명을 들고는 샤워실을 나왔다.

배스룸 입구를 지나 침실로 들어온 희건이 유정을 소파에 앉혔다. 테이블 위에 조명을 내려 두고 그가 맞은편에 앉았다.

'……민망해.'

희건과 마주 앉자 유정은 두 번씩이나 창피한 모습을 보였다는 데에 부끄러워졌다. 얼마나 한심해 보일까. 깜깜한 상황에서 벗어났으니 이런 생각을 할 여유가 있는 거겠지만.

유정이 민망한 얼굴로 제 몸을 감싼 타월 끄트머리를 조심스럽게 잡고 물었다.

"이런 좋은 집에 정전이 왜 있는 거예요?"

"나도 모르겠습니다. 이 집에서 두 번째 있는 일이니까."

입을 다문 유정이 콧등을 살짝 찡그렸다.

이 집에서 두 번째 있는 일이 하필 다 내가 있을 때라니.

희건을 보기가 민망해 눈앞의 조명 속 꽃을 보고 있자니 괜히 정전이 저 조명 탓인 것 같다는 생각도 들었다.

유정이 창피함을 누르며 조용히 앉아 있는데 희건이 자리에서 일어섰다.

"상황 좀 알아보고 오겠습니다."

"아니……!"

유정이 급히 손을 뻗어 희건의 옷깃을 잡았다.

움직임을 멈춘 그가 내려다보자 유정의 당황한 눈이 흔들렸다. 그녀가 잡고 있던 옷깃을 살짝 놓으며 말했다.

"잠시 정전된 거겠죠. 그냥 여기…… 있어요."

"……."

유정이 시선을 내리며 작게 하는 말에 희건이 그녀를 말없이 내려다봤다. 내려오는 시선에 유정은 뺨이 붉어지는 게 느껴졌다.

잠시 후 희건이 조용히 다시 소파에 앉았다. 조금 전처럼 마주 앉은 두 사람은 한동안 조명에만 시선을 뒀다.

몇 번 입술을 달싹이던 유정이 이제는 꽃잎 모양을 외울 것 같은 조명 속의 마른 꽃을 보며 말했다.

"전에도…… 이런 적 있었죠."

말없이 앉아 있던 희건이 유정을 바라봤다. 유정은 그를 보지 않고 말을 이었다.

"그때 이거 가지고 내 방으로 와 줘서 고마웠어요. 제가 좀…… 나이에 안 맞게 어두운 걸 무서워해서요."

"……."

희건이 보고 있는데 유정이 천천히 시선을 들었다. 조명에 비친 유정의 눈이 투명하게 반짝였다.

"생각해 보니 그때 고맙다는 말을 하지 않은 거 같아서요. …… 고마웠어요."

그날 희건이 오지 않았다면 그 공포를 어떻게 넘겼을지 알 수 없었다. 아마 지난 어둠 속 끔찍한 기억에 갇혀 호흡 곤란까지 왔을지도 모를 일이었다.

비슷한 상황을 겪었을 때 그런 끔찍한 경험을 몇 번 했었다. 결국은 병원 신세까지 져야 할 때도 있었다.

하지만 그날도, 오늘도 희건이 저 불빛을 들고 와 줬기 때문에 최악의 상황은 면할 수 있었다.

유정의 생각에 잠긴 얼굴을 고요히 응시하고 있던 희건이 입을 열었다.

"어둠이 나쁜 것만은 아닙니다."

"네?"

유정이 정신을 차리고 다시 고개를 드는데 희건이 몸을 일으켜 테이블 위의 조명을 껐다.

혹.

갑자기 어두워지는 순간 그가 유정을 끌어당겼다.

"아……."

희건에게 바짝 당겨지며 유정의 몸을 가리고 있던 타월이 바닥으로 떨어졌다.

사락, 툭.

소파에 앉은 희건이 나신이 된 유정의 몸을 제 몸 위에 앉혔다.

순식간에 희건의 몸 위에 올라탄 자세로 마주 보게 되자 유정이 숨을 들이켰다.

'나 아무것도…….'

어둠 속인데도 혼자만 벗고 있다는 사실이 기분을 이상하게 만들었다. 어둠에 잠긴 희건의 얼굴이 가까이에 있었다.

어둠에 대한 공포와는 다른 긴장이 유정의 몸을 타고 올랐다.

이 느낌은…… 뭐지?

불안과 흥분과 알 수 없는 여러 가지 감정이 뒤섞이며 유정은 호흡이 흐트러지는 게 느껴졌다.

그때 희건이 말했다.

"시야가 약해지면 신경은 다른 쪽을 더 예민하게 만드는 법이죠."

그가 유정의 손을 잡고 있던 손을 그녀의 가느다란 허리로 가져갔다.

흠칫.

남자의 손이 허리를 지나 엉덩이 바로 위부터 등을 천천히 타고 오르기 시작했다.

희건의 은밀한 목소리가 들렸다.

"시험해 보겠습니까?"

두근, 두근.

유정의 심장이 빠르게 뛰었다. 어둠에 서서히 익숙해지는 시야가 아래에서 그가 자신을 똑바로 응시하고 있다는 걸 알게 했다.

희건이 저를 보고 있다는 걸 느낀 순간 어깨에서 다시 등을 타고 내리는 그의 손길이 소름 끼치도록 예민하게 느껴졌다.

"아…… 전……."

유정이 당황 어린 목소리를 내는데 희건의 목소리가 겹쳐졌다.

"당신이 그럴 생각이 없더라도 난 해 볼 생각입니다."

희건이 고개를 앞으로 기울였다.

물에 젖은 채 방치됐던 풍만한 가슴 위의 선홍색 유두가 바짝 곤두서 있었다. 그것을 그가 입술로 감싸자 유정의 어깨가 한껏 들려 올라갔다.

"아웃."

숨이 막힐 정도로 강렬한 감각에 그녀의 입술에서 신음이 터져 나왔다. 땡땡하게 부푼 작은 알갱이를 머금은 희건이 단단한 치아로 살짝 깨물었다.

"아……!"

유정의 허리가 비틀리며 상체가 뒤로 젖혀졌다. 그녀의 등을 지탱한 커다란 손이 놔주질 않자 감각이 섬뜩할 정도로 예민해졌다.

"주변이 갑자기 어두워질 때마다, 당신이 지금을 떠올리도록 말입니다."

"자, 잠깐만요. 흣……."

다급한 유정의 목소리가 헐떡이는 신음에 묻혔다. 희건은 입술을 벌려 유정의 탐스러운 젖가슴을 느리게 빨았다. 뜨거운 숨결과 축축한 혀의 감촉이 주는 쾌감이 유륜 위에 오소소 소름이 돋게 했다.

"오로지 내 손길, 내 입술만을 떠올리도록."

욕망 어린 음성을 내뱉은 희건이 어둠 속에서 번들거리는 그녀의 가슴을 움켜쥐었다.

"하, 하아!"

쾌감으로 한껏 곤두선 살덩이가 그의 손아귀에 뭉개졌다.

'몸이, 이상해.'

유정은 색색 가쁜 숨을 내쉬며 발개진 얼굴로 생각했다. 몸이 평소와 다른 것 같았다. 정신 못 차리도록 야릇한 곳까지 단숨에 옮겨 가는 희건의 손길 때문에 어둠 같은 거 도저히 신경 쓸 겨를도 없었다.

희건이 두 손으로 유정의 탱글한 엉덩이를 크게 거머쥐고 가슴을 물고 있던 입술을 떼어 냈다.

"흐읏. 왜……."

몸을 달뜨게 만들던 뜨거운 자극이 사라지자 유정이 저도 모르게 보풀어 오른 가슴을 앞으로 내밀었다.

"원한다면 좀 더 가까이 내밀어 봐."

낮게 갈라진 목소리에 유정은 마른침을 삼켰다.

"어서, 더 움직여."

"아흐읏."

희건이 엉덩이를 쥔 손에 꽉 힘을 주자 유정이 신음을 흘리며 그의 말대로 했다. 가슴을 한껏 그에게 들이밀자 희건이 섹시하게 입술을 벌려 파르르 떨리는 젖꼭지를 한입에 삼켰다.

"하아……!"

온몸이 부르르 떨릴 것 같은 강렬한 쾌감이 유정을 뒤흔들었다.

츠읍, 츱. 사위가 어둡기 때문인지 예민한 살을 훑어 올리는 음란한 소리가 더 크게 들리는 것 같았다.

조, 좀 더…….

더 강한 쾌락을 원하는 유정의 엉덩이가 절로 움직이기 시작했다. 그녀의 엉덩이를 주무르던 희건이 그 움직임을 알아채고 다시 입술을 떼어 냈다. 어둠 속에서 그의 입술과 유두에 길게 이어지는 타액이 보였다.

"직접 벗겨 봐."

희건이 탁한 음성으로 명령하듯 말했다.

하아, 하아. 유정은 숨을 몰아쉬며 그를 내려다봤다. 어둠보다 더 짙어진 눈으로 그가 자신을 강렬하게 응시하고 있는 것이 보였다.

'아…….'

그 눈과 부딪치자 유정의 허벅지 사이가 참을 수 없을 정도로 강하게 조여들었다.

"나도 미치게 원하고 있으니까, 어서."

욕망 어린 목소리에 유정이 숨을 삼키고 손을 뻗었다. 셔츠 윗단추에 두 손을 가져다 댄 그녀가 가느다란 손가락으로 풀어냈다.

톡.

"……."

톡, 톡,

두 번째 단추를 지나 세 번째, 네 번째 단추를 풀어 나갈수록 셔츠가 벌어지며 희건의 탄탄한 가슴이 보였다. 넓은 그의 가슴이 흥분된 숨결에 맞춰 오르내리는 것이 어둠 속에서도 똑똑히 보였다.

"다…… 풀었어요."

"그다음은?"

희건이 원하는 걸 깨달은 유정이 시선을 아래로 내렸다가 얼른 들어 올렸다.

그녀의 방황하는 손을 지그시 잡은 희건이 그가 원하는 쪽으로 이끌었다.

"!"

바지 위에 빳빳하게 휘어 올라간 거대한 윤곽을 스친 유정의 손이 깜짝 놀라 흠칫거렸다. 당황하는 유정을 올려다보는 희건의 눈이 타올랐다.

"아직 여기까진 용기가 없습니까."

나지막하게 말한 그가 유정의 손을 움직여 바지 버클에 그녀의 손을 닿게 했다.

"해 봐요. 지금. 아무것도 안 보이니까."

유정이 침을 꼴깍 삼켰다.

할 수…… 있을까?

방금 손에 잠깐 스친 것만 봐도 얼마나 그가 흥분해 있는지 알 수 있었다. 유정이 떨리는 손으로 조심스럽게 버클을 잡아 쥐었다.

'그래. 안 보이니까…….'

이 어둠 속에선 어떤 것도 제대로 보이지 않을 테니까. 그렇게 생각하니 대담해질 수 있을 것 같았다.

달칵.

버클을 푸는 데까진 성공했지만 치솟아 오른 앞섶 때문에 지퍼를 내리긴 어려웠다.

"후우."

유정의 손가락이 힘겹게 지퍼를 내리려 하다가 솟아오른 거대한 것을 건드릴 때마다 희건의 입술에서 짓눌린 숨결이 흘러나왔다.

지이익—

"아, 됐⋯⋯."

유정이 겨우 해내고는 목소리를 내는데 희건이 그녀의 뒷머리를 거칠게 끌어당겼다.

"아읍."

곧장 작은 입술을 삼키고 혀를 끌어당긴 그가 사납게 빨아 댔다. 유정의 입술이 한껏 벌어지며 농밀하게 혀가 얽혀 들자 희건이 드로어즈에서 선액을 뚝뚝 흘리고 있는 페니스를 빼냈다. 여유 없는 동작으로 주머니에서 콘돔을 꺼내 씌운 다음, 뒤로 빠져 있던 그녀의 헐벗은 엉덩이를 붙잡아 확 끌어당겼다.

그녀를 제 몸에 완전히 밀착시킨 그가 단번에 깊숙한 곳까지 파고들었다.

"아⋯⋯!"

깊어!

타액으로 촉촉하게 젖어 든 유정의 입술이 아찔하게 벌어졌다. 삽입하자마자 마치 서로의 몸을 삼키듯 빨아들이는 것만 같았다. 안쪽까지 한껏 벌리며 파고든 굵은 페니스가 그녀를 사정없이 뒤흔들기 시작했다.

"훗, 아, 아훗!"

어둠 속에서 유정의 신음이 정신없이 터져 나왔다. 그가 근육을 불끈거리며 강하게 쳐올릴 때마다 유정의 동그란 젖가슴이 크게 출렁였다. 맞닿은 몸이 파도치듯 거세게 움직일 때마다 유정은 숨이 턱턱 막혀 왔다.

아, 기분이 너무……!

"아, 아아! 앗!"

희건에게 매달린 유정이 아래에서 치받는 힘이 강해질수록 덩달아 강해지는 열락에 못 이겨 엉덩이를 이리저리 움직여 댔다. 허리를 비틀 때마다 다른 곳을 쑤셔 대며 박혀 드는 페니스가 이성을 아예 날아가게 할 것만 같았다.

"날 보고 움직여야죠."

뭐……?

희건의 목소리에 유정이 흐릿한 눈을 내려 그에게 향했다.

어지럽게 흔들리는 시야에서 그가 똑바로 자신을 주시하고 있었다.

'내가…… 움직이고 있었나?'

유정이 숨을 몰아쉬며 그렇게 생각하고 있는데 눈을 마주치고 있던 희건의 수려한 얼굴이 살짝 찡그려지는 게 보였다.

"내가 착각했군."

"네? 아…….'

짓이기는 듯한 목소리로 내뱉은 희건이 그대로 유정을 안아 올렸다.

"무, 무슨……아웃. 응……!"

단단한 페니스를 깊이 박은 채 안아 올리자 유정이 신음을 흘리며 헐떡였다.

"지금 그 얼굴을 보면 못 견디는 건 나야."

거친 숨을 내뱉으며 말한 희건이 침대로 걸어가 그녀와 함께 그 위에 누웠다.

출렁!

"아……!"

유정이 희건의 허리에 다리를 감은 채 엉덩이를 파르르 떨었다. 삽입한 채 침대 위로 눕는 바람에 남자의 성기 모양대로 제 안이 한껏 벌어진 게 느껴져서 감당할 수 없는 자극이 몰려왔다.

"흐읏……."

절정을 느낀 유정이 몸을 가늘게 떨었다. 그녀의 떨림이 가라앉을 때까지 희건은 유정의 위에서 두 팔로 그녀를 가두고 내려다봤다.

유정이 숨을 몰아쉬며 희건을 올려다봤다.

창으로 들어오는 희미한 달빛에 익숙해졌는지 열기로 흐릿한 시야에 희건이 아까보다 더 선명하게 보였다.

그의 뜨겁게 타오르는 눈동자도.

하, 하아.

시선이 마주친 채 유정이 숨을 몰아쉬었다. 두근, 두근. 심장이 강하게 뛰고 있었다. 이건 어둠의 공포와는 완전히 달랐다.

희건이 천천히 고개를 숙이며 말했다.

"지금부터 이 밤이 끝날 때까지 놔주지 않을 겁니다."

"아……."

작게 입술을 벌린 유정이 숨을 들이켰다. 조각 같은 얼굴이 바짝 가까워졌을 때 흥건해져 있는 안쪽이 더 뜨거워지는 게 느껴졌다.

달아오른 숨결을 내뱉는 유정의 입술에 닿을 듯 가까이 다가간 그가 그녀의 눈을 보며 말했다.

"완전히 어두움이 사라질 때까지 전부 나에 대한 기억으로만 새겨 놓을 거니까."

각인처럼.

낮게 내뱉은 희건이 유정의 벌어진 입술을 야수처럼 삼켰다.

※ ※ ※

윤아가 높은 힐 소리를 또각거리며 상무실로 들어섰다.

모델처럼 긴 다리를 드러내는 블랙 원피스에 강렬한 레드 컬러 재킷을 매치한 그녀가 비서팀을 향해 물었다.

"희건이 안에 있죠?"

"네. 계세요."

비서의 대답을 들은 윤아는 경쾌한 걸음걸이로 집무실로 걸어 갔다.

그녀가 사라지고 나자 비서팀에 수군대는 소리가 흘렀다.

"아니 이 팀장님은 왜 맨날 상무실을 들락거리신대요? 아무리 친구라지만."

박하늘 비서가 하는 말에 윤보람 비서가 얼른 거들었다.

"그러니까요. 아내도 있는 남잔데 너무 자기 남자처럼 구는 거 아니에요?"

박 비서와 윤 비서의 눈매가 뾰족해져 있었다. 차 회장의 친구이 자 이 회사의 지분이 많은 이국진 이사의 딸이라는 이유로 윤아는 상무실을 제집 안방처럼 들락거렸다.

"굳이 같이 하지 않아도 되는 프로젝트까지 상무님과 일부러 엮 어서 진행하는 속내가 뭐겠어요?"

"결혼하면 포기할 줄 알았는데 아직도 상무님 노리는 거 같죠?"

"상무님은 전혀 관심 안 주던데 꼴불견 아니에요?"

가만히 듣고 있던 비서실 최고 선임자인 신이진 비서도 한마디 보탰다.

"진짜 꼴불견."

미간을 찡그린 신 비서에게서 윤아에 대한 비호감도 느껴졌다. 한껏 미간을 일그린 채 신 비서가 말했다.

"상무님 앞에선 생글생글 웃으면서 우리 볼 땐 하층민 보듯 하는 것도 진짜 재수야."

"맞아요."

비서들이 저마다 곱지 않은 시선으로 집무실 쪽을 쳐다보고 있는데 마침 김 실장이 들어왔다.

"실장님 오셨어요?"

주로 외근을 나가 있는 김 실장이 들어오자 비서들이 일어서서 인사했다. 인사를 받은 김 실장이 곧장 집무실로 향하는데 신 비서가 말했다.

"아, 실장님. 지금 집무실에 이윤아 팀장님 와 계세요."

김 실장이 걸음을 멈추고 돌아봤다.

"또 오셨습니까? 무슨 일로?"

"그건 저희도 모르겠어요."

신 비서가 대답하자 김 실장이 집무실 쪽을 바라봤다.

"……."

잠시 보고 있던 김 실장이 몸을 돌려 실장실로 향했다.

"차희건."

집무실로 들어온 윤아는 희건의 책상 앞으로 다가갔다.

희건은 그녀가 들어올 때 힐긋 쳐다봤을 뿐 다시 서류로 시선을 옮긴 상태였다.

"왔으면 알은척 좀 하지 그래?"

윤아가 핀잔주듯 하는 말에도 그는 시선을 올리지 않았다.

"왜 온 거야?"

서류를 보며 희건이 물었다.

"이거 주려고."

윤아가 책상 위에 작은 쇼핑백을 올려놨다.

"희건이 너 얼마 전에 생일이었잖아. 그때 내가 중국 출장이라 못 주고 이제 주는 거야."

"고마워."

"고마우면 얼굴이라도 보고 고맙다고 하든가. 넌 매번 애가⋯⋯."

인상을 찌푸리던 윤아가 문득 희건의 손목을 바라봤다. 그의 손목에 있는 시계를 예리하게 쳐다본 윤아가 생글거리며 물었다.

"그 시계가 유정 씨 선물?"

그 말에 내내 서류에만 박혀 있던 희건의 시선이 올라갔다.

"어떻게 안 거지?"

"유정 씨가 말 안 해?"

윤아가 가슴 위로 팔짱을 끼며 웃음기 어린 얼굴로 말을 이었다.

"유정 씨가 그거 살 때 나도 네 선물 사러 백화점 갔다가 만났는데."

"만났다고?"

희건의 한쪽 눈썹이 휘어 올라갔다.

'역시 모르는구나.'

윤아가 눈을 빛내고는 곧장 이어 말했다.

"응. 같이 밥도 먹었는데. 몰랐어?"

"……."

희건의 얼굴이 진지해지자 윤아는 한편으로는 기분이 상했다.

'성유정 그 여자 얘기에만 이렇게 진지하게 반응하는 거야?'

괜히 오기가 끓었지만 능수능란하게 숨긴 윤아가 느긋한 목소리로 말했다.

"유정 씨 생각보다 말이 많은 사람이더라? 너 좀 잘해야겠던데?"

"잘하다니."

희건이 서늘한 눈으로 되물었다.

윤아가 자신에게 집중해 있는 희건의 표정을 살피며 태연하게 거짓말하기 시작했다.

"많이 쌓여 있는데 풀 사람이 없었는지 내내 말을 끊지 않더라고. 친하지도 않은 사람에게 그렇게 할 정도면 말 다 했지."

"……."

희건의 얼굴은 별다른 변화가 보이지 않았지만 그가 생각에 잠겼다는 걸 알 수 있었다. 그를 주시하며 윤아가 책상 쪽으로 몸을 기울였다.

"궁금하지 않아? 유정 씨가 뭐라고 했는지."

희건과 시선을 맞춘 윤아가 얼굴을 더 가까이 다가갔다.

미소 지은 그녀를 보던 희건이 다시 서류로 시선을 내리며 말했다.

"됐어. 직접 듣지 않은 말은 의미 없으니."

"……."

윤아의 미소를 머금은 입술 끝이 기분이 상한 듯 비틀렸다. 그녀가 책상에서 상체를 뒤로 물리며 어깨를 으쓱였다.

"뭐, 나도 맨입으로 말할 생각은 없었어. 아무튼 조만간 또 만나기로 했으니까."

희건이 마음에 들지 않는 듯 다시 윤아를 바라봤다.

"네가 내 아내를 왜 만나지?"

"우리 친구 하기로 했거든? 남편이 아내 친구 관계에도 관여하게?"

윤아가 대놓고 인상을 찡그리자 희건이 고저 없이 말했다.

"불쾌해. 내 여자가 나 아닌 다른 사람 만나는 거."

그의 말에 윤아가 눈을 큼지막하게 떴다.

"세상에, 차희건이 이런 말하는 사람이었어? 너 내 친구 차희건 맞니?"

윤아가 호들갑을 떨더니 눈썹을 찡그렸다.

"이러니 유정 씨가 그렇게 불만이 쌓여 있지. 그 집에 갇혀서 얼마나 답답하겠어? 불쌍해라."

한숨을 포옥 내쉬는 윤아를 희건이 말없이 쳐다봤다.

"유정 씨에게 더 미움받지 않으려면 좀 자유롭게 해 줘."

"네가 상관할 바 아니야."

잘라 말하는 희건을 윤아가 뾰족하게 쳐다봤다.

"마음대로 해. 네가 허락하든 말든 난 유정 씨 만날 거다?"

선언하듯 말한 윤아가 몸을 돌렸다. 그러고는 또각또각 힐 소리를 내며 걸어 나갔다.

탁.

그녀가 나가고 나자 희건이 책상 위에 팔꿈치를 대고 손깍지를 꼈다.

"……."

생각에 잠긴 그의 눈빛이 짙게 가라앉았다.

달칵.

희건이 문을 열자 그의 방에 앉아 있던 유정이 고개를 돌렸다.

"왔어요?"

인사하는 유정의 얼굴에는 미소가 없었다. 의례적인 인사를 하고 어색하게 일어서는 그녀를 희건이 잠시 바라봤다.

문을 닫은 그가 유정에게 다가갔다.

"이윤아 팀장 만났다면서요."

희건이 똑바로 응시하며 묻자 유정이 순간 의문 어린 표정을 지었다. 눈을 깜빡거리던 그녀가 생각났다는 듯 대답했다.

"이윤아 씨요? 아, 네. 얼마 전에 우연히요."

"왜 말 안 했습니까?"

그의 말에 유정의 눈이 더 의아해졌다.

"제가 말을 했어야 했나요?"

"……."

희건의 표정이 순간 굳었다. 그 얼굴에 유정이 멈칫했다.

그녀를 내려다보던 그가 작게 한숨을 내쉬었다.

"앞으로는 누굴 만나든 나에게 말을 해 줬으면 좋겠습니다."

"……."

유정이 뭐라 대답해야 할지 몰라 입술을 달싹였다. 그런 그녀의 얼굴을 희건이 깊이 들여다봤다.

"내가 많은 걸 바라는 겁니까?"

희건은 화를 내는 얼굴이 아니었다. 그 표정에 유정은 당황해서 시선을 피했다.

"앞으론 그렇게 할게요."

유정이 눈을 내리깐 채 대답하자 희건의 표정이 어두워졌다.

"씻고 나올 테니 잠시 기다려요. 식사하러 같이 가죠."

유정에게 말한 희건이 재킷을 벗으며 드레스룸으로 향했다.

그의 뒷모습을 바라보는 유정의 눈에 복잡한 감정이 얽혔다.

드레스룸으로 들어온 희건이 재킷을 벗어 의자에 걸쳤다.

툭.

"후우."

허리에 한 팔을 올린 그가 다른 한 손으로 머리칼을 쓸어 넘겼다.

'유정 씨에게 더 미움받지 않으려면 좀 자유롭게 해 줘.'

윤아의 말을 떠올린 희건의 얼굴이 착잡해졌다. 조금 전의 그 말도 강압적으로 들렸을까. 자신을 불편해하는 유정을 볼 때마다 가슴이 무겁게 짓눌리는 기분이었다.

그 2년간의 시간을 생각하면 그녀의 입장도 이해해야겠지만, 그걸 알면서도 심장이 답답하게 옥죄었다.

머리를 쓸어 넘기던 팔을 아래로 내리던 그가 문득 제 손목의 시계를 쳐다봤다.

"……"

그래도 시간을 내어 일부러 생일 선물을 사러 다녀올 정도의 여지는 있는 거겠지.

시계를 응시하는 그의 눈빛이 문득 애처로워졌다.

※ ※ ※

희건의 차가 차 회장의 저택 입구 앞에서 멈췄다.

"다녀오십시오."

운전 비서의 인사를 들으며 차에서 내린 희건이 저택 안으로 들어갔다.

그가 나타나자 소파에 앉아 있던 사람들이 고개를 돌렸다. 차 회장을 비롯한 범훈과 이태 부부가 한 자리에 모여 있었다.

"왜 혼자 왔냐?"

범훈의 말에 그녀의 아내인 미란이 희건의 뒤를 힐끔거리며 말했다.

"그러게요. 작은 동서는요?"

희건이 냉철한 시선으로 그들을 보며 말했다.

"제 아내는 앞으로 이곳에 오지 않을 겁니다."

순간 사람들이 놀라서 희건을 쳐다봤다.

"뭐?"

이태가 되묻자 희건이 그가 아닌 그의 아내인 지연을 서늘하게 응시했다. 그 시선에 지연이 움찔해선 찔리는 데가 있는 것처럼 차 회장을 빠르게 쳐다봤다.

그런 그녀를 보며 희건이 냉정하게 말했다.

"반기는 사람도 없는 곳에 2년 오게 했으면 충분하지 않습니까."

미란이 황당하다는 표정을 지었다.

"아니 반기는 사람이 없다니……우리가 그동안 얼마나 잘해 줬는데요. 다들 봤잖아요."

희건의 냉기 어린 눈이 이번엔 미란을 향했다.

"잘해 주셨다는 건."

희건의 음성이 한층 낮아졌다.

"식구들 앞에선 살갑게 대하는 척, 자기들끼리 남았을 땐 불어로 두 분만 대화하는 걸 말하는 겁니까?"

"……!"

미란과 지연의 눈이 커졌다.

순식간에 그녀들에게 쏠리는 시선에 차 회장도 포함된 걸 깨달은 지연이 말도 안 된다는 듯 소리쳤다.

"무, 무슨 그런 말도 안 되는 모함을……!"

"작은 동서가 그래요? 우리가 그런다고?"

미란이 우아함을 잃지 않고 냉정하게 희건을 쏘아보며 말했다.

"……."

희건이 말없이 쳐다보자 미란이 헛웃음 쳤다.

"하, 사람 그렇게 안 봤는데 말도 안 되는 거짓말을 입에 담고……."

"제가 직접 들었습니다."

"!"

미란이 눈을 크게 떴다. 희건이 표정을 바꾸지 않고 그녀를 응시하며 말했다.

"그때 두 분이 불어로 하신 대화 내용을 이 자리에서 말해도 되겠습니까?"

미란이 당혹스런 얼굴로 희건을 노려봤다.

'정말 아는 거야? 뭐야?'

직접 들었다는 말이 거짓말인지 아닌지 알 수는 없지만, 확실한 건 지금까지의 대화 중 그 어떤 말도 이 자리에서 나와선 안 된단 거였다.

"아니, 그걸…… 굳이 여기서……."

미란이 당황한 얼굴로 머리칼을 난처하게 매만지는데 범훈이 크게 소리쳤다.

"너 형수한테 지금 뭐 하는 거야! 예의 없게!"

벌떡 일어서는 범훈에게 시선도 주지 않은 희건이 차 회장을 똑바로 보며 말했다.

"그런 이유로, 제 아내는 앞으로 이곳에 오지 않을 겁니다. 오늘은 그 사실을 전하러 온 거라 이만 가 보겠습니다."

짧게 고개를 숙인 희건이 그대로 몸을 돌렸다.

곧장 걸어 나가는 희건의 뒷모습에 범훈이 화가 난 얼굴로 삿대질을 해 댔다.

"저, 저런 예의 없는……! 할아버지. 크게 한번 혼내셔야 되는 거 아닙니까?!"

이태도 자리에서 일어나서 끼어들었다.

"맞습니다. 저런 망나니에게 맡겨 두기엔 지금 진행하고 있는 사업들이 너무 중요한 것 같습니다. 이 기회에……."

"다들 조용히 해."

차 회장의 낮은 음성에 이태가 얼른 입을 다물었다.

"……네. 할아버지."

다시 자리에 앉은 범훈과 이태가 자신의 부인들과 난처한 시선을 교환했다.

차 회장은 희건이 나간 쪽을 눈을 가늘게 뜨고 주시하고 있었다.

저택을 나선 희건이 대기하고 있던 차에 올라탔다.

"바로 집으로 가죠."

"네. 상무님."

운전 비서에게 말한 희건이 예리한 시선으로 불이 켜진 저택을 응시했다.

······꾸욱.

그의 주먹에 단단히 힘이 들어갔다.

유정과 처음 본가에 갔을 때 차 회장의 서재에 들어가려다 마침 전화벨이 울렸다.

통화하려 잠시 나왔을 때 우연히 미란과 지연이 불어로 하는 대화를 들었다.

'저런 싸구려가 뭐가 부러워요? 엄연히 우리랑 급이 다른데.'

'저런 애랑 지분 놓고 경쟁하는 것도 자존심 상하지 않아요?'

'그쪽으론 다행이겠지. 집안이 그 모양인데 뭘 할 수 있겠어.'

'아아, 그건 그러네요.'

미란과 지연이 면전에서 유정을 멸시하는 말을 하는 것을 봤을 때 머릿속이 새하얘졌다.

가만히 앉아 있는 유정을 본 순간 그곳으로 뛰어 들어갈 뻔했다.

분노가 머리끝까지 잠식해서 당장 달려가 유정의 손을 잡아끌고 나오지 않으려 주먹을 꽉 움켜쥐었다.

그들의 행태를 본 이후, 이 집에 유정을 보낼 때마다 늘 이렇게 주먹을 움켜쥐는 게 습관이 됐다.

최대한 늦게 버티다 들어가서 유정을 데려오는 방법밖에는 없였다. 모든 것을 망치지 않으려면.

'별일 없었습니까?'

유정을 데려올 때 그렇게 묻고 싶은 것을 매번 참았다. 관심 없는 척 억지로 태블릿피시에만 시선을 두고 있었다.

그렇게 2년을 넘기는 것만이 그녀를 온전히 갖기 위한 방법이었다.

"……후."

저택을 빠져나온 뒤 희건이 단단히 움켜쥐었던 주먹을 폈다. 살을 팬 손톱자국이 익숙한 멍울을 다시 손바닥에 남겼다.

한동안 사라졌던 자국이었다.

자신의 계약이 시작된 이후로는 사라졌으니까. 더 이상 참지 않아도 되는 순간이 온 이후로는…….

희건의 눈이 깊게 일렁였다.

05

유정이 번쩍 눈을 떴다.

시야에 익숙한 희건의 침실이 보이고 등 뒤에서 뻗어 나온 손이 제 어깨를 감싸고 있었다. 익숙해질 법도 한데, 아직도 깰 때마다 느껴지는 등 뒤 희건의 존재가 어색했다.

슬며시 그의 팔에서 빠져나오려는데 커다란 손이 유정의 어깨를 단단히 잡았다.

유정이 순간 벗어나려는 움직임을 멈췄다.

'일어나 있었나?'

돌아보지 않아서 몰랐는데 그가 깨 있던 모양이다.

"잘 잤습니까."

뒤에서 들리는 목소리에 잠기운이 전혀 없었다.

'언제부터 깨 있던 거지?'

그렇게 생각하면서도 유정은 돌아보기가 어색해서 그 자세로 대답했다.

"······네."

유정의 시선이 맞은편의 시계로 향했다.

오늘은 주말이라 희건이 평소 침대에서 일어나는 시간보다 늦었다. 항상 주말에도 출근하는 남자니까 곧 준비하고 방을 나갈 거였다.

그럼 그때 일어나서······.

"나 일어날 때까지 안 볼 생각입니까?"

"!"

속셈을 들킨 것 같아 유정이 숨을 삼켰다.

하지만 새벽에 그런······ 일들을 한 뒤에 아침에 얼굴을 마주 보는 건 너무 불편한데.

유정이 돌아누운 채 눈만 굴리고 있는데 희건이 그녀의 어깨를 잡고서 천천히 자신 쪽으로 돌아눕게 했다.

어쩔 수 없이 그와 얼굴을 마주하게 된 유정은 똑바로 보기가 민망해 눈을 살짝 내리떴다.

"안 잡아먹으니까 시선 올려 봐요."

기어코 눈을 마주칠 생각인지 희건이 말했다.

"······."

난감하게 그의 넓은 가슴 부근을 보고 있던 유정이 결국 시선을 올렸다.

희건은 한쪽 팔로 지그시 머리를 괴고 그녀를 보고 있었다. 약간 흐트러진 머리칼이 반듯한 이마 위에 내려와 있어 나른한 분위기가 느껴졌다. 유정이 긴장을 숨기고 그리스 조각상 같은 그를 바라봤다.

희건이 시선을 마주한 채 말했다.

"외출 준비해요."

유정의 눈에 의아함이 담겼다.

"외출이라니 어딜……."

"나와 데이트합시다."

데이트?

그녀의 눈이 확 커졌다. 당혹스러운 얼굴로 그를 보며 눈을 깜빡거리는데 희건은 표정 변화 없이 마주 볼 뿐이었다. 입술을 달싹이던 유정이 당황스러운 목소리를 냈다.

"회사 가 봐야 하지 않아요?"

"나와 데이트하기 싫은 겁니까?"

"아니 그런 뜻이 아니라……."

유정이 말끝을 흐리자 희건이 그녀를 가만히 쳐다보다가 말했다.

"우린 연애 없이 결혼했으니까 지금부터라도 데이트를 해 볼 생각입니다."

"……."

유정의 두 눈 위에 혼란이 일었다. 연애 없이 결혼한 이유는 계약 결혼이라 그런 건데 그걸 모를 리가 없는 남자가 왜 이런 말을 하는 건지 모를 일이었다.

그녀의 복잡한 심경과 상관없이 희건이 말을 이었다.

"좀 더 일이 정리된 후에 시작할 생각이었지만, 앞당겨야겠습니다. 그럼 준비해요."

침대에서 그가 먼저 몸을 일으켰다.

'아.'

아무것도 입고 있지 않은 건장한 남성의 몸이 눈앞에 보이자 유정이 얼른 시선을 내렸다. 밤에 있었던 일들과는 별개로 환할 때 그의 몸을 보는 건 아직도 부끄러웠다.

희건이 욕실로 사라진 뒤에야 유정이 다시 살짝 고개를 들었다.

휴, 그가 없는 것을 확인하고 한숨을 내쉰 그녀가 침대에서 일어나 앉았다.

"……데이트라니."

유정이 작게 내뱉으며 헝클어진 머리칼을 쓸어 넘겼다.

'이 결혼을 정말 평범한 결혼처럼 보이게 하려는 걸까?'

누구에게?

유정의 머릿속이 복잡해졌다. 이렇게까지 할 필요는 없을 것 같은데 희건의 행동은 점점 예상할 수 없게 되었다.

'나에게 아내 이상으로 중요한 건 없습니다.'

그 말도 마치…….

혼란스러운 눈으로 생각하던 유정이 고개를 저었다.

"그만 생각하자."

생각한다고 그 사람 생각을 알 수 있는 것도 아니잖아. 어차피 그 말에 따르는 게 계약을 이행하는 거니 따르는 게 맞아.

다른 방법이 있는 것도 아니고.

살짝 인상을 쓴 유정이 바닥에 떨어져 있는 제 옷을 주워들었다.

2층으로 올라와 준비를 마친 유정이 거울 속 자신의 모습을 점검했다.

'괜찮나?'

그녀가 심각한 얼굴로 거울을 쳐다봤다. 첫 데이트라는 말에 괜히 신경 쓴 티를 내고 싶진 않았지만 그렇다고 대충 입을 수도 없었다. 공들여 준비하는 모습을 그에게 보이고 싶지 않아 2층으로 올라온 거였다.

유정이 제 모습을 거울 속으로 주시했다. 화사한 핑크빛이 감도는 무릎 위 기장의 원피스에 차분한 브라운 컬러 카디건을 매치하고 머리칼에 자연스러운 웨이브를 줬다. 화장도 투명한 핑크톤으로 해서 의상과 잘 어울리는 모습이었다.

그런 제 모습을 미간을 좁히고 한참 쳐다보고 있던 유정이 한숨을 내쉬었다.

"나쁘진 않겠지."

몸을 돌린 그녀가 방을 나와 계단으로 향했다.

'어?'

1층으로 내려오던 유정이 문득 걸음을 멈췄다.

세트업 슈트를 입은 희건이 소파에 앉아 있었다. 깔끔한 흰색 티셔츠에 라이트 머드 컬러 재킷과 짙은 색 슬랙스를 입은 그를 본 순간 심장이 두근거리기 시작했다.

'왜 심장이……'

워낙 모델 같은 남자니까 그렇겠지. 급작스럽게 반응하는 심장이 마음에 들지 않은 유정이 인상을 찡그리고 그렇게 생각했다.

계단을 다 내려온 유정은 심장의 박동을 무시하며 무감한 얼굴로 희건에게 다가갔다.

희건은 소파에서 일어서서 유정이 자신의 앞까지 다가오는 것을 묘한 눈빛으로 보고 있었다. 마침내 유정이 그의 앞에 서자 희건이 말했다.

"······가죠."

"네."

희건이 유정의 어깨를 부드럽게 감싸 이끌었다. 그 움직임에 유정의 심장이 더 크게 뛰기 시작했다.

하아. 유정은 그에게 들키지 않게 작게 숨을 뱉어 냈다. 저택을 나와 보니 입구 앞에 희건의 개인 차량이 서 있었다.

"타요."

그가 값비싼 슈퍼 카의 조수석 문을 열어 주자 유정이 그의 얼굴을 올려다봤다.

"희건 씨가 직접 운전하는 거예요?"

"종종 합니다. 개인적인 일정일 때."

그와 단둘이 차에 타는 일은 처음이라 유정이 잠시 머뭇거리다 조수석으로 올랐다. 문을 닫아 준 희건이 보닛을 돌아 운전석으로 향했다.

그가 운전대를 잡고 차를 출발시키는 모습을 유정이 힐금 쳐다봤다.

'······둘만 있어서인지 더 데이트 같잖아.'

유정은 괜히 기분이 들뜨듯 묘해지는 걸 느끼고 전방을 쳐다보는 눈에 지그시 힘을 줬다. 한 번도 해 본 적 없기 때문인지 그가 한 데이트라는 말이 자꾸만 신경이 쓰였다.

'그냥 같이 외출하는 거라고 편하게 생각해. 그런 적은 몇 번 있었잖아.'

빠르게 뛰는 제 심장박동을 거슬려 하며 유정이 그렇게 생각하는데 문득 희건이 뒷좌석으로 팔을 뻗었다.

'뭐지?'

유정이 쳐다보는데 그가 뒷좌석에 벗어 놨던 재킷을 꺼내 유정의 무릎 위를 덮었다.

"미안합니다. 운전에 집중이 안 돼서."

희건이 전방에 시선을 두고 말했다.

"아…… 네."

유정이 제 무릎 위를 덮은 재킷을 더 펼치며 대답했다.

'그렇게 짧진 않은데…….'

무릎 위로 살짝 올라오는 정도의 기장이지만 의자에 앉으면 허벅지 중간에 걸쳐져 맨살이 좀 보이긴 했다. 그런데 정말 첫 데이트 하는 남자도 아니고 매일 밤 제 몸을 구석구석 지독하게 탐하는 남자가 이런 말을 하다니.

괜히 목이 간질거리는 느낌에 유정이 입을 열었다.

"그런데 지금 어디 가는 거예요?"

"가 보면 압니다. 그리 먼 곳은 아닙니다."

희건이 전방을 보며 대답했다. 유정은 목적지가 어딘지 궁금했지만 조용히 창밖을 바라봤다.

그의 말대로 얼마 지나지 않아 목적지에 도착했다. 차가 멈춰 서자 유정은 예상외의 장소를 보고 눈을 깜빡였다.

'여긴?'

눈앞에 보이는 건 지난해 서울에 새로 생긴 놀이공원이었다. 동화 속 나라처럼 생긴 커다란 건물의 매표소 앞에 차를 세운 희건이 먼저 내렸다. 당황해서 밖을 보던 유정이 그제야 벨트를 푸는데 희건이 조수석 문을 열어 줬다.

"고마워요."

차에서 유정까지 내리자 희건이 대기하고 있는 발레 직원에게 키를 건넸다.

"들어가죠."

희건이 유정의 손을 잡고 입구로 향했다.

유정이 자연스럽게 자신의 손을 잡은 희건의 손을 바라봤다. 익숙하게 손을 잡는 행동이 아직 낯설기도 하고, 한편으로는 익숙한 것도 같았다.

거친 행위 때에도 손가락 전체를 감싸 단단히 쥐던 그의 행동이 떠오르자 갑자기 얼굴에 열이 올랐다.

'뭘 떠올리고 있는 거야?'

유정은 얼른 머릿속에서 그 장면을 지워 냈다.

"환영합니다. 즐거운 시간 되십시오."

입구 앞에 서 있던 직원이 표 검사도 없이 들여보내 줬다. 그 모습을 보고 이상하다 생각했는데, 들어가 보니 놀이동산 안에는 그들과 직원들 외에 아무도 없었다.

'통째로 빌린 거구나.'

말로만 들었는데 실제로 이런 일이 있고 자신이 그 일의 주인공이 됐다는 게 유정은 왠지 낯설었다.

희건이 그녀의 손을 잡고 걸어가며 물었다.

"놀이기구 좋아합니까?"

"아뇨. 그리 좋아하진 않아요."

유정이 대답했다. 놀이공원에 올 줄 몰랐기 때문에 옷과 신발도 놀이기구를 타기에 적합하지 않았다. 그녀가 처음 신은 베이지 컬러의 구두를 쳐다보는데 희건이 말했다.

"다행이군요. 나도 좋아하지 않습니다."

그 말에 유정이 구두에 향했던 시선을 들어 올렸다. 희건이 놀이기구가 있는 곳이 아닌 다른 곳으로 향하고 있었다.

"안 탈 거면 왜 여길 예약한 거예요?"

"목적이 그게 아니니까요."

"그럼 그 목적이 있는 곳만 빌리면 되잖아요."

유정이 손이 잡힌 채 그의 걸음을 따라가며 말하자 희건이 그 자리에 우뚝 멈춰 섰다. 그러고는 그녀를 내려다봤다. 짙은 눈동자가 햇살 아래에서 자신에게 똑바로 향하자 유정이 숨을 들이켰다.

"당신이 좋아할 수도 있어서 했습니다."

내가 좋아할 수도 있어서?

유정이 눈을 깜빡이며 희건을 바라봤다. 뜻밖의 말이라 대답도 못하고 보고 있는데 가만히 그녀를 보던 희건이 고개를 돌려 다시 걸어가기 시작했다. 유정도 그에게 잡힌 손을 내려다보며 걸음을 옮겼다.

'그거야 물어보면 되는데……'

놀이기구를 좋아하지 않더라도 자신이 좋아한다고 하면 같이 타 줄 생각이었다는 건가? 유정의 머릿속이 복잡해지는데 문득 눈앞에 화려한 장면이 펼쳐졌다.

'어?'

거대한 꽃밭이 시야 가득 끝도 없이 펼쳐져 있었다. 찬란한 색 꽃들이 눈이 시리도록 피어 있는 모습을 보니 유정은 감탄사가 절로 나왔다.

"와……."

시선을 사로잡는 장관을 유정이 눈을 크게 뜨고 보고 있었다.

그사이 희건이 직원에게 꽃다발을 건네받았다. 그가 그걸 유정의 눈앞에 보였다.

"받아요."

"이건 언제……."

유정이 놀란 얼굴로 그가 내민 꽃다발을 얼떨결에 받았다. 무척 커다란 꽃다발을 두 손으로 든 그녀가 당황해선 그를 쳐다봤다. 희건이 유정을 지그시 내려다보며 말했다.

"언젠가 여자는 꽃을 좋아한다는 말을 들었거든요."

유정의 눈이 더 커다래졌다.

"그래서 여기로 온 거예요?"

"서울에서 꽃이 가장 많은 곳을 알아보니 이곳이었습니다."

유정이 희건의 얼굴과 꽃다발을 번갈아 쳐다봤다. 저에게 꽃을 주기 위해 이곳으로 온 거라니. 그것도 어딘가에서 들은 말에 의지해서.

언제나 완벽한 차희건과는 왠지 어울리지 않는다는 생각이 들면서도 유정은 가슴께가 간질거렸다.

희건이 꽃다발에 시선을 둔 유정을 진지한 표정으로 바라봤다.

"마음에 들지 않는다면 미안합니다. 데이트 같은 거 어떻게 하는 건지 사실 잘 몰라서, 다음엔 당신이 가고 싶은 곳으로 가죠."

"……."

유정은 말없이 꽃다발만 응시하고 있었다. 지금 희건의 말을 들어 보니 그는 정말 이런 쪽에 서툴러 보였다. 그런데 이상하게도 그가 서툰 모습을 보이는 게 나쁘지 않았다. 그에게도 어려운 게 있다는 게 한편으론 인간적으로 느껴지기도 했다.

한동안 가만히 있던 그녀가 입을 열었다.

"……괜찮아요. 나쁘지 않은데요. 여기."

꽃다발을 보며 작게 말한 그녀가 시선을 들어 올려 희건을 쳐다봤다. 말간 눈동자로 희건과 시선을 마주친 유정이 옅은 미소를 지었다.

"꽃 좋아하는 거 맞아요. 이렇게 많은 꽃은 처음 보네요."

그녀의 말에 희건의 얼굴에 안도감이 퍼져 나갔다.

"다행이군요."

그가 안도한 얼굴로 근사한 미소를 지었다.

"이건 무거우니 우선 차에 두게 하겠습니다."

희건이 유정이 들고 있던 꽃다발을 다시 직원에게 건넸다. 고개를 숙이고 멀어지는 직원을 잠시 보고 있던 희건이 유정에게 말했다.

"저기서 식사부터 하죠."

"그래요."

희건이 정면에 보이는 이태리 레스토랑을 가리키자 그녀가 고개를 끄덕이며 대답했다.

레스토랑 2층 창가에 놓인 단 하나의 테이블엔 두 사람분의 세팅이 되어 있었다. 희건이 미리 주문해 뒀는지 자리엔 무알코올 샴페인과 기다란 샴페인 잔도 놓여 있었다.

건배를 나눈 뒤 샴페인을 한 모금 마신 유정이 창밖을 바라봤다.

'예쁘네.'

화사한 꽃밭이 마치 꿈을 꾸고 있는 것처럼 몽환적인 분위기로 만들었다. 조용히 창밖을 보며 식사하는데 문득 희건의 목소리가 들렸다.

"어릴 때 조부님과 산 걸로 아는데."

유정이 포크를 멈추고 그를 바라봤다. 샴페인 잔을 든 희건이 그녀를 보며 말을 이었다.

"처음 봤던 곳이 본가의 정원에서였죠. 그때 당신은 조부님과 함께 왔고."

유정이 느리게 눈을 감았다 뜨고는 말했다.

"그때를 기억하네요?"

"그 뒤로 비슷한 행사에서 당신을 몇 번 더 본 적이 있습니다."

희건이 샴페인 잔을 내려놓으며 말했다.

"학교에서 마주친 적이 더 많았지만."

"……."

유정은 말없이 그를 바라보고만 있었다. 희건이 고개를 비스듬히 숙이며 유정에게 물었다.

"조부께서 돌아가시고 부모님과 함께 살게 된 게 정확히 언제입니까?"

유정이 시선을 접시로 조용히 내리며 대답했다.

"4학년 때요."

예상한 대로의 대답에 희건이 테이블 위를 응시했다.

"그럴 거 같았습니다. 그 무렵부터 당신 분위기가 바뀌었으니까."

"무슨 의도예요?"

유정의 냉정한 목소리에 희건이 시선을 들었다. 그녀가 서늘한 눈빛으로 그를 보고 있었다.

"의도?"

"내 과거를 조사해 두고 기억하는 척하는 의도요."

희건이 눈을 가늘였다.

"왜 그렇게 생각합니까?"

유정이 그를 똑바로 보며 말했다.

"그때의 날 희건 씨가 그렇게 자세하게 기억할 리가 없잖아요."

"……."

희건이 말없이 보는데 유정이 얼굴에 순간 당황이 스쳤다.

저 표정은…….

얼마 전 희건과 나눴던 대화가 떠올랐다.

'이윤아 씨요? 아, 네. 얼마 전에 우연히요.'

'왜 말 안 했습니까?'

'제가 말을 했어야 했나요?'

지금 희건의 표정은 그 대화를 했을 때와 똑같았다. 굳어 있는 그의 얼굴을 보고 유정이 속으로 숨을 삼키는데 희건이 입을 열었다.

"난 성유정 씨에 대해 알고 싶어서 묻는 겁니다."

낮은 음성은 그때와 마찬가지로 화를 내거나 책망하는 말투가 아니었다. 그래서 유정은 더 당황스러웠다.

"내가 지금까지 알고 있던 것보다 더 당신을 알고 싶어서."

희건이 그녀를 지그시 보며 말했다.

"당신은 나에 대해 얼마나 알고 있기에 내가 그때 당신을 기억하지 못한다고 확신하지?"

담담한 목소리가 오히려 유정을 더 난처하게 했다. 그의 말대로 자신은 희건에 대해 아무것도 모른다. 그런데도 무조건 의심부터 한 건 실수한 거였다.

"내가 오해한 거라면."

유정이 황망히 말을 꺼냈다. 난처한 표정을 숨기듯 시선을 내리깐 그녀가 작게 말했다.

"……미안해요. 사과할게요."

"사과를 바라는 게 아닙니다."

희건의 목소리가 낮게 가라앉았다. 보고 있지 않기 때문에 목소리가 가라앉는 게 뚜렷하게 느껴졌다.

"믿어 달라는 겁니다. 날."

무게감 있는 목소리에 유정이 그를 바라봤다. 진지한 희건의 눈과 마주치자 유정의 심장이 묘한 통증을 냈다. 희건의 조각 같은 얼굴이 살짝 찡그려지는 듯하다가 깊이 숨을 내쉬고 유정을 곧게 응시했다.

"성유정 씨가 날 믿기 어렵다는 거 이해합니다. 혼란스럽게 만든 것도."

왜 이런 말을 나에게 하는 거지?

혼란이 더 깊어질 거 같아 유정은 듣고 싶지 않았다. 하지만 희건에게서 눈을 떼기가 힘들었다. 그가 그녀를 고요히 보며 말을 이었다.

"당신에게 어떻게 설명하고 이해를 구해야 할지 모르겠지만, 확실한 건, 난 당신과 진정한 부부이고 싶습니다."

"……."

"그게 내 진심입니다."

곧은 시선이 유정의 내부를 뒤흔들었다. 그의 진심이 고스란히 유정에게 전해졌다. 저 눈빛과 음성이 도저히 거짓말이라고는 생각되지 않았다.

하지만 그를 믿으라고?

그것도 유정에겐 어려운 일이었다. 2년이라는 시간은 결코 짧은 게 아니었으니까. 아무 말 없이 보고만 있는 그녀를 희건이 곧은 시선으로 응시했다.

"당장은 힘들겠지만 지난 시간이 아닌 지금의 날 봐 줬으면 합니다. 성유정 씨가 날 믿을 수 있도록 노력하겠습니다."

희건의 표정과 말투에는 흔들림이 없었다.

그에게 시선을 빼앗긴 채 앉아 있던 유정이 문득 정신을 차리고 자리에서 일어섰다.

덜컹.

"화장실 좀 다녀올게요."

빠르게 말한 유정이 도망치듯 몸을 돌렸다.

"하아."

유정은 화장실에서 거울을 보며 한숨을 내쉬었다. 방금 희건이 한 말들이 그녀의 머릿속을 더 강한 혼돈 속으로 밀어 넣고 있었다.

"……."

혼란이 그대로 묻어나는 제 얼굴을 거울로 보고 있던 유정이 몸을 돌렸다.

화장실을 나오는데 비상구 계단 쪽에서 여자들 목소리가 들렸다.

"진한그룹 차희건이 예약했대서 다들 난리가 났잖아. 가까이서 볼 수 있는 우리가 부럽다고 난리야."

……차희건?

희건의 이름에 우뚝 걸음을 멈춘 유정이 소리가 나는 쪽을 쳐다봤다. 비상구의 조금 열린 문틈에 사람들의 형체가 보였지만 자세히 보이진 않았다. 그쪽을 잠시 쳐다본 유정이 고개를 돌리고 다시 걸음을 옮겼다.

"봤어? 어때?"

"말로만 들었는데 진짜 잘생겼어. 여기 일하면서 배우도 많이 봤는데 귀티가 배우랑 비할 바가 아니야."

레스토랑 쪽을 향해 걸어가는 유정의 귀에 계속 그들의 목소리가 들려왔다. 유정의 걸음이 조금 느려졌다.

"맞아. 저건 그냥 잘생겨서 되는 게 아니야. 타고난 여유가 있어야 돼. 행동 하나하나까지 우아하다니까?"

"같이 온 여자가 부인이겠지? 결혼했다잖아."

"예뻐?"

"예쁘긴 한데 집안이 많이 꿀린다는 소문이 있던데?"

"정말? 차희건이 왜 그런……."

비상구 쪽에서 멀어지자 더 이상 목소리가 들리지 않았다. 레스토랑 홀 안으로 들어온 유정이 희건이 앉아 있는 자리를 쳐다봤다.

창밖을 보며 혼자 앉아 있는 수려한 남자는 방금 전 여자들이 말한 것처럼 우아한 분위기가 흘렀다.

"……."

그를 잠시 보던 그녀가 테이블 쪽으로 걸어갔다.

유정이 다가가자 희건이 고개를 돌렸다.

"왔습니까."

"네."

자리에 앉으며 유정이 대답했다. 테이블 위에는 예쁜 모양의 디저트가 놓여 있었다. 레몬 머랭 파이와 구운 복숭아, 바닐라 푸딩

이 담겨진 접시를 그녀가 보고 있는데 희건이 말했다.

"식사는 거의 끝난 것 같아서 디저트를 주문했는데, 괜찮습니까?"

"네. 괜찮아요."

유정이 조용히 대답했다. 어차피 스테이크를 더 씹을 생각은 사라져 있었다. 그녀가 디저트를 작은 스푼과 앙증맞은 포크로 조금씩 먹다가 희건에게 시선을 들었다.

그는 디저트 접시에는 손도 대지 않고 있었다. 그런 희건을 본 유정이 물었다.

"희건 씨는 항상 디저트는 안 먹던데 왜 주문하는 거예요?"

"당신이 좋아하니까."

곧바로 나온 대답에 유정이 저도 모르게 멍한 표정을 지었다.

"네?"

무슨 의미인지 알 수 없어 유정이 묻는 말에 희건이 가만히 마주 보며 대답했다.

"당신 혼자 먹는 게 불편할 수도 있을 것 같아서."

"아……."

말끝을 흐린 유정이 다시 접시로 시선을 내렸다. 희건이 자신만 보고 있다는 게 의식한 다음에야 느껴졌다.

이상해.

방금 전까지 맛있던 것 같은데 왠지 맛이 느껴지지 않았다. 제 심장박동이 어지러울 정도로 귀 안을 크게 울리고 있다는 게 이제야 느껴졌다. 감정을 드러내지 않으려 스푼을 쥔 유정의 손에 힘이 들어갔다.

"……."

조용히 디저트를 먹고 있는 유정을 희건이 짙은 눈동자로 보고 있었다.

식사가 끝난 뒤 두 사람은 꽃길을 천천히 걸었다. 전체를 한 바퀴 돌기엔 너무 넓어서 그 근방만 산책하기로 했다. 한동안 말없이 걷던 희건이 다시 되돌아가는 길에서 입을 열었다.

"내가 왜 당신을 기억하고 있는지 압니까?"

유정이 고개를 들어 올렸다. 희건이 천천히 걸으며 그녀를 내려다봤다.

"당신이 조부님과 살고 있던 거나, 같은 학교에 다녔던 것들 말입니다."

희건을 보던 유정이 시선을 피했다.

"지금은 듣고 싶지 않아요. 나중에…… 천천히 들을게요."

지금은 그가 어떤 말을 하든 혼란스러울 것 같았다. 아까 자신을 믿어 달라 했지만, 아직 그럴 수도 없었다.

"알겠습니다."

낮은 목소리가 위에서 흘러나왔다.

"언젠가 당신이 날 믿을 수 있게 된다면 그때 말하죠."

"그래요."

유정이 그를 보지 않고 대답했다.

"아까 집에서 나올 때 말입니다."

순간 희건이 걸음을 멈췄다. 꽃에 시선을 두고 있던 유정이 그가 멈춰 선 것을 알고 의아하게 희건을 올려다봤다. 그가 짙어진 눈으로 그녀를 내려다보고 있었다.

"당신이 2층에서 내려와 다가오는 모습을 보고, 심장이 뛰었습니다."

예상하지 못한 말에 유정의 심장도 반응했다.

'아까부터 심장이 자꾸.'

유정이 속으로 난감함을 느꼈다. 뺨이 붉어질 거 같아 그녀가 고개를 숙이는데 그가 손을 뻗어 유정의 턱을 잡아 들어 올렸다. 그대로 시선을 마주친 희건이 천천히 고개를 기울였다.

"직원들이 볼 텐데 사진이라도 찍으면……."

유정의 당황한 목소리를 희건의 낮은 목소리가 막았다.

"그러라고 해요. 우린 부부니."

그의 입술이 곧바로 유정의 입술을 삼켰다.

희건은 사람들의 시선은 신경 쓰지 않는 듯 진하게 키스했다. 유정이 거부하지 못하도록 그녀를 단단히 잡고서.

돌아가는 길의 차 안에서 유정은 조용히 창밖만 보고 있었다.

침묵이 흐르는 차 안엔 뒷좌석에 놔둔 꽃다발로 인해 꽃향기가 퍼져 있었다. 하루 종일 머리가 아득해질 정도의 달콤한 향기가 유정의 머릿속을 더 어지럽게 만드는 것 같았다.

'……심장이 뛰었다고.'

유정이 창밖에 시선을 고정한 채 희건이 아까 한 말을 떠올렸다.

사실 자신도 마찬가지였다. 집에서 계단을 내려올 때 희건의 모습을 보고 심장이 두근거렸다. 무시하려 했지만 사실이었다. 하지만 자신도 그랬다는 말은 할 수 없었다.

'마음이 점점 무거워져.'

생각과 다르게 흘러가는 상황이 유정의 가슴을 답답하게 했다. 희건을 이해하고 싶은 생각은 전혀 없었는데 그의 말을 듣다 보면 저도 모르게 휘둘리게 되는 것 같았다.

'대체 무슨 생각이지?'

이번 계약 조건은 평범한 부부를 연기하는 거라고 생각했는데 희건이 바라는 건 그게 아닌 것 같았다.

2년간 철저히 방치한 뒤에 갑자기 멀쩡한 부부가 되길 바라는 걸까?

집을 볼모로 잡힌 계약으로 그게 가능하다고 생각하는 걸까?

유정이 답답한 심정으로 생각하고 있는데 문득 집으로 가는 길이 아니라는 걸 깨달았다.

"집으로 가는 게 아니었어요?"

그녀가 묻자 운전만 하던 희건이 힐긋 시선을 향했다.

"첫 데이트인데 집으로 가긴 이르다고 생각하지 않습니까?"

시계를 보니 아직 오후 4시도 되지 않은 시간이긴 했다.

"그럼 어딜……."

희건에게 묻던 유정이 전방에 보이는 건물을 보고 눈이 커졌다.

'호텔?'

이 나라에서 하루 숙박비가 가장 비싸다는 호텔의 드라이브 웨이로 차가 진입하고 있었다. 차가 멈추자 대기하던 직원이 다가와 문을 열어 줬다.

"어서 오십시오."

"아, 네."

유정이 살짝 어색하게 인사하며 차에서 내렸다. 운전석에서 내린 희건이 보닛을 돌아와 직원에게 키를 넘겼다.

"들어가죠."

희건이 유정의 손을 잡고 화려한 조각상이 서 있는 입구로 향했다. 프런트에서 키를 받아 전용 엘리베이터로 향하는 동안 유정은 고개를 숙이고 있었다.

찬란한 금빛으로 장식된 엘리베이터에 오른 뒤 문이 닫히자 희건이 물었다.

"죄짓는 것도 아닌데 왜 바닥만 보고 있습니까?"

"그런 거 아니에요."

유정이 민망함을 숨기며 고개를 들었다.

대낮에 남자와 호텔이라니.

물론 남편이고, 희건의 말대로 죄짓는 것도 아니지만 왠지 목 부근이 화끈거렸다. 신혼여행도 없이 결혼하자마자 그의 집으로 갔으니 이런 곳에 남자와 오는 건 처음이었다.

그래서 긴장되는 건가?

잡고 있는 손에 땀이 맺힐 것 같아 유정은 걱정되기 시작했다.

"손은 이제 놔줘요."

유정이 감정을 싣지 않고 말하자 희건이 잡은 손을 내려다봤다. 잠시 쳐다만 볼 뿐 손을 놔주지 않은 그가 다시 고개를 들어 정면을 쳐다보며 말했다.

"그러고 보니 같이 호텔에 오는 건 처음이군요."

희건의 말이 유정을 더 긴장시켰다. 그녀가 마른침을 삼키는데 최상층으로 올라온 엘리베이터가 멈췄다.

문이 열리자 곧바로 펜트하우스형의 스위트룸이 펼쳐졌다.

희건과 내리던 유정이 놀란 표정을 지었다.

'세상에, 이게 다……'

스위트룸 내부도 꽃으로 온통 도배가 되어 있었다. 꽃과 향초로 장식된 공간을 유정이 눈을 크게 뜨고 보고 있는데 희건이 그녀를 내려다봤다.

"아까 꽃 좋아한다고 하지 않았습니까?"

"좋아는…… 하죠. 좋아는 하는데……."

그렇다고 이렇게까지 도배할 줄은 몰랐기에 유정은 말문이 막혔다.

"그래도 조금, 너무 많은 것 같……."

어물거리는 유정의 허리를 희건이 급작스럽게 끌어당겼다.

"앗."

툭. 들고 있던 유정의 핸드백이 바닥으로 떨어졌다.

희건이 그녀를 제 몸에 바짝 붙인 채 가까이에서 시선을 맞췄다. 그의 눈빛이 어둡게 일렁이고 있었다.

"!"

그걸 본 유정은 순간 숨을 삼켰다.

"당신이 2층 계단을 내려올 때부터 참고 있었는데."

잠긴 목소리로 낮게 말한 희건이 유정의 턱을 손끝으로 들어 올렸다.

아…….

얼굴이 더 가까워지자 유정의 심장이 가파르게 뛰기 시작했다. 눈앞에서 희건의 눈동자가 더 어둡게 물드는 것이 보였다.

"내 아내가 너무 아름다워서 참기가 고통스러울 정도더군."

탁하게 물든 음성으로 말한 희건이 유정의 아랫입술을 지그시 물었다.

"흣."

살짝 물었다 놔준 그가 자극으로 붉어진 입술을 엄지로 느릿하게 쓸었다.

'숨이……'

유정은 작게 벌어진 제 입술로 색색거리는 더운 숨결이 흘러나오는 걸 느끼고 당황했다. 명백히 흥분해 있는 것을 들킬 것 같아 얼른 시선을 내리는데 그의 입술이 먼저 그녀의 입술을 머금었다.

"아, 음……."

촉촉한 입술을 벌리며 깊이 혀를 밀어 넣은 희건이 말캉한 유정의 혀를 휘어 감았다. 순간 유정은 전기에 오르듯 짜릿한 감각이 혀끝부터 전신으로 순식간에 퍼져 나가는 걸 느꼈다.

"하읍, 으음, 아……."

뒤로 젖혀지는 유정의 뒷머리를 커다란 손으로 잡아 고정한 희건이 그녀의 입술과 혀를 야릇하게 탐닉했다. 점차 차오르는 숨결에 유정의 가슴이 가쁘게 오르내리기 시작했다.

'기분이, 하아, 이상해……'

유정이 타액에 젖은 입술로 숨을 헐떡이며 어지러움을 느꼈다. 집이 아닌 낯선 장소에서 이런 스킨십을 하는 게 처음이라 그런지 온통 자극적이었다.

그가 손을 뻗어 유정의 카디건을 젖히고 들어가 얇은 원피스 위로 팽팽해진 젖가슴을 크게 거머쥐었다.

"읏."

순간 유정의 가슴 끝이 바짝 곤두섰다. 브래지어 안에서 곤두선 유두가 그의 남자다운 커다란 손에 뒤덮여 동그란 형체가 뭉개지듯 쏠렸다.

"아……으응. 하아."

시선을 똑바로 맞춘 채 원피스 위로 가슴을 야하게 주무르는 희건의 모습이 유정을 더 어쩔 줄 모르게 했다. 벌어진 입술 새로 다

디단 더운 숨을 흘리며 유정이 미간을 살짝 찡그렸다. 뜨거운 몸이 더 많은 자극을 원하고 있었다.

순간 유정이 흠칫거렸다.

말도 안 돼. 나 지금······.

유정의 눈이 난처함으로 물들었다. 그가 옷 위가 아닌 맨살을 만져 주길 바라는 충동이 그녀를 당황하게 했다.

"날 원하나?"

"읏."

귓속으로 뜨거운 입김을 훅 불어 넣으며 속삭이는 말에 유정이 어깨를 움츠렸다.

"하, 하아, 전······."

"말해 봐. 성유정."

원피스 위로 가슴을 주무르던 손이 허리를 타고 내려가 탄력적인 엉덩이를 움켜잡았다.

"아!"

"어서."

바르르 몸을 떠는 유정의 귓가에 그의 탁한 음성이 재촉하듯 밀려들었다. 희건의 목소리에도 여유가 느껴지지 않았다. 서로의 피부가 닿는 곳마다 온통 불에 델 것처럼 뜨겁게 달아올랐다.

희건의 탁한 음성이 그녀를 재촉했다.

"듣고 싶어. 당신이 날 원하는지."

원피스 위로 야릇하게 엉덩이를 주무르며 하는 말에 유정은 더 참을 수가 없어졌다. 그의 말처럼 자신도 집의 계단을 내려올 때부터 이렇게 하고 싶었던 건지도 모르겠다는 생각이 들 정도로 쾌감이 강렬했다.

"희, 희건 씨를…… 원해요."

작게 흘러나온 목소리에 희건의 두 눈이 이글거리며 타올랐다.

"아……!"

곧장 유정의 엉덩이를 두 손으로 잡고 들어 올린 그가 눈앞에 보이는 기다란 테이블 위에 그녀를 앉혔다.

덜컹!

희건은 여유 없는 손길로 원피스 자락을 허리춤까지 들춰 올렸다.

그가 자신의 두 무릎을 잡고 벌리며 야수 같은 사나운 시선으로 얼굴을 응시하자 유정은 본능적으로 몸 깊은 곳이 뜨거워졌다.

못 참겠어.

유정의 입술로 흥분 어린 숨결이 헐떡이며 새어 나왔다.

그런데 희건이 그녀의 기대와는 다른 말을 했다.

"이대로 안고 싶지만, 날 더 원하게 만들고 싶은 욕망이 더 강한데."

"어, 얼마나 더요?"

유정이 신음처럼 목소리를 흘렸다. 이미 용기를 쥐어짜서 그를 원한다는 말까지 했는데 희건은 더 많은 걸 바라고 있었다.

희건이 타오르는 눈으로 그녀를 보며 말했다.

"알려 줄게. 어디까지 날 원할 수 있는지."

"네? 그런……!"

유정의 눈이 당황으로 커졌다. 희건이 그녀의 두 무릎을 잡은 채 바닥에 다리를 접어 앉았다. 그러고는 아래에서 시선을 들어 유정과 똑바로 눈을 맞췄다.

"그만하라고 해도 멈추지 않을 거야."

뭐……?

두 손으로 다리를 벌리는 힘에 유정의 눈이 세차게 흔들렸다. 그의 머리가 벌어진 다리 사이로 들어오고 있었다.

"……흣!"

끼익.

강한 자극에 유정의 손톱이 테이블 위를 긁었다. 그의 입술이 사정없이 그녀의 안쪽까지 진입해 들어왔다. 팬티 위를 뜨거운 입술로 삼킨 희건이 음란한 소리를 내며 빨다가 그의 타액으로 젖은 팬티를 손가락에 걸어 옆으로 젖혔다. 더운 숨결이 맨살에 닿는 순간 유정의 허리가 흠칫거렸다. 다음 순간 희건이 혀를 세워 갈라진 속살 사이를 길게 핥아 올렸다.

"아……!"

유정의 입술이 크게 벌어졌다. 습한 살덩이를 삼킨 입술이 집요하게 마찰을 일으키며 빨고 있었다. 흡착력이 느껴질 정도로 강하게 빨다가 엉망으로 헤집는 감촉에 유정의 두 무릎이 덜덜 떨렸다.

"그, 그만요."

유정이 도리질 치며 그의 머리를 밀어내려 했다.

"안 된다고 했을 텐데."

희건은 멈추지 않고 한껏 자극되어 있는 음핵을 깨물듯 삼켰다.

흐윽.

견딜 수 없는 쾌감에 유정이 흐느끼자 그가 낮게 물었다.

"지금 말해. 날 얼마나 원하지?"

"흑. 수, 숨……막히게…… 원해요."

"못 견디겠어?"

"네. 못 견디겠……제, 제발요."

유정이 안타깝게 엉덩이를 달싹거리자 희건이 잡고 있던 그녀의 두 무릎을 놓고 팬티를 벗겨 냈다. 날씬한 다리를 타고 발목 아래로 끌어 내린 팬티를 움켜쥔 그가 자신의 주머니에 넣었다. 그러고는 주머니에 있던 콘돔을 빼내 그대로 몸을 세웠다.

유정의 눈물 번진 시야에 그의 음탕하게 젖어 든 입술과 지독히 어두워진 눈이 보였다.

희건이 그녀의 뒷목을 끌어당겨 거칠게 입술을 겹쳤다.

"흡."

혀를 난잡하게 뒤섞으며 동시에 유정의 엉덩이를 붙잡아 테이블 끝에 걸쳤다. 제 몸을 바짝 붙인 그가 그녀의 날씬한 허벅지를 잡아 벌렸다.

"잘했어. 성유정."

소유욕 어린 음성을 낮게 내뱉은 희건이 그녀의 안으로 터질 것같이 발기한 페니스를 단번에 밀어 넣었다.

"하웃……!"

잔뜩 흥분해서 애액을 꿀처럼 흘리고 있는 속살에 굵고 빳빳한 근육 덩어리가 박혀 들자 유정의 입술이 크게 벌어졌다. 그 입술을 핥으며 그가 거친 숨결을 흘렸다.

"이제 만족시켜 줄게."

덜컹, 덜컹!

"흣! 아앗! 앗!"

거대한 테이블이 강한 힘에 덜컹거리기 시작했다. 무서운 힘으로 쑤셔 들어오는 희건을 꼭 붙든 채 유정이 엉망으로 뒤흔들렸다. 어지럽게 흔들리는 시야에 희건이 집요하게 자신을 응시하는 게 보였다. 순간 유정의 안쪽이 힘껏 조여들었다.

"하……."

희간이 미간을 찌푸리며 탁하게 짓눌린 신음을 내뱉었다. 목울대를 크게 꿈틀거린 그의 눈빛이 짐승처럼 어둡게 번들거렸다.

"자, 잠깐, 너무……!"

덜컹덜컹덜컹!

여린 살을 무자비하게 쑤셔 올리는 움직임에 테이블이 부서질 듯 흔들렸다.

유정의 등 뒤 전면 창으로 도심 빌딩 숲이 펼쳐져 있었다. 고개를 한껏 뒤로 젖힌 유정의 시야에 그 빌딩 숲 역시 부서질 듯 뒤흔들리고 있었다.

어지러워…….

지독한 멀미를 느낀 유정이 눈을 감았다.

깜빡. 다시 눈을 뜬 유정은 낯선 공간에 멈칫했다.

아, 호텔이지.

희건과 함께 호텔 스위트룸으로 온 기억이 떠올랐다. 입구에서부터 침실까지 몇 번이나 그에게 안겼던 것을 떠올리자 귓불이 붉어질 것 같았다.

낯선 장소여서인지 평소보다 더 예민하게 느꼈던 게 생각나 민망해하는데 희건이 보이지 않았다.

'아직 어두운데 어딜 간 거지?'

창밖은 아직 어두운 새벽으로 보였다. 유정이 침대에서 조심스럽게 몸을 일으켰다. 침대 옆 테이블 위에 가운이 있는 걸 보고 제 몸에 걸친 그녀가 침실을 빠져나왔다.

두 면이 전면 창으로 이루어진 스위트룸 거실로 나오자 창가에 희건이 서 있는 모습이 보였다.

"……."

유정은 멀찍이서 잠시 희건을 지켜보았다.

그는 생각에 잠긴 듯 조용히 야경을 응시하고 있었다.

'꼭, 그때 같네.'

웃음기 없는 그의 얼굴은 2년간 봐 오던 냉정한 모습과 같은 얼굴이었다. 그 모습을 보니 유정은 희건에게 다가가기가 망설여졌다.

그때 희건의 시선이 이쪽으로 향했다.

'아. 이런.'

눈이 마주치는 순간 유정은 그를 보고 있었다는 걸 들켜 버려 내심 당황했다.

그런데 희건의 표정이 눈앞에서 요즘 그녀가 알고 있는 그 얼굴로 부드럽게 바뀌었다. 표면상으론 아주 미세한 차이이지만 유정에겐 확연히 느껴지는 변화에 순간 멍해지고 말았다.

희건이 유정에게 곧장 다가왔다.

"깼습니까?"

"네. 방금요."

유정이 제 얼굴을 살피는 희건의 시선을 살짝 피하며 대답했다.

"저녁을 못 먹어서 배가 고플 겁니다. 이쪽으로 와요."

희건이 테이블로 그녀를 이끌며 말했다.

언제 준비해 둔 거지?

유정은 테이블 위에 은빛의 돔 푸드 커버가 씌워진 접시들을 쳐다봤다.

"혹시 내가 깰 때까지 기다린 거예요? 먼저 먹지 그랬어요."

푸드 커버를 열던 희건이 유정을 바라봤다.

"같이 먹으려고 주문해 둔 겁니다."

"……."

혼자 먹을 생각 없었다는 듯 당연하게 하는 말에 유정이 입을 다물었다.

"앉아요."

서 있던 유정이 가운을 여미며 그의 맞은편에 앉았다.

'옷을 입고 나올 걸 그랬나.'

가운만 걸치고 나온 게 신경 쓰여 제 옷매무새를 자꾸 추스르는데 희건의 목소리가 들렸다.

"다음 주에 휴가를 낼 생각입니다."

유정이 고개를 들자 희건이 담담하게 말했다.

"함께 해외에 나가 보면 어떨까 해서 말입니다."

"해외요? 갑자기……."

유정이 의문 어린 표정을 지으며 그를 바라봤다. 희건이 진지한 눈빛으로 그녀를 마주 봤다.

"우린 신혼여행도 아직 못 갔으니까."

"……."

유정의 표정이 가라앉았다. 그 얼굴을 보며 희건이 말을 이었다.

"오래 휴가를 낼 수는 없어서 멀리까진 힘들겠지만 며칠 쉬고 올 수는 있을 겁니다. 특별히 가고 싶은 곳이 있습니까?"

유정이 작게 고개를 저었다.

"딱히 생각나는 곳은 없어요."

"그럼 내가 찾아보겠습니다. 식사부터 하죠."

할 말을 다 했다는 듯 희건이 접시로 시선을 옮겼다.

……신혼여행이라니.

결혼한 지 몇 년인데 이제 와서 신혼여행을 간다는 것도 이상한 일 아닌가.

유정은 조용히 식사를 하며 그렇게 생각했다. 생각이 많아져서 그런지 분명 허기진 상태였는데도 입맛이 없었다.

결국 많이 먹진 못하고 포크를 내려놓는데 그 모습을 보고 있던 희건이 말했다.

"식사 끝났으면 소파에 가서 앉아 있어요."

"네."

대답한 유정이 창가에 ㄷ자형으로 길게 배치된 소파로 향했다. 걸어가던 중 문득 벽난로 옆에 턴테이블이 보였다.

"이런 게 있었네?"

유정이 흥미롭다는 표정으로 다가갔다. 앤티크 디자인의 고풍스러운 턴테이블 옆에는 엘피판도 진열되어 있었다. 엘피판을 구경하던 유정이 반가운 얼굴로 하나를 집어 들었다.

"아, 이거 할아버지께서 좋아하셨는데."

생전에 구식이 자주 듣던 미국 재즈팝 가수의 오래된 앨범이었다. 그걸 든 유정이 턴테이블을 쳐다봤다.

켜지려나?

들어 보고는 싶은데 함부로 만지면 안 될 것 같아서 망설여졌다. 단순한 진열 장식품일 수도 있으니까.

"듣고 싶습니까?"

뒤에서 들린 목소리에 유정이 엘피판을 든 채로 돌아봤다.

희건이 바로 뒤로 다가와 있다는 걸 알고 유정이 순간 당황했다. 그녀가 들고 있는 엘피판을 쳐다본 희건이 다시 물었다.

"듣고 싶은 거 아닙니까?"

"그냥 있길래 본 거예요."

유정이 당황을 숨기고 얼른 엘피판을 있던 곳에 내려놓으려는데 희건이 그걸 가져갔다. 앨범 재킷에서 꺼낸 검은색 원형 판을 턴테이블 플래터 위에 올리고 바늘을 내리자 조용한 공간에 60년대 재즈 선율이 흐르기 시작했다.

예전 구식이 듣던 그 음악이 흐르자 유정이 그대로 서 있었다.

희건이 먼저 소파로 걸어갔다.

"앉죠."

유정도 몸을 돌려 그쪽으로 향했다. 테이블 위에 빈티지 와인과 잔, 그리고 몇 가지 치즈와 크래커, 올리브가 세팅된 접시가 보였다.

"이건 또 언제 준비한 거예요?"

유정이 소파에 앉으며 희건에게 물었다. 그답지 않은 행동에 익숙해지지 않으려 해도 자신도 모르게 익숙해지고 있다는 생각이 문득 들었다. 경계심을 더 가져야 하는데. 습관처럼 속으로 중얼거리는데 그가 잔에 와인을 따르며 말했다.

"원래 계획은 이곳에 오면 바로 건배할 생각이었습니다. ……그럴 겨를이 없었지만."

"……"

왜 그럴 겨를이 없었는지를 떠올린 유정이 민망함을 느끼고 살짝 눈을 내리깔았다.

"늦었지만 건배하죠."

희건이 먼저 잔을 들자 유정도 조심스럽게 잔을 들어 올렸다.

챙. 잔이 부딪치고 두 사람은 잔을 입술로 가져갔다. 한 모금 마신 유정이 테이블 위로 잔을 내려놨다. 운치 있는 조명과 오래된 음악이 흐르는 공간에서 마주 앉아 있는 희건의 시선이 느껴졌다.

유정은 그 시선을 느끼고 고집스럽게 테이블 위만 내려다보고 있었다.

'왜 이러는 걸까. 대체.'

유정이 속으로 한숨을 흘렸다. 희건이 저를 보고 있다는 사실이 왠지 기분을 이상하게 만들고 심장을 뛰게 만들었다. 그 심장박동이 온종일 유정을 불편하게 했다.

평정을 되찾으려 애를 쓰는데 문득 희건의 목소리가 들렸다.

"같이 학교 다녔을 때 말입니다."

"……초등학교 때요?"

사립 초등학교 때를 떠올리며 유정이 살짝 퉁명하게 대답하고는 잔을 들어 올렸다. 그녀가 와인을 한 모금 더 삼키는 모습을 희건이 가만히 보며 말했다.

"전교생이 사교댄스 배웠던 거 기억납니까?"

"그랬던가요?"

유정이 기억나지 않는다는 듯 되물었다. 희건이 턴테이블 쪽으로 짧게 시선을 주고 말했다.

"그때 배운 곡이 이거였습니다. 당시에 우리 꽤 근처에 있었는데."

"우린 학년이 다르잖아요."

"4학년부터 6학년까지 전체를 강당에 모아 놓고 한 거라 학년별로 줄 세우진 않았습니다."

유정이 희건을 빤히 바라봤다.

"오래된 일인데 자세히 기억하네요."

조용히 웃은 희건이 잔을 테이블 위로 내려놓고 몸을 일으켰다.

"꽤 아쉬웠거든요."

그가 유정에게 손을 내밀며 말했다.

"그땐 왜 아쉬웠는지 몰랐지만."

"……"

유정이 그가 내민 손을 잠시 바라봤다.

그때 그 춤을 지금 추자는 건가?

희건과 춤을 출 생각을 하니 긴장이 됐다. 유정이 긴장을 숨기며 고개를 저었다.

"너무 어릴 때 배운 거라 어떻게 추는지 기억나지 않아요."

"잡아 봐요. 내가 리드할 테니."

허공에서 두 사람의 시선이 엉켜 들었다. 희건이 손을 거둬들이지 않고 있자 결국 거절하지 못한 유정이 그 손을 잡았다. 그가 유정을 일으켜 세워 허리를 잡고 자신 쪽으로 끌어당겼다.

마주 선 채 얼굴이 가까워지자 유정의 심장이 다시 크게 반응했다. 난처함을 느낀 유정이 긴 속눈썹을 내리깔았다.

'……이래서 추고 싶지 않았는데.'

바로 앞에서 그에게 표정을 숨길 생각을 하니 유정은 난감했다.

희건이 한 손을 유정의 허리에 대고 다른 한 손으로 그녀의 손을 잡았다. 그러고는 유정을 내려다보며 음악에 맞춰 천천히 움직이기 시작했다.

차희건과 함께 춤을 추다니.

전면 유리에 희건과 자신이 영화처럼 춤을 추고 있는 모습이 비치자 유정은 이상한 기분이었다.

"어렸을 때 잠깐 배운 거치곤 잘하는데요."

"사교 모임에서 출 일이 종종 있었습니다."

유정의 질문에 희건이 그녀에게 시선을 맞춘 채 낮게 대답했다. 그의 짙은 눈동자에 유정은 점점 입안의 침이 바짝 말라 왔다.

"……그랬군요."

"질투 안 해 줍니까?"

"네?"

시선을 비키던 유정이 다시 희건을 바라봤다. 그가 고개를 더 가까이로 기울이며 그녀의 눈을 포박했다.

"남편이 다른 여자와 춤췄다고 질투해 주길 바라고 한 말인데."

아…….

나지막한 목소리에 유정은 숨을 삼켰다.

뭐라고 해야 하지……?

유정이 뭐라 말해야 할지 몰라 입술을 달싹였다. 머릿속은 텅 빈 것 같았다. 심장이 지나치게 빨리 뛰고 있었다.

'위험해.'

자신에게 박혀 드는 희건의 눈빛에서 도망치고 싶은 기분이 그녀를 지배했다. 마침 흐르던 음악이 끝났다. 다음 곡으로 넘어가는 순간 유정이 희건에게서 빠져나왔다.

"음악 끝났어요. 그만해도 되죠?"

한 걸음 물러서서 빠르게 말한 유정이 휙 몸을 돌렸다.

그대로 걸어가는 유정의 뒷모습을 희건이 가만히 선 채 응시했다.

희건에게서 도망친 유정은 머릿속이 온통 혼란스러웠다.

'정말 왜 이러냐고.'

유정의 미간이 찌푸려졌다. 엉망으로 뛰는 심장 소리가 귀를 먹먹하게 하고 있었다. 이유를 알 수 없는 불안감이 턱까지 차오른 기분에 걸음이 저도 모르게 빨라졌다.

그때 뒤에서 그가 그녀의 팔을 잡았다.

"!"

강한 팔의 힘으로 돌려세워지자 유정의 눈이 커졌다.

희건……

눈앞에 보이는 희건의 조각 같은 수려한 얼굴이 딱딱하게 굳어 있었다.

"다른 건 다 되지만."

그의 목소리가 낮게 흘러나왔다.

"내 눈앞에서 도망치는 건 이제 그만하죠."

"아……"

단호한 음성에 유정의 눈이 크게 흔들렸다. 그의 눈동자가 이글 거리며 타오르고 있었다.

"앞으론 놔주지 않을 거니까."

똑바로 시선을 맞추고 말한 희건이 유정의 뒷머리를 잡고 사납 게 입술을 삼켰다.

※ ※ ※

대강당엔 학생들이 많이 모여 있었다. 학년을 섞어 남녀를 나눠 한 줄씩 세워 둔 줄에 유정도 서 있었다.

"장기자랑 끝에 전교생 사교댄스가 뭐야? 유치하게. 여기가 미 국이야?"

옆에 서 있는 같은 반 여자애들이 자기들끼리 숙덕거렸다.

"요즘은 거기서도 안 배워. 이게 무슨 선진문화학습이라고 이딴

252

걸…… 어?"

투덜거리던 여학생들이 놀란 목소리를 내며 서로를 쿡쿡 찔렀다.

"야, 저기. 저기 좀 봐!"

맞은편 줄에 서 있는 남학생 중 키가 껑충 커다란 남자가 있었다. 그 남자를 가리키며 여자애들은 호들갑을 떨었다.

"차희건, 희건 오빠야."

"확실해?"

"방금 이쪽 쳐다봤어. 나랑 눈 마주쳤는데?"

"와, 진짜? 우리 쪽 줄인가 봐!"

언제 투덜거렸냐는 듯 여자애들은 상기된 얼굴로 희건을 힐끔거렸다. 아이들과 친하지 않은 유정은 곁눈질로만 희건을 쳐다봤다.

……알고 있었는데.

여자애들이 알아채기 전부터 유정은 희건이 거기 있음을 알고 있었다.

희건은 있는 집 자식들만 다닌다는 이 학교 학생들 중에서도 가장 높은 서열이었다. 거기에 연예인처럼 잘생긴 얼굴 때문에 다른 학교 여학생들은 물론이고, 중학생 여자들도 그를 보러 학교 앞에서 기다리는 걸로 유명했다. 늘 전교 1등을 하기 때문에 전체 조회 시간에도 단상에 불려 나갈 때가 많은 희건을 모르는 학생은 이 학교에 없을 거였다.

유정 역시 그런 그를 시선으로 많이 좇았기에 이젠 뒷모습만 봐도 희건을 알아볼 수 있었다.

수업 시간 창밖으로 공을 차는 남자들 중에서도 그는 언제나 돋보였다. 간혹 시선이 마주치는 일도 있었지만 그건 아마 자신의 착각일 거였다. 자신이 늘 희건을 보고 있으니까.

'딱히 구해 준 것도 아니었는데.'

처음 만났던 그 가든파티에서도, 그리고 이 학교에서 그때 아이들이 하급이라고 놀리며 몰아세울 때도 희건 덕분에 상황을 모면할 수 있었다. 일부러 구해 준 건 아니었겠지만 계속 신경이 쓰이고 시선이 가는 건 어쩔 수 없었다.

유정이 그렇게 생각하며 쳐다보는데 문득 희건의 시선이 이쪽을 향했다.

"봐, 희건 오빠가 또 나 쳐다보잖아!"

옆의 여자애가 흥분된 목소리로 속닥였다.

'왜 날 보는 거 같지?'

시선이 마주친 것 같아 유정이 고개를 숙였다.

'그럴 리가 없잖아.'

유정이 신발 앞코를 보며 생각했다. 거리가 좀 있는데 차희건이 자신을 알아보고 쳐다볼 리가 없었다.

'이것도 아마 내 착각이겠지. 그때처럼.'

자기가 옆의 여자애처럼 혼자 착각하고 있는 것 같아 기분이 좋지 않았다. 그래서 일부러 희건 쪽은 보지 않고 단상 앞에서 설명하는 선생님만 쳐다봤다.

"방금 배운 동작을 반복하면 돼요. 지금부터 음악이 진행되는 동안 선생님이 손을 올리면 한 칸씩 옆으로 이동하는 거예요. 자, 시작."

학년을 섞어서 다 처음 보는 사람들이라 오히려 어색함은 적었다. 유정도 앞의 남학생과 가볍게 손을 잡고 선생님을 보며 비교적 쉬운 동작을 따라 했다. 여기저기서 실수로 같은 발을 뻗어 웃는 소리가 터져 나왔다.

그러는 동안 상대가 계속 바뀌었다. 곁눈질로 보니 희건이 두 번째 옆에 와 있었다.

'괜히 봤어.'

유정이 입술을 당기고 힘을 줬다. 막상 보고 나니 신경이 쓰이기 시작했다. 또 한 번 상대가 바뀌고 희건이 바로 옆으로 오자 심장이 빠르게 뛰기 시작했다.

'날 봤을까?'

슬며시 쳐다보니 희건은 앞만 보고 있을 뿐 저를 보진 않았다. 역시 자신만 신경 쓰는 것 같아 자존심이 상하면서도 순간순간 시선이 그를 향하는 건 어쩔 수 없었다.

다시 한번 상대가 바뀌는 구간이 왔다.

삑-

"자, 이제 그만."

음악이 끝나고 선생님이 호루라기를 불자 유정은 어깨 힘이 탁 풀렸다.

"오늘은 여기까지 할게요. 다음에 다시 모여서 한 번 더 연습하기로 해요."

선생님의 목소리를 들은 유정은 허무하게 시선을 내렸다. 어차피 며칠 뒤면 전학이라 다시 연습할 일은 자신에게 없을 거였다.

그리고 희건을 보는 일도 이젠 없겠지. 창밖으로 늘 키 큰 남자를 찾는 습관도 없어질 테고.

유정은 그렇게 생각하며 줄을 따라 강당을 벗어났다.

과거의 기억에서 깨어난 유정이 서재 창밖을 바라봤다.

희건에겐 기억하지 못하는 척했지만, 그날 일은 똑똑히 머릿속에 있었다.

'그걸 기억하고 있을 줄은 몰랐는데.'

희건의 말을 떠올리던 유정이 작게 한숨을 내쉬었다. 고작 한 번 데이트했을 뿐인데 여러 가지 생각들이 그녀의 머릿속을 복잡하게 만들고 있었다.

오로지 계약 관계일 뿐, 차희건이라는 남자에 대해 더는 생각하고 싶지도, 이해하고 싶지도 않았다.

그런데도 자꾸 그날 그의 말들을 곱씹게 됐다. 그 말들이 거짓말 같지 않아서 더욱.

유정이 가만히 생각에 잠겨 있는데 책상 위에 올려놓은 그녀의 휴대폰이 울렸다.

'이윤아 씨?'

액정을 본 유정이 전화를 받았다.

"여보세요."

– 유정 씨. 나 이윤아예요.

밝은 목소리에 유정이 곧장 대답했다.

"네. 잘 지내셨어요."

– 잘 지냈죠. 전에 유정 씨가 밥 사 준다고 했던 거 오늘 어때요?

"오늘요?"

유정이 눈을 깜빡이는데 윤아가 말했다.

– 네. 지금 나올 수 있어요? 가고 싶은 데가 있는데 또 혼자 가기는 좀 그래서요.

유정은 잠시 고민하다가 대답했다.

"그래요. 어디로 가면 되죠?"

윤아가 편한 상대는 아니었지만 전에 얻어먹게 된 일이 있어서 자신이 한 번은 사야 부채감이 없어질 것 같았다. 윤아에게서 장소를 들은 유정은 전화를 끊고 자리에서 일어섰다.

"아."

서재 책상 위를 정리하고 자신의 방으로 들어가던 유정의 걸음이 문득 드는 생각에 서서히 느려졌다.

'앞으로는 누굴 만나든 나에게 말을 해 줬으면 좋겠습니다. 내가 많은 걸 바라는 겁니까?'

희건이 했던 말이 떠오른 유정이 손에 쥔 휴대폰을 바라봤다.

말을 해야 하나?

잠시 고민하던 유정이 시간을 확인하고 우선 드레스룸으로 들어갔다.

'저녁에 희건 씨가 집에 오면 말하면 되겠지.'

유정은 그렇게 생각하고 준비를 시작했다.

"유정 씨."

도착한 건물 앞에서 윤아가 손을 흔들었다. 윤아는 허름한 건물에 어울리지 않게 세련된 슈트 차림이었다.

"의외죠? 이런 데로 불러서."

두루치기가 유명하다는 허름한 노포에 들어와 앉은 윤아가 말했다.

"네. 조금요."

유정이 얇은 물티슈로 손을 닦으며 대답했다. 손님의 대부분이 중년 남성으로 보였고 그중 절반 정도는 낮부터 술을 마시고 있었다. 그들의 힐끗거리는 시선이 이곳과 어울리지 않는 미모의 젊은 두 여성에게 닿는 건 어찌 보면 당연한 일이었다.

식당 아주머니가 곧장 버너에 팬을 올려 줬다.

"가끔 이런 데서 먹고 싶을 때가 있는데 혼자 들어올 용기는 나지 않더라고요. 오늘이 딱 그런 날이고."

빨간 양념에 빠르게 익어 가는 두루치기를 보며 윤아가 말했다.

'보기와 달리 털털한 성격인가.'

유정도 팬 위에 시선을 향한 채 생각했다. 처음 봤을 때부터 윤아는 서글서글하고 밝은 성격으로 보이긴 했다. 하지만 이 정도로 털털한 면이 있는 줄은 몰랐다.

유정이 버너의 가스 불을 조절하자 윤아가 눈을 빛내며 바라봤다.

"유정 씨는 이런 데 많이 와 봤어요?"

"대학 때요."

"아아, 대학 때. 그래서 능숙하구나."

윤아가 고개를 끄덕이고는 말을 이었다.

"내 주변 애들은 이런 데 가자고 하면 다들 질색팔색을 해요. 맨날 우아하게 앉아서 셰프가 만들어 주는 요리만 먹으려고 하거든요."

설명하던 윤아가 이마를 살짝 찡그렸다.

"그것도 살찐다고 새 모이만큼밖에 안 먹지."

말을 덧붙인 윤아가 어깨를 으쓱이며 유정을 쳐다봤다.

"유정 씨는 싫지 않죠?"

"네. 괜찮아요."

유정이 대답하자 윤아가 환하게 웃었다.

"잘됐다. 앞으론 유정 씨랑 오면 되겠네요."

스테인리스 컵을 들고 밝게 말하는 윤아를 유정이 잠시 지켜보다 시선을 팬 위로 옮겼다.

"이제 먹어도 될 거 같아요."

가스 불을 줄이며 유정이 말했다. 윤아가 입술로 가져가던 컵을 더럽다는 듯 쳐다보고는 슬쩍 다시 테이블 위로 내려놨다.

"……."

탁.

유정이 못 본 것을 날카로운 시선으로 확인한 윤아가 생글거리며 말했다.

"다 된 거예요? 와, 맛있겠다."

윤아가 팬 위로 젓가락을 먼저 올리는 모습을 보며 유정도 조용히 젓가락을 들었다.

식사가 끝난 뒤 유정이 계산서를 들고 카운터로 갔다. 윤아가 유정의 뒤로 다가와 말했다.

"잠시 화장실 좀 다녀올게요. 밖에서 잠깐만 기다려 줘요."

"아, 네."

유정이 대답하자 윤아가 안쪽 화장실로 향했다.

계산을 마친 유정이 식당 바깥으로 나왔다. 허름한 식당 앞에서 담배를 피우는 남자들이 노골적으로 쳐다보자 조금 떨어진 곳으로 슬쩍 비켜서 섰다.

윤아가 나오는 걸 기다리며 화장실 입구를 쳐다보고 있는데 누군가가 유정의 어깨를 툭 쳤다.

"아."

"어어?"

유정과 부딪힌 중년의 남자가 술에 취해 비틀거리며 풀린 눈으로 쳐다봤다.

"오, 아가씨 뭐야, 곱상하게 생겼네?"

히죽 웃는 남자가 불쾌해서 유정이 인상을 굳히고 다시 식당 안으로 가려고 몸을 돌렸다.

"이 아가씨가 부딪쳐 놓고 어딜 도망가려고?"

남자가 손목을 잡자 유정이 홱 빼어 냈다.

"그쪽이 먼저 부딪쳐 왔잖아요."

정색하고 말한 유정이 다시 몸을 돌리는데 남자가 그녀의 손목을 아프게 잡았다.

"뭐 하는 거예요?"

손목의 통증에 유정이 인상을 쓰는데 남자가 불쾌한 술 냄새를 풍기며 히죽거렸다.

"아가씨가 먼저 부딪쳤다니까 그러네? 잘못했으면 죗값을……으악! 아악! 악!"

벌건 얼굴을 들이대며 협박하던 남자가 뒤에서 팔이 꺾인 채 괴성을 질렀다.

"내 아내에게 무슨 볼일이지?"

익숙한 목소리에 유정의 시선이 남자의 뒤로 향했다.

'희건 씨?'

희건이 서늘한 얼굴로 남자의 팔을 꺾고 있었다.

"아, 아니 난 그저 장난한 것뿐인…… 아악! 잘못, 잘못했어요!"

으드득, 소리가 나도록 팔이 꺾인 남자가 비명을 질러 댔다. 그 모습을 본 유정이 놀란 표정을 짓자 희건이 남자를 놔줬다.

"으윽."

희건에게서 풀려난 남자가 제 팔을 잡고 비틀거리며 도망쳤다.

유정이 남자의 뒷모습을 보고 있는데 희건의 목소리가 들렸다.

"괜찮습니까."

유정의 시선이 희건에게 옮겨졌다.

"괜찮아요. 그런데 여긴 어쩐 일⋯⋯."

"차희건?"

윤아가 놀란 목소리를 내며 다가왔다.

"설마 유정 씨가 나랑 밥 먹는다고 감시하러 온 거야?"

핀잔주듯 말하는 윤아를 무시한 희건이 유정에게 시선을 두고 말했다.

"기사분께 연락이 와서 찾아왔습니다. 당신이 가는 데가 외진 곳이라 걱정이 된다고."

"아⋯⋯ 그랬군요."

이 근방이 워낙 허름한 건물이 많아서 태워 준 기사가 이상하게 생각한 모양이었다.

"어찌 되었든 잘 와 본 것 같군요. 위험할 뻔했으니."

"위험했다고? 무슨 일 있었어요?"

윤아가 눈을 크게 뜨고 묻자 유정이 고개를 저었다.

"별일 아니에요."

희건이 손을 뻗어 유정 손을 잡았다. 그 손길에 유정이 멈칫하는데 그가 가라앉은 눈으로 그녀를 내려다보며 말했다.

"방금 있던 일이 어떻게 별일이 아니지?"

"⋯⋯."

저에게 똑바로 박히는 시선에 유정의 눈이 작게 흔들렸다.

그때 윤아가 걱정스러운 얼굴로 끼어들었다.

"유정 씨 정말 무슨 일 있었어요? 내가 괜히 오자고 해서⋯⋯."

"아니에요. 그런 게……."

"일단 돌아가죠."

유정이 뭐라 말하려는데 희건이 그녀의 손을 잡고 그대로 걸어가기 시작했다. 희건을 올려다본 유정이 뒤에 선 윤아에게 고개를 돌렸다.

"그럼 가 볼게요."

"아, 네. 그래요."

인사하는 유정에게 윤아가 웃어 보였다.

유정이 그대로 그에게 붙들려 가자 윤아의 표정이 곧바로 차갑게 굳었다.

"……."

두 사람이 희건의 차가 있는 곳까지 멀어지는 모습을 노려보던 윤아가 자신의 차가 있는 곳으로 향했다.

탕!

그녀가 운전석에 앉고는 세게 문을 닫았다. 그때 곧바로 조수석 문이 열리고 남자가 재빠르게 올라탔다.

"저 남자는 뭐요? 아이고, 팔 못 쓰게 될 뻔했네."

희건에게 팔이 꺾인 남자가 인상을 쓰고 말했다.

차갑게 전방을 노려보고 있던 윤아가 지갑을 꺼냈다. 거기서 수표를 여러 장 빼서 내밀며 그녀가 말했다.

"몇 장 더 챙겼어요. 그거면 되죠?"

수표를 힐끗 본 남자가 얼른 그걸 받아 들었다.

"오늘은 이걸로 됐고, 다음에 필요하면 또 연락해요."

히죽 웃은 남자가 수표를 주머니에 구겨 넣으며 차 문을 열고 나갔다.

전방만 노려보고 있던 윤아가 씹어 내뱉듯 말했다.

"……성유정."

표독스럽게 눈에 힘을 준 윤아가 짜증스럽게 시동을 걸었다.

희건의 차 뒷좌석에 그와 나란히 앉은 유정은 창밖을 보고 있었다. 침묵이 흐르는 차 안에서 잠자코 창밖만 응시하던 유정이 창에 비친 희건을 쳐다봤다.

'아직도 굳어 있네.'

그의 얼굴은 아까부터 굳은 상태였다. 저녁에 말하려고 했는데 결과적으로 그에게 말도 하지 않고 나온 상황에서 이런 일이 생겨 버리다니…….

유정은 괜히 찔리는 기분이었다. 무거운 침묵 속에서 사과해야 하는지 고민하고 있는데 희건이 먼저 말을 꺼냈다.

"내일부터 집에 경호원을 두겠습니다."

그 말에 유정이 그를 바라봤다.

"경호원요?"

그녀의 질문에 희건이 시선을 맞추고 대답했다.

"외출시에 동행할 겁니다. 거리는 두겠지만 필요하다면 근접 경호도 하게 될 수 있으니 알고 있어요."

"……네."

작게 대답한 유정이 무릎 위에 놓은 가방을 만지작거렸다. 사실 집 밖에도 거의 안 나오는데 경호원까진 필요 없다고 말하고 싶었지만 방금 그런 일이 있던 상황에선 말하기 어려웠다. 가방 손잡이를 만지작거리던 유정이 입을 열었다.

"핑계 같겠지만, 저녁에 말하려고 했어요."

희건이 다시 유정을 바라봤다.

"뭘 말입니까?"

"이윤아 씨 만나는 거요."

"……."

그가 자신을 가만히 바라보는 게 느껴졌다. 유정은 침을 삼키고 빠르게 설명했다.

"전에 말을 해 달라고 해서…… 다녀와서 말할 생각이었거든요. 일부러 숨기려던 건 아니었어요."

하면 할수록 괜한 핑계 같아 유정은 입을 다물고 제 입술을 지그시 물었다.

"……성유정 씨에게 화가 난 게 아닙니다."

그의 말투가 한결 부드러워져 있었다. 그 목소리에 유정이 시선을 들었다. 눈을 마주친 희건이 말을 이었다.

"다음 주부터 경호원을 둘 생각이었는데 이번 주에 바로 시작하지 않은 나에게 화가 난 겁니다. 당신이 아니라."

희건이 유정의 눈을 가만히 들여다보고 있었다.

"위험한 상황을 겪게 해서 미안합니다."

그가 사과하자 유정이 느리게 눈을 깜박이며 희건을 바라봤다. 잠시 그러고 있던 유정이 입을 열었다.

"아니에요. 말하지 않고 나간 내 책임도 있으니까요. 낮인데 별일 있으려나 싶었고……."

"유정 씨 잘못 없어요."

그녀의 말을 단호하게 잘라 낸 희건이 낮게 한숨을 내쉬었다.

"아까 거기서 당신이 그 남자에게 잡혀 있는 모습을 봤을 때……."

그가 짙어진 눈으로 그녀를 보며 유정의 무릎 위에 놓인 손을 커다란 손으로 지그시 잡았다.

"내가, 어떤 기분이었는지 모를 겁니다."

"……."

희건의 눈이 어둡게 일렁였다. 유정은 아무 말 못 하고 희건에게 시선을 빼앗겨 있었다. 지그시 응시하는 그의 진지한 얼굴이 유정의 내면을 뒤흔들었다.

숨을 삼킨 유정이 제 손을 잡고 있는 희건의 커다란 손으로 조용히 시선을 내렸다.

희건은 말없이 그녀의 손을 더 힘주어 잡았다.

두근.

그 움직임에 유정의 심장이 크게 반응했다.

두근, 두근.

심장의 울림이 빠르게 커지고 있었다. 그 울림을 들킬까 봐 유정은 작게 숨을 뱉어 냈다.

……하아.

풀어 줄 생각 없다는 듯 강하게 잡고 있는 희건의 손을 유정이 여러 감정이 뒤섞인 눈으로 내려다보고 있었다.

※ ※ ※

"내일부터 성유정 씨를 위해 따로 경호원을 두기로 했다고 합니다."

저택 뒤에 조성해 놓은 골프장에서 골프채를 받아 들던 차 회장이 정 실장의 보고에 눈을 가늘였다.

"지금에 와서 갑자기?"

"네. 그동안 성유정 씨가 따로 외출하는 일이 거의 없었는데 최근 생긴 모양입니다."

"……."

차 회장이 예리한 눈빛으로 보다가 골프채를 잡았다. 후웅! 한 번 크게 휘둘러 보는데 정 실장이 뒤에서 말했다.

"그리고 한 가지 더 보고할 사항이 있습니다."

움직임을 멈춘 차 회장이 돌아봤다.

"뭔데."

"이번 주말에 두 사람이 함께 해외에 나간다고 합니다."

차 회장이 인상을 쓰고 물었다.

"해외? 어딜."

"지중해 쪽 섬인데 국내엔 그리 알려지지 않은 곳이라고 합니다. 최근 중동 재벌들의 휴양지로 이용되는 곳으로 알고 있습니다."

"……."

차 회장이 골프채를 바닥에 놓고 손잡이 위에 두 손을 얹었다. 매서운 눈으로 드넓은 잔디밭을 응시하던 그가 말했다.

"정말 둘이 가는 게 맞는 건지 확인해 봐."

"알겠습니다."

정 실장이 정중히 고개를 숙였다.

06

퍼스트클래스석을 타고 한참을 날아온 다음 전용 헬기로 환승해서 섬으로 이동했다.

헬기는 처음 타는 거라 유정이 살짝 긴장한 얼굴로 있자 옆자리의 희건이 유정의 손을 잡았다. 유정이 올려다보니 그가 그녀의 헤드셋을 살짝 열고 말했다.

"금방 도착하니 걱정 안 해도 됩니다."

"……네."

유정은 희건의 걱정 어린 시선을 보고 자기가 아이처럼 보였나 하는 생각에 얼굴이 붉어졌다. 희건의 말처럼 섬은 곧 눈앞에 나타났다.

와…….

처음 듣는 이름의 섬이고 검색도 잘 안 나왔는데 한눈에 봐도 무척 아름다운 곳이었다. 새하얀 해변과 세련된 외형의 리조트가 하나씩 있는 작은 섬 몇 개가 옹기종기 모여 있었다. 그중 하나의 섬으로 헬기가 내려앉았다.

헬기 문이 열리고 희건이 유정에게 손을 내밀었다.

"잡아요."

유정이 그의 손을 잡고 계단을 내려가자 헬리포트에서 대기 중이던 리조트 직원들이 빠르게 다가왔다.

「짐은 저희 직원들이 옮기겠습니다. 이쪽으로 오십시오.」

두 사람은 직원을 따라 미학적인 디자인으로 건축된 리조트 입구로 들어갔다. 별다른 체크인 없이 곧장 독채 건물로 안내해 주는 모습에 유정은 조금 의아함을 느꼈다.

「그럼 필요한 일이 있으면 언제든 호출해 주십시오. 행복한 여행 되시길 바랍니다.」

대형 풀을 여러 개 갖춘 독채 건물 입구 문을 열어 준 직원이 돌아갔다.

두 사람만 남자 희건이 유정에게 말했다.

"여긴 당신과 나, 둘뿐입니다."

"……네?"

주변을 둘러보던 유정이 놀란 얼굴로 그를 올려다봤다. 희건은 그녀를 보며 담담하게 말했다.

"이 리조트를 포함한 섬 전체를 예약했습니다."

유정이 벌어진 입술을 달싹거리다 말했다.

"여기 무척 비싸 보이는데 굳이 그렇게까지……."

"그렇게 해야겠습니다. 나는."

단호한 음성에 유정이 말을 멈췄다. 희건이 그녀를 똑바로 내려다보며 말했다.

"그러니 나에게만 집중해 주길 바랍니다. 도망치려 하지 말고."

유정이 긴장된 시선으로 그를 보며 숨을 들이켰다.

"무슨 뜻이에요?"

경계하는 눈빛으로 보고 있는 유정에게 희건이 한 발 다가갔다.

"우리에겐 온전한 우리만의 시간이 필요할 것 같아서 말입니다."

온전한 우리만의 시간……?

유정의 눈에 불안이 맺혔다. 가까워진 거리에서 희건이 그녀의 흔들리는 시선을 강하게 포박했다.

"부부로서 온전히 서로에게 집중할 시간이."

낮게 말한 그가 유정의 허리를 끌어당겼다.

"!"

놀란 그녀의 얼굴에 희건이 제 얼굴을 바짝 가져다 댔다.

"이곳에선 어디로도 도망 못 갑니다. 그러니 나에게만 집중하라고. 성유정."

아…….

강렬한 시선과 탁한 음성에 유정은 입안에 침이 바짝 말랐다. 심장이 빠르게 뛰고 온몸의 세포가 전부 그의 말에 반응하는 것 같은 느낌이었다.

유정의 흔들리는 눈을 지그시 응시하던 희건이 문득 그녀를 놔줬다.

"우선 식사부터 하죠. 곧 노을이 질 시간이니 경치가 꽤 멋질 겁니다."

목소리는 담백했지만 그의 눈엔 아직 이글거리는 뜨거움이 담겨 있었다. 그 열기에 작게 호흡을 고른 유정이 시선을 내리며 말했다.

"······먼저 씻고 옷부터 갈아입을게요."

"그렇게 해요."

엉망으로 뛰는 심장을 들킬 거 같아 유정이 건물 안으로 빠르게 들어섰다. 내부 인테리어도 건물 외형만큼이나 호화로웠다. 안으로 들어오자마자 탁 트인 바다가 보이도록 시원하게 시야가 확보된 구조에 바로 아래 수영장과도 이어졌다.

'세상에······.'

욕실로 들어가려던 유정은 그 전경에 놀라 전면 창 앞으로 다가가 섰다. 조명이 들어오는 수영장과 그 옆에 설치된 운치 있는 방갈로, 그리고 햇빛을 만끽할 수 있는 다양한 비치 의자는 인테리어 소품이 되어 예쁜 장면을 연출하고 있었다.

"어두워지면 더 아름다울 겁니다."

뒤에 선 희건의 말에 유정이 돌아봤다. 그가 느른히 기대선 채 그녀를 응시하고 있었다.

유정이 순간 멈칫했다. 멋진 경치 때문인지 깔끔한 피케셔츠를 입고 가슴 위에서 팔짱을 끼고 있는 그의 모습이 새삼 잘생겨 보였다.

희건이 고개를 비스듬히 기울이고 말했다.

"우리 둘뿐이니 다른 사람 눈 신경 쓸 필요도 없고."

그 말이 왠지 야릇한 분위기를 내고 있어 유정이 창가에서 몸을 돌렸다.

"욕실이 어디······앗."

묻던 유정의 눈이 커졌다. 희건이 그녀의 몸을 달랑 안아 올렸기 때문이었다. 놀란 유정의 얼굴을 내려다보며 그가 말했다.

"데려다줄게요."

"아, 아뇨. 내가 갈 수 있……."

희건은 그녀의 의사는 들을 생각이 없었던 듯 유정을 안고 긴 다리로 성큼성큼 걸어갔다. 넓은 공간을 가로지르자 반대편 바다가 보이는 곳에 욕실이 있었다.

'문이 없어?'

유정의 눈이 커졌다. 입구도 없이 황금빛의 커다란 욕조가 햇살이 들어오는 창 앞에 놓여 있었다. 직원이 이미 물을 받아 놓은 건지 김이 모락모락 올라오는 물이 차 있고 꽃잎이 든 바구니가 욕조 옆에 있었다. 그 옆에 샤워 부스가 있었는데 마찬가지로 안이 전부 보이는 구조였다.

여기서 어떻게 씻으라고……?

"이러면 전부 보이잖아요."

유정이 희건에게 안긴 상태라는 것도 잊은 채 난감한 목소리를 냈다. 그가 그녀를 욕실 안 푹신한 소파에 내려놓으며 말했다.

"상관없지 않습니까. 우리만 있는 곳이니."

유정을 소파로 내려놓은 그가 가까이서 시선을 맞췄다. 순간 유정은 속으로 숨을 들이켰다. 희건의 눈빛이 지독히도 은밀하고 관능적이었다.

'장소가 이래서인가……?'

왜 그가 평소보다 더 섹시하게 보이는 걸까. 안 그래도 페로몬이 넘치는 남자인데. 어쩌면 이 섬에 둘만 있다는 말을 들은 순간부터 그랬던 것도 같았다.

"저쪽 반대편 소파에서 기다려요. 씻고 나갈 테니."

유정이 시선을 내리고 빠르게 말하자 희건이 두 손으로 소파를 잡고 유정의 내려간 시선만큼 고개를 내렸다. 그녀의 시야에 맞춰 따라 내려간 그가 시선을 빼앗고 말했다.

"같이 씻죠."

"네……?"

유정의 눈이 크게 흔들렸다. 그 눈을 보면서도 희건은 표정 하나 바꾸지 않고 말했다.

"못 알아들었습니까? 같이 씻자고 한 건데."

"아니 못 알아들은 게 아니라……."

희건의 손이 그녀의 블라우스로 향하자 유정이 말을 멈췄다.

톡, 톡.

기다란 손가락이 블라우스 단추를 천천히 풀어 나갔다.

"아까 그대로 나갔어야 했는데."

낮은 음성으로 말한 그가 벌어지는 블라우스 사이로 들썩거리는 가슴을 바라봤다. 그러고는 시선을 천천히 올려 유정의 당황한 눈을 강렬하게 응시했다.

"이젠 어떡할 겁니까. 내가 당신을 놔줄 생각이 사라져 버렸으니."

낮은 음성과 짙게 물든 눈동자에 유정의 심장이 세차게 요동쳤다.

"잠깐……만요. 식사 예약이 있다고……홋."

벌어진 블라우스 사이로 얼굴을 묻은 희건이 흔들리는 푸딩 같은 젖가슴을 베어 물었다. 여린 살을 빨아들이다가 등을 손으로 받치고 가슴을 더 들어 올리며 탱탱하게 팽창된 동그란 유두를 욕심껏 삼켰다.

"하, ……하아."

유정의 입술 새로 흘러나오는 숨결이 거의 헐떡이고 있었다.

'내가 왜 이러지?'

희건의 돌발적인 행동이 당혹스러운데도 몸은 기대에 차올라 있었다. 그의 입술에 삼켜진 유두에 아플 정도로 피가 몰려 축축한 혀가 감기는 감촉이 더 자극적이었다. 새하얀 가슴 위를 타액으로 번들거리게 만든 그가 핏대 솟은 손으로 젖가슴을 거머쥐었다.

"흐읏."

쾌락에 자극된 젖꼭지가 그의 손아귀에 짓뭉개지는 감각에 유정이 몸을 바르르 떨었다. 선홍빛 유두를 엄지로 꾹 눌렀다가 크게 덮어 거친 손길로 우악스럽게 가슴을 주무르자 짜릿한 쾌감이 척추를 타고 올랐다.

"아, 흐읏, 앗……!"

유정의 열락에 젖은 얼굴을 내려다보던 희건이 그녀의 귓가에 입술을 가져갔다.

"당신의 이 목소리가 미치게 좋아."

허스키하게 물든 음성이 귓속으로 밀려들어 오자 유정의 얼굴이 확 붉어졌다. 희건이 유정의 귓바퀴를 빨며 한껏 솟은 젖꼭지를 엄지로 비비듯 빠르게 마찰하기 시작했다.

"흐, 하읏."

예민한 귀와 가슴의 정점이 동시에 쾌감을 느끼며 그녀를 흥분시켰다. 난처함보다 흥분의 정도가 더 커지는 것이 유정 자신도 똑똑히 느낄 정도였다.

'아, 이러면 안 되는데…….'

유정이 눈썹을 찌푸리고 야한 신음을 터뜨리는 제 입술을 난감하게 깨물었다. 그때 희건이 그녀의 하늘거리는 긴 스커트 안으로 손을 넣었다.

"앗!"

남자다운 손이 날씬한 종아리를 타고 오르자 유정이 흠칫거렸다. 희건이 그녀의 얼굴을 똑바로 쳐다보며 커다란 손으로 느릿하게 다리를 타고 올랐다. 움찔거리는 허벅지를 은밀히 훑고 올라가자 유정의 무릎이 본능적으로 모아졌다. 그녀의 무릎에 갇힌 남자의 손이 희롱하듯 젖은 팬티 위를 더듬었다.

"……흐읏!"

젖은 것을 들켰다는 창피함과 동시에 음핵을 꾹 누르는 손 때문에 유정이 흠칫거렸다. 희건이 그녀의 헐떡이는 얼굴을 응시하며 말했다.

"내가 해 주길 바랍니까?"

"아, 아니……."

"아니면 직접 해요."

그의 말에 유정의 몸은 감당할 수 없을 정도로 뜨거워졌다.

그가 한 말이 뭔지 똑똑히 알고 있었다.

더운 숨결을 입 밖으로 내쉬며 그녀가 스스로 제 무릎을 벌렸다. 그녀의 행동에 희건의 입술 끝이 섹시하게 말려 올라갔다.

"잘했습니다."

칭찬하듯 말한 희건이 스커트를 그녀의 허벅지까지 들춰 올렸다. 그대로 유정의 두 무릎 사이로 시선을 박자 그녀의 깊은 곳이 아찔하게 조여들었다.

하아. 어서…….

유정은 희건의 다음 행동을 기다리고 있었다.

"……."

희건은 말없이 두 손으로 그녀의 허벅지를 잡아 쥐고 유정의 얼

굴을 올려다봤다. 흥분으로 물든 채 어찌할 바 모르는 그녀의 눈에
시선을 박은 그가 거친 숨결을 흘렸다.

"그 얼굴은 언제나 내게서 여유를 빼앗는군."

탁하게 잠긴 목소리로 내뱉은 희건의 눈동자가 강렬하게 타올
랐다. 그의 뜨거워진 손아귀가 유정의 두 무릎을 잡았다.

"이렇게 조급하게 만들어 버려."

희건이 그 사이로 고개를 숙이자 유정의 발뒤꿈치가 들려 올라
갔다.

"아아……!"

팬티와 젖은 살덩이를 동시에 삼킨 희건이 난잡하게 소리 내며
빨기 시작했다. 적나라한 소리가 유정의 머릿속을 어지럽게 했다.
흐릿한 시야에 창밖의 끝없이 이어진 바다가 보였다. 누가 볼 순
없었지만 밖에서 훤히 보이는 구조여서 배덕한 기분이 들었다.

"아, 그, 그만……."

감당할 수 없는 쾌감으로 유정의 입술이 덜덜 떨리고 있었다. 희
건이 입술을 떼지 않고 말했다.

"멈추라는 겁니까. 그다음을 바라는 겁니까."

유정의 엉덩이가 흠칫거렸다.

"그, 그다음……요. 흐읏."

희건에게 완벽히 함락당한 몸은 그가 바라는 대로 거짓말을 하
지 못하게 되어 버렸다.

희건이 입술을 떼고 몸을 일으켰다.

하아, 하아.

엉망으로 옷이 흐트러진 채 소파에 앉아 헐떡이는 유정의 시야
에 그가 바지 버클을 푸는 모습이 보였다. 그 사이로 빳빳하게 치

솟은 굵고 길게 휘어진 형태의 페니스도.

유정의 얼굴이 달아오르는데 희건이 욕망으로 새까맣게 어두워진 눈으로 그녀를 내려다봤다.

"원하는 대로 해 줄게. 지금."

낮게 말한 희건이 유정을 일으켜 세우며 그녀의 몸을 잡아 뒤로 돌렸다.

"앗……."

유정은 한 손으로 소파 등을 잡고 한쪽 무릎을 소파에 댄 채 뒤돌아선 자세가 됐다. 뒤에서 그녀의 스커트를 허리까지 거칠게 들춰 올린 희건이 얇은 팬티를 찢어 발겼다.

"아, 무슨……!"

순식간에 드러난 새하얗고 통통한 엉덩이에 시선을 박은 희건이 그걸 붙잡아 확 끌어당겼다.

"아!"

소파 등을 놓친 유정의 손이 휘청거리며 소파를 짚었다. 뒤에서 엉덩이를 붙잡아 올리는 힘에 까치발 한 다리가 한껏 세워졌다.

다음 순간 희건이 그녀의 엉덩이골 사이에 드러난 애액으로 질펀하게 젖은 속살 사이로 흉기처럼 발기한 페니스를 강하게 쑤셔 박았다.

"……하윗!"

유정이 앞뒤로 세차게 흔들렸다. 거친 힘에 떠밀렸던 그녀의 몸이 남자의 손에 다시 뒤로 끌려갔다. 뒤에서 박혀 드는 두꺼운 페니스가 정신을 차릴 수 없을 만큼 격렬하게 내부를 쑤셔 대고 있었다.

"읏, 아, 아읏, 아!"

유정이 정신없이 신음을 터뜨렸다. 두 손으로 소파를 짚고 있어 엉덩이만 위로 들어 올린 자세로 우악스럽게 치미는 힘을 받아 내야 했다. 그녀의 엉덩이를 붙든 희건은 제힘으로 유정을 지탱하며 달짝지근한 꿀 같은 애액을 쉴 새 없이 흘려 대는 속살 안으로 핏대가 솟은 검붉은 페니스를 음란하게 처박아 댔다.

쉴 새 없이 내려치는 타격에 유정은 못 견디겠다는 듯 고개를 저어 대며 소파를 두 손으로 힘껏 쥐었다.

"더, 더는 못 견뎌요, 하웃, 처, 천천히……!"

유정이 가쁜 신음을 뱉어 내며 도리질 쳤지만 희건은 무자비하게 잡아 벌린 탱탱한 엉덩이 사이로 제 욕망을 미친 듯이 쑤셔 넣었다.

"아흐읏……!"

결국 새된 신음을 터뜨리며 유정의 상체가 소파 위로 완전히 무너져 내렸다. 소파를 움켜쥔 채 몸을 흠칫거리는 그녀의 절정으로 한껏 조여드는 안쪽 감각을 느끼며 희건이 엉덩잇살을 짓뭉개듯 힘껏 거머쥐었다. 그 힘에 깊이 박힌 페니스가 더 안쪽을 찌르게 되어 유정의 허리가 비틀렸다.

"흣……."

헐떡이는 유정에게서 그녀의 애액으로 흥건하게 젖은 페니스를 빼내자 안쪽에 고여 있던 것까지 주르륵 흘러나왔다. 허벅지를 길게 타고 내리는 감각에도 유정이 몸을 떠는데 희건이 그녀의 엉덩이를 단단히 붙든 채 뒤에서 무릎을 굽혀 앉았다.

"아, 안 돼요, 뭘 하려는……!"

유정이 파드득 놀라 벗어나려 했지만 희건이 더 빨랐다. 허벅지를 타고 내린 그녀의 쾌감의 액을 입술로 빨아내며 위로 올라간 그가 그대로 옴찔거리는 살을 삼켰다.

"하윽……!"

그가 입술로 질척하게 빨아내는 감각에 유정이 견딜 수 없다는 듯 몸부림쳤다. 하지만 강한 힘에 붙들린 몸은 꼼짝없이 희건이 남김없이 그녀가 흘린 걸 먹어치울 때까지 움직일 수가 없었다.

비명 같은 신음을 내지르던 유정이 결국 소파 아래로 주저앉았다. 다리에 완전히 힘이 풀린 그녀를 소파 위에 앉힌 희건이 소파 등과 자신 사이에 유정을 가두고 시선을 맞췄다.

눈물로 번진 발개진 눈을 양쪽 다 하나하나 지그시 응시한 희건이 눈물 맺힌 속눈썹에 입술을 맞췄다.

"힘들어?"

"……네. 조금……."

살짝 갈라진 목소리가 흘러나오자 유정이 제 목 부근에 손을 가져갔다. 신음을 얼마나 크게 질렀으면……. 하지만 창피하다는 생각도 들지 않았다. 온몸을 달군 쾌락 때문에 머릿속이 멍해진 것 같았다.

눈앞에서 희건의 수려한 얼굴에 관능적인 웃음이 걸렸다.

"큰일이네. 아직 못 놔주는데."

"아……."

낮은 음성으로 말하고 뺨에 입을 맞춘 희건이 그녀의 머리 양쪽으로 팔을 뻗어 소파 등을 잡고 그녀의 다리 사이에 자리를 잡았다.

유정이 흐릿한 시야에 자신의 한껏 벌어진 다리와 저를 완전히 가둔 희건만이 보였다. 자신을 강렬하게 응시하는 남자의 눈이 이글거리며 타오르는 것을 보자 가슴이 크게 부풀었다.

"날 받아 내. 성유정."

허스키한 음성으로 내뱉은 희건이 다시 흥건하게 젖어 든 유정의 부어오른 속살에 핏대 솟은 페니스를 가져다 댔다.

"넌 내 아내니까."

소유욕으로 짙게 물든 목소리와 함께 그가 유정의 안으로 사납게 짓쳐 들어갔다.

……언제 잠들었던 거지?

잠에서 깨어난 유정이 현실감을 되찾으려 느릿하게 눈을 깜빡였다. 넓은 창밖으로 어둠에 잠긴 해변이 보였다. 이국적인 공간 안에는 낮은 조도의 조명들이 은은하게 켜져 있었다.

'아, 섬에 왔지.'

낯선 공간에 대한 인식이 선명해지는데 등 뒤에서 목소리가 들렸다.

"깼습니까."

희건의 목소리에 유정이 돌아보는데 벗은 제 몸 위에 얇은 담요가 덮여 있는 게 보였다.

"아……."

사락. 움직임에 어깨 아래로 흘러내리는 담요를 희건이 다시 끌어 올려 줬다.

"추울 것 같진 않았지만 혹시 몰라서 덮어 놨습니다."

"……고마워요."

작게 말한 유정이 아직 잠겨 있는 듯한 제 목소리에 살짝 미간을 좁혔다. 유정의 목소리가 완전히 잠길 정도로 사정없이 몰아붙였던 그는 옆으로 누워 머리에 비스듬히 팔을 괸 채 그녀를 보고 있었다.

촛불이 흔들리는 듯한 운치 있는 조명에 비친 희건의 벗은 상체가 조각상처럼 근사했다. 저 몸에 안겨 있던 기억에 유정이 슬쩍 시선을 내리는데 그가 말했다.

"계획과는 달라져 버렸네요. 미안합니다."

"상관없어요. 난 계획을 모르잖아요."

"……."

시선을 피한 채 말하는 유정을 잠시 응시하던 희건이 몸을 일으켰다.

그가 일어서자 유정의 시선이 따라갔다. 희건은 욕조를 향해 걸어가고 있었다. 탄탄한 근육질의 남성적인 육체가 걸어가는 모습을 누운 채로 보고 있으려니 유정은 왠지 목이 마르는 듯한 기분이었다.

손을 뻗어 욕조 안 물 온도를 확인한 희건이 다시 그녀 쪽으로 다가왔다. 그걸 본 유정이 얼른 시선을 내리는데 그가 그녀를 안아 올렸다.

"아……."

강한 팔 힘에 달랑 안아 올려진 유정이 눈을 둥글게 떴다. 툭. 그녀의 몸에 걸쳐져 있던 얇은 담요가 바닥으로 떨어지고 희건은 그대로 욕조를 향해 걸어갔다.

"날 안아요."

희건의 말에 유정이 순순히 그의 목에 팔을 감았다. 그가 한 팔로 욕조의 난간을 잡고 그녀를 안은 채 물 안으로 들어갔다. 두 사람이 함께 들어가고도 충분할 만큼 커다란 욕조였다.

욕조 안으로 들어온 희건은 유정을 자신 앞에 앉혔다.

"언제 일어날지 몰라 종종 데워 놨으니 온도는 괜찮을 겁니다."

"……네."

유정이 희건에게 등을 보이고 바짝 붙어 앉은 자세로 대답했다.

'함께 욕조에 들어온 건 처음인데…….'

그래서 그런지 조금 부끄러웠다. 바구니에 있던 꽃잎도 물 위에 뿌려져 있었다. 그 꽃잎에 시선을 둔 채 유정이 가만히 앉아 있었다. 자신이 잠든 사이에 희건이 계속 물 온도를 체크하고 있었을 걸 생각하니 기분이 묘했다. 물속에서 몸이 닿아 있는 느낌도 묘하고.

조용한 공간에서 유정은 창밖을 바라봤다. 어두워진 해변을 따라 조명이 길게 켜 있는 모습이 보였다.

"……안 되겠는데."

"네?"

뒤에서 들린 목소리에 유정이 멈칫하는데 그가 그녀의 몸을 자신 쪽으로 돌렸다.

찰랑. 물이 출렁이는 소리와 함께 희건과 정면으로 시선이 부딪치게 되자 유정이 숨을 삼켰다. 그가 그녀를 똑바로 보며 말했다.

"민망해할 것 같아서 그대로 있으려고 했는데 안 되겠다고."

나지막하게 말한 희건이 유정의 머리칼을 조심스럽게 쓸어내렸다.

"당신이 자는 동안 돌아누운 모습만 보고 있었더니 얼굴이 보고 싶어서."

"……."

울림이 있는 낮은 음성에 유정이 시선을 내렸다. 그러자 희건이 손끝으로 그녀의 턱을 들어 올려 다시 시선을 맞췄다.

"여기선 도망 못 가게 하겠다고 했을 텐데."

진한 눈빛에 유정의 눈이 작게 흔들렸다.

"날 봐. 내 시선에서 도망치지 말고."

그의 단호한 목소리에 유정의 심장이 불안한 울림을 냈다.

싫어. 이 눈을 보면…… 기분이 이상해져 버려.

쿵쿵거리는 심장의 울림이 커져 가는 걸 느끼며 유정의 불안도 커졌다. 이 눈을 피하고 싶었다. 이 눈을 보면 마치 차희건이 날 사랑하는 것 같아서. 이 눈처럼 뜨겁게 사랑하는 것 같아서…… 그렇게 믿게 되는 것 같아서.

아무 기대도 없던 마음이 또 속절없이 기대를 품게 되어 버릴 것 같아서.

유정이 복잡한 속내를 숨기고 희건을 조용히 마주 봤다. 그녀를 고요히 응시하던 그가 그녀의 두 눈동자를 번갈아 보며 입을 열었다.

"나에게 궁금한 거 없습니까?"

"없어요."

유정이 짧게 대답했다. 그런 그녀의 얼굴을 집요하게 살피며 희건이 말했다.

"있을 텐데. 분명."

"……."

"왜 나에게 아무것도 묻지 않는 겁니까?"

희건의 질문에도 유정은 고집스레 입을 다물고 있었다. 그 얼굴을 착잡한 눈빛으로 보던 그가 작게 한숨을 뱉었다.

"당신이 나에게 묻지 않는 것들을 설명해야겠군요. 그걸 말해야 우리 관계에 조금이라도 진전이 있을 것 같으니."

"듣고 싶지 않아요."

유정이 몸을 일으키려는데 희건이 그녀의 두 팔을 잡아 그 자리에 고정시켰다.

"……!"

다시 시선이 맞춰지자 유정의 눈이 커졌다. 그 눈을 강하게 포박하며 희건이 말했다.

"들어요. 내 아내는 알아야 합니다."

그가 그대로 강렬하게 시선을 맞춰 왔다. 유정의 눈이 불안으로 속절없이 흔들렸다. 들으면 안 될 것 같은 마음과 더는 도망칠 수 없다는 마음이 그녀의 내부를 어지럽혔다.

"지금부터 듣게 되는 말이 어떤 말이든 피하지 말란 말입니다."

마치 속내를 꿰뚫은 듯한 희건의 말에 유정이 포기한 듯 몸의 힘을 풀었다. 그런 그녀를 보며 희건이 말했다.

"난 차평일 회장의 손자가 아닙니다."

유정이 멈칫했다.

'아니라고?'

"아들입니다."

곧바로 이어진 말에 그녀의 입술이 벌어졌다.

"아……."

놀란 소리를 낸 유정이 희건을 당혹스러운 얼굴로 바라봤다. 지금까지 당연히 손자라고 생각하고 있었는데…… 차 회장이 희건의 아버지라니?

머릿속에서 정리가 되지 않아 유정이 혼란스러워하고 있는데 희건이 말했다.

"거기 사람들은 다 알고 있습니다. 그래서 내가 불쾌한 겁니다.

조부가 외도로 낳아 온 자식이 자기 형제인 척하는 거니. 그렇기 때문에……."

"잠깐만요."

유정이 손을 들어 그의 이어지려는 말을 저지했다.

"친아들이라면…… 승계권이 우선 되는 사람 아닌가요?"

미간을 좁힌 유정이 묻는 말에 희건이 담담히 대답했다.

"원칙대로라면."

"그럼 왜 나와 계약 결혼을 시킨 건데요?"

유정이 이해할 수 없다는 듯 물었다. 희건이라면 재계에서 수많은 혼처가 있다고 들었는데 그걸 전부 뿌리치고 다 망해 가는 자신의 집안을 선택한 건 도무지 납득이 되지 않는 일이었다.

"……."

희건이 속을 알 수 없는 표정으로 그녀를 바라봤다. 표정은 서늘해 보였지만 눈동자는 한층 더 깊어져 있었다.

"차평일 회장은 내가 후계자가 되길 바라지 않습니다."

"네?"

유정의 눈이 커졌다.

"정부와의 아이임을 밝히는 건 본인의 치부가 만천하에 드러나는 일이라, 내가 손자로서 조용히 살길 바라는 겁니다."

"그럼 그래서……."

유정이 당혹스러운 얼굴로 입술을 달싹였다. 머릿속에 떠오르는 말을 종합하면 희건에게 너무나 가혹한 말이었다. 하지만 생각나는 건 그것밖에 없어 유정이 결국 말을 꺼냈다.

"그래서 적당히 힘든 집안을 골라 결혼을 시키고 아이를 낳길 바랐던 거란 말인가요? 당신이 그 자리에 만족하고 살도록?"

"맞습니다."

희건의 목소리가 가라앉았다. 별다른 표정 변화는 없었지만 그의 눈빛은 조금 가라앉아 있었다. 그 눈을 보며 유정은 머릿속이 뒤죽박죽 엉켜들었다.

그런…… 그런 이유였다니.

자신이 돈으로 팔려 온 장기판의 말이라는 건 알고 있었지만, 동시에 희건의 앞날을 망치는 역할인 줄은 몰랐다. 그 저택에서 늘 희건과 자신에게 가해지는 냉대가 그런 이유에서였다는 것도.

유정이 창백해진 얼굴로 생각하고 있는데 희건의 목소리가 다시 들렸다.

"그래서 그 계약이 유효한 동안엔 당신에게 손끝 하나 대지 못한 거였습니다."

유정이 희건을 바라봤다.

"차 회장님의 의도대로 끌려갈 수는 없었으니까요?"

"……"

그녀의 질문에 희건이 말이 없었다. 유정이 답답하다는 듯 물었다.

"그럼 왜 나와 다시 계약한 건데요? 상황은 바뀌지 않았잖아요."

"바뀌었습니다."

희건이 담담하게 말하며 손을 뻗었다.

멈칫.

희건의 커다란 손이 유정의 뺨을 부드럽게 감싸자 그녀가 움직임을 멈췄다. 유정의 얼굴을 어루만지는 그의 눈이 어둡게 타올랐다.

"내가 당신을 사랑하고 있었으니까."

"!"

유정이 시선을 빼앗긴 채 숨을 들이켰다.

"사랑하면 안 되는 사람이라는 걸 무수히 되새기면서도 되지 않았습니다."

유정의 입술이 작게 벌어진 채 아무 말도 하지 못했다. 그녀의 입술을 엄지로 쓸며 희건이 말했다.

"나는 처음부터 당신을 사랑하고 있었으니 말입니다. ……아주, 오래전부터."

희건의 강렬한 눈빛이 흔들림 없이 그녀에게 고정되어 있었다.

"같이 사는 그 2년 동안 나는 그 마음을 처절하게 확인했습니다."

온전히 와닿는 진심에 유정의 심장이 터질 듯 강하게 울려댔다. 믿기 힘든 눈으로 보고 있던 유정이 입술을 달싹였다.

"그래서 나와…… 다시 이 결혼 계약을 한 거라고요?"

유정의 목소리가 살짝 흔들렸다.

"적어도 그 전 계약하에 당신을 둘 수는 없었습니다. 당신을 온전한 내 아내로 둘 방법이 필요했으니까."

"그걸 왜 계약으로……."

"그때 내가 그 집에 남아 달라고 했다면, 그렇게 해 줬을 겁니까?"

"……."

희건의 질문에 유정은 대답을 하지 못했다. 아마 자신은 절대 남지 않았을 거였다. 그땐 오로지 그 집을 벗어날 수 있는 계약 종료일만을 기다리던 때였으니까.

아무 말 못 하는 유정의 얼굴을 희건이 두 손으로 천천히 감쌌다.

"마음을 얻고 설명을 하고…… 그런 것을 할 시간이 그때 나에겐 없었어. 단 하루도 당신이 내 곁에서 떨어져 있는 걸 참을 수 없을 정도였으니까."

유정이 고개를 돌릴 수 없도록 온전히 저에게 향하게 한 희건이 진지한 목소리로 말했다.

"그리고 솔직히 말하자면 어떻게 해야 당신 마음을 얻을 수 있는지도 몰랐고."

"……"

가까이에서 꼼짝없이 시선을 붙들린 채 유정은 그의 말을 들었다.

"2년이란 시간 동안 나에게 실망했던 거 알아. 그래서 기다려야 하는 것도 알고."

희건이 숨을 깊이 들이켰다.

"하지만 이젠 당신이 나에게서 도망치려는 모습을 보는 게, 솔직히 힘이 들어."

낮게 토해 내듯 말한 희건의 곧은 눈썹이 찡그려졌다.

"더 이상 나에게…… 그러지 않았으면 해."

아…….

괴로움이 묻어나는 음성과 눈빛에 유정은 순간 심장이 움켜잡힌 것 같았다. 그의 얼굴이 고통스럽게 그녀를 보고 있었다.

"나 역시 당신을 원하는 마음을 숨긴 채 살아온 게 무척 힘들었다는 걸……"

가라앉은 목소리가 낮은 한숨처럼 그의 입술에서 흘러나왔다.

"조금은 알아줬으면 좋겠어."

붉게 타오르는 희건의 눈이 유정의 가슴을 조여들게 했다. 숨이 막힐 듯 조여드는 느낌에 유정이 빠르게 말했다.

"생각할 시간을…… 줘요. 지금은 너무 혼란스러워요."

희건이 그녀의 혼란스러운 두 눈을 들여다보다가 얼굴을 잡고 있던 손을 놓고 천천히 어깨를 끌어당겼다.

"……그래. 그렇게 해."

유정을 당겨 품에 안은 희건이 그녀의 귓가에 입술을 대고 말했다.

"하지만 놔줄 생각은 없어."

귓속으로 밀려드는 소유욕 어린 음성에 유정이 숨을 삼켰다.

"그러니 날 밀어내지 마. 더는 도망치지도 말고. 그 생각, 내 품 안에서 해."

나지막이 말한 희건이 그녀의 뒷머리를 잡고 천천히 머리칼을 쓸어내렸다.

유정은 아무 대답도 하지 못한 채 심장의 통증을 느끼며 그저 가만히 희건에게 안겨 있었다.

침대에서 희건의 팔을 베고 누워 있는 유정은 잠을 이루지 못하고 있었다.

'……그래서였구나.'

희건의 말을 들으니 처음 결혼했을 때의 그의 태도가 전부 이해가 갔다.

그저 정략결혼이 싫은가 보다 생각했었는데.

차평일 회장의 의도를 알면서도 결혼해야 했던 이유는 거역할 수 없어서라고 생각했다. 차평일 회장의 명은 누구도 거역할 수 없을 테니까. 평소 그를 알고 있기에 유정은 그 분위기를 충분히 짐작하고도 남았다. 그의 손자들인 차범훈과 차이태도 차 회장이 사업적으로 엮은 정략결혼 상대와 결혼했다. 그래서 희건도 그런 거라 생각했는데……

'내가 당신을 사랑하고 있었으니까.'

'사랑하면 안 되는 사람이라는 걸 무수히 되새기면서도 되지 않았습니다.'

'나는 처음부터 당신을 사랑하고 있었으니 말입니다. ……아주, 오래전부터.'

심장이…….

유정이 눈썹을 모으고 손끝으로 제 심장 부근을 지그시 눌렀다. 아까 들은 희건의 고백이 심장에 통증을 느끼게 하고 있었다.

처음부터라는 건 언제를 말하는 걸까?

상견례? 결혼식날?

예전의 자신을 기억한다는 말을 믿는다고 하더라도 그가 자신을 마음에 뒀다면 결혼 무렵이었을 거였다.

그게 언제일까……?

그의 감정이 언제부터일지 갑자기 궁금해졌다.

그때 희건이 뒤에서 그녀의 어깨를 당겨 몸을 단단히 끌어안았다.

'깼나?'

뒤에서 껴안는 힘에 놀란 유정이 숨을 들이켜는데 조용했다. 희건에게선 고른 숨소리만 들려올 뿐이었다.

'……자는구나.'

안도한 숨을 내쉰 유정은 자면서도 제 몸을 안고 있는 남자의 강한 팔을 내려다봤다. 마치 절대 놔줄 수 없다는 듯 단단히 안고 있는 팔을 내려다보는 유정의 눈에 복잡한 감정이 얽혀들었다.

'난 어떻게 해야 하지?'

더는 마냥 밀어낼 수도, 미워할 수도 없게 되어 버렸다. 차희건 이라는 남자를…….

유정은 최대한 냉정하게 생각하려 애썼다. 이래서 듣고 싶지 않았던 건지도 모른다. 그의 말을 들으면 그 말을 전부 진심이라 믿게 되어 버릴 것 같았다. 그리고 지금 정말 그의 말을 믿으려 하고 있었다.

'믿지 않을 수 없잖아. 그 눈을 보면…….'

하지만 2년간 받았던 상처는 아직 그녀 안에 고스란히 남아 있었다. 더는 피할 수 없는 건 사실이지만 닫았던 마음을 완전히 열기도 아직 두려웠다.

'머리가 너무 복잡해.'

유정이 혼란스러움을 느끼며 눈을 꼭 감았다.

'생각할 시간을 준다고 했으니까, 일단 천천히 생각하자.'

어차피 이 계약은 당장 끝나지 않으니 조급히 결정 내리지 않아도 될 거였다. 생각할 시간은 앞으로도 충분했다.

유정은 그렇게 생각하며 억지로 잠을 청했다. 하지만 그녀조차 모르고 있었다. 이미 그에게 열려 버린 마음 틈새에서 감정의 고운 모래가 그녀도 모르는 사이 흘러나오고 있다는 걸.

사락, 사락.

고운 소리를 내며.

※ ※ ※

대저택에서 차 회장이 나오자 차 앞에서 대기하고 있던 기사와 정 실장이 허리를 숙였다.

"좋은 아침입니다. 회장님."

정 실장이 열어 준 문으로 차 회장이 올라탔다. 정중히 문을 닫은 그가 조수석으로 재빨리 올랐다.

"출발하겠습니다."

기사가 출발시킨 차가 저택을 벗어나자 정 실장이 뒤를 쳐다봤다.

"회장님."

창밖을 보고 있던 차 회장이 정 실장의 말에 시선을 앞으로 향했다.

"두 사람이 함께 여행을 간 게 맞다고 합니다."

정 실장의 말에 차 회장의 미간에 굵은 주름이 박혔다.

"확실해?"

"네. 확실합니다."

"……."

차 회장이 날카로운 시선으로 차창 밖을 쳐다봤다.

※ ※ ※

리조트 산책로로 산책을 나와서도 유정은 표정이 어두웠다. 천혜의 자연경관이 눈앞에 펼쳐져 있는데 그걸 즐길 겨를도 없이 머릿속은 희건에 대한 생각으로 가득했다.

희건이 눈썹을 찡그리고 있는 유정을 가만히 내려다보다 말했다.

"피곤하면 들어가도 됩니다."

"괜찮아요."

희건이 고개를 더 기울이며 그녀의 얼굴을 살폈다. 그의 시선이 가까이에서 자신에게 내려앉자 유정의 심장이 이상하리만치 반응했다.

"표정이 좋지 않은데."

"괜찮다고 했잖아요."

유정이 희건의 시선을 거부하듯 쌀쌀맞게 대답했다.

'……어린애처럼 왜 이래.'

유정은 속으로 답답함을 느꼈다. 어떤 태도를 보여야 하는지 결론 나지 않은 상태에서 계속 함께 있어야 하는 상황 때문인 것 같았다.

그녀가 제 태도에 한심함을 느끼는 사이 다시 리조트로 돌아왔다.

호화 리조트 정면에 설치된 대형 수영장은 바로 앞 바다와 이어져 인피니트 풀처럼 보였다. 가장 위의 분수대를 중심으로 3단계 높낮이로 이루어진 수영장 양 옆으로 야자수와 비치 의자가 늘어서 있었다. 수영장 안에도, 비치 의자에도 아무도 없는 것을 본 유정은 희건이 이곳 전체를 예약했다는 말이 실감이 났다.

"수영 좋아합니까?"

유정이 텅 빈 수영장을 보고 있는데 희건이 물었다. 그녀가 작게 고개를 저었다.

"별로 좋아하지 않아요."

"다행이군요. 나도 좋아하지 않습니다."

전에 놀이공원에서 했던 대화와 비슷하네.

유정이 속으로 그렇게 생각하고 있는데 희건이 그때와 다른 말을 했다.

"하지만 당신과는 나쁘지 않을 것 같은데. 여긴 다른 사람도 없으니 함께 들어가죠."

유정의 눈이 커졌다.

"네? 지금요? 어어……."

희건이 유정의 손을 잡고 앞으로 성큼 걸어갔다. 대기하고 있는 직원에게 그가 말하자 직원은 바로 옆의 프라이빗 룸으로 안내했다.

「한 분씩 들어가시면 됩니다. 안에 수영복이 준비되어 있습니다.」

직원이 안내하는 대로 희건과 나뉘어져 들어가니 안에 예쁘게 조성된 샤워실과 드레스룸이 있었다. 드레스룸 안 옷걸이에 태그도 떼지 않은 명품 수영복이 종류별로 걸려 있었다.

"희건 씨가 준비시킨 건가?"

저택과 똑같은 방식이라 그런 게 아닐까 하는 생각이 들었다. 눈앞에 있는 수영복을 고르던 유정이 눈썹을 찌푸렸다.

"같이 수영이라니."

지금은 그냥 같이 있기만 해도 난감한데. 잠시 망설이던 유정이 가장 무난한 디자인의 수영복을 골랐다. 그나마 가장 살을 많이 가리는 홀터넥 스타일의 수영복이었다. 수영복으로 갈아입고 밖으로 나가자 희건이 먼저 나와 있었다.

'어?'

유정이 걸음을 멈추고 희건을 바라봤다.

그는 직원에게 음료를 건네받고 있었다. 수영복 차림으로 그냥 서 있기만 했는데도 모델처럼 섹시한 육체가 시선을 빼앗기 충분했다. 햇빛 아래에 비치는 탄력적인 근육의 윤곽과 길게 뻗은 다리가 야성미를 느끼게 했다.

심지어 음료를 건네는 직원의 얼굴도 호감이 가득했다. 그녀를 보는 희건의 얼굴은 익숙한 무표정이었다.

그의 모습을 유정이 저도 모르게 쳐다보고 있는데 문득 희건의 시선이 이쪽으로 향했다.

'아.'

유정은 예상치 못하게 희건과 시선이 마주쳤다. 그녀를 보자 냉정했던 희건의 눈빛에 온화함이 어렸다. 뚜렷하게 드러나진 않지만 유정은 정확히 느낄 수 있는 변화였다. 그 변화에 유정이 묘한 기분을 느끼고 있는데 희건이 다가왔다.

"잘 어울리는군요."

홀터넥 수영복 차림의 유정을 내려다보며 그가 말했다. 유정이 제 모습을 힐끗 내려다보고는 살짝 난감한 말투로 말했다.

"좀 어색해요. 수영복 입어본 일이 학생 때 수영 배울 때 말고는 거의 없어서요."

"나도 마찬가지입니다."

희건이 가볍게 미소 짓고는 들고 있던 음료 두 잔을 비치 의자 옆 테이블에 내려놨다.

어깨에 걸치고 있던 수건도 함께 내려놓은 그가 그대로 수영장으로 다이빙했다. 수영을 좋아하지 않는다더니 수준급의 다이빙

실력이었다. 물에서 빠져나온 그가 근사하게 머리를 쓸어 넘기고
유정을 바라봤다.

젖은 얼굴로 그녀를 똑바로 보며 희건이 말했다.

"이리 와. 성유정."

자신만만한 희건의 표정은 다른 선택은 허락하지 않는다는 얼
굴이었다. 유정이 그 얼굴을 가만히 쳐다봤다. 갈등이 어린 그녀의
시선을 희건이 강하게 응시하고 있었다.

스윽.

그 시선에 유정의 다리가 이끌리듯 움직였다. 곧게 뻗은 다리로
한 발 한 발 걸어 나간 유정이 수영장으로 뛰어들었다.

첨벙!

"하……!"

물에서 빠져나온 그녀의 몸을 희건이 곧장 붙잡았다. 그대로 젖
은 몸을 끌어당겨 밀착시키자 유정이 그의 어깨를 잡았다.

하아, 하아.

아직 숨결이 거친 유정의 얼굴을 희건이 야릇한 눈빛으로 응시
했다.

눈빛이 너무……뜨거워.

강렬한 눈빛에 유정이 침을 삼키며 고개를 내렸다.

"피하지 말라고 했을 텐데."

희건이 그녀의 턱을 잡아 올려 다시 저를 보게 했다.

"시선."

그가 똑바로 유정을 내려다봤다.

"……."

유정이 일부러 눈에 힘을 주고 그를 바라봤다. 희건은 그 모습을

즐거운 듯한 시선으로 응시했다. 왠지 희건만 느긋하고 자신만 안절부절 못하는 것 같아 유정은 괜히 심술이 났다.

"수영하고 싶은 거 아니었어요?"

유정의 뾰족한 목소리에 희건의 입술이 느른하게 휘어 올라갔다.

"물속에서 당신과 함께 있고 싶었을 뿐인데."

낮은 음성과 함께 잘생긴 얼굴이 가까이 다가왔다. 유정이 닿을 듯 가까워지는 입술을 보며 빠르게 말했다.

"생각할 시간, 준다고 했잖아요."

"내 품에서 생각하라고 했지."

좁혀 든 거리에서 희건의 타오르는 눈동자가 보이자 유정의 심장이 엉망으로 뛰어 댔다. 당장 키스할 듯 다가섰으면서도 희건은 그녀의 눈만 응시하고 있었다. 입술로 내려갔다가 다시 느릿하게 올라온 시선에 유정의 심장박동이 더 커져 갔다.

"생각이 필요한가?"

"……네?"

되묻는 소리에 희건이 그녀의 아랫입술을 살짝 빨았다. 촉. 젖은 소리를 내며 입술이 떨어지자 유정의 입술에서 더운 숨결이 새어 나왔다.

하아. 달짝지근한 숨결을 흘리는 유정을 그가 어둡게 물든 눈동자로 응시했다.

"생각대로 되지 않던데. 난."

"무슨…… 소리예요?"

유정이 묻는 소리에 희건이 그녀의 턱을 더 높이 들어 올리며 말했다.

"당신도 결국 날 사랑하게 될 거야. 이 눈이 그렇게 말하고 있으니까."

뜨겁게 일렁이는 눈빛으로 응시한 희건이 그녀의 턱을 한껏 들어 올린 채 거칠게 입술을 삼켰다.

"하읍."

진한 키스에 유정의 허리가 뒤로 휘어졌다. 축축한 혀가 뒤엉킬수록 머리가 뒤로 젖혀지며 입술이 크게 벌어졌다. 벌어진 입술 안으로 더 깊숙이 혀를 밀어 넣은 희건이 그녀의 숨결과 타액을 남김없이 들이마셨다.

"하, 하아!"

입술이 풀려난 순간 유정이 막힌 숨을 터뜨렸다. 쏟아지는 강렬한 햇살 때문에 눈이 부셔 유정에겐 희건의 얼굴이 잘 보이지 않았다.

반면 젖은 입술을 벌린 채 숨을 헐떡이는 유정의 야한 얼굴은 그에게 잘 보였다. 표정을 굳히고 그녀를 내려다보던 희건이 물속에서 지탱하고 있는 유정의 허리에서 손을 내려 탱글한 엉덩이를 꽉 잡았다.

"흐읏."

수영복 위로 움켜잡는 강한 손아귀 힘에 유정이 흠칫거렸다.

아, 기분이……

물속에서 근육질 남자의 몸에 바짝 밀착되자 기분이 이상했다. 피부에 닿는 부위가 온통 탄탄한 데다 빈틈없이 맞붙은 하체에서 무섭게 치솟은 형체가 느껴져 얼굴이 붉어졌다.

희건이 그녀를 단단히 껴안고 다시 얼굴을 바짝 가까이 가져갔다.

관능 어린 희건의 표정이 가까워진 거리에서 보이자 유정은 숨을 삼켰다. 장밋빛으로 붉어진 얼굴과 흔들리는 그녀의 눈을 내려다보는 그의 눈동자가 어둡게 타올랐다.

"그런 얼굴로 보면."

"아······."

희건이 그녀의 얼굴을 잡고 엄지로 턱을 지그시 눌러 입술을 벌렸다.

"지금 여기에서 사고 치고 싶어지잖아."

"무슨······읍!"

그의 입술이 유정의 입술을 사납게 삼켰다. 그대로 진하게 키스를 퍼붓자 유정이 희건의 팔을 꽉 잡았다.

전신을 휘감는 아찔한 감각에 유정은 머릿속이 텅 비어 버렸다.

객실로 돌아온 유정은 샤워를 마치고 거울로 부어오른 제 입술을 쳐다봤다.

"······하."

한숨을 내쉰 그녀의 표정이 가라앉았다.

'왜 아니라고 하지 못했을까.'

그 남자를 사랑하게 될 거라는 말에 아무 말도 하지 못하다니. 물론 할 겨를도 주지 않았지만 대답도 떠오르지 않았다.

게다가 결국 그대로 이끌려서 한낮의 수영장에서 과감한 일들을 해 버리다니······. 끝까지 간 건 아니었지만 아슬아슬한 수위까지 저질러 버려 유정의 얼굴이 붉어졌다.

'뭘 떠올리는 거야.'

유정이 빠르게 고개를 젓고는 드레스룸으로 들어가 옷을 갈아

입었다. 디너를 위해 버티컬 라인의 블랙 드레스를 입고 거울을 바라봤다.

'너무 파였나?'

유정의 눈에 고민이 어렸다.

살짝 파인 네크라인이 우아한 드레스의 분위기에는 잘 맞았지만 평소 노출이 있는 의상을 전혀 즐기지 않는 유정에겐 조금 신경이 쓰였다.

잠시 고민하던 유정이 금빛 얇은 줄이 여러 개 겹쳐져 있는 네크리스를 목에 걸었다. 같은 라인의 귀걸이까지 착용하고 거울을 보니 포인트도 되고 시선이 좀 분산되는 느낌이었다.

"이 정도면 괜찮겠지."

거울에서 몸을 돌린 유정이 그대로 방을 나섰다. 밖으로 나와 보니 희건이 날렵한 슈트 차림으로 창가에 서 있는 모습이 보였다.

유정은 바지 주머니에 손을 꽂은 채 노을 지는 해변을 보며 서 있는 희건을 쳐다봤다.

'이곳에서 슈트를 입은 모습을 보는 건 처음이네.'

한국에선 늘 보던 모습인데 여기선 처음이라 왠지 긴장이 됐다. 유정이 그를 부르기 전에 희건이 먼저 돌아봤다.

"……"

그녀를 본 그의 표정이 진지해졌다. 드레스 차림에 홀린 듯 가만히 응시하는 시선에 유정은 목이 간질거리는 기분이었다.

"그만 가요."

시선을 견디지 못한 유정이 먼저 말을 꺼내고 몸을 돌렸다. 입구를 향해 걸어가는데 뒤에서 희건이 그녀를 잡았다.

손을 잡고 가만히 돌려세우는 힘에 유정이 눈을 깜빡이며 희건을 바라봤다. 그가 짙은 눈빛으로 그녀를 내려다보며 말했다.

"누군가를 홀리기엔 충분하지만 그건 나 하나로 족하지 않을까."

"네?"

영문을 알 수 없는 소리에 유정이 의아하게 쳐다봤다.

"이런 모습은 나만 봤으면 좋겠단 뜻입니다."

희건이 그녀의 파인 가슴 위에 시선을 두고 말하자 그제야 알아들은 유정이 난처한 기색을 띠었다.

"누굴 홀리려고 입은 건 아니에요."

"안 홀릴 남자가 없을 테니 갈아입고 나와요."

희건이 손을 뻗어 유정의 뺨을 손끝으로 쓸었다. 손길은 부드러웠지만 눈빛은 뜨겁게 타올랐다.

"내가 못 견뎌."

"……"

소유욕 어린 낮은 목소리에 유정이 침을 삼키고 몸을 돌렸다.

"잠시 기다려요."

드레스룸으로 다시 향하는 그녀의 뒷모습을 그가 짙은 눈동자로 응시하고 있었다.

잠시 후 리조트 내 격식 있는 레스토랑에 희건과 유정이 마주 앉아 있었다. 통창을 통해 360도 파노라마 뷰로 바다 전경이 보이는 근사한 곳이었다.

유정은 다크 버건디 컬러의 드레스를 입고 있었다. 파임은 없었지만 민소매에 허리 라인이 잘록하게 들어간 디자인이라 여리여리한 그녀의 몸매가 잘 드러났다.

유정이 노을의 절경이 펼쳐진 예술적인 해변을 바라보는 사이 희건이 샴페인을 따랐다.

"원래는 어제 건배할 생각이었지만."

그가 잔을 들었다.

"우리의 늦은 신혼여행을 기념하죠."

유정이 슈트 차림으로 잔을 들고 있는 희건을 잠시 바라봤다.

"2년을 되돌릴 수 있다고 생각해요?"

"……"

유정이 그의 얼굴을 보며 담담하게 말을 이었다.

"지금에 와서 뒤늦은 데이트를 하고 신혼여행을 하고, 이 모든 게 무슨 의미냐는 거예요."

그런다고 해서 지나간 시간은 되돌아오지 않는다는 의미였다.

탁. 희건이 잔을 다시 내려놨다.

유정이 조용히 테이블 위를 보고 있는데 희건이 입을 열었다.

"되돌리길 바라는 게 아닙니다."

유정이 시선을 들어 그를 바라봤다.

"다시 시작하길 바랄 뿐."

희건이 확고한 눈빛으로 그녀를 응시했다.

"그 2년간의 기억도 내겐 소중합니다. 어찌 되었건 우리가 부부로 함께 지낸 시간이니."

"……"

"당신에게 준 상처는 내가 어떻게 해서든 만회할 겁니다. 그 시간을 추억할 수는 없더라도 괴롭게 떠올리진 않게 하겠습니다."

희건이 진지하게 말했다.

"날 믿어요."

유정이 말없이 그를 바라봤다. 그가 흔들림 없이 저를 보고 있었다.

그 시간이 희건의 잘못이 아니라는 건 알고 있다. 그에게도 사정이 있었다는 걸 이제는 알고 있었다. 그래서 마냥 화를 낼 수도 없었다.

'차라리 마냥 미워할 때가 편했는데.'

복잡해지는 마음에 유정의 표정이 어두워졌다. 희건이 다시 잔을 들었다.

"신혼여행부터 다시 시작하죠. 지금 이 자리에서부터."

직선으로 곧게 향하는 그의 시선을 유정이 마주 봤다.

"기회를 줬으면 하는데."

"……"

유정이 강한 그의 눈빛을 말없이 보고 있었다. 이게 두려워서 그렇게나 도망치려 했던 걸까? 결국 이 남자를 거부할 수 없게 되어 버리니까.

유정이 자신의 잔을 들었다. 그러고는 그를 똑바로 쳐다봤다.

"줄게요. 기회."

챙. 그녀가 먼저 잔을 부딪쳐 오자 희건이 의외라는 눈빛으로 그녀를 응시했다.

"이게 차희건 씨에게 마지막 기회일 거예요."

어차피 이 남자에게 이끌리고 있다는 사실을 부정할 수는 없었다. 아까 수영장에 따라 들어갔던 그때 결과는 이미 나왔던 걸지도…….

유정이 그렇게 생각하며 그를 보고 있는데 희건이 입술 끝을 휘어 올렸다.

"좋습니다."

그가 시선을 떼지 않은 채 잔을 입술로 천천히 가져갔다.

"나는 기회를 놓치는 바보가 아니거든."

짙은 눈빛으로 말한 희건이 샴페인을 입술 안으로 흘려 넣었다. 그 모습을 보던 유정도 황금색 샴페인 잔을 입술로 가져갔다.

입안으로 천천히 흘러 들어가는 달콤한 액체가 모든 걱정을 잊게 해 주길 바라며.

※ ※ ※

희건이 오랜 휴가를 마치고 회사에 출근하자 비서실 직원들이 자리에서 일어섰다.

"안녕하세요. 상무님."

"안녕하세요."

희건이 마주 인사하며 집무실로 향했다. 그를 뒤따라 김 실장이 들어와 말했다.

"휴가 잘 다녀오셨습니까."

"김 실장님이 좋은 곳을 찾아 준 덕분에 방해받지 않고 잘 보냈습니다."

"다행입니다."

김 실장이 안도한 표정을 짓는데 희건이 물었다.

"상황은 어떻습니까."

"P 쪽에서 최근 매수세가 커졌습니다."

희건의 눈이 예리해졌다.

"드러날 정도입니까?"

"이쪽에서 모른다는 확신이 생겨 대범해진 것 같습니다."

김 실장의 말을 들은 희건이 고개를 끄덕였다.

"계획대로군요."

"네. 어떻게 할까요?"

김 실장이 묻는 말에 희건이 책상 위에 놓여 있는 결재 서류를 펼치며 말했다.

"이쯤에서 정리시키죠."

담백하게 말하자 김 실장이 곧바로 대답했다.

"알겠습니다."

"J 쪽은 어떻습니까."

희건이 결재 파일에서 시선을 들어 올리고 물었다.

"그쪽은 무리한 사업 확장으로 이쪽까지 신경 쓸 여력은 없을 겁니다. 최근 성과가 많이 밀리는 형국이라 검은돈과도 결탁한 것 같습니다."

"상황만 주시하고 있어요."

"네. 상무님."

대답한 김 실장이 손목시계를 쳐다봤다.

"회의 가실 시간입니다. 이동하시죠."

"그러죠."

결재 서류를 덮은 희건이 자리에서 일어섰다.

엘리베이터를 탄 두 사람은 중역 회의실이 있는 층으로 올라왔다. 문이 열리자 앞에 범훈과 그의 비서실장이 보였다.

"안녕하십니까."

희건이 고개를 숙여 인사했다. 그를 본 범훈이 삐딱한 시선으로 쳐다봤다.

"아주 신세 편하게 산다. 집안 모임엔 참석하지도 않고."

비아냥거리듯 하는 말에 희건이 표정 없이 범훈을 마주 봤다.

"제가 참석하지 않길 바라시지 않습니까?"

"뭐야?!"

범훈의 언성이 높아지는데 희건이 반응 없이 그를 지나쳤다.

"저 새끼가……."

범훈이 다른 사람의 인사를 받는 희건을 눈을 부라리며 노려보는데 그의 비서실장이 빠르게 귓속말했다.

"보는 눈이 많습니다. 들어가시죠."

"어후, 마음에 안 드는 새끼."

씹어 내뱉듯 말한 범훈이 실장과 함께 회의실로 들어섰다.

희건은 복도에서 원로 임원들에게 둘러싸여 있었다.

"이번 신차도 아주 성과가 좋던데 수고 많았네. 차 상무."

"그래. 능력이 원체 뛰어났지만 이번엔 이 나라 자동차 판매 판도를 바꿔 놨지 않나. 정말 대단한 실적이야."

"과찬이십니다."

희건이 겸손하게 말하자 흰머리가 성성한 중역이 눈을 크게 떴다.

"과찬이라니, 우리 회사 주력 사업보다 자동차가 더 잘 팔리고 있으니 그게 다 차 상무 덕이지 뭔가?"

희건이 자동차 사업을 맡은 이후로 업계 5위권에 겨우 껴 있던 JH 자동차가 3년 만에 1위로 급부상했다. 해외 수출 실적도 국내 최고를 찍고 있는 상황이라 회사 내에서 자동차 쪽 지분을 많이 보유한 중역들 중 싱글벙글한 사람들이 많았다.

"그럼 회의에 참석해야 해서 이만 가 보겠습니다."

"아, 그래. 다음에 기회 되면 같이 술 한잔하세."

원로 임원이 친밀하게 희건의 어깨를 툭툭 두드려 줬다. 희건이 정중히 고개를 숙이고 회의실로 향했다.

"그래서…… 어? 차희건 상무다."

희건이 회의실로 들어서자 어수선하게 술렁이는 분위기가 일순 잠잠해졌다. 사람들의 시선이 집중된 가운데 희건이 김 실장과 함께 자신의 자리로 향했다. 차 회장 외에 이런 분위기를 만드는 건 희건밖에 없었다. 겉보기엔 조용한 듯 보이지만 타고난 카리스마는 숨길 수 없었다.

그 모습을 범훈과 이태가 못마땅하게 쳐다보고 있었다.

"……맘에 안 드는 새끼."

낮게 중얼거리는 범훈 뒤에서 차 회장의 비서실장인 정 실장이 유심히 지켜보고 있었다.

※ ※ ※

여행 다녀온 짐을 정리하던 유정이 움직임을 멈추고 잠시 멍하니 있었다.

'신혼여행부터 연애 시작이라니.'

왠지 이상한 기분이었다. 제 선택이 맞는지 확신이 서지 않았지만 달리 다른 방법도 없었다. 계약 관계인 이상 희건과 계속 함께 있어야 하는데 더는 그를 밀어낼 자신이 없었으니까.

유정이 가만히 앉아 생각에 잠겨 있는데 전화벨이 울렸다.

[이윤아]

뜻밖의 발신인을 확인한 유정이 전화를 받았다.

"여보세요."

- 유정 씨. 나예요. 혹시 지금 시간 있어요?

1시간 뒤, 유정은 카페에서 윤아와 마주 앉아 있었다. 윤아가 커피 잔을 만지작거리며 미안한 얼굴로 말했다.

"그때 내가 괜히 불러내서 위험한 상황 만든 거 같아서요. 사과하려고요."

"윤아 씨 잘못이 아니에요."

유정이 담담히 말했다.

"그래도 내 책임 같아서요. 미안해요."

"정말 괜찮아요. 신경 쓰지 마세요."

유정은 윤아가 일부러 그런 상황을 만든 것도 아닌데 그녀가 사과할 일이 아니라고 생각했다. 그래서 진심으로 그렇게 말하는 유정을 윤아가 눈을 가늘게 뜨고 쳐다봤다.

'착한 척하는 거야? 뭐야?'

하긴 차희건이 나타나서 구해 줬으니 성유정에겐 나쁜 기억이 아니었겠지. 잠시 싸늘한 표정을 지었던 윤아가 얼른 표정을 바꿔 말했다.

"속상해요. 겨우 유정 씨와 친해지려나 했는데……. 그런 일이 있었으니 이젠 나와 같이 식사 안 해 줄 거죠?"

윤아가 유정의 눈치를 살피며 속상한 표정을 지었다.

"……."

유정이 윤아를 가만히 바라봤다.

뭐지?

그 시선에 윤아가 속으로 뜨끔했다. 제 거짓말을 알아챘을까 봐 남몰래 긴장하는데 유정이 말했다.

"그런 일로 그렇게까지 할 생각은 없어요. 그런데 윤아 씨는 왜 나와 친해지고 싶어 해요? 주변에 친구들 많은 것 같은데."

"주변에 사람은 많죠. 그런데 그때 말했듯이 마음을 터놓고 편하게 같이 밥 먹을 사람은 없어요."

윤아가 커피 잔을 들어 올리며 한숨을 내쉬었다. 한 모금 마시고 다시 잔을 내려놓은 윤아가 생긋 미소 지었다.

"그리고 유정 씨는 왠지 호감이 가요. 종종 그런 사람들 있잖아요. 이유 없이 호감 가는 사람. 친해지고 싶은 사람요."

"……."

유정이 조용히 있자 윤아가 얼른 말을 보탰다.

"부럽기도 하고요."

"내가요?"

유정이 되묻는 말에 윤아가 당연하다는 표정을 지었다.

"그럼요. 유정 씨의 타고난 분위기는 흉내 낸다고 만들어지는 게 아니잖아요. 그 차희건도 유정 씨에게 정신 못 차리고 흠뻑 빠져 있고."

"그렇진 않아요."

유정이 민망함에 살짝 미간을 모았다.

"정말인데. 난 유정 씨가 부러워요. 유정 씨만이 가지고 있는 게……."

윤아의 말꼬리가 느려졌다. 차희건. 성유정만이 가지고 있는 남자, 자신은 단 한 번도 가져 본 적이 그가 떠오르자 눈빛이 차가워졌다. 잠시 말을 멈췄던 윤아가 다시 웃어 보였다.

"그래서 친해지고 싶은 거예요."

조용히 윤아의 말을 듣고 있던 유정이 말했다.

"윤아 씨 말대로 밥 먹고 차 마시고 하는 일들이 어려울 건 없죠."

윤아가 반색했다.

"그럼 앞으로도 이렇게 종종 불러내도 되는 거죠?"

"그렇게 해요."

유정이 고개를 끄덕이자 윤아가 밝은 얼굴로 안심한 표정을 지었다.

"다행이다. 난 그때 일 때문에 희건이가 못 만나게 할까 봐 걱정했거든요."

"그런 말 할 사람은 아니에요. 사생활적인 부분이고."

경호원은 붙였지만. 유정이 그렇게 생각하며 커피 잔을 매만지는데 윤아가 웃는 얼굴로 말했다.

"어쨌든 안심했어요. 우리 앞으로 더 친해져요."

유정이 윤아의 생글거리는 얼굴을 바라봤다. 이런 말들이 자신은 민망한데 아무렇지도 않게 말하는 윤아가 신기했다.

'나와는 정말 다른 사람이네.'

자신감 넘치는 모습이 나쁘지 않게 보이긴 했다.

"그래요."

대답한 유정이 희미한 미소를 지어 보이고는 커피 잔으로 시선을 내렸다.

※ ※ ※

주말 아침. 유정은 휴대폰 벨소리에 눈을 떴다.

'……희건 씨?'

잠들기 전까지 같이 있던 사람인데 전화가 와서 주변을 빠르게 둘러봤다. 없네? 언제 나간 거지? 희건이 보이지 않는 것을 확인한 유정이 전화를 받았다.

"네."

- 기사 대기시켰으니 준비하고 나와요.

"지금요?"

유정이 몸을 일으켜 침대에 앉으며 물었다.

- 네. 지금. 데이트합시다.

데이트? 또……?

유정이 눈을 깜빡이며 머리칼을 쓸어 넘겼다.

"희건 씨는 지금 어딘데요?"

- 회사 나와 있습니다. 집에서 출발하면 시간 맞춰 가겠습니다. 그럼 잠시 후에 보죠.

전화가 끊기자 유정이 휴대폰을 멍하니 바라봤다.

"주말마다 데이트할 생각인가?"

희건의 생각은 알 수 없지만 일단 침대에서 일어난 유정이 씻기 위해 욕실로 향했다.

끼익. 기사가 대로변에 차를 세우고 유정에게 말했다.

"도착했습니다. 영화관이 있는 10층으로 올라가시면 됩니다."

유정이 차창 밖을 보니 멀티플렉스 건물이 있었다.

'영화 보자는 거였구나.'

놀이공원과 영화관이라니. 뭔가 데이트의 정석 같아 목 부근이 간질거리는 기분이었다.

"감사합니다."

기사에게 인사한 유정은 목덜미를 슬쩍 만지며 차에서 내렸다. 멀티플렉스 건물로 들어가 엘리베이터를 타고 10층으로 올라갔다.

엘리베이터가 멈추고 문이 열리자 VIP 상영관이 있는 곳이었다. 넓은 홀에 단 몇 개의 소파만 있었는데 그중 하나에 희건이 앉아 있었다.

긴 다리를 꼬고 모델처럼 앉아 있는 희건을 보자 유정은 작게 숨을 들이켰다. 직선의 어깨 라인을 살린 브리티시스타일의 슈트 차림의 그는 이 공간에 수많은 사람이 있더라도 단번에 눈에 띌 정도로 우월했다.

희건이 유정을 보고 몸을 일으켜 다가왔다. 그녀 앞으로 성큼 다가온 그가 단정한 입술 끝을 휘어 올렸다.

"왔군요."

매혹적인 미소에 유정이 시선을 빼앗기는데 희건이 그녀의 손을 잡았다.

"가죠."

그는 직원이 대기하고 있는 쪽으로 유정의 손을 잡고 걸어갔다. 직원이 안내한 문으로 들어가니 일반 상영관과는 다르게 몇 개의 좌석만이 거리를 두고 배치되어 있었다. 누워서 볼 수도 있게 푹신한 소파형 의자에 테이블이 있고 영화를 보며 즐길 만한 샴페인과 간단한 핑거푸드도 준비되어 있었다.

"앉아요."

맨 뒤에 길게 놓인 소파로 걸어간 희건이 말했다.

"여기서 우리만 보는 거예요?"

유정이 그의 옆에 앉으며 다른 자리들이 비어 있는 것을 보고 물었다. 희건이 그녀를 보며 대답했다.

"우리 둘이서만 보는 게 좋지 않습니까? 다른 사람은 신경 쓰지 않아도 되니."

"그건 그렇지만……."

데이트라는 게 이렇게 거창한 거던가. 유정은 첫 데이트도, 이번 데이트도 장소만 평범할 뿐 하나도 평범하지 않다는 생각이 들었다. 물론 평소 사람들 많은 곳을 좋아하진 않아서 나쁘진 않지만 그래도…….

"마셔요."

"아, 고마워요."

유정이 희건이 따라 준 샴페인을 마시는데 주변이 어두워지고 영화가 시작됐다.

영화가 시작하고 얼마 지나지 않아 희건이 유정에게 물었다.

"영화 괜찮습니까?"

화면을 보고 있던 유정이 그에게 시선을 옮겼다.

"네. 괜찮아요."

영화는 영상미가 아름다운 로맨스 영화였다. 적당히 유쾌하게 흘러가는 내용이라 부담 없이 보기 적당했다. 유정의 대답에 희건이 안도한 표정을 보였다.

"다행이군요."

희건의 표정을 본 유정이 천천히 눈을 깜빡였다.

'내 취향에 맞춘 걸까?'

보통 이런 영화는 여자들이 좋아하기 때문에 영화 선정에 있어서 기준을 저에게 맞춘 것 같다는 생각이 들었다.

"희건 씨는 지루하지 않아요?"

"전혀."

느긋한 미소를 지은 그가 샴페인 잔을 입술로 가져갔다. 영화에 집중한 듯한 희건을 보며 유정도 다시 화면을 쳐다봤다.

'그런데 이 영화……'

영화가 중반부를 넘어가면서 유정의 표정이 조금 난감해졌다.

'키스신이 상당히 많은데?'

유정은 지금까지 영화를 많이 본 편은 아니었다. 로맨스 영화는 학교에서 틀어 줘서 몇 번 본 적이 있는 정도였다.

'생각해 보면 그때도 스킨십 장면이 있던 것 같기도 한데.'

큰 화면에서 펼쳐지는 진한 키스 장면에 유정이 희건을 힐긋거렸다. 그는 아까와 똑같은 표정으로 화면을 보고 있을 뿐이었다.

'나만 신경 쓰이나……?'

희건은 멀쩡한데. 유정은 저 혼자 민망함을 느끼는 것 같아 태연하게 화면을 보려고 했지만 기분이 자꾸 야릇해졌다.

'고작 키스 장면에 왜 이래?'

그와 어젯밤 침실에서 했던 행위는 훨씬 더했으면서 왜 얼굴이 붉어지는지 이해할 수 없었다.

하아, 화면에서 들리는 젖은 혀가 얽혀 드는 소리에 입안이 바짝 말라 유정이 샴페인 잔을 집어 들었다.

그때 희건이 그녀가 잡은 잔을 잡았다.

'어?'

유정이 그를 바라보자 희건이 그녀를 마주 보며 샴페인 잔을 테이블 위로 다시 내렸다.

탁.

"희건······."

의아하게 부르는 유정의 턱을 들어 올린 희건이 고개를 기울여 그대로 입술을 겹쳤다.

"아······."

짜릿. 야릇한 쾌감에 유정이 흠칫거렸다. 키스 장면에 자극받은 상태라 그런지 희건의 혀가 제 혀를 휘어 감는 순간 아찔한 감각이 치솟았다. 희건이 입술과 혀를 느릿하게 빨며 그녀를 자극했다. 점차 노골적인 움직임에 유정은 숨이 가빠졌다.

······으음.

어느새 그녀의 몸은 소파에 파묻히듯 밀린 채 그의 어깨 안에 갇혀 있었다. 거칠어지는 키스에 정신을 못 차리는 사이 그의 손이 유정의 스커트에 닿았다.

"!"

거칠어지는 키스에 정신을 못 차리는 사이 그가 유정의 스커트 안으로 손을 집어넣었다.

"······훗."

허벅지를 타고 오른 손이 엉덩이를 크게 쥐자 유정의 몸이 들썩거렸다. 그 움직임으로 입술이 떨어지자 유정이 다급하게 속삭였다.

"이, 이런 데서 이러면, 하아, 안 되지······ 않아요?"

"될 리가 있습니까."

희건이 미간을 좁힌 채 탁하게 물든 목소리로 내뱉었다.

"그런데 왜······ 하웃."

희건이 그녀의 목덜미를 입술을 내려 빨자 유정이 신음을 흘리며 고개를 젖혔다. 그의 거친 숨결이 그녀의 목덜미를 훑으며 점차 아래로 내려갔다.

"모르겠습니다."

"읏."

희건이 유정의 목에 지그시 이를 박았다.

"나도 내가 이렇게 충동적인 사람이라는 데에 놀라는 중이라."

희건이 잠긴 목소리로 내뱉고는 유정의 목덜미에 높은 콧날을 묻고 깊이 숨을 내쉬었다.

"……후우."

한동안 그대로 있다가 희건이 고개를 들었다.

하아, 하아. 유정이 숨을 몰아쉬며 그를 보고 있었다.

희건이 그녀의 보풀어 오른 입술을 지그시 내려다보며 엄지로 매만졌다. 어두운 공간에서도 그의 눈동자가 뜨겁게 타오르고 있는 게 보였다.

아…….

그 눈이 유정의 심장을 빠르게 뛰게 했다.

"놀라게 해서 미안합니다."

희건이 몸을 바로 세우고 유정의 흐트러진 스커트를 정리해 줬다.

"사실, 아까 엘리베이터 앞에서 당신을 본 순간부터 키스하고 싶단 생각뿐이었어서."

"……네?"

유정이 놀란 눈을 크게 떴다. 희건이 슬쩍 미간을 좁히고 말했다.

"그럴 생각으로 여길 예약한 건 아닙니다. 오해는 안 했으면 좋겠군요."

그의 얼굴에 난감함이 느껴져 유정은 기분이 이상했다. 눈앞에서 조각 같은 남자의 얼굴이 난처하게 찌푸려지는 걸 보고 심장이 뛰다니…… 자신이 차희건이라는 남자를 이렇게 만든다는 사실이 한편으론 신기했다. 다른 사람을 대할 땐 항상 냉철하기 짝이 없는 남자인데.

"받아요."

유정에게 다시 샴페인 잔을 쥐어준 희건이 제 잔을 들었다. 잔을 입술로 가져간 그가 뜨거움을 삼키듯 샴페인을 목 안으로 넘겼다. 그 모습을 보며 유정도 떨리는 심장을 진정시키며 조심스럽게 잔을 입술로 가져갔다.

'어쩌지?'

몸에 남은 잔열과 쿵쿵대는 심장 때문인지 영화는 전혀 눈에 들어오지 않고 있었다.

결국 내용도 제대로 알지 못하고 영화가 끝났다. 엔딩 크레딧이 전부 올라간 다음에도 전등이 켜지지 않자 앉아 있던 유정이 극장 안을 의아하게 바라봤다.

"왜 불이 안 켜지는 걸까요?"

그때 아래 입구에서 문이 열리는 게 보였다.

"저건……?"

유정이 놀란 표정을 지었다. 직원들이 초가 켜진 케이크와 꽃다발, 그리고 무드 있는 조명을 들고 계단을 올라오고 있었다. 밝은 얼굴로 자리 앞까지 온 직원들이 멈춰 섰다.

"두 분의 두 번째 데이트를 축하드립니다."

"축하드립니다!"

꽃다발을 유정에게 전하며 말하자 그녀가 당황한 얼굴로 건네

받았다.

"아, 감사합니다."

"케이크는 이 위에 둘게요. 그럼 좋은 시간 되세요."

숫자 2로 꾸며진 케이크와 가지고 온 조명을 테이블 위에 내려놓은 직원들이 다시 내려갔다.

다시 두 사람만 남자 유정이 제 품에 안고 있는 꽃다발을 바라봤다.

"이렇게까지 할 필요는 없는데……."

유정이 말끝을 흐렸다. 매번 자신을 당황시키는 희건 때문에 어떻게 반응해야 할지도 난감했다.

"이제 이런 건 하지 말아요. 데이트 때마다 이럴 건 아니잖아요."

"왜 아니라고 생각합니까?"

희건의 말에 유정이 멈칫해선 그를 바라봤다. 희건이 진지하게 그녀를 보고 있었다.

"매번 할 수 있습니다. 그건 나에게 어려운 것도 아니고."

"하지만 굳이……."

"성유정."

희건이 그녀를 나지막하게 불렀다. 이름을 부르는 목소리에도 유정은 제 심장이 반응하는 게 느껴졌다. 유정이 숨을 삼키는데 희건이 시선을 똑바로 맞췄다.

"난 당신의 마음을 얻기 위해 최선을 다하는 겁니다."

유정을 직시하는 눈동자가 강렬했다.

"……."

"날 사랑하게 하기 위해."

낮은 음성이 은은한 조명으로 빛나는 테이블 위로 내려앉았다. 특별 주문한 것으로 보이는 케이크를 조용히 쳐다보던 유정이 입을 열었다.

"······희건 씨는 왜 날 사랑하는데요?"

"이유를 묻는 겁니까?"

희건이 그녀를 지그시 바라봤다. 유정이 그를 마주 보며 말했다.

"그 2년 동안 그 집에서 마주친 일이라고는 거의 없었잖아요. 가끔 어쩔 수 없는 모임만 함께했고."

"······."

이번엔 희건이 그녀를 가만히 응시했다. 묘한 시선으로 유정을 보고 있던 그가 물었다.

"왜 거기부터라고 생각하지?"

"네?"

유정이 눈을 깜빡였다. 희건이 그녀에게 가까이 고개를 숙이며 거리를 좁혔다.

"내가 당신을 오래전부터 마음에 두고 있었다고 말하지 않았나?"

'나는 처음부터 당신을 사랑하고 있었으니 말입니다. ······아주, 오래전부터.'

희건의 말을 떠올린 유정이 기억을 더듬었다.

"처음부터라는 건 결혼할 때 ······아닌가요? 혹시 상견례 때였어요?"

"처음 만난 순간부터라면?"

순간 유정이 움직임을 멈췄다.

"……네?"

희건이 되묻는 유정을 진지하게 응시했다.

"당신이 조부님과 우리 집 정원에 나타났던 그 순간부터 당신에게 반한 거였다면."

설마…….

유정의 눈이 흔들렸다. 희건이 그녀의 갈피를 잃은 눈동자를 강하게 포박했다.

"그래서 이 함정 같은 결혼에 뛰어든 거라면."

"거짓말하지 말아요."

유정이 빠르게 말하고는 고개를 저으며 덧붙였다.

"당신과 내가 만나지 않고 살아온 기간이 얼만데요."

"그 기간 동안에도 난 당신을 알고 있다면."

멈칫.

유정이 커다란 눈으로 그를 쳐다봤다.

그럴 리…….

믿을 수 없다는 표정으로 유정은 희건을 보고 있었다. 그가 그녀를 응시하며 말했다.

"이사 간 뒤에 어느 학교에 다녔는지. 친구도 사귀지 않고 학교 도서관에 박혀 매일 무슨 공부를 했는지."

"……"

강렬하게 박혀 드는 눈빛을 유정이 숨을 삼키고 쳐다봤다. 심장이 어지럽게 뛰고 있는 게 느껴졌다.

"어떤 남자가 고백했는지. 매번 어떤 식으로 거절했는지. 전부 알고 있다면."

"말도 안……."

유정이 고개를 흔들었다.

"말도 안 되는 일인 걸 스스로 알고 있기에 그동안 말하지 않았던 겁니다."

낮게 말한 희건이 유정의 어깨를 두 손으로 잡았다. 도망칠 수 없도록 그녀를 꽉 잡은 그가 굵은 눈썹을 찡그렸다.

"나도 내가 왜 그런 집착을 가지고 있는지 이해하지 못했으니까."

"……."

"왜 사랑하냐고 묻는다면, 그게 대답입니다."

희건이 눈썹을 일그러뜨린 채 낮게 한숨을 내뱉었다.

"내 존재를 잊은 여자의 주변을 계속 맴돌 수밖에 없던 내가 이유라는 겁니다."

짙어진 그의 눈이 유정을 도망갈 수 없도록 똑바로 응시했다.

"당신을 사랑하는 이유."

짓눌린 듯 흘러나오는 음성에 유정은 아무 말도 할 수 없었다.

07

　희건에게 어머니에 대한 기억은 처음부터 없었다. 어릴 때의 기억은 피곤한 기색의 여성이 자신을 돌봐 줬던 장면이 전부였다.

　파도 소리가 들리는 고립된 조용한 곳이었다. 어렸지만 그 지쳐 있는 여성이 자신의 어머니가 아니라는 건 알 수 있었다.

　늘 힘이 없던 그 여성은 희건의 요람 이불을 의무적으로 다독거리면서 창밖 먼 곳을 한참 보고 있곤 했다. 실제 친어머니는 차 회장에게 거액을 받고 태어나는 순간부터 모든 권리를 넘겼다는 걸 알게 된 건 나중의 일이다.

　희건이 여섯 살이 되던 해 고급 승용차가 그곳으로 찾아왔다. 돌봐 주던 여자는 차에 타는 희건을 근심 어린 표정으로 바라보다가 한숨을 쉬며 몸을 돌렸다. 지금 희건이 가는 곳이 그가 행복해질 수 있는 곳이 아님을 알고 있는 듯한 얼굴이었다.

　희건이 도착한 곳은 어린 시야에 다 보이지도 않을 정도로 넓은 저택이었다.

그 저택에서 희건이 처음 만난 사람은 무서운 이미지의 중년 남성이었다.

차 회장이 냉기 어린 얼굴로 날카로운 시선을 박자 어린 희건은 두려움을 느꼈다.

"죽은 듯 살아라."

그게 아버지라는 남자가 희건에게 건넨 첫말이었다.

"설치고 다니지 말고 조용히. 없는 사람처럼. 알겠느냐."

"……네."

희건은 자신이 이곳에서 환영받지 못하는 존재라는 걸 느꼈다. 그런데 반기는 사람도 없는 곳으로 왜 오게 된 건지는 알지 못했다.

그 집에는 나약한 외모의 젊은 남성과 그의 부인, 그리고 그들의 아들 두 명도 있었다.

"어머나, 네가 희건이구나."

차 회장 아들인 남일의 아내 주리가 활짝 웃으며 희건을 반겼다. 웃으면서도 차 회장을 힐긋거리는 얼굴과 진심이 느껴지지 않는 눈매가 희건을 움츠러들게 했다.

"아버님, 저희가 잘 돌볼 테니까 걱정하지 마세요."

주리가 차 회장을 향해 곰살맞게 웃어 보이며 말했다.

"자, 범훈이 이태 너희도 동생이랑 인사해야지? 앞으로 누가 물어보면 너네 동생이라고 해야 해. 알겠지?"

"……안녕."

"안녕."

희건보다 다섯 살, 세 살이 많은 범훈과 이태는 불만스러운 표정으로 마지못해 인사했다.

"그럼 나 먼저 들어가마."

"네. 들어가서 쉬세요. 아버님."

인사를 나눈 뒤 차 회장이 사라지고 나자 그들의 표정이 싹 바뀌었다. 범훈이 먼저 희건을 쏘아보며 말했다.

"엄마. 왜 차희건이 우리 형제라고 해야 되는 건데?"

"맞아. 차희건은 할아버지 자식이잖아."

이태가 거드는 말에 주리는 깜짝 놀라 차 회장이 사라진 쪽을 보며 말했다.

"쉿! 그런 말 하면 안 돼. 특히 할아버지 앞에선 절대 하면 안 돼. 알았어?"

"칫…… 쟤 재수 없는데."

말없이 가만히 서 있는 희건을 범훈이 노려봤다. 주리도 가슴 위로 팔짱을 끼곤 남일에게 말했다.

"아버님은 쟤 때문에 우리까지 미국에서 불러들인 거였어?"

"어쩌겠어. 회사 물려받으려면 말 들어야지."

남일이 기운 없는 목소리로 말하자 주리가 날카롭게 희건을 째려봤다.

"회사야 당연히 우리가 물려받을 거잖아. 근데 대체 어디서 저런 애가 나타나선……."

희건을 앞에 두고 적나라한 본심을 숨기지 않는 사람들을 보고 나주댁이 당황한 표정을 지었다.

'아니 저 어린애를 앞에 두고 무슨…….'

안 되겠다 싶었는지 얼른 다가간 나주댁이 주리에게 말했다.

"회장님께서 씻기고 재우라고 하셨으니 그만 방으로 데려갈게요. 사모님도 피곤하실 텐데 쉬세요."

"그래요."

처음부터 자기가 할 생각 없었다는 듯 쳐다보지도 않고 말한 주리가 돌아섰다.

"우리도 방으로 들어가자."

자기 아들들을 데리고 계단을 오르는 주리를 나주댁이 힐금 쳐다봤다.

'어휴, 어쩌다가 저런 여자가 집에 들어와서……'

나약한 남일은 늘 주리에게 잡혀 살았다.

주리는 차 회장이 이어 준 짝이 아니었다. 재벌가 여자도 아니었다. 남일이 대학생 때 네 살 연상이었던 주리가 재벌 아들인 그를 꼬드겼다. 위압적인 차 회장 아래에서 늘 위축되어 살던 남일은 여자도 몰랐다. 그래서 첫 일탈인 주리에게 정신없이 빠져들었다.

그걸 안 차 회장이 불같이 화를 냈고, 주리는 눈물 작전으로 마음 약한 남일과 도망쳐 임신에 성공했다. 그렇게 이 거대한 재벌가의 후계자 아내가 된 거였다. 하지만 권력이 강해질수록 점점 못된 성미를 드러내는 주리는 그야말로 악녀로 보였다.

희건을 머물게 될 방으로 데려온 나주댁이 말했다.

"낯설겠지만 여기가 앞으로 네가 살 집이니까, 천천히 적응하렴."

"……"

가만히 있던 희건이 나주댁을 쳐다봤다.

"아까 본 무서운 아저씨가 제 아빠예요?"

"어? 어…… 그건 나도 잘 모르겠네?"

나주댁의 어색하게 둘러대는 말을 알아들은 듯 희건의 얼굴에 포기가 어렸다.

"그런 거구나."

나주댁은 희건이 짠했다.

'이 어린애가 벌써 이런 표정을 짓다니……'

그날부터 나주댁이 희건을 챙기려 나름 노력했지만 자기 아들만 챙기는 주리와 차 회장의 무관심 속에 희건은 늘 혼자 있었다.

자신의 존재가 차 회장의 치부라는 걸 어린 나이에도 알아챈 희건은 나주댁에게도 마음을 닫은 채 누구에게도 기대지 않았다. 그런 희건이 안쓰러웠지만 나주댁이 더 할 수 있는 일은 없었다.

그렇게 희건은 열세 살이 되었다. 주리는 자기 아들들보다 월등히 뛰어난 두뇌를 가진 희건을 시샘해서 더 고립시켰고 희건은 늘 혼자 밥을 먹고 혼자 학교에 갔다. 그리고 학교에서 늦은 시간이 되어서야 집에 돌아왔다.

늦은 밤 들어오면 주리가 자기 아들들에게만 붙여 준 고액 과외 강사들에게 맛있는 음식을 대접하는 모습을 자주 보곤 했다.

그날도 마찬가지였다.

"다녀왔습니다."

희건이 인사했지만 주리는 인사도 받지 않았다.

없는 사람처럼 희건을 무시한 주리는 배웅 중이던 과외 강사에게 한껏 살갑게 웃어 보였다.

"선생님. 이번엔 우리 범훈이가 꼭 1등 할 수 있겠죠?"

"최선을 다해 보겠습니다."

"지난번에 아깝게 3등 해서…… 꼭 좀 부탁드릴게요."

간드러지는 콧소리를 들으며 희건은 자기 방으로 향했다. 들어가는 길에 나주댁이 그를 불렀다.

"희건아. 배고플 텐데 뭐라도 먹을래?"

"괜찮아요. 안녕히 주무세요."

언제나처럼 거절한 희건이 방으로 들어가려 하자 나주댁이 얼른 말했다.

"내일 집에서 가든파티 있는 거 알지? 옷이랑 준비해 둘 테니까 어디 나가지 말고."

"네."

대답한 희건이 방으로 들어갔다. 안쓰러운 눈빛으로 닫힌 문을 보던 나주댁이 한숨을 내쉬고는 몸을 돌렸다.

다음 날은 차 회장이 주최한 가든파티가 있는 날이었다. 차 회장은 사업적인 목적과 부의 과시를 위해 주기적으로 수많은 사람들을 초대해 저택 정원에서 파티를 벌이곤 했다.

희건도 아들이 아닌 손자로 그 자리에 참석해야 했다. 주리는 남일 옆에서 범훈과 이태를 데리고 다니며 사람들에게 인사를 다녔다.

"어머, 박 회장님. 안녕하세요."

최근 떠오르는 건설업계 총수 내외에게 주리가 얼른 제 아들들을 끌고 달려갔다.

"기억하시죠? 제 아들인 범훈이랑 이태예요. 자, 회장님 사모님께 인사드려야지?"

"안녕하세요."

"그래. 많이 컸구나."

"벌써 중학생 고등학생이니까요. 곧 아버지 회사 일도 배우고 그래야죠."

아들들 눈도장을 찍어 두려는 주리가 호호 웃었다. 그때 박 회장

옆에 있던 부인이 이상하다는 듯 물었다.

"그런데 막내는 어디다 두고 매일 형들만 데리고 다녀요? 막내가 아주 잘생겼던데."

"아…… 막내요?"

주리가 잠시 당황한 표정을 지었다가 얼른 웃어 보였다.

"걔는 워낙 이런 자리를 싫어해요. 원체 낯을 가리고 혼자만 있는 걸 좋아해서 그냥 놔두고 있어요."

"어머, 그래요? 보기와는 다르네요."

"네. 저도 그게 걱정이에요. 회사 일은 아무래도 맡기기 힘들 것 같아서요."

주리가 슬쩍 말하며 범훈과 이태를 쳐다봤다.

'내 자식 들어갈 자리도 부족한데 어딜 감히.'

순간 표독스러운 눈을 빛냈던 주리가 얼른 표정을 바꿔 웃어 보이자 박 회장의 아내도 마주 웃었다.

"그래요, 아들이 둘이나 더 있는데 뭐가 걱정이시겠어요."

"그렇긴 하지만요."

가식적으로 웃고 있는 주리 옆에서 남일은 아무 말도 하지 못하고 서 있기만 했다. 주리가 남일의 옆구리를 쿡 찌르자 남일은 그제야 난처한 얼굴로 입을 열었다.

"다, 다음에 시간 되시면 꼭 식사 같이하시죠. 저희가 대접하겠습니다."

주리에게 교육받은 말을 앵무새처럼 하자 박 회장이 고개를 끄덕였다.

"다음에 그렇게 하지. 그럼."

"기다리고 있을게요. 회장님!"

몸을 돌리는 박 회장 내외에게 주리가 살갑게 말했다. 환하게 웃고 있던 그녀가 고개를 휙 돌리자 남일이 움찔거렸다.

"그렇게밖에 못 하겠어요? 친밀하게, 사교성 있게 굴라니깐, 좀."

"나 그런 거 잘 못하는 거 알잖아."

남일이 시무룩한 얼굴로 주리의 눈치를 봤다. 그가 풀 죽은 목소리를 냈다.

"워낙 낯을 가리고 혼자 있는 걸 좋아하는 남자는 사실 희건이 아니라 내 얘기지?"

"알면 고치라고요. 좀!"

짜증스럽게 내뱉은 주리가 범훈과 이태의 손을 잡고 휙 가 버렸다. 남일은 뒤에서 어깨를 축 늘어뜨리고 한숨만 내쉬었다.

한편 희건은 책을 들고 정원을 가로지르고 있었다.

깔끔하게 차려입은 희건은 열세 살이었지만 옷차림과 큰 키 때문에 고등학생으로 보일 정도였다. 파티엔 참석했지만 차 회장에게 얼굴만 내비친 그는 혼자 빠져나왔다. 인사만 하면 누구도 자신을 찾지 않는다는 것을 알고 있었다.

희건은 책을 들고 분수대 쪽으로 걸어갔다. 거기가 가장 조용한 곳이라 혼자 있기 적당했다. 그런데 문득 그의 시야에 또래로 보이는 여자애가 들어왔다.

'처음 보는 앤데.'

할아버지 손을 잡고 걷고 있는 여자애는 이런 파티에서 처음 보는 여자애였다.

희건은 여자애를 가만히 바라봤다. 하나로 땋은 긴 머리에 하얀 원피스를 입고 있는 여자애는 작은 얼굴에 이목구비가 오밀조밀

했다. 피부는 새하얗고 하얀 원피스 때문인지 마치 빛이 나는 것 같았다.

……꼭 인형 같네.

여자애가 방긋 웃는 순간엔 더 그랬다. 걸어 다니는 인형 같은 여자애를 잠시 보던 희건이 다시 시선을 돌려 분수대 쪽으로 걸어 갔다.

평소처럼 조용한 분수대 옆의 벤치에 앉은 희건은 책을 펼쳤다. 그런데 방금 봤던 여자애가 신경이 쓰였다. 특히 할아버지를 향해 방긋 웃던 그 얼굴이.

'아직 그 자리에 있나?'

고개를 들어 여자애가 있던 쪽을 쳐다보는데 익숙한 목소리가 들렸다.

"차희건. 여기 있었네?"

윤아가 희건을 발견하고는 눈을 반짝이고 다가왔다.

"그거 봐. 희건이 여기 있을 거라고 했지?"

뒤따라오던 무리에게 소리친 윤아가 웃으며 희건 옆에 바짝 다가갔다.

"또 책 보고 있어?"

"어."

시선도 주지 않고 말하는 희건을 윤아가 잠시 못마땅하게 바라 봤다.

그때 뒤따라온 무리가 다가와 주변에 앉았다. 재벌가 자식들이라 같은 사립학교를 다니는 데다 이런 파티에서 늘 보다 보니 익숙한 얼굴들이었다. 희건은 이들 중 가장 큰 재벌이라 그들은 본능적으로 희건에게 잘 보이려는 태도를 보였다.

"차희건 넌 왜 항상 이런 데 있는 거야? 네 형들처럼 인사는 안 다녀?"

"난 그럴 필요가 없어."

"왜?"

"……."

희건이 더 말하지 않고 책에만 시선을 뒀다. 익숙한 태도에 애들이 눈치를 보더니 자기들끼리 대화를 시작했다. 희건도 무시하고 책을 읽었다. 아니 읽으려 했지만 시선은 다시 아까의 여자애를 찾으려 사람들 틈을 서성이고 있었다.

희건 스스로도 느끼지 못하는 일이었다. 인형 같은 여자애를 찾으려 주변을 둘러보는데 눈앞에 그 애가 다가오는 게 보였다.

이쪽으로 똑바로 다가오는 여자애를 보고 멈칫하는 순간 시시껄렁한 얘기를 하던 남자애가 고개를 돌렸다.

"넌 처음 보는데 누구야?"

"나? 난 성유정."

이름이 유정이구나. 희건은 뜻밖에 여자애의 이름까지 알게 됐다.

"이름 말하면 어떻게 아냐? 너네 회사가 어딘데."

"우리 회사? 울 할아버지 회사 이름 말하는 거야? 호영기업인데."

"뭐야? 중소기업 수준인데?"

"중소기업이 뭐 어때서?"

"쟤 뭐래?"

아이들이 유정을 대놓고 무시하듯 웃어 대기 시작했다. 유정은 당황했는지 커다란 눈을 깜빡거리며 애들을 쳐다보고 있었다.

그 얼굴을 본 희건의 표정이 굳었다.

"웃긴다. 이래서 급 낮은 애들은 무식하단 엄마 말이 맞다니까."

"무식하면 용감하단 말도 맞고."

거기까지 들었을 때 희건이 차갑게 말했다.

"조용히 좀 하지."

순간 주위가 조용해지며 유정의 시선도 그에게 향하는 게 느껴졌다.

"책 읽고 있잖아."

희건이 아이들을 향해 말하자 당황한 윤아가 얼른 그에게 다가왔다.

"미안, 희건아. 시끄러웠지? 책 읽는데 방해됐겠다."

"……."

윤아가 희건에게 살랑거리는 동안 그의 시선은 천천히 몸을 돌리는 유정에게 향해 있었다. 멀어지는 유정의 뒷모습을 희건이 눈을 떼지 못하고 한참 보고 있자 윤아가 뒤돌아봤다.

"희건이 너 뭘 보고 있는 거야?"

희건이 대답 없이 일어섰다.

"차희건?"

유정을 향해 걸어가는 희건의 뒤로 윤아의 목소리가 박혀 들었다.

"어디 가는데!"

무시한 채 걸어간 희건은 낯선 사람들 사이에서 조금 거리를 둔 유정을 쳐다봤다. 유정은 서성이듯 같은 자리를 천천히 돌며 멀리를 기웃거렸다.

'할아버지를 기다리고 있는 건가.'

이 낯선 곳에서 부모 잃은 아이 같은 표정을 짓고 있는 유정이 희건은 왠지 안쓰러웠다.

내가 누굴 안쓰러워할 처지는 아닌데.

자조적인 웃음을 흘린 희건이 다시 유정을 바라봤다. 저 여자애는 왜 이리 시선을 끄는 걸까. 인형같이 생겨서? 아니면 나처럼 이 공간을 낯설어해서?

희건 자신도 알 수 없는 일이었다. 자신이 왜 같은 자리를 뱅글뱅글 돌고 있는 여자애를 계속 쳐다보고 있는 건지.

그때 문득 유정이 고개를 반짝 들었다.

"할아버지!"

유정은 환하게 웃으며 저에게 다가오는 구식에게 달려갔다.

희건은 방긋 웃는 얼굴로 구식과 멀어지는 유정을 바라보고 있었다. 시야에서 두 사람이 완전히 사라질 때까지.

딱 한 번 봤던 여자애는 희건의 머릿속에서 좀체 사라지지 않았다. 학교 도서관에서 공부하는 동안에도 그 방긋 웃던 해맑은 얼굴을 자꾸 떠올리고 있었다.

"……후우."

희건이 책상 앞에 앉아 한숨을 내쉬며 답답한 표정을 지었다. 정말 모를 일이었다. 딱 한 번 본 사람이 공부도 되지 않게 머릿속을 헤집어 놓다니.

'잠깐 바람이라도 쐬고 와야겠어……'

책상에서 일어서려던 희건이 그 자리에 멈췄다. 그의 눈이 커졌다.

'성유정?'

거짓말처럼 성유정이 희건의 눈앞에 나타났다. 그날과 달리 머리는 하나로 달랑 묶고 꾸미지 않은 평범한 학생의 모습이었다. 그래도 인형 같은 이목구비는 그대로였다.

도서관으로 들어온 유정은 주변을 살피다가 조심스럽게 책장으로 향했다.

"……."

희건은 유정이 책을 찾는 모습을 시선으로 계속 좇았다. 곧 책을 찾아든 유정이 자리에 앉았다.

'날 알아볼까?'

그런 생각이 들었지만 그때 무리에서 뒤에 떨어져 있던 자신을 기억할 것 같진 않았다. 설사 기억한다고 해도 지금 거리에서 유정이 자신을 볼 수도 없을 것 같고.

희건은 다시 문제집으로 시선을 옮겼다. 하지만 얼마 지나지 않아 그의 시선은 이끌리듯 다시 유정에게 닿았다.

희건은 책을 읽는 유정을 가만히 바라봤다. 작은 손으로 한쪽 뺨을 괴고 집중해서 책을 읽고 있는 모습이 이상하게 시선을 떼기 어려웠다.

'뭐 하는 거야.'

인상을 쓴 희건이 억지로 문제집으로 시선을 옮겼다. 하지만 수시로 유정에게 닿는 시선은 그도 어찌할 도리가 없었다.

그날부터 희건은 학교에서 늘 유정을 찾았다. 유정을 마주친 곳을 기억해 두고 그녀가 지나는 길을 유심히 봐 둔 뒤 희건도 그 길을 이용했다.

"야, 하급. 너도 이 학교 다녔어?"

"내 이름은 성유정이야. 왜 그렇게 불러?"

시시껄렁한 남자애들이 유정을 괴롭힐 때도 희건은 지켜보고 있었다.

"야, 좋은 생각났다. 요즘 심심했는데 애 장난감 삼아서 노는 건 어때?"

"그거 좋은 생각인…… 차, 차희건."

희건의 똑바로 박혀 드는 시선에 남자아이들이 눈치를 보며 유정을 냅두고 그에게 다가왔다.

"야, 벌써 들어갈 시간 됐다."

"벌써 그렇게 됐어? 차희건, 너도 들어가지?"

유정을 괴롭히려는 아이들과 함께 그곳을 벗어나며 희건은 그녀를 힐긋 쳐다봤다. 유정은 몸을 돌려 다시 걸어가고 있었다.

"……너네."

"응?"

희건이 입을 열자 친한 척하던 남자애들이 희건을 쳐다봤다. 희건이 자신보다 한참 작은 남자애를 내려다보며 말했다.

"성유정 건들지 마라."

"어……? 야. 우리가 쟤 괴롭힌 거 아니야. 잠깐 장난이나 친 거지. 그치?"

"맞아. 그런 거지."

애들이 웃으며 넘어가려고 하자 희건이 우뚝 멈춰 섰다.

"장난도 치지 말라고."

웃음기 없이 하는 말에 남자애들이 서로 눈치를 보며 대답했다.

"어…… 아, 알았어. 이제 안 그럴게."

대답을 듣고서야 희건이 다시 걸어가기 시작했다. 남자애들은 작게 투덜거리면서 희건의 뒤를 쫓았다.

희건은 그날부터 늘 끌려갔던 재벌가 행사장에도 스스로 참석했다. 성구식 회장의 입지가 넓어짐에 따라 유정이 참석하게 되는 자리도 많아졌다. 결정적으로 차 회장의 가든파티에 초대된 이후 더 많아져 성 회장은 늘 유정을 예쁘게 꾸며 함께 나왔다.

"할아버지."

유정이 성 회장을 향해 맑게 웃어 보이는 모습을 희건이 조금 떨어진 곳에서 보고 있었다. 유정이 방긋방긋 웃는 모습을 볼 때마다 희건은 가슴속에 묘한 파동이 이는 것이 느껴졌다.

유정을 찾는 게 일상이 되면서 희건은 아침을 기다리게 됐다. 그 변화를 눈치챈 듯 윤아가 교실에서 물었다.

"희건이 너 요즘 기분 좋아 보인다? 뭐 좋은 일 있어?"

"……."

희건은 대답 없이 창밖만 쳐다봤다. 운동장엔 체육 시간인 유정이 있었다.

희건은 수업 시간 내내 창밖의 유정만 시선으로 좇았다. 친한 친구가 없는 모양인지 유정은 늘 혼자 있었다. 체육 시간에도 아이들과 조금 떨어진 곳에 혼자 서 있는 모습이 자주 눈에 띄었다.

'……너도 나 같구나.'

희건은 그런 유정에게 동질감을 느끼는 한편, 이상하게도 혼자 있는 유정이 마음에 들었다. 간혹 누군가와 짧은 대화를 하는 모습을 볼 때는 묘한 불쾌감을 느꼈다. 유정이 혼자 있길 바라는 이유가 그녀에 대한 소유욕이라는 걸 이때 희건은 알지 못했다.

주말은 희건에게 유독 긴 시간처럼 느껴졌다. 재계 행사라도 있으면 유정을 볼 가능성이 있었지만, 아무 일 없는 주말은 한없이 시간이 느리게 흘러갔다.

그럴 땐 하루 종일 유정을 떠올렸다.

그 주에 봤던 성유정의 모습들을 하나하나 머릿속에 떠올리다 보면 그나마 시간을 견딜 수가 있었다.

지루한 주말이 끝나고 월요일 아침이 왔다. 희건이 학교 갈 준비를 하고 나오는데 나주댁이 물었다.

"희건이 학교에 친한 친구라도 생겼나 봐?"

"저요?"

희건이 돌아보자 나주댁이 부드럽게 웃었다.

"그래. 요즘 학교 가는 게 즐거워 보여서."

"아아."

희건이 가볍게 웃고는 가방을 고쳐 멨다.

"다녀오겠습니다."

인사한 희건이 빠르게 집을 나서는 모습을 나주댁이 안심한 얼굴로 바라봤다.

"늘 어둡더니 좀 나아져서 다행이네."

희건이 웃는 걸 보는 건 처음 같았다. 희건이 나간 현관을 보고 있던 나주댁은 부드럽게 웃고는 돌아섰다.

그렇게 유정을 관찰하던 어느 날, 학교 강당에서 단체로 사교댄스를 배우게 되었다. 그것도 유정의 학년과 함께.

희건은 처음부터 유정을 주시하고 있었다. 뒤를 쳐다봤을 때 시선이 마주친 것 같았는데 유정은 자신을 모르는 걸로 보였다.

음악이 시작되고 한 명씩 상대가 바뀔 때마다 심장 울림의 강도가 세졌다. 이윽고 바로 맞은편 옆까지 유정이 왔다. 한 번만 더 상대가 바뀌면 유정과 같이 춤을 춘다고 생각하니 뒷목이 뻐근할 정도로 긴장이 됐다.

그리고 그녀가 자신 앞에 올 타이밍이 됐다.

삑-

그때 호루라기 소리가 들리고 음악이 끝났다.

"자, 이제 그만. 오늘은 여기까지 해요."

⋯⋯끝이라고?

희건은 그 순간 깊은 실망감을 느꼈다. 그 실망감이 자신이 유정과 함께 마주 보는 그 순간을 무척 기대했음을 알려 줬다. 자신이 생각 이상으로 유정과 마주 보고 싶어 한다는 것도 깨달았다.

하지만 말도 걸지 못한 채 지켜만 보는 시간은 그로부터 며칠이 더 흘렀다.

일주일 뒤, 유정이 갑자기 보이지 않았다.

이틀째, 사흘째에도 유정이 보이지 않자 희건은 초조해졌다. 결국 그는 유정의 반으로 찾아갔다.

"차희건 오빠야!"

초등학교에서도 유명 인사인 희건이 나타나자 반의 여학생들이 꺄악거렸다. 희건이 그중 한 여학생을 불렀다.

"저기 물어볼 게 있는데."

"네, 네. 무슨 일이세요?"

여학생이 볼이 빨개져선 잔뜩 긴장한 얼굴로 희건을 쳐다봤다.

"이 반에 성유정이라고 있을 텐데. 혹시 어디 아파서 안 나오는 건가 해서."

"아, 성유정요? 전학 갔어요."

희건의 얼굴이 굳었다.

"전학을⋯⋯ 갔다고?"

"네. 며칠 전에요."

"……그래. 고마워."

희건이 굳은 얼굴로 돌아서는데 뒤에 다른 여자애가 달려왔다.

"희건 오빠!"

돌아보는 희건을 여자애가 눈을 빛내며 말했다.

"성유정 어디로 전학간지 저 아는데."

희건이 멈칫했다.

"안다고?"

"네. 성유정이 선생님한테 말하는 거 우연히 들었거든요."

희건이 진지한 얼굴로 물었다.

"어딘데? 거기가."

유정은 사립학교에서 일반 학교로 전학 온 상황이었다. 하지만 유정은 여전히 혼자였다. 며칠 사이에 표정도 많이 어두워져 있었다.

하교를 하려 책가방을 싸는 애들 사이에서 유정도 가방을 싸고 있을 때였다. 여자애들이 창가에 몰려서 웅성거렸다.

"아, 밖에 엄청 잘생긴 오빠 있대."

"진짜? 누군데?"

"몰라. 고등학생 같은데 키도 엄청 커. 누구 기다리나 본데? 저기 보이지?"

"잘 안 보이는데? 어? 안으로 들어온다! 나가서 구경할까?"

"나가자!"

시끌시끌한 여자애들의 말을 뒷등으로 넘기며 유정은 책가방을 메고 도서관으로 향했다.

한편 학교 안으로 들어온 희건은 지나가던 아이에게 물었다.

"여기 도서관이 어디야?"

"저기 뒷건물이요."

대답을 들은 희건은 하교하는 아이들을 지나 도서관이 있는 건물로 향했다. 유정이라면 분명 학교가 바뀌었어도 도서관에 있을 거라 생각했기 때문이었다.

희건이 문득 멈춰 섰다.

유정이 그의 시야에 들어왔다. 책가방을 메고 도서관 건물로 들어가는 유정을 희건이 그 자리에 서서 바라봤다.

건물로 사라진 유정이 곧 창가에서 모습을 드러냈다.

"……."

창가 자리에 앉는 유정을 보던 희건이 안도한 표정을 지었다.

'있구나, 여기.'

여기에서 볼 수 있구나. 너를.

08

"날 찾아왔었다고요……?"

희건의 말을 듣는 내내 유정은 처음부터 끝까지 믿을 수 없다는 얼굴이었다.

"그렇습니다. 나중에 사람을 쓰게 됐을 때는 다른 방법을 사용하기도 했지만."

유정이 혼란스러운 표정을 지었다.

"그……."

뭔가 말하려 입술을 달싹거리던 유정이 눈썹을 찌푸리고 고개를 저었다.

"이 이야기가 너무 당황스러워서, 어디까지 믿어야 할지 모르겠어요."

"믿지 않아도 됩니다."

희건의 말에 유정이 미간을 좁힌채 그를 쳐다봤다.

"네?"

"곧 믿게 될 테니까."

그가 유정을 똑바로 쳐다봤다. 직선으로 향하는 그의 눈빛에 거짓이라고는 전혀 느껴지지 않았다.

그 사실이 유정은 더 당황스러웠다.

"내가 당신을 사랑하는 이유를 설명해야 된다면, 난 그때부터 설명할 수밖에 없으니까 말한 겁니다."

"……."

유정이 뭐라 말을 해야 할지 몰라 쳐다보고만 있자 희건이 샴페인 잔을 들었다.

"그런 나에게 성유정과의 두 번째 데이트는 충분히 기념할 만하지 않나?"

진한 눈빛으로 유정을 보며 희건이 잔을 내밀었다. 유정은 뭐라 말하지 못한 채 제 잔을 그의 잔에 부딪쳤다.

챙.

잔이 울리는 청아한 소리와 함께 유정이 시선을 내렸다. 그녀의 흔들리는 시야에 케이크와 꽃다발이 보였다.

※ ※ ※

희건이 집무실로 들어서자 김 실장이 따라 들어왔다.

"P 쪽은 어떻게 진행되고 있습니까."

희건이 자리에 앉으며 묻는 말에 김 실장이 곧장 대답했다.

"정리됐습니다. 신경 쓰지 않으셔도 됩니다."

"……."

희건이 눈을 가늘게 뜨고 창밖을 쳐다봤다.

"이제 우리가 움직이죠."

창밖에 시선을 둔 채 희건이 말하자 김 실장이 안경을 고쳐 썼다.

"시작하실 생각이십니까?"

희건의 시선이 김 실장으로 천천히 향했다.

"이제 충분한 것 같습니다."

의미심장한 희건의 말에 김 실장이 고개를 숙였다.

"알겠습니다."

"매수 주식이 다 잡아먹혔다고?"

범훈이 얼굴을 찡그리며 실장을 쳐다봤다.

"어쩌다?"

황당하다는 듯 묻는 소리에 실장도 난감하게 대답했다.

"어디서 냄새를 맡은 건지 차명으로 설립한 페이퍼컴퍼니들이 전부 기관에 신고당했습니다."

"뭐야?!"

범훈이 눈을 부라리며 자리에서 벌떡 일어섰다.

"수사에 들어가게 돼서 우선 있는 건 다 뱉어 낸 상황입니다."

실장이 난처한 얼굴로 설명하자 범훈이 화가 난 표정으로 물었다.

"그걸 다시 매수한 게 차희건이고?"

"네."

범훈이 황당한 얼굴로 숨을 크게 들이켰다.

"허, 참⋯⋯."

다시 털썩 의자에 앉은 범훈이 신경질적으로 머리를 헝클였다.

"아오! 그 새끼!"

짜증스럽게 소리친 그가 씩씩거렸다.

"아주 무서운 새끼네. 관심 없는 척 굴더니 주식 동향을 다 살펴보고 있었단 말인데. 여우 같은 새끼가."

범훈이 이를 갈며 내뱉는데 실장이 걱정스러운 얼굴로 말했다.

"지금 수사 진행되는 게 차 회장님 귀에 들어가게 되면……."

"미쳤어?! 그거 하나 못 막아!"

범훈이 버럭 소리쳤다.

차 회장이 알게 되면 트라우마를 건드는 꼴이고 그렇게 되면 일이 정말 커지게 된다.

"엄마 어떻게 됐는지 봤잖아. 나도 걸리면 그 꼴 난다고."

범훈이 초조하게 눈을 굴렸다.

그의 모친인 주리는 희건에게 지분을 나눠 주고 싶지 않아서 일을 꾸미다가 차 회장에게 제대로 걸렸다.

'지분은 모두 몰수했으니 해외로 나가라. 돌아오는 순간 구속될 테니 돌아올 생각은 하지 말고.'

'아, 아버님 그건……!'

'너희 자식들은 남겨 두는 걸 다행으로 알아. 거기서도 허튼수작 부리면 네 자식들도 똑같은 처지가 될 거라는 걸 명심해야 할 거다.'

그 길로 쫓겨난 남일과 주리는 그 뒤로 한 번도 입국하지 못했다. 친자식이지만 회사 이름과 명예에 먹칠을 하는 걸 더 용서치 못한 차 회장은 그 정도로 독한 사람이었다.

불안하게 눈을 굴리던 범훈이 실장에게 소리쳤다.

"늘 하는 방식 있잖아. 그렇게 하면 되지!"

"그게…… 이번에 인사이동으로 상부가 갈리면서 문제가 좀 생겼습니다. 지금까지의 방식이 통하지 않습니다."

"안 통한다고?"

범훈의 눈이 커졌다. 실장이 집무실 문 쪽을 힐긋 쳐다보고는 누가 들어오지 않는지 확인한 뒤 난처한 표정으로 설명했다.

"접근했던 황 실장이 도리어 뇌물 혐의로 수사 대상이라고 협박을 당하고 온 모양입니다."

"뭐야?!"

"그나마 아직 황 실장이 우리 쪽 사람인 건 모르는 상태입니다."

"……"

소리 낮춰 하는 말에 범훈이 인상을 쓰고 있다가 갑자기 웃었다.

"하, 멍청하긴. 그거 다 작전인 거 몰라?"

"작전이요?"

실장이 눈을 끔뻑였다. 범훈은 입술 끝을 말아 올리고는 비아냥거리듯 말했다.

"그래. 더 큰 거 달란 거지. 이번에 바뀐 애가 누군지 배짱이 아주 좋네. 욕망도 클 거고."

"황 실장 말로는 그게 아닌 것 같다고……"

"잔말 말고 연결해. 내가 처리할 테니까."

범훈이 다리를 꼬며 손짓하자 실장이 안경을 추켜올렸다.

"직접 하실 생각이십니까?"

"돈 앞에 안 되는 인간 없어. 적어도 이 바닥엔."

느릿하게 말한 범훈이 야비하게 웃었다.

※ ※ ※

유정은 발코니에 나와 멍하니 하늘을 보고 있었다.

'날 그때부터 보고 있었다고…….'

희건의 말이 혼란스러웠지만 믿지 않을 도리도 없었다. 그가 한 말 중 틀린 말은 하나도 없었으니까.

그리고 희건의 과거 이야기도 신경이 쓰였다. 차 회장의 친아들이란 말만 들었지 어떤 어린 시절을 보냈는지는 몰랐는데 철저히 고립된 삶을 살았다는 걸 알게 되자 착잡한 마음이 들었다.

'아무리 그래도 진한그룹 총수의 아들인데 그렇게까지…….'

차범훈과 차이태의 부모도 본 적이 없기 때문에 어떤 사람인지 몰랐다. 생각해 보니 차 회장의 저택에서도 그 부모에 대해선 다들 아예 말도 없었다. 돌아가신 것도 아닌데 찾아오지도 않고 언급도 안 해서 이상하다고 생각했던 적은 있었다. 딱히 물어보진 않았지만.

희건과 평소에 대화를 나누는 사이도 아니었기 때문에 물어볼 수도 없었다. 그래서 몰랐는데 그 부모들이 자기 친자식들만 싸고 돈 모양이었다. 희건은 그 부분은 자세히 말하지 않았지만 뉘앙스로 알 수 있었다.

"……외로웠겠구나. 그 사람도."

항상 추울 정도로 냉기를 느꼈던 그 거대한 저택에서 어린 시절의 희건은 많이 외로웠을 것 같았다.

유정의 표정이 어두워지는데 갑자기 목소리가 들렸다.

"여기 있었군요."

희건의 목소리에 유정이 고개를 돌렸다. 슈트 차림의 희건이 발코니 입구에 서서 그녀를 보고 있었다.

"희건 씨?"

유정이 의아한 눈으로 의자에서 몸을 일으켰다.

"이 시간에 무슨 일이에요?"

아직 점심때인데 희건이 퇴근했을 리도 없다는 생각에 유정이 눈을 둥글게 떴다. 희건이 그녀 쪽으로 다가오며 말했다.

"뭐 하고 있나 궁금해서."

"네?"

유정의 눈이 더 커지는데 희건이 그녀 앞에 서서 가만히 내려다봤다.

"그때 내가 한 말에 많이 놀란 것 같은데, 아닙니까?"

"그거야……."

유정이 뒷말을 흐렸다. 지금 그 생각을 하고 있던 게 맞았으니까. 그녀의 표정을 가만히 내려다본 희건이 입을 열었다.

"부담 가지라고 한 말은 아니었습니다. 신경 쓰인다면 안 들은 걸로 해도 됩니다."

"……."

유정이 희건을 올려다봤다.

"놀란 것뿐이지 부담 된다는 건 아니에요."

그녀가 작지만 명료하게 말하자 희건의 눈빛에 의외감이 스쳤다. 유정이 그와 시선을 맞추고 물었다.

"그런데 그거 말하려고 온 거예요?"

"얼굴 보고 말해야 할 것 같아서."

희건이 짙은 눈동자를 유정이 그를 조용히 마주 봤다. 진지하게 응시하던 희건이 말했다.

"아니, 거짓말입니다."

"네?"

유정이 의아하게 눈을 깜빡였다. 그녀에게 향한 희건의 눈동자가 열기를 띠었다.

"그저 보고 싶어서 왔습니다. 성유정 씨가 보고 싶어서."

뭐라고……?

유정이 잠시 할 말을 잊은 듯 입을 작게 벌리고 희건을 올려다봤다. 그녀의 흔들리는 시선을 희건이 햇살 아래에서 숨 막히게 잘생긴 얼굴로 내려다보고 있었다. 홀린 듯 시선이 얽혀 있던 유정이 정신을 차리고 빠르게 말했다.

"몇 시간 전까지 봤잖아요."

"그 몇 시간 사이에 보고 싶어졌는데 어떡합니까."

"……."

유정이 또 할 말을 잊은 채 당황한 눈만 깜빡거렸다. 이 남자가 일부러 자신을 당황시킬 말만 준비해 온 건지 의심이 될 정도였다.

유정이 아무 말도 못하고 서 있는데 희건이 손을 뻗었다. 그녀의 뺨에 부드럽게 닿은 그의 손이 그녀를 다정하게 어루만졌다.

"점심시간에 잠시 나온 거라 그만 가 봐야겠군요."

정말…… 보러만 온 건가?

유정이 시선을 빼앗긴 채 그런 생각을 하고 있는데 희건이 몸을 돌렸다.

"몇 시간 뒤에 보죠."

짧게 말한 그가 다시 발코니 입구로 뚜벅뚜벅 걸어갔다.

'정말 잠깐 온 거구나.'

희건의 뒷모습을 조용히 보고 있던 유정이 그가 만졌던 뺨에 제 손을 살짝 올렸다. 온기가 남아 있는 것 같은 뺨 위에 유정은 한동안 손끝을 대고 있었다.

그때 발코니 입구 안쪽에서 누군가가 서 있었다.

"……."

한 실장이 안경 너머 예리한 시선으로 유정을 응시하고 있었다.

※ ※ ※

윤아가 밝은 얼굴로 청담동 프렌치 레스토랑에 들어섰다.

"윤아야, 여기."

안에 앉아 있던 미란이 윤아를 향해 반갑게 손을 흔들었다.

"미란 언니!"

윤아도 환하게 웃으며 손을 흔들고는 얼른 걸어와 미란의 앞에 앉았다. 미란이 먼저 안부를 물었다.

"잘 지냈어?"

"그럼요. 언니는 어디서 관리를 받기에 나날이 어려져요? 나도 좀 소개시켜 줘요. 같이 어려지게."

윤아가 미란의 얼굴을 빤히 보면서 말하자 미란이 웃음을 터뜨렸다.

"아무튼 이윤아, 요 여우. 사람 기분 좋은 말만 골라 한다니깐."

칭찬에 약한 미란의 입꼬리가 휘어 올라가 있는 걸 윤아가 재빠르게 확인했다.

"어머, 언니. 저 진심이에요."

"그래. 알았어. 근데 무슨 일이야?"

갑자기 연락해서 만나자고 한 윤아에게 미란이 목적이 뭔지 물었다.

"그냥 오랜만에 언니랑 맛있는 거 먹고 수다 좀 떨려고요. 요즘 바빠서 언니를 통 못 본 거 같아서요."

윤아가 생긋 웃으며 말했다.

"하긴 나도 바쁘긴 했지. 그럼 일단 맛있는 거부터 먹자."

"네. 언니."

미란이 메뉴판을 펼치며 말하자 윤아가 웃으며 대답했다.

식사가 끝나고 디저트에 커피를 마시며 윤아가 슬쩍 운을 뗐다.

"요즘 희건이 부부는 집에서 어때요? 잘해요?"

희건의 이름이 나오자 미란의 미간이 좁혀 들었다.

"말도 마. 차희건 진짜 웃겨서."

"왜요? 무슨 일인데."

달칵, 윤아가 커피 잔을 내려놓고 상체를 바짝 당겨 앉았다. 미란은 짜증 난다는 듯 가슴 앞에서 팔짱을 끼고는 다리를 꼬며 말했다.

"전에 말했지? 성유정 있을 땐 지연이랑 나랑 불어로만 대화한다고."

"네. 들은 적 있어요."

이미 꽤 오래전부터 그랬다고 들은 기억이 있어 윤아가 얼른 대답했다. 미란이 어이없다는 듯 입꼬리를 비틀어 올렸다.

"근데 차희건이 그걸 빌미로 다신 그 집에 성유정 데려오지 않겠다고 엄포를 놓은 거야. 회장님도 계신 자리에서."

"어머! 진짜요? 차희건 미쳤나 봐!"

윤아가 손으로 제 입을 막으며 눈을 크게 떴다.

"진짜 미친 거지. 그러고는 자기도 그 뒤로 집안 모임에 코빼기도 안 비치고 있어."

"희건이도 진짜 너무하네…… 근데, 그걸 희건이가 어떻게 알았대요?"

윤아가 관심을 보이며 묻는 말에 미란이 우아하게 커피 잔을 들어 올리며 대답했다.

"자기가 직접 들었다는데 거짓말이겠지. 성유정이 다 뒤에서 고해바쳤으니 알게 된 거 아니겠어?"

"……."

윤아가 눈을 가늘이고 잠시 생각에 잠겼다. 커피를 한 모금 마시고 내려놓으며 미란이 인상을 찌푸렸다.

"아니, 성유정도 그러면 안 되는 거 아니야? 차희건 시켜서 안 간다고 못 박아 놓고 자긴 팔자 좋게 집에서 지 좋은 일만 하고 살겠다는 건데."

"그럼요. 막내며느리가 그럼 안 되죠."

"막내며느리는 무슨."

미란이 코웃음을 치며 이죽거렸다. 그 얼굴을 유심히 살피며 윤아가 미란의 비위를 살살 맞추기 시작했다.

"언니와 사는 세계가 워낙 다르긴 하죠. 언니도 짜증 나겠어요. 그래도 덕분에 회장님 눈 밖에 아예 나 버리면 차희건이 대주주들 마음 얻긴 어렵지 않겠어요?"

윤아가 슬쩍 하는 말에 미란이 교활하게 웃었다.

"그건 그렇겠지."

차희건에게 과도하게 쏠려 있는 회사 내 임원들의 지지가 이번 기회에 박탈당한다면 그보다 더 좋은 일은 없을 거였다. 미란이 한결 나아진 표정으로 말했다.

"지금 와서 말이지만 솔직히 회장님이 내심 친아들이라고 차희 건에게 다 물려줄 생각 아닌가 의심도 했었는데, 완전 급 떨어지는 애를 결혼 상대로 데려온 순간 안심이 되더라니까?"

"에이, 설마 회장님이 그런 생각이셨겠어요?"

윤아가 그럴 리 있냐며 손사래를 쳤다. 그러고는 넌지시 덧붙였다.

"존재 자체가 알려지길 바라지 않으실 텐데."

윤아의 말에 미란의 입가에 미소가 더 짙어졌다.

"그러게 말이야. 기우였던 거지."

미란의 미소를 보던 윤아가 한숨을 내쉬었다.

"하아, 제가 희건이와 결혼했다면…… 언니 맘에 들게 잘했을 텐데요. 딱 그 자리 지키면서 언니와도 친하게 지내고."

커피 잔을 매만지며 은근한 뉘앙스를 내비친 윤아가 얼른 웃었다.

"아, 이미 다 지난 얘긴데 제가 별소릴 다 하네요. 언니랑 가족이 되고 싶었던 아쉬움 때문에요."

"나도 많이 아쉽지. 사실 희건이 짝으론 너만큼 맞는 애가 어디 있겠어. 집안끼리도 친하고."

"……그건 그렇죠."

윤아가 짧은 머리칼을 귀 뒤로 넘기며 시선을 내렸다.

"……"

커피 잔에 시선을 둔 윤아가 눈을 가늘게 뜨고 생각에 잠겼다. 잠시 그러고 있던 윤아가 생긋 웃으며 고개를 들었다.

"아, 저 그만 회사 들어가 봐야 할 시간이네요."

"그래. 나도 가 봐야겠네. 일어나자."

고개를 끄덕인 미란이 먼저 일어섰다. 윤아도 곧 따라 일어나 함께 레스토랑을 나섰다.

"오늘 언니 봐서 너무 반가웠어요. 조만간 또 봐요. 우리."

"연락할게."

"네."

미란과 인사를 나눈 윤아는 주차장으로 향하는 미란을 잠시 바라봤다. 미란이 기사가 대기하는 차로 올라타는 것까지 확인한 윤아가 휴대폰을 들었다.

신호가 가다가 통화가 연결되자 윤아가 곧바로 말했다.

"유정 씨. 난데요. 지금 시간 되면 차 한잔할래요?"

유정이 카페로 들어서자 테이블에 앉아 있던 윤아가 손을 들어 보였다.

"유정 씨. 여기요."

윤아를 본 유정이 걸어갔다. 테이블로 다가가자 윤아가 밝은 얼굴로 말했다.

"식사는 이미 했을 거 같아서 차 마시자고 했는데, 밥은 먹었죠?"

"네. 먹었어요. 잠시만요."

유정이 대답하고는 주문하러 카운터로 걸어갔다.

"……."

생글생글 웃고 있던 윤아는 유정이 시야에서 멀어지자 곧 표정을 차갑게 바꿨다.

차희건과 살고 있는 여자.

　차 회장의 생각이 어떻든 희건이 마음에 들지 않는 상대와 정략 결혼 같은 걸 할 사람이 아니다. 하지만 의외로 결혼하고 난 뒤 희건이 집에도 가지 않고 계속 회사에 머물고 있는 모습을 봤다.

　'혹시 집에 들어가기 싫어서?'

　그렇게 생각했는데 아니나 다를까 미란에게서도 둘의 사이가 좋지 않다는 말을 들었다. 그 이야기를 듣고서 윤아는 내심 안심했었다.

　'어쩔 수 없이 결혼한 거 맞네. 하긴 차 회장을 어떻게 이겨 먹겠어.'

　다행이라고 생각하고 있었는데, 몇 달 전부터 그의 태도가 갑자기 돌변했다. 그때부터 윤아는 조급해지기 시작했다.

　'아이가 생기지 않았으니 이혼당할 거라고 생각했는데…….'

　차 회장의 목적은 두 사람을 결혼시켜 아이까지 갖게 하는 거였겠지만, 두 사람이 관계가 안 좋아 그건 가능하지 않을 거라고 여겼다.

　결국 아이를 갖지 못한 성유정을 차 회장이 내치리라 생각했는데 지금은 예상과 전혀 다르게 흘러가고 있었다. 성유정은 이혼 당하지도 않았고, 오히려 차희건이 갑자기 성유정에게 관심을 보이기 시작한 거였다.

　'차희건은, 처음부터 내 거였어.'

　윤아의 표독스러운 시선이 유정의 단정한 뒷모습에 박혀 들었다.

　차희건 하나만 보며 그의 곁을 지킨 게 20년이 넘었다. 그가 결혼을 했어도 포기할 수 없어 기회만 보고 있었다. 그런데 저런 급도 안 맞는 여자에게 차희건을 빼앗길 순 없었다.

'아.'

주문을 마친 유정이 몸을 돌린 순간, 윤아도 얼른 시선을 피했다. 창밖을 보는 척하던 윤아는 유정이 다가오자 미소 지으며 고개를 돌렸다.

"방금 전에 재벌가에 아는 언니와 밥을 먹었거든요."

"아, 그래요."

진동벨을 테이블 위에 올려 둔 유정이 윤아를 바라봤다.

"그 언니가 어찌나 돈 자랑을 하는지, 관심도 없는 이야기를 계속 해 대는데 억지로 웃고 있었더니 체할 뻔했어요."

윤아가 피곤하다는 듯 인상을 썼다.

"힘드셨겠어요."

"네. 힘들었죠. 그런데 유정 씨도 고생 참 많았겠어요."

"네?"

갑자기 자기 얘기를 하자 유정이 눈을 깜빡였다. 윤아가 제 손가락으로 턱을 매만지며 조심스럽게 말했다.

"이런 얘기 해도 될지 모르겠는데…… 희건이한테 들었거든요."

"무슨 얘기를요?"

"그 집에서 새언니들이 유정 씨 괴롭히고 불어로 대화하고 그랬다면서요."

유정이 멈칫했다.

"희건 씨가…… 그런 얘길 해요?"

윤아가 어깨를 으쓱거리며 웃었다.

"우린 친구라 어릴 때부터 별별 얘기 다 했거든요. 그래서 이제 본가도 안 가고 있다면서요."

"네. 아, 잠시만요."

진동벨이 울리자 유정이 그걸 들고 일어섰다.

윤아는 유정이 트레이 위에 자신의 찻잔을 가져오는 동안 느긋하게 유정을 관찰했다. 유정은 아까와 별다른 표정 변화는 없어 보였다.

'그래도 속으론 충격이 꽤 클걸?'

차희건은 절대 이런 말을 하지 않을 사람이지만, 두 사람을 이간질시키려면 희건을 못 믿게 해야 했다. 윤아는 싸늘한 시선으로 유정을 관찰하며 생각했다.

유정이 자리에 앉자 윤아가 다시 입을 열었다.

"차 회장님이 그걸로 많이 화나신 모양이에요. 아시죠? 그분 성미."

"네. 알고 있어요."

유정이 작게 대답했다.

"유정 씨 화나는 것도 이해하지만 희건이 입장도 아주 곤란해진 모양이니까 적당히 얼굴 비치고 그래요. 그러다 희건이만 상속 못 받으면 어떡해요?"

"……."

유정이 대답 없이 찻잔을 들어 올리자 윤아가 걱정된다는 얼굴로 물었다.

"희건이 회사에서 입지가 어떤지 유정 씨는 모르죠?"

"잘은 몰라요."

유정이 차를 한 모금 마시고 대답했다. 윤아는 그럴 줄 알았다는 듯 설명을 시작했다.

"그 집 남자들 중에서 차희건이 가장 월등해요. 사업적 능력, 두

뇌, 카리스마 모든 게요. 하지만 회장님이 주력 사업은 다 형들에게 맡기고 희건인 가장 뒤떨어진 자동차 쪽을 맡게 했어요."

"그랬어요?"

처음 듣는 얘기에 유정이 집중하는 듯 보이자 윤아는 친절한 어조로 설명을 이어 나갔다.

"그런데 희건이가 그 자동차 사업을 몇 년 만에 회사의 주력 사업으로 키운 거예요."

"아아……."

유정이 천천히 고개를 끄덕였다. 윤아는 자기만 아는 이야기인 것처럼 늘어놓기 시작했다.

"어릴 때부터 그랬어요. 매사 관심 없어 하고 사교육 한번 받아 본 적이 없는데, 난다 긴다 하는 천재들 사이에서 늘 1등을 도맡아 했거든요. 한번 마음먹고 달려들면 위에 형들은 절대 차희건을 따라잡지 못할 거예요."

"……."

"차 회장님도 그걸 알기 때문에 유정 씨랑 결혼시켜서 리스크를 주신 거죠. 아, 미안해요. 이런 말 기분 나쁘죠?"

윤아가 깜짝 놀란 얼굴로 제 손으로 제 입을 막았다. 유정은 고개를 저었다.

"아뇨. 정말 다 알고 있네요. 이윤아 씨는."

씁쓸함이 담긴 말투를 기민하게 파악한 윤아가 얼른 웃어 보였다.

"희건이가 마음 터놓는 친구가 나밖에 없어서요."

"정말 그런 것 같아요."

"아, 그래도 오늘 한 얘긴 희건 이가 알면 좋을 거 없으니까 비밀로 해 줘요. 절대 말하지 말라고 했거든요."

유정이 작게 고개를 끄덕였다.

"그럴게요."

"나도 사실 말하면 안 되는 건데…… 친구로서 희건이가 좀 걱정돼서 말한 거거든요. 우리끼리 아는 걸로만 해 줄 거죠?"

윤아가 당부하듯 말을 보태자 유정이 윤아를 바라봤다.

"걱정 안 해도 돼요."

"고마워요."

윤아가 안심한 듯 웃었다. 성유정 같은 성격은 사람과 하는 약속을 반드시 지키려 들 거기 때문에 제 거짓말이 희건의 귀에 들어갈 가능성은 적었다.

윤아가 입술 끝을 몰래 휘어 올리는데 찻잔을 매만지던 유정이 입을 열었다.

"그럼 저와의 결혼이 희건 씨에게 리스크가 되는 건 사실이네요."

"안타깝지만…… 사실 그래요."

"……."

유정의 얼굴이 어두워졌다. 그걸 주시하며 윤아가 말을 이었다.

"그래도 능력이 워낙 출중해서 회사 내에도 후계자로서 희건이에게 힘을 실어 주려는 임원들이 꽤 있었어요. 그런데 지금은 완전히 찬밥 신세가 됐거든요."

유정의 점점 더 어두워지는 얼굴을 보던 윤아가 유정 몰래 입술 끝을 끌어 올렸다.

그러고는 말을 덧붙였다.

"……그 결혼 이후에요."

※ ※ ※

윤아와 헤어진 유정은 집에 오는 내내 생각에 잠겨 있었다. 카페에서 윤아에게 들은 말이 귓속을 맴돌고 있었다.

'희건이 결혼 상대로 정말 쟁쟁한 기업의 고명딸들이 줄을 섰었어요. 그 소문만으로도 차희건 주가가 엄청 올라갔죠.'

'그건 들었어요.'

'알고 있죠? 그때 엄청 많았다고 알고 있는데 아마 그게 차 회장님 심기를 거스른 게 아닌가 싶어요. 그 직후에 유정 씨와 결혼을 추진하셨거든요.'

생각해 보면 희건이 차 회장의 계략에 말려들지 않기 위해 자신에게 2년간 손도 대지 않았으니 그 뒤 계약이 끝나면 그냥 그대로 이혼하는 게 그의 입지에는 훨씬 좋았을 거였다.

그런데 왜…….

가슴이 답답해 옴을 느끼며 유정은 그 질문에 대한 희건의 대답을 떠올렸다.

'나는 처음부터 당신을 사랑하고 있었으니 말입니다. ……아주, 오래전부터.'

차창 밖을 보던 유정이 숨을 크게 들이켰다. 희건에게 들었던 그 말이, 아까 윤아에게 들은 상황과 합쳐져 그때보다 더 깊은 울림으로 유정에게 다가왔다.

'믿지 않아도 됩니다. 곧 믿게 될 테니까.'

희건은 그렇게 말했다. 그 말이 진심이 아니라면 첫 번째 계약
종료 이후에 그가 이혼하지 않을 이유가 없었다.

'하지만 그렇게 하면…… 그 사람은 잃는 게 너무 많잖아.'

자신과의 결혼을 대가로 희건은 잃어야 하는 게 너무 많았다. 차
회장의 결혼 계약이야 처음부터 안 받아들였으면 그만이었지 않
을까?

'혹시 그것도 나라서……?'

유정의 눈이 흔들렸다. 명치끝이 답답해지는데 머릿속에 윤아
의 목소리가 다시 떠올랐다.

'좀 아까워하는 사람들이 많아요. 희건이도 후계자의 꿈을 안고 자동
차 사업을 일으키려 그렇게 밤낮없이 몇 년을 일했던 거 아니겠어요?'

희건이 일을 얼마나 열심히 하는지는 유정이 잘 알고 있었다. 그
저 집에 들어오지 않으려는 핑계로 일을 했던 건 아니었다. 지금도
그는 정신없이 바쁘니까.

……하아.

유정이 꽉 막힌 듯 갑갑한 가슴을 손끝으로 지그시 눌렀다. 희건
에 대한 생각이 정리되기도 전에 머릿속이 훨씬 더 복잡해져 버린
기분이었다.

저녁에 퇴근한 희건은 자신의 방 문을 열었다. 평소처럼 소파에 앉아 저를 기다리고 있는 유정을 본 그가 내심 안도했다.

……후.

이제 매일 보는 모습이었지만 그럼에도 매일 그를 안도시키는 모습이었다.

"왔어요."

탁, 유정이 늘 하던 습관대로 책을 놓고 몸을 일으켰다. 희건이 그녀에게 다가가며 물었다.

"외출은 잘했습니까."

유정이 이윤아를 만나러 간다고 말을 했기에 희건도 알고 있었다.

"……네."

대답한 유정이 그를 올려다봤다. 그녀의 표정이 평소와 다르게 어딘가 진지해서 희건이 유심히 살폈다.

"나에게 할 말이 있는 겁니까? 그런 얼굴인데."

"네. 있어요."

"말해요."

유정이 잠시 고민하는 듯하다 입을 열었다.

"본가에 다시 가는 게 좋을 것 같아요."

"……."

그녀의 말에 희건이 눈이 서늘해졌다.

"이윤아에게 무슨 소릴 들은 겁니까?"

"그건 아니에요."

유정이 고개를 젓고는 시선을 내렸다.

"어쨌든 결혼 생활을 이어 나가는 중인데 언제까지 이렇게 지낼 수는 없지 않나 해서요.”

희건이 그 자리에 선 채 유정을 내려다봤다. 한동안 유정을 보고 있던 그가 입을 열었다.

“언제까지고 이렇게 지낼 겁니다.”

“하지만⋯⋯.”

유정이 고개를 드는데 희건이 그녀를 똑바로 내려다보며 말했다.

“당신 불편한 자리 억지로 감수하게 할 만큼, 그 사람들 나에게 중요하지 않습니다.”

“⋯⋯.”

진지한 시선에 유정이 입을 다물고 희건을 쳐다봤다. 희건이 깊이 숨을 내쉬고 팔을 뻗어 두 손으로 유정의 어깨를 감싸 쥐었다.

“말했을 텐데.”

낮게 말한 그가 고개를 기울여 가까이에서 시선을 마주쳤다.

“나에게 아내보다 소중한 건 없다고.”

짙은 눈동자로 응시하며 하는 말에 유정의 눈이 작게 흔들렸다. 처음 그 말을 들었던 때보다 훨씬 더 큰 울림이 그녀 안에 퍼지고 있었다. 희건이 유정의 턱을 손으로 들어 올렸다.

“당신이 그 집에 있는 동안 내가 얼마나 피가 말랐는지 모르지.”

아⋯⋯.

희건의 눈이 그때를 떠올리듯 일그러지자 유정이 당황했다.

“그러니까 이런 말을 하겠지. 내가 얼마나⋯⋯ 고통스러웠는지 알지 못하니까.”

희건이 바로 앞에서 강하게 시선을 맞췄다.

“똑똑히 기억해 둬. 다신 당신을 그 집에 들어가게 하는 일은 없어.”

"······."

유정이 아무 말도 못 하고 흔들리는 시선으로 희건을 보고 있었다. 그가 고개를 더 가까이 숙였다.

"그 시간이면 충분하단 소리야."

잠긴 음성으로 말한 희건이 유정의 입술을 삼켰다.

※ ※ ※

서초동의 은밀한 프라이빗 바의 VIP룸에 범훈이 앉아 있었다. 혼자 위스키를 마시며 손목시계를 확인하는데 문이 열렸다.

"오셨군요."

범훈이 웃으며 자리에서 일어섰다.

서울중앙지검 차장 검사 박태웅이 안으로 들어서며 말했다.

"처음 뵙겠습니다. 박태웅입니다."

"차범훈입니다."

간단히 악수를 나눈 두 사람이 마주 앉았다.

"한 잔 하시죠."

범훈이 위스키 병을 내밀었지만 태웅은 잔을 들지 않았다.

"일이 아직 안 끝나서 사양하겠습니다. 다시 들어가 봐야 해서."

"바쁘시군요."

범훈이 제 잔에만 위스키를 따르며 말했다.

"만나 뵙기가 여간 어려운 게 아닙니다. 얼마나 바쁘시기에 제 청을 몇 번이나 거절하신 겁니까."

"아시겠지만 지금 다루고 있는 사건이 많아 할 일이 많습니다."

"그거야 잘 알죠. 덕분에 제가 상당히 애가 탔습니다. 꽤 간절한 마음이 됐달까요."

범훈이 위스키를 입안으로 흘려 넘기고는 넌지시 말하자 태웅이 안경을 추켜올렸다.

"무슨 의미십니까?"

범훈이 소파에 등을 기대며 여유있는 웃음을 지어 보였다.

"아실 만한 분이라고 생각하는데요."

범훈이 소파에 깊이 몸을 묻은 거만한 자세로 태웅을 응시하며 말했다.

"뭘 생각하셨든 그거에 4배를 드리죠."

"……."

태웅이 표정을 드러내지 않고 범훈을 쳐다보다가 싱긋 웃었다.

"제가 어디까지 생각할 줄 알고 그런 말씀을 쉽게 하십니까."

범훈이 태웅의 웃음을 보고는 비릿하게 웃었다.

'역시 보통 욕망이 아니었군.'

자기가 직접 만나자고 했는데도 여러 번 퇴짜를 놓으며 간을 보더니 다 이유가 있어서 그런 거였다. 그런 사람이었으니 초고속 승진해서 젊은 나이에 서울중앙지검 차장까지 올라간 거긴 하겠지.

이런 성격은 잘만 구슬려 두면 오히려 얻을 게 많다는 걸 범훈은 경험으로 알고 있었다. 시선으로 한동안 신경전을 벌이다가 범훈이 먼저 입을 열었다.

"보통 배포는 아니실 거라 예상은 했습니다."

"그렇습니까."

태웅이 미소 지은 채 대답했다. 범훈이 상체를 앞으로 기울였다.

"이 자리까지 올라오셨는데 이왕이면 더 큰 꿈을 꾸셔야 하지 않겠습니까."

"……."

"제가 지검장님께 충분히 힘이 되어 드릴 수 있을 겁니다."

두 사람만 있는 공간임에도 일부러 소리를 낮춰 은밀히 말하는 범훈을 태웅이 마주 봤다.

"기대되는군요. 어떤 힘을 보여 주실지."

태웅이 눈을 빛내며 말하자 범훈이 흡족히 웃었다.

'역시 돈 앞에 안 되는 인간 없지.'

범훈이 한층 유해진 얼굴로 자세를 풀고 다시 소파에 편히 등을 기댔다.

"진한그룹 장손의 힘이 어떤 건지 제가 보여 드리겠습니다."

거만하게 꼰 다리를 까닥이는 범훈의 눈이 야비하게 빛나고 있었다.

09

재벌가 모임에 참석하게 된 유정은 준비를 마치고 1층에서 희건을 기다리고 있었다. 그녀는 도도한 분위기를 풍기는 긴 블랙 드레스에 아이보리 컬러의 시어링 재킷을 어깨 위로 걸치고 있었다.

휴대폰으로 시간을 확인한 유정이 작게 한숨을 내쉬었다.

"상무님 출발하셨다고 하니까 곧 도착하실 겁니다."

"아, 네."

한 실장의 목소리에 유정이 대답했다. 다시 고개를 돌린 유정이 어두운 표정으로 정면을 응시했다. 윤아의 말을 들은 뒤로 신경 쓰이는 일이 한둘이 아니었다.

'이미 충분히 복잡했는데……'

희건만으로도 충분히 머리가 복잡했는데 지금은 가슴에 돌덩이를 얹은 것처럼 묵직했다.

'듣지 말 걸 그랬나.'

몰랐다면 차라리 나았으려나. 그저 희건의 말만 듣고 그의 상황에 대해선 아무것도 모르는 척, 그렇게 있었더라면. 하지만 이미 알게 된 사실을 모르는 척할 수는 없었다.

희건이 자신을 위해 포기한 것들에 대해서 알게 되어 버렸으니까.

"기다렸습니까."

희건의 목소리에 유정이 정신을 차리고 고개를 들었다. 생각에 잠겨 있는 사이 희건이 도착해 있었다. 그를 본 유정의 입술이 작게 벌어졌다.

짙은 그레이 컬러의 슈트가 날렵하고 탄탄한 그의 육체에 딱 맞게 떨어져 보는 순간 숨을 삼키게 했다. 깔끔하게 정돈된 머리칼은 그의 조각 같은 얼굴을 더 완벽하게 보이게 만들었다.

저도 모르게 시선을 빼앗겼던 유정이 소파에서 일어섰다.

"별로 안 기다렸어요."

유정이 작게 말하는데 다가온 희건이 그녀의 어깨를 다정히 감쌌다.

"가죠."

자신의 여자를 에스코트하는 희건의 매너에 유정은 심장이 뛰었다.

'전에도 이랬던가? 아니면 지금 더 긴장되는 건가?'

저택 밖으로 나와 기사가 열어 준 차 문으로 유정이 들어가자 희건이 그녀의 머리 위로 손을 받쳤다. 혹여 차에 부딪히지 않게 하려는 행동에 유정은 표정 관리가 어려웠다.

"고마워요."

겨우 말한 유정이 차 안으로 들어갔다. 나란히 뒷좌석에 앉은 뒤 희건이 차 문을 닫았다.

……휴.

차가 출발하고 나자 유정은 드러나지 않게 작게 숨을 뱉어 냈다.

'이렇게 차희건의 모든 행동에 다 반응하면 어떻게 하라는 건지.'

유정이 미간을 살짝 찌푸리는데 희건이 그녀의 얼굴을 들여다 봤다.

"어디 안 좋습니까?"

"아뇨. 괜찮아요."

유정이 표정을 바꿔 대답하자 희건이 그녀의 얼굴을 조용히 보고 있다가 말했다.

"가고 싶지 않으면 가지 않아도 됩니다."

유정이 희건을 올려다봤다.

'내 표정을 오해했구나.'

희건이 진지하게 응시하는 시선을 보니 자신이 재벌가 모임에 가고 싶어 하지 않는 사람으로 보인 것 같았다.

"그런 건 아니에요. 그냥 좀 신경 쓰이는 일이 있어서요."

"어떤 일입니까?"

"……."

유정이 말하기 곤란하다는 얼굴을 하고 있자 희건이 고개를 더 가까이 기울여 그녀와 시선을 맞췄다.

"!"

희건의 얼굴이 가까워지자 유정의 심장이 가파르게 뛰기 시작했다. 그가 커다란 손으로 드레스 위에 놓여 있는 유정의 손을 가만히 잡았다.

"돌아가고 싶으면 언제라도 얘기해요."

희건이 부드럽지만 진지하게 말했다.

"그럼 바로 돌아갈 테니까. 알겠습니까?"

"……."

유정이 제 감정을 지그시 숨기며 그를 응시했다. 방금 그 말도 오해한 것 같았다. 가고 싶지 않은 자리에 가면서 그걸 드러내지 않으려 하는 변명으로 들은 모양이었다.

"알았어요."

유정이 살짝 미소 지으며 대답했다. 지금 머릿속에 있는 신경 쓰이는 말을 할 바에야 차라리 그런 오해를 받는 편이 나을 것 같았다.

유정이 그가 잡고 있는 제 손을 내려다봤다. 희건은 손을 풀지 않은 채 그대로 잡고 고개만 원래의 자리로 돌렸다.

느른히 앉아 있는 희건을 곁눈질로 쳐다본 유정은 잦아들지 않는 심장박동을 억누르며 조용히 창밖으로 시선을 돌렸다.

모임이 있는 저택으로 희건과 유정이 들어섰다. 보기만 해도 시선을 압도하는 부부의 등장에 곳곳에서 술렁이는 소리가 들렸다.

유정의 손을 잡은 희건이 걸어 나가는데 문득 큰 소리가 들렸다.

"이게 누구야, 얼굴 보기 힘드신 차희건과 제수씨 아니신가?"

이 목소린?

유정이 돌아보니 범훈과 미란이 서 있었다.

"오랜만이네요. 작은 서방님."

미란이 희건을 쳐다봤다가 유정에게 시선을 옮기는데 희건이 곧바로 제 등 뒤로 유정을 숨겼다.

그걸 본 미란이 헛웃음을 흘렸다.

"누가 잡아먹기라도 할까 봐요. 이상한 행동을 하시네."

"잡아먹힐 리가 있겠습니까. 내가 두 눈 뜨고 있는데."

희건이 웃음기 없는 눈으로 내려다보며 말하자 미란이 그를 째려봤다. 그의 등 뒤에서 유정이 나가려고 했다.

"희건 씨, 이럴 것까진……."

"야, 차희건."

범훈이 인상을 구기고 희건 앞으로 한 발 다가왔다. 희건의 키가 훨씬 크기 때문에 범훈이 한참 올려다봐야 했다. 가까이에서 눈을 부라린 범훈이 소리 낮춰 말했다.

"시건방진 행동 하지 마라. 네가 뭘 하는지 다 알고 있으니까."

"……."

희건이 서늘하게 범훈을 내려다보다 말했다.

"궁금하군요. 과연 어디까지 알고 있는지."

"뭐야?!"

범훈이 험악하게 고함을 치는데 희건이 유정의 손을 잡고 그대로 가 버렸다.

얼굴이 붉으락푸르락해진 범훈이 희건의 뒷모습을 노려보며 뇌까렸다.

"건방진 새끼가……."

희건이 유정을 데리고 발코니로 들어갔다. 넓은 발코니의 난간 쪽으로 걸어가 그녀를 놔주자 유정이 걱정스러운 표정으로 말했다.

"이래도 되는 건지 모르겠어요."

노골적으로 적개심을 드러낸 걸로 하면 범훈이 더했다. 범훈은 그 집에서도 차 회장이 없을 땐 늘 그런 식이긴 했다. 하지만 늘 정도를 지키던 희건이 이런 태도를 보이는 건 유정은 처음 봤다.

희건이 유정을 가만히 내려다보며 말했다.

"내가 전에 한 말 기억합니까?"

"무슨 말요?"

유정이 의아하게 희건을 올려다봤다. 그는 슈트 바지 주머니에 손을 꽂고 시선을 똑바로 맞췄다.

"다른 사람과 인사하지 않는다."

"……."

"눈도 마주치지 않는다."

그 말은…….

처음으로 재벌 모임에 참석했을 때 희건이 했던 말이었다. 그땐 그가 자신을 일부러 데려와서 골탕 먹이려는 건 줄 알고 기분이 나빴던 게 떠올랐다.

'지금은 그게 아닌 건 알지만.'

유정이 희건을 가만히 마주 보다가 입을 열었다.

"그렇게까지 말하진 않았잖아요."

"지금 확실히 말하죠."

그가 한 손을 뻗어 유정의 뺨을 매만졌다.

"이곳에서 성유정은 나만 바라보고, 나하고만 대화해야 합니다."

"……."

뺨을 어루만지며 거리를 좁혀 오자 유정이 조용히 숨을 들이켰다. 희건이 어둡게 타오르는 눈으로 유정을 양쪽 눈을 번갈아 바라봤다. 낮은 음성이 그의 입술에서 흘러나왔다.

"내가 질투가 아주 많은 사람인 걸 당신 때문에 알게 되어 버렸
으니까."

시선이 빼앗겨 있던 유정은 순간 심장이 움켜잡히는 느낌이었
다. 지금 희건의 눈빛과 목소리에서 자신을 향한 뜨거운 진심이 느
껴졌다. 순간 숨을 삼켰던 유정이 시선을 살짝 내렸다.

"……희건 씨는 여기서 나하고만 대화하지 않잖아요. 공평하지
않다고 생각 안 해요?"

유정이 시선을 피하며 말하자 희건이 그녀의 턱을 잡아 올렸다.
다시 꼼짝없이 붙들린 시선에 유정의 반짝이는 눈동자가 작게 흔
들렸다.

"당신이 원하면 그렇게 할게."

당장 키스할 듯 이글거리는 눈으로 응시하자 유정이 당황한 듯
입을 열었다.

"그럼 여기 온 의미가 없잖아요."

"그게 뭐가 중요하지? 성유정이 나에게 자신만 보라고 한다면,
나에게 그 말보다 의미 있는 게 어디 있다고."

희건의 숨결이 닿을 듯 입술이 가까이 다가왔다. 기다란 유정의
속눈썹이 긴장으로 파르르 떨렸다.

그가 아주 가까이에서 매혹적인 눈으로 내려다보며 말했다.

"……그러니 나에게 말해 봐. 지금."

탁하게 잠긴 음성이 유정의 심장을 다시 움켜잡았다.

"말해. 당신만 보라고. ……다른 사람은 보지 말고 오직 성유정
만 보라고."

희건이 타오르는 눈빛으로 유정을 보며 말했다. 그 눈을 흔들리
는 시선으로 마주 보던 유정이 현실을 직시했다.

'안 돼.'

숨도 쉬지 못하고 희건에게 붙잡혀 있던 유정이 한 걸음 뒤로 물러났다.

"잠깐, 화장실 좀 다녀올게요."

빠르게 말한 유정이 몸을 돌려 도망치듯 멀어졌다.

"……."

희건이 어둡게 일렁이는 눈으로 유정의 뒷모습을 응시하고 있었다.

그때 발코니 아래에서 그 모습을 지켜보고 있던 윤아가 입술을 깨물었다.

'성유정……!'

질투로 독이 바짝 오른 윤아가 붉어진 눈으로 희건을 노려보고 있었다.

유정은 화장실에서 가만히 거울을 응시했다.

'……어쩌려고.'

혼란스러운 눈으로 거울을 보던 유정이 답답한 한숨을 내쉬었다. 조금 전 희건이 시킨 대로 말할 뻔했다.

'희건 씨도 나하고만 대화하고, 나만 보고 있어요.'

맙소사. 진심으로…… 그렇게 말하고 싶었어.

유정의 눈이 크게 흔들렸다. 제 감정에 당황한 자신의 모습이 거울 속에 고스란히 비쳤다.

'언제부터 이런 감정을 가지고 있던 거지?'

대체 언제 감정이 이렇게 커진 건지 감도 잡히지 않았다. 최근 희건을 거부하지 못하는 자신을 느끼고는 있었지만, 그를 볼 때마다 심장이 떨리는 것도 알고는 있었지만…….

그를 향한 감정이 이 정도로 커져 버렸다니.

'어떻게 하지. 정말?'

유정이 당혹스러운 표정으로 시선을 떨어뜨렸다. 쿵쿵거리는 제 가슴에 댄 그녀의 가느다란 손가락이 떨리고 있었다.

※ ※ ※

끼익.

윤아가 한강 다리 밑에 차를 세웠다. 시동을 끄고 담배를 꺼내 한 개비 입술에 무는데 조수석 문이 열렸다.

누가 볼까 봐 얼른 올라타 문을 닫은 남자는 정장 차림의 50대 남자였다. 남자가 긴장한 얼굴로 소리 낮춰 윤아에게 물었다.

"진한 사람이 왜 저를 보자고 한 겁니까?"

"불 있어요?"

"네?"

남자가 눈을 끔벅이는데 윤아가 제 입술에 물린 담배를 손가락으로 가리켰다.

"아…… 불 말입니까."

주머니에서 라이터를 꺼낸 남자가 두 손으로 불을 붙여 줬다. 후- 윤아가 창문 밖으로 담배 연기를 훅 내뱉고는 말했다.

"거기 열어 봐요."

윤아가 글로브박스를 힐긋 쳐다보고 말하자 남자가 열었다.

달칵.

'이, 이건⋯⋯!'

안에 든 수표 뭉치를 본 남자의 눈이 커졌다.

윤아가 남자를 보지 않고 담배를 피우며 말했다.

"거기 비리 많은 거 알고 있어요. 빼낼 수 있는 건 전부 빼내서 알려 줘요."

"비리⋯⋯ 말입니까?"

남자가 침을 꿀꺽 삼키고 윤아를 쳐다봤다. 윤아가 그제야 남자에게 시선을 돌렸다. 시선을 맞춘 그녀가 입술 끝을 올리고 말했다.

"네. 문제 될 거라면 뭐든 좋아요. 사회적 물의를 일으킬 만한 건 더 좋고."

"⋯⋯."

남자가 갈등 어린 표정을 지었다. 눈앞의 돈 다발을 흔들리는 눈으로 보고 있는 그에게 윤아가 밝은 어조로 말했다.

"어차피 곧 망할 회사, 죄책감 가질 필요는 없을 거예요."

"네? 그게 무슨⋯⋯."

남자가 쳐다보며 묻자 윤아가 생긋 웃었다.

"당신이 그걸 해 주지 않아도 다른 사람이 해 줄 테니까요."

※ ※ ※

아홉 번째 데이트 장소는 호화 요트였다.

전용기 내부처럼 거대한 소파와 테이블, 와인을 마실 수 있는 기다란 바가 있었고 모든 면에서 창밖으로 바다가 보여 답답하지 않았다. 테이블 위엔 빨간색 딸기로 숫자 9가 데코레이션 된 새하얀 생크림 케이크가 있었다.

'벌써 아홉 번째 데이트라니.'

유정이 9라는 숫자를 잠시 바라보고 있는데 희건이 그녀를 소파에 앉게 하며 말했다.

"다음 데이트가 열 번째니까, 여행을 가 볼까 합니다."

"여행요?"

유정이 눈을 깜빡였다. 여행이라는 말에 전에 신혼여행으로 갔던 섬이 떠올랐다. 그가 샴페인을 열어 두 개의 잔에 따랐다.

"이번엔 유럽 쪽이 어떨까 하는데."

희건이 그녀의 잔을 내밀자 유정이 받아 들며 의아한 표정을 지었다. 희건은 늘 바빴고 최근 더 바빠져 야근하는 날도 꽤 있었다. 주말에 시간을 비우기 위해서라고는 하지만 일이 많은 건 사실로 보였다.

"시간이 되겠어요?"

"열흘 정도는 낼 수 있을 것 같습니다."

"열흘이나요?"

유정이 놀란 듯 되묻는 말에 희건이 그녀를 가만히 응시했다.

"……."

아.

그의 얼굴에 유정은 제가 실수했다는 걸 알았다. 방금 전 자신의 말은 열흘이나 함께 여행 가기 싫다는 의미로 들릴 거였다.

그런 의미는 아니었는데…….

하지만 말을 정정하기가 망설여졌다. 여행이라는 말에 자신도 순간 기대에 찼던 것을 알기에 그런 감정을 드러내는 것에 두려움을 느꼈다.

유정이 주저하는 사이 말없이 보고 있던 희건이 낮아진 목소리로 말했다.

"난 열흘도 무척 짧다고 생각했는데 나와는 생각이 다르군요."

"그런 의미는 아니었어요. 희건 씨가 워낙 바빠서……."

유정이 시선을 피하며 말끝을 흐렸다.

"한창 바쁘던 건 우선 마무리됐습니다. 여행 다녀온 뒤엔 아마 당분간은 다시 바빠지겠지만."

"아…… 그렇군요."

유정이 제 머리칼을 어색하게 매만졌다. 조금 전 희건이 자신을 가만히 볼 때의 그 얼굴을 알고 있었다.

'이윤아 씨요? 아, 네. 얼마 전에 우연히요.'

'왜 말 안 했습니까?'

'제가 말을 했어야 했나요?'

그때도 지었던 그 표정과 한숨. 희건이 자신에 대한 실망감을 억누를 때 보이는 반응이라는 걸 알고 있었다.

어떻게 오해를 풀어야 할지 머릿속에 복잡한 생각만 떠올리며 케이크를 떠먹고 있는데 희건의 목소리가 들렸다.

"더 자주 여행해야 하는데 그러지 못해서 미안합니다."

유정이 희건을 쳐다봤다. 그는 어느새 실망감을 지우고 평소의 표정이었다.

'늘 이런 식이었을까.'

최근 희건의 이런 모습을 볼 때마다 마음이 아팠다. 그가 지금까지 이런 식으로 자신의 태도에 상처를 받고 실망스러울 때마다 참아 넘겼던 게 보여서 미안해졌다.

"······답답하지 않아요. 자격증 준비하는 것도 있고."

유정이 케이크에 시선을 향하고 작게 말했다. 죄책감 때문에 더 희건의 얼굴을 보기 힘들었다.

그때 희건이 유정의 얼굴을 잡아 부드럽게 자신 쪽으로 향하게 했다. 시선이 마주치자 유정은 심장 부근이 찌르르 울리는 걸 느꼈다. 통증 같은 울림에 유정이 숨을 들이켜는데 희건이 말했다.

"사실 내가 답답합니다. 당신과 가고 싶은 곳이 많거든요."

그녀와 시선을 맞춘 채 희건이 말을 이었다.

"이 일이 다 끝나면 어디든 갈 수 있을 정도로 자유로워질 것 같습니다. 그러니 조금만 참아요."

희건의 진한 눈빛에 유정이 대답했다.

"네. 그럴게요."

그가 원하는 대답이 나오자 희건의 입술이 매혹적으로 휘어 올라갔다.

"이런 단순한 대답만으로도 이렇게 날아갈 듯 기분이 좋은 건······."

희건이 고개를 숙여 유정의 아랫입술을 가볍게 머금었다 놔줬다.

"내가 당신을 그만큼 사랑한다는 뜻이겠지."

"······."

유정이 빨라지는 심장박동을 느끼며 희건을 마주 봤다. 심장박동뿐 아니라 가슴이 고통스러울 정도로 조여들었다.

그녀를 응시하던 희건이 다시 고개를 기울여 말캉한 입술을 삼켰다. 입술을 벌려 혀를 밀어 넣은 그가 촉촉한 혀를 휘어 감아 빨아들였다.

……하아.

입술을 떼어 내고 한층 진해진 눈으로 유정을 응시하며 그가 말했다.

"생크림이 이렇게 맛있는 거였나."

"네? 아……."

희건이 엄지로 유정의 턱을 눌러 입술을 벌리게 한 뒤 다시 진하게 혀를 섞었다. 달콤함을 맛보듯 핥고 빨아 당길 때마다 유정은 오싹한 쾌감을 느꼈다.

하, 왜…… 이래.

유정이 헐떡이며 난감하게 눈썹을 찌푸렸다. 요즘 희건과 스킨십을 할 때마다 느끼는 자극이 지나치게 컸다. 키스만으로도 온몸의 솜털이 곤두설 것 같은 쾌감에 당황한 적도 한두 번이 아니었다.

"아…… 으음. 하아."

점점 키스가 거칠어지고 농밀해질수록 두 사람의 숨결이 요트 내부를 울렸다.

입술을 떼어 낸 희건이 유정의 흐릿해진 눈에 강렬한 시선을 박았다.

"성유정이 먹은 생크림이라 맛있는 건가."

"!"

탁한 음성으로 내뱉는 말에 유정은 얼굴이 훅 붉어졌다. 희건이 그녀를 응시하며 말했다.

"더 맛보고 싶은데. 나에게 먹여 줄 수 있나?"

먹여 달라고……?

야한 어감에 유정의 심장이 더 크게 뛰고 온몸이 뜨거워졌다.

"어떻게 하라는…… 건데요?"

그녀가 묻자 희건이 관능 어린 눈으로 응시하며 말했다.

"그 입술로 머금어 봐. 손가락으로 떠서."

유정이 떨리는 손으로 케이크의 생크림을 조심스럽게 떠 입술로 가져갔다. 그 행동을 희건이 집요하게 응시하고 있어 유정은 손끝이 떨릴 정도였다.

유정이 붉은 입술에 생크림을 머금는 순간 그 모습을 노려보고 있던 희건이 곧장 그녀의 뒷머리를 잡아 끌어당겼다.

"하읍……!"

사납게 입술을 삼킨 그가 그녀의 혀를 휘어 감았다. 뜨거운 혀가 야하게 엉키며 녹아든 생크림이 희건의 목구멍으로 꿀꺽 넘어갔다.

"하, 하아."

입술이 풀려난 유정이 막힌 숨을 터뜨렸다. 그녀의 턱을 들어 올려 입술에 묻은 생크림까지 남김없이 핥아 낸 희건이 탁한 숨결을 내쉬었다.

"미치게 달아."

짓눌린 음성으로 말한 희건이 케이크 위의 딸기를 가리켰다.

"이번엔 저걸 머금어 봐."

"딸기를요?"

유정이 헐떡이며 물었다.

"어서."

거부할 수 없는 목소리에 유정이 이번엔 얇게 설탕 코팅이 되어 있는 빨간색 싱싱한 딸기를 집어 들었다. 입술을 벌려 딸기를 물자 희건이 어둡게 물든 눈동자로 보며 다가왔다.

"가만히."

그가 고개를 기울여 딸기를 한 입 베어 물자 그 움직임에 입술이 야릇하게 닿았다 떨어졌다.

아, 딸기가…….

딸기 한쪽을 베어 입술에 담은 희건이 유정을 응시하며 천천히 씹어 삼켰다. 그 모습을 본 유정의 눈이 흔들렸다.

'이건 너무…… 야한 것 같아.'

먹는다는 행위가 이렇게 야하게 느껴질 줄은 유정은 상상도 못했던 일이었다. 마치 자신을 베어 먹듯 딸기를 삼킨 희건이 유정의 뒷머리를 잡았다.

그러고는 얼굴을 기울여 키스하듯 다가가 유정이 물고 있는 딸기의 일부분을 살짝 이로 물고 가져갔다. 딸기를 머금은 모습이 무척 섹시해서 유정은 다리 사이가 찌르르 울리는 느낌이었다.

"아주 맛있는데."

딸기를 삼킨 희건이 유정을 입술을 야릇하게 빨았다.

"흐읏."

자극으로 도톰해진 입술을 자극하자 유정이 신음을 흘렸다.

"하지만 더 먹고 싶은 게 눈앞에 있어서 못 참겠어."

딸기향이 남은 유정의 입술을 희건이 잘근거리다가 매끈한 혀로 핥았다. 그 감각에 유정은 흥분으로 머릿속이 아찔해질 지경이었다.

희건이 잔뜩 탁해진 목소리로 내뱉었다.

"먹고 싶어서, 군침이 돌아."

"앗……."

털썩.

유정을 소파 위에 눕힌 희건이 그녀의 위에 올라탔다. 자신을 내려다보는 희건의 이글거리는 눈을 보자 유정은 크게 숨을 들이켰다.

온전히 저를 원하는 눈.

이 눈에 익숙해진 그녀의 몸이 본능적으로 젖어 들고 있었다.

그가 유정의 두 손을 머리 위로 올려 한 손으로 잡고 다른 손으로 블라우스를 끌어 올리며 낮게 말했다.

"조금 거칠지도 모르겠어."

그의 숨결에 짙은 욕망이 섞여 있었다.

"아, 앗⋯⋯."

끌어 올린 블라우스 아래로 희건이 입술을 내리자 유정의 잡힌 손이 흠칫거렸다.

"훗, 희건, 씨."

그의 입술에서 뿌려지는 더운 숨결이 유정의 맨살을 자극했다. 그녀의 보드라운 젖가슴을 한 손으로 거머쥔 희건이 생크림을 삼키듯 입술로 삼켰다.

"나도 지금 내가 감당이 안 될 것 같아서."

"하, 아웃."

크림을 빨듯 빨아 대다가 딸기를 깨물듯 이로 잘근거리자 유정의 몸이 흠칫거렸다. 맨살이 타액으로 물드는 쾌감으로 요동치는 그녀의 몸을 희건이 단단히 잡았다. 그가 동그란 유두를 입술로 삼킨 채 긴 스커트를 들쳐 올렸다. 날씬한 다리가 그의 탄탄한 허리 바깥으로 벌어지고 두 사람의 몸이 더욱 밀착됐다.

"날 받아들여. 성유정."

귓가에 훅 끼쳐 들어오는 허스키한 음성에 유정이 순간 멈칫했다.

이 말은…….

그가 받아들이라고 하는 게 육체적인 것만이 아님을 알 수 있었다. 거부하지 말고 그의 감정까지 전부 다 받아들이라는 의미였다.

"아아……!"

강하게 쑤셔 들어오는 희건을 온몸으로 느끼며 유정이 두 팔을 벌려 그를 필사적으로 껴안았다.

'난 이미 당신을 거부하지 못하는데.'

이미 훨씬 전부터, 당신을 받아들였는데…….

하지만 자신 때문에 너무 많은 걸 포기하고 있는 희건에게 그 말을 할 수가 없었다. 말하지 못한 진심이 유정의 흔들리는 시야를 부옇게 흐려지게 했다.

희건과 유정은 늦은 오후까지 요트에서 머물다가 저녁 식사를 하러 선착장으로 나왔다. 희건은 커다란 손으로 그녀의 어깨를 지그시 감싸 쥐고 있었다.

"차가 곧 올 겁니다. 잠시만 기다려요."

"네."

유정이 대답하며 뺨에 슬쩍 손끝을 가져갔다. 장밋빛으로 물든 뺨에 아직 열기가 남아 있었다.

차가 앞에 서자 희건이 유정에게 차 문을 열어 줬다. 그때 희건의 전화벨이 울렸다.

"접니다."

전화를 받은 희건이 순간 미간을 좁혔다.

"알겠습니다. 지금 바로 가죠."

표정을 굳힌 그가 전화를 끊었다. 그 모습을 본 유정이 물었다.

"무슨 일 있어요?"

희건이 빠르게 표정을 바꿔 미소를 지으며 유정을 바라봤다.

"큰일은 아니지만 회사에 일이 좀 생겼습니다. 미안하지만 오늘은 집으로 먼저 들어가요."

"지금 회사에 가야 하는 거예요?"

"그래야 할 것 같습니다."

희건의 대답에 유정이 걱정 어린 얼굴로 쳐다봤다. 무슨 일이길래…….

"알겠어요."

걱정됐지만 회사 일은 알 수가 없어 유정은 조용히 차에 올라탔다.

"집으로 부탁합니다."

기사에게 전한 희건이 차 문을 닫아 주며 유정에게 덧붙였다.

"전화하겠습니다."

탁. 문을 닫은 희건이 한 걸음 뒤로 물러서자 차가 출발했다.

'전화한다고……?'

차창으로 멀어지는 희건을 보며 유정이 생각했다. 이따 집에서 보자는 말이 아닌 전화하겠다는 말이 왠지 마음에 걸렸다. 평소와 다른 심각한 표정도.

"……."

희건이 차의 뒷모습을 보고 있다가 몸을 돌렸다. 그의 표정에서 순식간에 미소가 거둬져 있었다. 바로 휴대폰을 꺼내 든 그가 방금 전 통화했던 김 실장에게 다시 전화했다.

"어디라고 했습니까."

그의 목소리가 잔뜩 낮아져 있었다.

※ ※ ※

유정은 책상 위에 건축학 서적을 펼쳐 놓고 멍하니 앉아 있었다. 머릿속으로 며칠 전 희건과의 통화가 떠올랐다.

'처리해야 할 일이 있어서 당분간 못 들어갈 것 같습니다. 기다리지 말고 편히 쉬고 있어요.'

'그럴게요.'

'미안하지만 여행도 미뤄야겠습니다.'

'알겠어요. 일이 우선이니.'

그날 이후로 희건이 집으로 돌아오지 않은 지 사흘이 지났다.

'무슨 일이기에 집에도 들어오지 못할 정도로 바쁜 거지?'

유정의 표정에 의문이 어렸다. 회사 일이라고만 하고 자세한 건 말해 주지 않아 유정도 알 수가 없었다. 그 의문보다 더 유정을 당황하게 만드는 것이 있었다.

……그가 보고 싶다니.

고작 사흘 안 봤을 뿐인데 희건이 보고 싶었다. 하루 종일 희건에 대한 생각으로 머리가 가득 찰 정도로.

"미쳤나 봐."

유정이 작게 한숨처럼 내뱉고는 창밖을 바라봤다. 평화로운 오후의 햇빛을 보면서도 당장이라도 올 것처럼 가슴이 저며 들었다.

'날 받아들여.'

소유욕으로 일렁이는 희건의 말이 머릿속을 뒤흔들었다.

그래도 될까? 앞으로 무슨 일이 벌어지든 신경 쓰지 말고 아무 것도 모르는 척 그 사람 옆에 있어도 되는 걸까?

"모르겠어."

하지만 너무…… 보고 싶어.

유정의 눈에 눈물이 맺혔다. 이런 자신의 감정이 당황스러울 정도지만, 이젠 인정하지 않을 수 없는 제 감정은 둑이 터져 나오듯 감당할 수 없을 만큼 커져 있었다. 꾹꾹 눌러 왔던 만큼 눈덩이처럼 크게 불어나 있는 감정이 눈물로 차올랐다.

전화해서 보고 싶다는 말 정도는 하고 싶은데.

당신을 사랑하는 말은 하지 못하더라도 지금 이렇게, 당신이 너무나 보고 싶다는 말을…….

유정이 눈물이 글썽한 눈으로 창밖을 가만히 바라봤다.

※ ※ ※

희건이 집으로 들어오지 못한 게 일주일이 넘었다. 종종 전화는 오지만 무척 피로한 목소리로 안부를 묻는 게 고작이었다.

'대체 무슨 일 때문에?'

곧 한가해진다던 일이 갑자기 이렇게 바빠진다는 것이 유정은 이해가 되지 않았다. 지금까지 희건이 해외 출장 외의 일로 일주일

씩 집에 들어오지 않았던 적은 없었으니까.

의문보다 걱정이 더 커져 있는데 전화벨이 울렸다.

'희건 씨?'

유정이 재빨리 휴대폰을 들어 올렸다. 그녀의 기대와는 달리 액정엔 이윤아라는 글자가 떠 있었다.

"네. 윤아 씨."

유정이 실망한 얼굴로 전화를 받았다.

- 유정 씨 지금 뭐 해요? 잠깐 나올 수 있어요? 할 얘기가 있어서요.

"미안하지만 다음에 봐야 할 것 같아요. 지금은……."

- 희건이와 관련된 얘기예요.

거절하려던 유정이 멈칫거렸다.

"희건 씨와요?"

잠시 후 유정은 윤아와 카페에 마주 앉아 있었다.

"무슨 얘기예요?"

유정이 묻는 말에 윤아가 커피 잔을 만지작거리며 고민스러운 표정을 지었다.

"이걸 유정 씨에게 말해야 되는지 모르겠어요."

윤아가 이마를 찌푸리며 작게 한숨을 내쉬고 말을 이었다.

"친구로선 말해 주는 게 맞는 것 같아서 불렀는데…… 모르는 게 나을 수도 있어서요."

"뭔데 그래요. 말해 봐요."

희건에 대한 걱정으로 가득 차 있는 유정은 그에 대한 어떤 얘기라도 들을 준비가 되어 있었다.

그런 유정의 표정을 힐긋 쳐다본 윤아가 슬쩍 말을 꺼냈다.

"실은…… 유정 씨 부모님 회사가 대대적인 검찰 조사를 받는 중이에요."

"……네?"

뜻밖의 말이 나오자 유정의 눈이 커졌다.

"희건이가 말 안 하죠?"

"전혀요. 무슨 일인지 자세히 말해 봐요."

유정이 윤아를 똑바로 쳐다보며 재촉했다.

"그게……."

윤아가 난감하게 시선을 피하며 말을 꺼냈다.

"희건이가 유정 씨에게 비밀로 하고 호영그룹 일을 해결하려고 하고 있거든요. 지금 집에도 못 들어오고 있죠?"

……그런 거였어?

당황한 유정이 아무 말도 못 하는데 윤아가 한숨을 내쉬더니 말을 이었다.

"처음엔 탈세로 조사가 시작됐는데 하다 보니 탈세만이 아니라 횡령에 불법 자금 세탁까지 겹쳐서 일이 아주 어렵게 됐어요."

"뭐라고요……?"

유정의 눈이 크게 흔들렸다. 흔들리는 유정의 눈을 보며 윤아가 보이지 않게 입술 끝을 끌어 올렸다. 영악한 웃음을 얼른 숨긴 윤아가 걱정 어린 목소리로 말했다.

"게다가 차 회장님이 이걸 빌미로 이혼하라고 완강히 나오시는데, 희건이가 안 하겠다고 버티고 있으니 그럼 도와주지 않겠다고 딱 자르셨대요."

덜컹!

유정이 벌떡 일어서자 윤아가 의아하게 쳐다봤다.

"유정 씨?"

"미안하지만…… 가 봐야 될 거 같아요. 알려 줘서 고마워요."

창백한 얼굴로 말한 유정이 곧장 몸을 돌렸다.

카페를 빠르게 벗어나는 유정의 뒷모습을 윤아가 가만히 응시했다.

"역시."

혼잣말을 내뱉은 윤아의 얼굴에 즐거운 미소가 어렸다.

'저 성격에 이혼 안 하고는 못 배길걸?'

윤아가 입꼬리를 말아 올린 채 여유롭게 찻잔을 들어 올렸다.

호영그룹으로 찾아간 유정이 회장실로 들어섰다. 안에선 압수수색이 한창 진행 중이었다.

"누구십니까? 들어오시면 안 됩니다."

현장에 있던 조사관이 유정을 발견하고 저지했다.

"전 성동한 회장 딸이에요. 우리 아버진 지금 어디 계시죠?"

"수사 중이라 검찰에 있습니다."

유정이 그를 똑바로 보며 물었다.

"어디로 가면 되는데요?"

"당신들 큰일 날 줄 알아! 내가 누군 줄 알고 이러는 거야 지금!"

"거 조용히 좀 하십쇼! 아실 만한 분이."

"내 사위가 이 나라를 좌지우지하는 진한그룹의 차희건 상무라고! 감히 날 수사하면 내 사위가 가만히 있을 것 같아?!"

……맙소사.

검찰 취조실에서 동한의 모습을 본 유정의 얼굴이 창백해졌다. 충격으로 그녀의 몸이 부들부들 떨리는데 동한의 쩌렁쩌렁한 목소리가 이어졌다.

"검사 니들 목은 한 번에 날아갈 수가 있단 말이야! 알아들어?!"

그때 수사실에서 녹음하며 듣고 있던 수사관들이 코웃음 쳤다.

"진한은 아예 모르쇠던데? 끈 떨어진 뒤웅박 신세인 것도 모르고."

"사위인 게 죄지, 차희건만 동분서주하고 있던데 불쌍하게 됐네."

"근데 진한이 뭐가 아쉬워 아들을 호영 딸이랑 결혼시켰나 몰라. 차희건이 어디 하자가 있나 했는데, 세 아들 중 제일 잘났더라고."

"그런데 결혼시킬 땐 언제고 나 몰라라라니, 이 정도면 거의 이혼 협박 아냐?"

"차희건은 왜 아직까지 이혼 안 하고 있대? 호영이 자꾸 진한을 엮는 바람에 그쪽도 난리인데."

"제정신이 아닌 거지. 지금껏 차희건이 막아 준 게 한두 번도 아닌데 제정신이면 또 저러겠냐고."

수사관들의 이야기에 유정의 얼굴에 핏기가 완전히 가셨다.

유정의 곁에 서 있던 남자가 당황한 얼굴로 뒤를 향해 소리쳤다.

"이봐! 말들 좀 조심해!"

유정이 황망히 말했다.

"죄송해요. 가 볼게요."

"아, 저……."

난처한 남자의 목소리를 뒤로 한 채 돌아선 유정이 비틀거리며 복도를 걸었다.

비상구 계단으로 향한 그녀가 문을 닫았다.

탁.

"……."

이를 악물고 버티던 유정의 눈에서 눈물이 뚝뚝 떨어졌다. 부들부들 떨리는 어깨를 크게 들썩인 유정이 계단에 주저앉았다.

"흐윽."

방금 들은 말들이 유정의 가슴을 찢어지게 했다. 제 부모들이 벌인 범죄를 막기 위해 희건이 저에겐 말도 못 하고 애쓰느라 집에도 들어오지 못한 거였다.

차 회장에게 이혼 협박까지 당하면서, 검찰 내에서도 이런 조롱을 들으면서 희건이 고군분투하는 이유가 자신 때문이었다니…….

그것도 저를 팔아 두 번이나 계약 결혼시키면서 그 많은 돈을 챙긴 것으로 모자라 저런 범죄까지 저지른 내 부모를 돕기 위해.

'내가 그 사람 옆에 있으면……계속 이런 일이 반복될 뿐이야.'

그 사실이 유정의 심장을 손톱으로 할퀴듯 고통스럽게 했다. 눈물이 넘쳐흐르는 얼굴을 두 손으로 감싸고 유정은 소리도 내지 못한 채 울었다.

희건 옆에 있으면서도 한편으로는 이런 일이 생길까 봐 계속 두려웠었다. 그걸 알면서도 있던 건…… 그를 사랑하게 됐기 때문이었다.

그의 옆에 있고 싶어서…….

"하지만…… 이젠 안 돼."

유정이 눈물 젖은 얼굴을 찡그리며 힘겹게 말을 뱉어 냈다.

제 부모는 절대 변할 사람도 아니고, 희건은 저 때문에 차 회장의 눈 밖에까지 났다.

이걸 끊을 사람은 자신밖에 없었다.

생각을 정리한 유정은 눈물을 손등으로 훔쳐내고 비상구의 창문으로 다가갔다. 아래 경호원의 차량이 보였다.

붉어진 눈으로 그 차량을 노려보던 유정이 계단을 내려와 뒷문으로 향했다.

뒷문으로 빠져나온 유정은 경호원 차량과 타고 온 차를 따돌리고 검찰청을 나섰다.

"택시!"

곧장 택시를 잡아탄 유정이 기사에게 빠르게 말했다.

"한남동으로 가 주세요."

차 회장의 저택은 여전히 서늘한 냉기를 품은 곳이었다. 유정이 조용히 소파에 앉아 있는데 차 회장이 나타났다.

그를 본 유정이 곧장 몸을 일으켰다.

"안녕하셨어요."

차 회장은 언제 봐도 사람을 긴장시키는 위압적인 분위기를 가졌다. 날카로운 시선이 그대로 꽂히는 것을 유정이 마주 봤다.

"코빼기도 비치지 않더니, 발등에 불 떨어지니까 찾아온 거냐."

그가 칼칼한 목소리로 말하며 소파의 상석에 앉았다.

"왜. 네 아비 회사를 나한테 구해 달라고?"

냉정하게 쳐다보는 시선을 받으며 유정이 다시 자리에 앉았다.

"죄송합니다. 하지만 제가 찾아온 이유는 회장님이 생각하시는 이유는 아닙니다."

"그럼?"

차 회장이 묻자 그를 마주 보며 유정이 말했다.

"이혼하겠습니다."

"……."

차 회장이 눈을 가늘였다. 유정이 냉기 어린 시선을 피하지 않고 단호히 바라봤다.

"저희 이혼, 바라시는 걸로 알고 있습니다. 희건 씨와 이혼하겠습니다."

"이혼해서라도 아비 회사를 지키고 싶다?"

"아닙니다."

"그럼?"

엄격한 시선이 거짓말은 용납지 않을 듯 유정을 뚫어져라 봤다.

"호영을 구하기 위해서가 아닙니다. 이게 모두를 위한 일이라 판단했습니다."

유정이 시선을 피하지 않고 마주 본 채 말했다.

"……."

차 회장은 말없이 유정을 보고 있었다. 유정이 다시 입을 열었다.

"다만 문제가 있습니다. 제가 그 사람과 순조롭게 이혼하려면, 그 사람에게 빌린 돈을 갚아야 합니다."

"돈을 달라?"

본심을 이제야 보인다는 식으로 차 회장이 차가운 눈으로 쏘아봤다. 그 눈을 조용히 응시하며 유정이 말했다.

"저희 집안이 다신 이 집안과 얽히지 않는 게 회장님께도 좋은 일 아닐까요? 이혼하지 않는다면 앞으로도 지금 같은 상황은 계속 반복될 테니까요."

차 회장이 눈썹을 찌푸린 채 유정을 쳐다보고 있었다. 어디 계속 말해 보라는 시선으로 보고 있자 유정이 침을 삼키고 똑바로 차 회장을 보며 말했다.

"회장님이 호영의 대주주이신 걸로 알고 있습니다. 호영그룹을 진한그룹에 귀속시키시고, 그렇게 해도 모자란 돈은 제가 평생 갚아 나가겠습니다."

"빚만 가득하고 이미 각종 사회적 물의를 일으킨 회사를 나보고 떠안으라?"

차 회장이 비릿하게 웃었다. 유정은 표정 변화 없이 차 회장은 응시했다.

"그래도 호영엔 저희 조부께서 개발하신 핵심 기술이 있습니다. 회장님께서 저희를 결혼시킨 것엔 기술 이전이란 목적도 있으셨을 텐데요."

"……"

차 회장이 말없이 쳐다보자 유정이 말을 이었다.

"제 부모님도 그걸 알기 때문에 그 기술은 끝까지 회장님께 넘기지 않으신 것 같지만…… 지금 상황에선 구속의 위기를 피하기 위해 결국 넘길 수밖에 없을 겁니다."

차 회장이 유정에게 시선을 꽂은 채 소파 손잡이 위를 손가락으로 톡톡 두드렸다.

잠시 생각하던 그가 칼칼한 음성으로 말했다.

"그렇게 하면 네 부모는 길바닥에 나앉을 텐데 그래도 상관없다는 뜻이겠지?"

"부모님이 저지른 일은 부모님이 감당하시는 게 맞습니다."

유정이 대답하고 소파에서 일어섰다.

"부탁드립니다. 회장님."

간곡히 말한 유정이 바닥에 무릎을 꿇었다.

"……."

그녀의 행동은 예상 못 한 일인 듯 차 회장의 얼굴에 의외감이 어렸다.

바닥에 무릎을 꿇은 유정이 무릎 위에서 주먹을 꼭 쥐었다.

"……부탁드립니다."

※ ※ ※

"검찰청에 갔단 말입니까?"

경호원의 전화를 받은 희건의 굵은 눈썹이 꿈틀거렸다.

- 네. 지금 검찰에서 나와서 다시 집으로 돌아가는 중입니다.

……제길.

희건이 제 머리칼을 성마르게 쓸어 넘겼다. 검찰청에 갔다는 건 호영그룹의 일을 알게 됐다는 거였다.

'대체 어떻게?'

희건이 초조한 얼굴로 다시 물었다.

"그 전에는 어딜 갔던 겁니까."

- 댁에 계시다가 이윤아 씨를 만났고…….

희건이 멈칫거렸다.

"이윤아를 만났습니까?"

- 네. 카페에서 두 분이 대화 나누시다가 갑자기 나오셔서 호영 그룹으로 가시더니 곧 검찰청으로 가셨습니다.

"······일단 알겠습니다."

빠르게 전화를 끊은 희건이 곧바로 유정에게 전화했다. 신호가 가는 동안 초조하게 기다리는데 통화가 연결되었다.

- 네.

가라앉은 유정의 목소리에 희건이 물었다.

"어떻게 알았습니까."

- ······.

휴대폰 저편에서 말이 없자 희건이 답답한 얼굴로 집무실 안을 서성이며 말했다.

"지금 집으로 가겠습니다. 우선 만나서 얘기하죠."

- 그래요. 나도 할 얘기가 있으니.

전화를 끊은 희건이 바로 재킷을 걸치며 집무실을 나섰다.

달칵. 방문을 열자 유정이 평소처럼 앉아 있었다. 그를 본 그녀가 몸을 일으키자 희건이 곧장 다가가며 말했다.

"부모님 건은 곧 해결될 겁니다. 너무 걱정하지······."

유정이 옆에 놔뒀던 봉투를 희건에게 건넸다. 희건이 눈썹을 모으고 그걸 쳐다봤다.

"이게 뭡니까?"

"열어 봐요."

유정이 건조하게 말했다.

"······."

그녀를 보던 희건이 시선을 옮겨 봉투를 바라봤다. 손을 뻗은 그가 그걸 열었다.

"!"

안에 가득한 수표 다발을 본 그의 얼굴이 굳었다. 그 얼굴을 보며 유정이 말했다.

"우리 집에서 당신에게 빌렸던 돈이에요."

희건이 수표 다발에서 시선을 올려 유정을 바라봤다.

그녀가 초연히 그를 응시하고 있었다.

"이걸로 당신에게 빌린 돈은 모두 갚았으니…… 이혼해요. 우리."

희건의 두 눈에 힘이 들어갔다. 굳은 얼굴로 유정을 쳐다보던 그가 입을 열었다.

"어디서 난 겁니까."

그가 잔뜩 낮아진 목소리로 물었다. 이만한 돈을 융통해 줄 만한 곳은 한 군데밖에 없었다. 그걸 알면서도 희건은 물었다.

제발 아니길 바라며.

"차 회장님께 받았어요."

"……."

희건의 목울대가 꿈틀거렸다.

"이혼할 거라니까 당장 내주시던데요. 기다렸다는 듯이."

"……왜 그랬는지 말해."

희건이 짓눌린 듯한 목소리로 물었다. 유정이 그의 붉게 충혈된 눈을 바라봤다.

눈물이 차오르는 걸 억누르며 유정이 최대한 차가운 목소리를 냈다.

"말하면, 이혼해 줄 거예요?"

"아니, 그건 안 돼."

희건이 제 주먹을 꽉 움켜쥐었다.

"그것만은 해 줄 수 없어."

"……"

상처 입은 남자의 눈이 유정의 심장을 사나운 발톱처럼 할퀴어 댔다. 눈물을 참아 내느라 입술이 덜덜 떨릴 것 같아 유정이 고개를 숙였다. 입술을 잠시 깨물었던 그녀가 한숨을 내쉬었다.

마치 답답하다는 듯이.

"일말의 좋은 기억이라도 남기고 싶었는데 당신이 그러지 못하게 만드네요."

유정이 시선을 내리깐 채 말했다.

"난 이 계약이 시작된 처음부터 지금까지 내내 차희건 당신이 끔찍했어요. 당신에게 얻을 게 있어서 남아 있던 것뿐이지."

희건의 강인한 턱이 떨렸다.

"……성유정. 거짓말하지 마. 안 통해."

그가 유정의 턱을 들어 올렸다.

"……"

희건의 붉게 충혈된 눈과 마주치자 유정은 가슴이 무너져 내렸다. 늘어뜨린 손에 주먹을 꽉 쥔 유정이 냉정하게 말했다.

"거짓말이라 생각해도 좋아요."

유정이 몸을 돌리자 희건이 곧장 팔을 뻗어 그녀를 돌려세웠다.

"그럼 왜, 지금 끝내는 거지? 나에게 가져갈 게 아직 남았을 텐데."

유정의 어깨를 힘껏 붙잡은 희건이 으르듯 물었다. 그의 얼굴을 조용히 보던 유정이 입을 열었다.

"지겨워졌거든요."

"……"

흔들리던 희건의 두 눈에 절망이 들어찼다.

"단 하루도 당신과 살기 싫어졌단 말이에요."

냉정한 유정의 말이 그의 가슴에 사정없이 비수를 꽂았다.

그 고통이 고스란히 드러나는 그의 얼굴을 보며 유정은 숨도 쉬지 못할 정도의 고통을 느꼈다.

"그렇게, 내가 싫은 건가?"

희건의 커다란 손이 필사적으로 유정을 잡고 있었다. 그 간절한 손에 유정은 또 한 번 무너질 것 같았다.

아니야. 이건 다 거짓말이야. 난…… 난 당신을…….

"네. 싫어요."

고통으로 들어찬 남자의 눈을 보면서도 유정은 잔인하게 말했다.

"……."

희건의 힘이 들어간 눈에서 눈물이 흘러내렸다.

"내게 집요하게 집착하는 것도 싫고, 그러면서 고작 이 정도 문제도 해결하지 못하는 무능도 실망스러워요."

싸늘하게 말한 유정이 고개를 돌리며 덧붙였다.

"차 회장님이면 단번에 해결하실 문제였겠죠."

"……."

어깨를 붙잡은 희건의 손이 부들부들 떨리는 게 느껴졌다.

"이 결혼을…… 이 계약을 무효화할 수 있는 조건은 갖춰졌어요."

"난……!"

"난."

희건이 말하려는 찰나 유정이 끼어들어 그의 말을 냉정히 잘랐다.

"난 그걸 원하고, 당신은 내 요구를 들어줄 의무가 있어요."

유정이 차분한 목소리로 말했다. 희건은 그녀의 어깨를 잡은 채 더 이상 아무 말 없이 고개만 떨군 채였다.

"그러니 이제, 날 놔줘요."

희건이 잡고 있던 어깨를 놔줬다.

고개를 든 그의 뺨 위로 눈물이 흘러내리고 있었다. 희건은 그대로 그녀를 바라보았다. 그의 얼굴에서 표정이 사라져 있었다. 분노도, 증오도, 실망도, 그 어떤 감정도 담기지 않은 얼굴이었다.

잠시 후, 그가 선고하듯 말했다.

"오늘부로 이 결혼은 무효야. 당신이 원하는 대로."

희건의 말을 들은 유정의 턱이 가늘게 떨렸다.

그에게서 몸을 돌리자마자 왈칵 눈물이 쏟아져 내렸다.

……안 돼.

지금 울 면 안 돼. 아직은…… 이 집을 나설 때까진. 제발.

유정은 다시 붙잡혀 눈물을 들킬까 봐 두려웠지만 희건은 그녀를 붙잡지 않았다.

그렇게, 그들은 끝났다.

10

2년 후.

희건은 서늘한 얼굴로 드레스룸에서 나왔다. 완벽한 슈트 차림의 그가 현관으로 향하자 대기하고 있던 한 실장이 고개 숙여 인사했다.

"다녀오십시오."

저택을 나선 희건은 입구에 대기하고 있던 차로 올라탔다. 습관대로 업무용 태블릿피시에 시선을 둔 채 회사로 이동하는 동안 그는 한 마디 말도 없었다.

상무실에 도착하자 비서실 직원들이 몸을 일으켰다.

"안녕하십니까. 상무님."

"김 실장님은 오후에 출근하신다고 합니다."

"알겠습니다."

짧은 보고를 받은 희건이 집무실로 걸어갔다.

그가 시야에서 사라지자 신 비서가 걱정스러운 표정을 지었다.

"상무님 점점 더 마르시는 거 같지 않아?"

"맞아요. 턱선이 날카로워지시니까 더 조각같이 잘생겨지셨⋯⋯."

"아니 그런 뜻이 아니라."

윤 비서의 말에 신 비서가 미간을 찌푸렸다.

"이혼하신 후부터 점점 더 생기가 없어지는 것 같아서."

"⋯⋯."

이혼 이야기가 나오자 비서실 분위기가 가라앉았다. 이미 2년 전 일인데도 당시 희건은 보는 사람들이 전부 걱정할 정도로 수척해져 있었다. 사정을 잘 모르는 사람들은 그가 불치병에 걸린 게 아니냐고 물어볼 정도였다.

"그때보다야 나은데 확실히 그런 것 같아요. 겉보기엔 크게 달라진 것 없어 보여도 우린 매일 보니까 알잖아요."

"일만 미친 듯이 하는 것도 하루 이틀이지 지금까지 버틴 게 용할 정도죠. 정말 이러다 병 생기시는 거 아닌지 모르겠어요."

"걱정이네⋯⋯."

다들 우려 섞인 시선을 집무실에 던지는데 불청객이 찾아왔다.

"안녕하세요."

윤아가 어깨 아래까지 내려오는 머리칼을 찰랑이며 들어오자 비서실 직원들의 표정이 순간 못마땅해졌다.

"안녕하세요."

마지못해 웃는 낯으로 인사하는데 윤아가 곧바로 물었다.

"희건이 출근했죠?"

"네. 안에 계세요."

대답을 듣자마자 윤아가 곧장 집무실로 향했다. 그녀가 멀어지

404

자 곧 짜증스러운 목소리가 쏟아졌다.

"으휴, 아침부터 남의 사무실엔 왜 찾아온데? 진상."

"회사에서 상무님한테 희건이라니. 너무 예의 없는 거 아니에 요?"

유독 윤아를 싫어하는 박 비서가 집무실 쪽을 째려보며 말하자 윤 비서도 맞장구쳤다.

"상무님 이혼하고 한동안은 좀 자중하는 거 같더니 요즘 찾아오 는 횟수가 부쩍 늘지 않았어요?"

"저 여우가 속을 얼마나 숨기겠어. 요즘 얼굴 반지르르한 거 봐. 아주 자기 세상 왔다니까."

신 비서가 가소롭다는 듯 웃으며 집무실로 시선을 향한 채 가운 데 손가락으로 안경을 추켜올렸다. 그걸 본 박 비서도 얼른 따라서 가운데 손가락으로 안경을 추켜올리고는 입술을 삐죽거렸다.

"상무님 설마 저 여자에게 넘어가시는 거 아니시겠죠?"

"설마, 우리 상무님 안목을 어떻게 보고요?"

"박 비서 말이 너무 심한 거 아니야?"

"아. 제가 죄송해요."

쏟아지는 질타에 박 비서가 얼른 사과했다.

비서실의 사정을 모르는 윤아는 당당한 걸음걸이로 집무실 안 으로 걸어가고 있었다.

"차희건. 오늘 저녁에 행사 같이 참석하는 거 알고 있지?"

책상 앞에 앉아 업무 중이던 희건은 윤아를 힐긋 쳐다보고 다시 결재 서류로 시선을 옮겼다.

"알고 있어."

무감한 목소리에 윤아가 책상 앞으로 바짝 다가가며 말했다.

"퇴근하고 같이 갈까? 어차피 같은 방향인데 차 두 대로 움직일 거 없잖아."

"따로 가는 걸로 해. 차 안에서 업무 볼 거 있어."

곧바로 이어지는 거절에 윤아가 어깨를 으쓱였다.

"뭐. 그래. 그럼 알았으니까 거기 도착해서 봐."

윤아가 할 말을 마쳤다는 듯 몸을 돌려 집무실을 나갔다.

탁. 닫은 문 앞에 잠시 선 윤아의 눈매가 예리해졌다.

"……."

문을 힐긋 쳐다 본 윤아가 입꼬리를 말아 올렸다.

'훗. 이거 봐. 계속 옆에 있는 사람이 승자야.'

윤아의 눈이 교활하게 빛났다. 성유정이란 여자가 잠시 희건의 옆에 있던 적은 있었지만, 그건 그의 인생에서 고작 3년도 안 되는 시간이었다.

자신은 그보다 몇 배의 시간 동안 그의 옆에 있었다.

'지금도 옆에 있는 건 나고.'

만족스럽게 미소 지은 윤아가 도도하게 비서실 쪽으로 걸어 나갔다.

퇴근 뒤 자선행사장으로 이동하는 차 안에서 태블릿피시를 보고 있던 희건이 문득 고개를 들었다.

……피곤하군.

뻐근한 통증에 눈가를 꾹 누른 희건이 창밖을 쳐다봤다.

"차가 많이 막힙니까."

정체된 도로가 이제야 눈에 들어온 희건이 운전 비서에게 물었다.

"네. 오늘 도심에 이동 차량이 많습니다."

"그렇군요."

운전 비서의 대답을 들은 희건이 낮게 말했다. 뻑뻑한 눈으로 조용히 창밖을 응시하는 그의 표정이 가라앉아 있었다. 원래 남들의 몇 배는 되는 업무량을 소화하는 그였지만 최근 2년 동안은 숨 쉴 틈도 없을 정도로 업무에 매진했다.

머릿속으로 다른 생각이 끼어들 틈이 조금도 없도록 모든 스케줄을 타이트하게 잡았다. 그 스케줄로 비서를 더 뽑아야 할 정도였고, 비서들에게서 우려 섞인 말도 많이 들었지만 그에겐 그 모든 게 중요하지 않았다.

잠잘 시간도 모자랄 정도의 과격한 강도의 업무량만이 지금 그를 버티게 만들었으니까.

"!"

그때 서늘한 시선으로 창밖을 보고 있던 희건의 얼굴이 일순 굳었다.

'성유정?'

인도에 그녀와 닮은 여자가 지나가고 있었다. 그걸 본 순간 희건이 곧장 말했다.

"차 세워요."

"아, 네!"

끼익-!

운전 비서가 빠르게 갓길에 차를 세웠다. 차가 멈추기도 전에 차문을 연 희건은 급히 바깥으로 나갔다. 인도로 뛰어든 그가 흔들리는 시선으로 퇴근길 인파 속에서 유정을 찾았다. 하지만 그녀인지 그녀를 닮은 여자인지 알 수 없는 그 여자는 아무리 찾아도 보이지 않았다.

"……후."

뛰어 나오느라 거칠게 숨을 헐떡이던 희건이 길게 숨을 뱉어 냈
다. 그대로 미간을 일그러뜨린 채 머리칼을 쓸어 올리는 그의 얼굴
이 굳어 있었다.

'성유정이면 어쩌려고.'

그 여자가 성유정이면 잡아 세워서 어떻게 하려고?

희건이 제 행동에 화가 난 얼굴로 멈춰 서 있는 동안 지나가던
여자들이 그를 보고 수군거렸다.

"저 남자 봐 봐. 완전 잘생겼어."

"길거리에 서서 뭐 하는 거지? 뭐 찍고 있나?"

갑자기 등장한 슈트 차림의 미남에 술렁대는 길 위의 행인들을
차가운 눈길로 쳐다보던 희건이 곧 몸을 돌렸다.

행사장 앞에 희건의 차가 도착하자 기다리고 있던 윤아가 그를
발견했다.

"차희건!"

명품 드레스 차림으로 한껏 멋을 부린 윤아가 높은 힐을 신고
다가왔다.

"난 진작 와서 기다렸는데 왜 이제 와? 차 많이 막혔어?"

차에서 내린 희건에게 윤아가 눈을 흘기며 말하자 그가 그녀를
표정 없이 내려다봤다.

"먼저 들어가면 될 텐데."

"그럼 파트너랑 같이 온 의미가 없잖아. 들어가자."

윤아가 웃으며 얼른 희건의 팔을 끌어당겼다.

훤칠한 키와 압도적인 외모를 자랑하는 희건과 함께 자선행사장으로 들어가자 윤아는 곧바로 쏟아지는 사람들의 시선을 느꼈다.

'홋.'

윤아는 우월감을 느끼며 허리를 한껏 세웠다.

한쪽에 모여 있던 여자들 무리도 그들을 보고 숙덕였다.

"차희건이랑 이윤아잖아? 요즘 저 두 사람 같이 다니던데 그새 차희건한테 이윤아가 붙은 거야?"

"옆에서 계속 차희건 노리고 있었잖아. 몰랐어?"

"차희건이 이혼하기만을 바라고 있었다고?"

"차희건 이혼 소식에 눈에 불을 켠 여자, 쟤 말고도 꽤 있어. 근데 이윤아가 저렇게 옆에 딱 붙어 있으니 뭐, 접근할 방법이 없지."

"이윤아가 온갖 모임에 다 따라다니면서 여자들이 말도 못 붙이게 하는 모양이야."

"이야, 치열하다. 치열해."

"차희건 정도면 치열해지고 싶지 않겠어?"

"하긴, 할 말 없네."

이 세계에서 다들 한 번쯤은 탐내 봤을 남자가 차희건이었다. 완벽한 외모에 대한민국 최고 재벌가 손자.

"거기에 능력도 형제들 중 가장 뛰어나다는데 솔직히 끌리지 않을 여자가 어디 있겠어?"

"맞아. 저렇게 가만히 있어도 시선을 끄는 남잔데."

그녀들이 시선으로 그를 좇으며 말하는 동안 윤아는 희건의 옆에서 환하게 웃으며 인사 중이었다.

"어머, 오랜만이에요. 사장님."

"이윤아 팀장 아닌가? 아니지. 이제 이윤아 차장이지? 얼마 전 승진했다던데 축하해."

"감사합니다. 희건아, 너도 인사해. HK제약 사장님이셔."

윤아가 희건의 팔을 잡아끌며 인사시켰다.

"안녕하십니까."

"아아, 차희건 상무 아닌가. 소문 많이 들었네. 업무 추진력이 그렇게 뛰어나다고."

"감사합니다. 그럼."

단답형으로 말한 희건이 더 이어지려는 대화를 끊고 몸을 돌렸다.

그가 피곤한 얼굴로 계단을 내려가자 윤아가 곧장 따라붙었다.

"차희건. 어디 가?"

"그만 가야겠어."

그의 말에 윤아가 눈을 동그랗게 떴다.

"벌써? 좀 더 있다가 나랑 같이 가자."

"피곤해."

"조금만 더 있으면 되잖……."

희건이 갑자기 우뚝 멈춰 섰다.

"앗."

쿵, 희건이 계단 끝에서 갑자기 걸음을 멈추자 따라 내려오던 윤아가 그의 등에 부딪혔다.

"뭐야? 왜 갑자기 멈추고……."

인상을 찌푸리던 윤아가 희건의 앞에 서 있는 여자를 보고 놀란 표정으로 말했다.

"……성유정 씨?"

우아한 드레스 차림의 유정이 당혹스러운 눈으로 앞에 서 있는 희건을 올려다보고 있었다.

"……."

희건이 굳은 얼굴로 유정을 쳐다봤다. 그녀는 혼자가 아니었다. 옆에는 슈트를 빼입은 다른 남자와 함께였다.

두 사람의 시선을 지켜보던 유정 옆의 남자가 웃는 얼굴로 끼어들었다.

"유정 씨 아는 사람?"

"……네."

유정이 겨우 대답하자 그가 희건에게 손을 내밀었다.

"반갑습니다. 연재진이라고 합니다."

재진이 내민 손을 무시한 희건은 오로지 유정에게만 시선을 박고 있었다. 그 시선에 재진이 의아함을 느끼려는데 윤아가 얼른 끼어들었다.

"연재진 씨, 혹시 미래건설 손자분 아니세요?"

"맞습니다."

재진이 미소 지으며 대답하자 윤아가 박수를 짝! 쳤다.

"아! 어쩐지. 전에 거기 창립기념식에서 뵌 것 같아서요. 오래 유학생활 하다가 몇 년 전에 돌아오셨죠?"

"저에 대해 잘 아시네요?"

재진이 의문 어린 표정을 지으며 윤아를 바라봤다. 윤아는 환하게 웃는 얼굴로 그에게 말했다.

"준수한 미남이 갑자기 나타났다고 재벌가 여자들 한동안 난리였는데 본인만 모르시나 봐요."

"아아. 그렇습니까."

재진이 기분 나쁘지 않다는 듯 웃어 보였다.

"……."

그러는 동안에도 희건은 굳은 얼굴로 유정만 노려보고 있었다.

그 시선에 유정은 긴장으로 입안이 바짝 말랐다.

두 사람을 빠르게 쳐다본 윤아가 유정에게 말했다.

"그런데 연재진 씨와 성유정 씨는 어떤 관계세요?"

"전……."

재진이 대답하려는데 유정이 먼저 말했다.

"만나서 반가웠어요. 그럼 전 이만."

"어? 유정 씨."

빠르게 말한 유정이 몸을 돌리자 재진이 그 모습을 보고 얼른 그녀를 따라 돌아섰다.

"아."

발걸음을 옮기려던 재진이 뭔가 생각난 듯 다시 몸을 돌려 희건 앞에 섰다. 그러고는 희건을 향해 미소 지으며 말했다.

"그럼 다음에 뵙죠."

의미심장한 말에 희건의 눈에 힘이 들어갔다.

웃는 얼굴로 다시 몸을 돌린 재진이 멀어지는 유정을 긴 다리로 빠르게 따라잡았다.

"……."

희건이 그대로 선 채 입구 쪽으로 멀어지는 두 사람의 뒷모습을 노려봤다. 살벌하게 노려보고 있는 희건을 힐끔 올려다본 윤아가 그의 팔을 툭 쳤다.

"차희건. 전남편인 거 티 내니? 자연스럽게 인사라도 해야지 그런 얼굴로 노려보면……."

윤아가 핀잔주듯 말하는데 희건이 성큼거리며 걸어가기 시작했다.

"희건아?"

두 사람이 사라진 쪽으로 빠르게 걸어가는 희건을 향해 윤아가 당황해서 소리쳤다.

"차희건!"

아, 진짜…….

윤아가 입술을 깨물고는 희건을 따라갔다.

희건이 건물 바깥으로 나오자 재진이 열어 준 차 문으로 유정이 들어가는 모습이 보였다.

"!"

그 모습을 본 희건의 눈에 핏발이 섰다. 그의 시야에 재진이 곧장 유정의 옆에 올라타는 모습이 보였다.

탕! 그대로 차 문이 닫히고 차가 출발했다.

멀어지는 차량을 희건이 살벌하게 노려봤다.

굳은 얼굴로 노려보는 그의 두 주먹에 불끈거리며 힘이 들어갔다.

……제길.

살을 파고 들어갈 정도로 강한 손아귀 힘에 그의 손이 가늘게 떨리고 있었다.

"옆에 앉아서 미안해요."

뒷좌석의 유정 옆에 앉은 재진이 그녀 눈치를 살피며 말했다.

"유정 씨 얼굴에 핏기가 하나도 없어서 걱정되어서요."

"전 괜찮아요."

유정이 그를 보지 않고 대답했다.

"……."

재진이 유정의 옆모습을 가만히 쳐다봤다. 드레스 위로 꽉 쥔 두 주먹에 실핏줄이 도드라져 있었다.

"물이라도 마셔요."

차 안 냉장고에서 생수병을 꺼낸 재진이 뚜껑을 열어 유정에게 건넸다.

"……고마워요."

거절하지 않고 받은 유정이 곧장 입술로 가져갔다. 입 안이 아까부터 바짝바짝 마르고 있었다. 그녀가 창백한 얼굴로 물을 마시는 모습을 조용히 보고 있던 재진이 물었다.

"혹시 그분이…… 전남편인가?"

멈칫. 생수병을 내리던 유정의 가느다란 손이 허공에서 멈췄다.

"……."

그녀가 대답 없이 물병만 옆으로 내려놓자 그 반응을 보고 눈치 챈 재진이 말했다.

"하필 내가 억지 써서 파트너로 동반해 준 자리에서 이런 일이 생기다니. 이래서 유정 씨가 가고 싶지 않다고 한 거였는지도 모르고…… 미안해요."

한숨을 내쉬며 사과하는 재진에게 유정이 고개를 저었다.

"연 이사님 잘못 아니에요. 제가 약속했던 일이고요."

"내 부탁을 들어준다고 했지 나 때문에 전남편을 만나도 된다는 뜻은 아니었겠죠."

재진이 눈썹을 살짝 찌푸렸다.

"어쨌든 미안해요. 아직 상처가…… 클 텐데."

재진이 걱정 어린 목소리로 말하자 유정이 그를 바라봤다.

"제 개인적인 일이에요. 그리고 불편하니까 평소처럼 직함으로 불러 주세요."

그녀가 선을 긋듯 말하자 재진이 눈을 깜빡이다가 어색하게 웃어 보였다.

"아, 사적인 약속도 끝났는데 아직도 제가 저 편한 대로 불렀네요. 불편했다면 사과드릴게요."

"불편한 건 아니지만…… 좀 어색해서요."

"알겠습니다. 대표님."

재진이 유정을 향해 싱긋 웃어 보였다. 사실 아까 희건을 만난 순간부터 재진이 호칭을 '유정 씨'라고 부르고 있었는데 그녀는 눈치채지 못하고 있었다.

"아, 도착했네요."

유정이 사는 타워팰리스 입구에 차가 도착해 있었다. 그걸 본 유정도 클러치백을 챙기며 문을 열었다.

"태워 주셔서 감사합니다."

"오늘 고생했어요. 들어가서 푹 쉬어요."

"네. 들어가세요."

인사를 나눈 유정이 입구로 걸어갔다.

"출발할까요?"

"아, 기사님 잠시만요."

다시 시동을 걸려는 기사를 제지한 재진이 유정의 뒷모습을 창밖으로 잠시 보고 있었다.

"……그 남자구나."

중얼거리듯 말한 재진이 잠시 생각에 잠겼다.

"그만 출발하죠."

"네."

재진의 말에 곧장 대답한 기사가 차를 출발시켰다.

집에 들어온 유정은 문을 닫자마자 현관문에 기댄 채 주르륵 주저앉았다.

"하아."

막혔던 숨을 유정이 길게 토해 냈다.

'이렇게 갑자기 만나게 되다니⋯⋯.'

예상치 못한 일에 심장이 빠르게 뛰고 있었다. 정신없이 울리는 심장박동에 유정의 기다란 속눈썹이 떨렸다.

혹시 만날지도 모른다는 생각에 재벌이 참석한다는 행사엔 가급적 참여하지 않았다. 그런데 얼마 전 함께 프로젝트를 진행한 재진에게 도움을 많이 받아, 답례로 도움이 필요할 때면 언제든 자신이 도와주겠다 약속한 게 있었다.

'그럼 나와 함께 행사에 참석해 줄 수 있어요? 파트너 동반 파티인데 같이 갈 사람이 없어서요.'

그 부탁을 거절했어야 했는데.

그녀가 알기로 희건은 그런 행사는 참석한 적이 없었다. 행여 희건을 만날 가능성이 높진 않더라도 일말의 가능성이 있는 이상, 거절했어야 했다.

유정이 엉망으로 뛰는 제 심장 부근을 드레스 위로 움켜잡았다.

"얼굴 본 것만으로도 이렇게 무너져 내리는 게 어디 있어. ……
한심하게."

유정이 제 입술을 지그시 깨물었다. 계단 앞에서 희건을 마주친
순간 심장이 멈춰 버리는 줄 알았다. 아니, 온 세상이 멈춰 버린 것
만 같았다.

"괜찮아. 이건 우연일 뿐이야."

유정이 고통스럽게 조여드는 가슴께를 지그시 움켜잡고 내뱉었
다.

"다신 만나는 일…… 없을 테니까."

그저 살다 보면 어쩌다 있는 우연.

이혼한 사람들도 어쩌다 마주치는 일들은 분명 있을 테니까. 그
리 특별한 일은 아닐 테니까…….

"그러니까 제발 멈춰."

신음처럼 흘린 유정의 얼굴이 일그러졌다. 터질 듯 울리고 있는
심장박동이 머릿속을 어지럽게 울려 대고 있었다. 그 소리를 듣고
싶지 않은 유정이 현관 앞에 주저앉은 채 무릎을 감싸고 그 사이로
머리를 묻었다.

제 심장 소리에서 도망치려는 듯.

※ ※ ※

다음 날 유정이 사무실로 출근했다. 매니시한 라인의 흰색 셔츠
에 카키브라운 컬러의 하이웨스트 롱스커트를 입은 그녀가 들어
오자 직원들이 밝게 인사했다.

"좋은 아침이에요. 대표님."

"네. 좋은 아침입니다."

유정도 대답하며 대표실로 향했다. 채광이 좋은 넓은 집무실로 들어온 그녀가 책상 앞에 털썩 앉았다.

'결국 한숨도 못 잤네.'

유정이 한숨을 내쉬며 책상 앞의 명패를 잠시 바라봤다.

《도시의 샘 대표 성유정》

대표직을 단 지도 벌써 2년이 다 되어 가고 있었다. 학생 때 도시공학을 전공했던 유정은 결혼 생활 동안 건축과 도시 설계 등 관련 분야도 폭넓게 공부해 나갔다. 품위 유지를 위해 내준 카드로 전문 서적을 사서 공부하고, 남는 게 시간이었으니 관련 논문을 찾아볼 기회도 많았다.

처음 희건과 2년의 결혼 생활이 끝나 갈 무렵에 맞춰 관련 회사에 취업할 준비를 했었다. 그건 부모와 함께 살고 있을 때부터 유정이 준비하던 일이었다. 대학을 졸업하면 바로 독립한 뒤 취업할 생각이었다.

재계약이라는 예상치 못한 일로 준비하던 시기보다는 늦어졌지만, 이혼 뒤 뜻밖에도 할아버지의 법률대리인이 찾아왔다.

'조부께서 성유정 씨께 남기신 유산이 있습니다.'

'유산이요?'

'네. 스물일곱 살 생일 때 지급되도록 되어 있습니다. 가족에게도 알리지 말라는 조항이 있어서 조용히 연락드렸습니다.'

그 말을 들은 유정은 무척 놀랐다.

'스물일곱 살 생일이 되어서야 받는 유산이라니…… 할아버지는 미래까지 내다보신 걸까?'

아마 그럴 리는 없겠지만 아마도 유정의 부모를 믿지 못한 건 사실인 것 같았다. 가족에게도 상속에 대해 알리지 못하게 하는 조항을 굳이 넣은 걸 보면.

결과적으로 재계약으로 인해 새 출발이 늦어졌다고 생각했는데 오히려 상속받은 유산으로 인해 직접 사무실을 꾸릴 수 있게 되었다.

'평생 준비하던 새 출발인데 번듯한 사무실을 차려 시작할 수 있다니, 얼마나 다행이야.'

희건으로 인해 감정이 무너지던 그 수많은 시간 동안 그 생각으로 자신을 다잡았다. 그렇게 자신을 갈아 넣듯 밤낮없이 오직 회사 일에만 매달렸다. 덕분에 회사는 얼마 전 서울시에서 주관한 미래건설과의 협력 프로젝트를 성공적으로 진행하며 업계에 이름을 떨치게 됐다.

그랬는데, 오늘은 전혀 일이 되지 않았다.

'……잠을 못 잤기 때문인가.'

유정이 피곤한 눈가를 누르는데 인터폰이 울렸다.

"네."

- 대표님. 연재진 이사님 오셨어요.

연 이사님이?

잠시 의아한 표정을 지었던 유정이 곧 말했다.

"들어오시라고 해요."

- 알겠습니다.

419

인터폰을 끊자 곧 재진이 대표실로 들어왔다. 재진은 대기업 이사답지 않게 세미 캐주얼 의상을 선호했다.

'아무래도 건설 현장을 많이 다니다 보니 그런 것 같은데.'

유정이 그런 생각을 한 적이 있는데, 오늘도 깔끔한 티셔츠에 재킷과 슬랙스 차림이었다. 그를 본 유정이 책상에서 일어나며 물었다.

"오늘은 미팅 없는 날인데 무슨 일이세요?"

도시 개발과 친환경적 설계를 담은 프로젝트는 재진이 있는 미래건설에서 공사를 맡고 있었다. 그래서 아직 주기적으로 미팅을 갖고 있었는데 그건 다음 주로 예정되어 있었다.

재진은 의문 어린 표정을 짓고 있는 그녀에게 다가오며 밝은 미소를 지었다.

"잘 잤는지 궁금해서요."

"네?"

유정의 눈이 더 동그래졌다. 그 눈을 보며 재진이 말했다.

"역시 못 잔 모양이군요. 눈이 빨간데."

"잤어요. 이건 좀 피곤해서 그런 거예요."

유정이 곧장 대답하자 재진이 가볍게 웃었다.

"대표님은 거짓말을 참 못하면서 이럴 땐 항상 거짓말을 한단 말이죠. 그러면 어제 거기 데려간 내 업보가 있으니 내가 더 미안해지지 않을까요?"

"거짓말 아닌……."

재진이 유정의 팔을 잡아끌었다.

"나와요. 아직 밥도 못 먹었죠? 이럴 땐 속부터 채우는 겁니다."

"괜찮다니까요. 어어, 연 이사님?"

거절하려는 유정을 재진이 막무가내로 대표실에서 데리고 나갔다.

"어차피 우울하게 앉아 있어 봐야 일도 안 돼요. 내 말 믿고 속부터 채웁시다."

재진이 밝게 웃으며 데리고 나가자 유정도 더는 거절을 하기가 힘들었다.

"알겠어요. 이건 놔주세요."

작게 한숨을 쉰 유정이 말했다. 웃는 얼굴로 손을 놔준 재진이 앞장섰다.

"근처에 이럴 때 딱 어울리는 메뉴가 있으니까요."

유정이 재진을 따라온 곳은 회사에서 멀지 않은 해장국 집이었다. 자리에 앉자마자 주문을 마친 재진이 물수건으로 손을 닦으며 말했다.

"여기 기억나죠? 우리 전에 밤새워서 일 끝내고 전 팀원들이랑 아침 먹으러 왔던 데잖아요."

"기억나요."

유정이 고개를 끄덕였다.

"다들 지쳐서 피곤한데 그래도 다 끝냈다는 성취감에 아침부터 술도 마시고 그랬잖아요. 그때 본 대표님 표정이 제가 본 중에 가장 좋아 보였어요."

"맡은 일 중 가장 큰 프로젝트였으니까요."

유정이 그때를 떠올리며 작게 대답했다. 블라인드 공모전으로 통과한 기획이었지만 그런 큰 규모의 프로젝트는 해 본 적이 없기 때문에 그녀를 포함한 팀원들 모두 바짝 긴장해 있었다. 시행착오도 많았지만 건설 쪽 총괄인 재진이 배려하고 신경 써 준 덕분에 다행히 무사히 끝낼 수 있었다.

유정이 그때를 떠올리고 있는데 재진이 유정의 물 잔에 물을 따라 주려 했다.

"아, 제가 할게요."

물병에 유정이 손을 뻗는데 익숙하게 먼저 잔에 물을 채운 재진이 그녀 앞에 놔줬다. 어느 틈엔가 유정의 수저도 얌전히 그녀 앞에 놓여 있는 걸 보고 유정은 잠시 당황했다. 멍하니 있는 사이, 그가 다 챙겨 놓은 것이다.

괜히 미안해져 유정이 내심 난처해하고 있는데, 재진이 아무렇지도 않은 듯 태연하게 물을 마시고는 말했다.

"하긴 그 프로젝트 때문에 매일 잠도 못 자서 대표님 눈이 항상 토끼 눈이었죠. 지금처럼."

"⋯⋯."

유정이 어색하게 눈을 내려뜨는데 재진이 말했다.

"그때처럼 술 한 잔 할래요?"

"들어가서 일해야 돼요."

유정이 거절했지만 그는 이번에도 들을 생각이 없어 보였다.

"어차피 오늘 일 못 한다니까요. 나도 같이 마실게요. 일 때문에 모닝 소주 마시는 일이 꽤 되거든요."

"아니 전⋯⋯."

"이모님, 여기 소주 한 병이요!"

무작정 시켜 버리는 재진을 유정이 어이없다는 듯 보는데 그가 구김 없이 웃었다. 미워할 수 없는 해맑은 웃음을 가진 남자였다. 그사이 일하시는 아주머니가 소주 한 병과 소주잔을 가져와서 테이블 위에 올려놨다.

재진이 소주병을 들고 익숙하게 병을 스냅 좋게 흔들고는 뚜껑을 열며 말했다.

"지금 너무 자고 싶은데 못 자는 거잖아요. 내 말대로 해 봐요. 해장국으로 든든히 배 채우고, 이거 한 잔 딱 마시면 잠이 솔솔 온다니까요?"

그녀 앞에 놔준 잔에 투명한 소주를 따르며 하는 말에 유정은 더 제지할 기운도 없었다.

'하아, 모르겠다.'

희건을 만났던 일로 이미 너무 신경을 쓴 나머지 모든 게 피곤하기도 했다.

……정말 잘 수 있으려나.

재진 말대로 아무 생각 없이 잘 수 있다면 아침 술이든 뭐든 나쁠 건 없다는 생각도 들었다.

"자, 건배."

재진이 내미는 잔에 제 잔을 부딪힌 유정이 곧장 입 안으로 털어 넣었다. 탁. 테이블 위에 빈 잔을 내려놓은 유정이 재진을 바라봤다.

"연 이사님은 아침에 술 자주 마셔요?"

"아아. 건설 쪽 현장 사람들이랑 만나다 보면 기본이죠. 그 사람들은 워낙 말술이 많아서 아침이든 낮이든 밤이든 가리지 않고 마시거든요."

뚝배기에 담겨 보글거리는 해장국이 그녀 앞에 놓였다.

"한국 와서 자리 잡을 때 단련이 좀 됐어요."

"……"

유정이 제 앞에 놓인 해장국은 쳐다보지도 않고 재진을 빤히 바라보자 숟가락을 들던 그가 움직임을 멈췄다.

"왜 그렇게 봐요? 내 말이 이상했나?"

그가 의아한 듯 묻자 유정이 고개를 젓고는 숟가락을 들었다.

"그런 게 아니라, 연 이사님은 제가 아는 재벌들과 많이 다른 것 같아서요. 이런 곳에서 밥 먹는 게 자연스러운 것도 그렇고……."

윤아가 같이 먹자고 한 적은 있지만 그녀는 그저 신기한 곳을 구경 온 사람처럼 그 공간과는 동떨어졌었다. 그런데 재진은 해장국집이 아주 자연스러웠다.

유정의 말뜻을 이해한 듯 재진이 어깨를 으쓱거렸다.

"아아. 뭐 아버지가 재벌이지 내가 재벌인가. 물론 그 지점에서 혜택도 많이 받긴 했지만 덩달아 안 좋은 점도 많아요."

자신도 잔을 비우고 유정의 빈 잔에도 술을 채워 주며 그가 말을 덧붙였다.

"벗어나고 싶을 때도 많고."

"……그렇군요."

유정은 두 번째 잔도 단번에 입안으로 털어 넣으며 대답했다. 그러고 싶지 않았는데 방금 재진의 말로 희건이 떠올랐다. 재벌 총수의 아들로 태어났지만 아버지를 아버지라 부르지 못하고 손자로 살아가야 하는 그를, 그 넓고 거대한 대저택에서 철저한 무관심과 방치 속에 살아왔던 그를…….

'그만.'

희건을 떠올렸던 유정이 살짝 미간을 좁히는데 재진의 목소리가 들렸다.

"그래도 건설 쪽 일은 좋아해요. 정말 다행이죠. 일까지 체질에 안 맞으면 진짜 다시 영국으로 돌아가고 싶었을 거니까요."

그 말에 유정이 눈을 깜빡이며 재진을 바라봤다.

"그러고 보니 영국에서 유학했다고 했죠?"

"네. 꽤 길게 했어요. 그래서 아직 여기보단 거기가 더 익숙하고."

그렇구나. 유정이 작게 대답하며 재진이 다시 채워 준 소주잔을 만지작거렸다.

"거기 정 들어서 보고 싶은 사람들도 많겠어요."

유정이 하는 말에 재진이 잠시 멈칫했다.

눈에 띄게 굳는 그를 유정이 의아하게 쳐다보는데 재진이 웃었다.

"아, 미안해요. 오래 있다 보니 좀 여러 가지 일들이 떠올라서요."

어색하게 웃어 보인 그가 갑자기 인상을 썼다.

"술만 마시면 속 버려요. 내가 배도 채우고 술도 채우라고 했지, 언제 술만 채우라고 했어요?"

"아."

거의 비우지 않은 자신의 뚝배기를 본 유정이 잔을 놓고 숟가락을 들어 올렸다.

"어서 먹어요."

"네."

대답한 유정이 조용히 식사하는 모습을 재진이 가만히 응시했다. 그녀가 상당히 그릇을 비워 냈을 때 재진의 휴대폰이 울렸다.

"아, 잠깐 전화 좀 받고 올게요."

액정을 확인한 재진이 빠르게 일어서며 말했다. 혼자 남은 유정은 잔에 남아 있던 술을 마셨다.

"정말이네."

유정이 잔을 내려다보며 혼잣말을 중얼거렸다. 정말 배가 부르고 술이 들어가니 거짓말같이 잠이 오잖아.

'긴장이 풀려서일까?'

갑자기 쏟아지는 잠에 유정이 앉은 상태에서 고개를 꾸벅거리기 시작했다.

잠시 후 재진이 해장국집으로 돌아왔다.

"대표……."

문을 열며 유정을 부르려던 그가 움직임을 멈췄다. 유정이 벽에 기대 새근새근 잠들어 있었다.

"……."

재진이 천천히 걸어와 벗어 둔 자신의 재킷을 잠이 든 그녀의 어깨에 걸쳐 줬다.

그러고는 맞은편에 앉아 유정을 가만히 응시했다.

술 때문에 볼이 붉어진 채 잠든 유정은 자면서도 자세가 어딘가 불편해 보였다. 잠이 들었을 땐 편하게 풀어질 만도 하건만 그녀는 자면서도 긴장을 놓지 않는 사람 같았다. 그 모습을 안쓰러움이 담긴 시선으로 보던 재진의 표정이 문득 묘해졌다.

……그 사람이구나. 차희건.

"당신 상처 준 사람."

진지해진 표정으로 유정을 보며 재진이 낮게 중얼거렸다.

※ ※ ※

또각, 또각.

조바심이 느껴지는 힐 소리를 내며 윤아가 상무실로 들어섰다. 비서팀의 인사를 받기도 전에 윤아가 먼저 물었다.

"희건이 출근했어요?"

"네. 출근하셨어요."

아, 다행이다. 비서팀의 대답을 들은 윤아가 안도의 표정을 지었다.

'혹시 그길로 성유정을 찾아갔으면 어쩌나 했는데 출근한 거 보니 그건 아닌 모양이네.'

긴장을 푼 윤아가 집무실로 향했다. 똑똑. 노크한 뒤 문을 열고 들어가자 희건이 책상 앞에 앉아 있는 모습이 보였다.

그녀를 힐긋 쳐다본 뒤 다시 업무 파일로 시선을 옮기자 윤아가 가슴 위에서 팔짱을 끼며 다가갔다.

"넌 어쩜 사람을 봐도 맨날 인사도 안 해?"

"용건만 말해."

까칠하게 가라앉아 있는 목소리를 들은 윤아가 눈을 굴렸다.

'역시 평소보다 기분이 별론가 봐.'

입매를 살짝 당겼다가 힘을 푼 윤아가 아무렇지 않은 목소리로 말했다.

"그냥 너 괜찮은가 해서."

희건이 윤아를 올려다봤다. 무슨 말을 하고 싶은 건지 묻는 듯한 냉정한 시선에 윤아가 다시 말했다.

"어제 거기서 마주쳤잖아. 성유정이랑."

"……."

희건이 말없이 쳐다보자 윤아가 핀잔주듯 눈을 가늘였다.

"그렇게 무서운 얼굴로 나가더니 만나지도 못했지?"

희건의 표정이 더 서늘해졌다.

"그 말 하려고 온 건가?"

"아니, 그저 친구로서 걱정되니까……."

"그만 나가. 일하는 중이니."

다시 서류로 시선을 내리며 희건이 잘라 말했다.

"알았어. 까칠하기는……."

윤아가 뾰족한 말투로 말하고는 몸을 돌렸다.

그녀가 나가고 집무실 문이 닫힌 뒤에도 희건은 서류 위에 시선을 고정하고 있었다.

"……."

계속 같은 페이지만 보고 있던 희건이 펜을 서류 위에 내려놨다.

툭.

그대로 등을 의자에 깊이 묻은 그가 머리를 뒤로 기댔다. 한숨도 자지 못했기 때문인지 안구에 통증이 일고 있었다. 피곤한 얼굴로 손등을 이마 위로 올린 그가 천장을 응시했다.

그렇게 떠나 놓고…….

2년 만에, 다른 남자와 나타났다?

"……하."

헛웃음을 흘린 그의 턱이 단단하게 굳었다. 웃음기를 거둔 그의 얼굴이 무섭게 가라앉아 있었다.

※ ※ ※

세련된 외관의 와인 바로 희건이 들어섰다. 말끔한 슈트 차림의 미남이 들어서자 안에 있던 사람들의 시선이 그에게 집중됐다.

무감하게 주변을 쳐다본 희건이 아는 얼굴들이 있는 자리로 걸어갔다.

"차희건."

그가 다가오는 것을 본 무리의 하나가 손을 들었다.

"네가 웬일이냐? 모임 좀 나오라고 해도 바쁘다고 맨날 거절하더니."

자리엔 30대 남성 네 명이 앉아 있었다. 재벌3세 모임이라고는 하지만 만나면 하는 이야긴 시시껄렁한 것이 대부분이었다. 희건으로선 영양가 없는 모임이라 매력을 전혀 느끼진 못했지만 오늘은 참석할 수밖에 없었다.

"시간이 비어서."

짧게 대답하며 희건이 자리에 앉았다.

"어쨌든 오랜만이다."

희건이 자신의 잔에 따라 주는 와인을 피곤한 눈으로 응시했다.

이걸 마시면 잘 수 있을까.

최근 전혀 잠을 이루지 못하고 있었다. 이혼 뒤에 극심하던 불면증이 조금 나아지던 차였는데 다시 시작된 거였다.

"차희건도 왔으니, 다시 건배."

쨍. 건배한 뒤 희건이 곧장 잔을 입술로 가져갔다. 망설임 없이 술을 들이켠 그가 반쯤 비운 잔을 내려놨다. 술에 의지하는 건 최악의 방법이라고 생각하지만 지금으로선 답이 없었다.

건설업계 재벌3세인 노민수가 둥근 잔을 빙글빙글 돌리며 희건에게 말했다.

"일을 그렇게 한다며. 일하다 과로사할 사람처럼 달려든다던데."

"승계엔 관심 없어 보이더니 뒤늦게 욕심난 거야? 그렇게까지 열중할 이유는 그거밖에 없어 보이는데."

승계 문제는 언제나 그들의 주요 관심 소재였다. 집중한 얼굴로 희건을 보고 있는데 그는 말이 없었다.

"……."

희건이 조용히 술만 마시고 있자 민수가 구슬리듯 말했다.

"차희건. 여기까지 나와서 궁금하게 하는 거야? 우리한테 숨길 게 뭐 있어? 얘기해 봐."

탁. 잔을 내려놓은 희건이 민수를 쳐다봤다.

"미래건설 연재진 알아?"

능글능글하게 웃고 있던 민수가 업계 사람 얘기에 눈을 크게 떴다.

"연재진? 알지. 거기 차남이잖아."

희건이 예리한 시선으로 민수를 보며 물었다.

"어떤 사람이야?"

"어떻냐니, 업계 평판을 묻는 거야?"

"뭐든."

낮은 음성에 민수가 으음, 하며 잠시 생각하다가 말했다.

"평은 꽤 괜찮아. 현장 사람들과 친화력도 좋은 거 같고. 딱히 승계 문제에 관심도 없어 보여서 큰 분쟁도 없을 거 같고."

"오래 유학 가 있었잖아. 영국이었나."

옆에서 다른 이가 끼어들어 하는 말에 민수가 고개를 끄덕였다.

"어. 승계가 중요했다면 진작 들어와서 뭐든 닦아 놨겠지. 뒤늦게 들어온 것도 그렇고, 메인 사업보단 현장 쪽에 친화적인 모습을 보이는 것도 그렇고, 그냥 그 자리로 만족하는 거 같아."

"고도의 술수 아니야?"

"뭐, 그건 모르지."

민수가 고개를 젓고는 말없이 듣고 있는 희건에게 물었다.

"그런데 연재진은 왜?"

"……아니, 별건 아니야."

낮게 대답한 희건이 둥근 잔을 입술로 가져갔다.

"!"

희건의 움직임이 순간 멈췄다.

저쪽에서 유정이 들어오는 모습이 보였다.

허리 라인이 잘록하게 들어간 트렌치재킷을 입은 그녀는 직원이 안내해 주는 자리에 앉았다. 가느다란 손목에 걸린 손목시계를 확인한 유정은 와인을 한 병 주문해 조용히 마시기 시작했다.

"……."

유정의 행동 하나하나에 희건의 시선이 박혀 들었다.

하나로 묶은 긴 머리칼과 블랙 슬랙스 아래의 광택이 도는 은빛 힐은 그가 알고 있던 모습과 다른 분위기였다. 얼마 전 행사장에서 봤던 드레스 차림과는 전혀 다른 모습에 그의 눈이 예리하게 빛났다.

크게 꾸미지 않은 듯한 차림새였지만 유정은 이 공간의 어떤 여자들보다도 빛이 났다. 속이 비칠 것 같은 깨끗하고 하얀 피부에 오밀조밀한 이목구비는 숨길 수 없는 그녀의 여성성을 드러내고 있었다.

유정을 보던 그의 눈썹이 꿈틀거렸다.

'제길.'

보지 않으려 억지로 테이블로 시선을 옮겼지만 허사였다. 그의 눈은 거부할 수 없는 힘에 이끌리듯 유정에게 다시 향했다.

그녀를 눈에 담은 그의 눈이 검게 일렁였다.

혼자 이런 곳에서 와인을 마시는 모습도 그가 알던 성유정과는 다른 모습이었다. 자신이 알지 못하는 2년이란 시간이 그녀의 변화에서 느껴지자 잔을 잡은 그의 손에 힘이 들어갔다.

다시 억지로 시선을 떼어 내려는데 근처의 다른 테이블에 앉아 있던 남자가 유정에게 다가가는 게 보였다.

그걸 본 희건의 눈에 힘이 들어갔다.

'상관할 일 아니야.'

일어서려던 것을 참아 낸 희건이 이를 악물었다.

지금 성유정은 자신의 여자가 아니다.

그 사실을 머릿속으로 되뇌며 쳐다보지 않으려 했지만 저절로 가는 시선까지 막을 순 없었다. 유정은 거절하는 걸로 보였지만 남자가 계속 추근거렸다. 그 남자가 유정의 어깨에 손을 올리자 희건은 인내심의 한계를 느꼈다.

자리에서 벌떡 일어서려는 그때, 어떤 자가 유정을 잡은 남자를 밀어 냈다. 연재진이었다.

재진을 본 유정이 반가운 표정을 짓는 게 희건의 눈에 똑똑히 들어왔다.

일행이 있는 걸 알고 추근대던 남자가 돌아가자 재진이 웃으며 유정과 마주 앉는 모습이 보였다.

"……."

그 모습을 본 희건의 눈에서 불꽃이 튀겼다.

— 2권에서 계속